여명의

진실

여명의 진실

어니스트 헤밍웨이 지음
남유정·조기준 옮김

Atto Book

Contents

1 7

2 48

3 83

4 99

5 134

6 158

7 178

8 212

9 241

10 257

11 277

12 300

13 324

14 339

15 363

16 368

17 375

18 390

19 414

20 428

1

동아프리카 상황이 많이 변했기에, 이번 사파리 상황은 그리 녹록치 않았다. 그 백인 사냥꾼은 수년간 나의 친한 친구였다. 아버지를 존경한 적이 없었기에 나는 그를 존경했고, 과분하게도 그도 나를 믿었다. 하지만 그 신뢰는 받을만한 것이었다. 그는 나에게 자립하는 법을 가르쳤고, 내가 실수하면 바로잡아줬다. 내가 실수하면, 설명을 해줬다. 그리고 똑같은 실수를 저지르지 않으면, 조금 더 설명해줬다. 하지만 그는 유목민이었고, 케냐에 2만 에이커 규모의 자신의 소목장을 살펴야 했기 때문에 결국 우리를 떠났다. 그는 매우 복잡한 인간으로 담력도 세고 인간으로서 모든 약점을 지니고 있으면서 이상하게 예리했고, 사람들을 비판적으로 바라봤다. 그는 가정과 가족에 매우 헌신적이면서 가족과 떨어져 있는 것을 훨씬 더 좋아했다. 가정과 아내와 자식들을 사랑하면서도.

"무슨 문제 있어?"

"코끼리 때문에 웃음거리가 되기 싫어요."

"배우면 되지."

"또 뭘 배워야죠?"

"모든 사람이 자네보다 많이 안다는 걸 알아야지. 하지만 결정을 내리고 그 결정을 고수하는 거 자네야. 캠프와 다른 일들은 케이티에게 맡겨. 자네는 최선을 다하면 해."

명령 내리는 것을 좋아하는 사람들이 있고, 그런 사람들은 권력을 갖고 싶어서 다른 사람으로부터 인계받는 형식적 절차에 조급해한다. 명령은 자유와 속박의 이상적인 결합이기 때문에 나는 명령을 좋아한다. 자유를 누리다가도 너무 위험해지면 의무적으로 몸을 피하면 된다. 수년간 나는 나 자신 외에는 어떤 명령도 하지 않았고, 나 자신과 나의 장단점을 너무나 잘 알았기에, 자유는 적어지고 의무는 많아지자 이런 상황에 싫증이 났다. 최근에 나의 내면의 삶, 동기와 목표에 대해 아는 사람들이 나에 관해 쓴 책을 마지못해 여러 권 읽었다. 그런 책을 읽는 것은 마치 전투에 참전하지도 않았고, 전투가 벌어질 당시 태어나지도 않은 사람이 쓴 전투에 대한 기록을 읽는 것과 같았다. 나의 내면과 외면에 대해 쓴 이 모든 이들에게는 내가 결코 느껴보지 못했던 절대적 확신이 있다.

오늘 아침에 나의 훌륭한 친구이자 스승인 필립 퍼시벌이 절제된 표현을 써서 특이하게 줄여서 말하지 않기를 바랐다. 다른 사람에게 물어볼 수 없지만 그에게 물어볼 수 있는 것이 있었으면 했다. 무엇보다도 영국에서 비행사들이 훈련받는 것처럼 나도 완벽하고 멋진 지시를 받을 수 있기를 바랐다. 하지만 캄바족 관습법만큼이나 필립 퍼시벌과 나 사이의 관습법이 엄격하다는 걸 알았다. 스스로의 배움을 통해 나의 무지한 면을 깨우칠 수 있다는 것이 오래 전에 내리는 결론이었다. 하지만 이제부터 나의 실수를 바로 잡아줄 사람이 아무도 없고, 지시권한이 생겼다는 행복감에도, 무척 외로운 아침이었다.

오랫동안 우리는 서로를 팝Pop이라고 불렀다. 처음에, 20년 더 전에, 내가 그를 팝으로 불렀을 때, 사람들 앞에서 예의를 지키는 한 퍼시벌은 개의치 않았다. 하지만 내가 50살이 되고, 어르신 또는 음지 Mzee(어르신, 선생님)가 되자, 그는 기꺼이 나를 팝이라고 불렀는데, 어떤 의미에서는 가볍게 건네는 말이지만 그렇게 부르다 말면 치명적이었다. 개인적으로 그를 퍼시벌 씨라고 부르거나 그가 나의 본명을 부르는 상황을 상상하거나 견딜 수 없었다.

그래서 오늘 아침에 묻고 싶은 것도 궁금한 것도 있었다. 하지만 우리는 관습에 따라 그런 주제에 대해 조용했다. 나는 무척이나 외로웠고, 당연히 그도 그 점을 알았다.

"자네에게 문제가 없다면, 재미가 없지. 자네는 기계가 아니잖아. 요즘 백인 사냥꾼이라도 불리는 놈들은 말은 하지만 다른 사람들이 만든 길을 지나가는 기계인거야. 자네의 언어 구사력이 좋지 않아. 하지만 형편없는 친구들이 길을 만들었고 자네도 새로운 길을 만들 수 있어. 키밤바족 말이 생각이 안 나면, 그냥 스페인어로 말해. 모두 스페인어를 좋아하니까. 아니면 멤사히브Memsahib(신분 높은 기혼 여성, 흔히 유럽 여성을 칭할 때 쓰던 말)에게 시켜. 자네보다 말을 아주 조금 더 잘하잖아."

"지옥에나 가시죠."

"내가 자네 자리를 봐둘게."

9

"코끼리는요?"

"신경 쓰지 마. 덩치만 큰 멍청한 짐승이잖아. 해를 끼치지는 않아. 자네가 다른 짐승들에게 얼마나 치명적인지 기억해. 어쨌든 그 짐승들은 털북숭이 마스토돈mastodon(코끼리와 비슷한 동물, 제3기 중기에 번성)이 아냐. 난 상아가 두 번 구부러진 것을 본적이 없어."

"누가 그런 이야기를 해줬어요?"

"케이티가. 사냥철이 아닐 때는 자네가 수천마리를 잡는다고 하던데. 검치호(약 4000만 년 전에서 1만 년 사이 아프리카, 유럽, 아메리카 등지에 살았던 거대한 고양잇과 동물)랑 브론토사우루스brontosaurus(1억 5천만 년 전 쥐라기에 서식한 공룡)도 잡고."

"개자식."

"아니지. 케이티는 반쯤은 믿고 있어. 잡지 한 권을 가지고 있던데 그럴 듯 해. 어떤 날은 믿고 어떤 날은 안 믿는 거 같아. 자네가 뿔닭을 잡아주거나 총을 얼마나 쏘느냐에 달렸어."

"선사시대 동물에 대한 삽화 기사가 상당히 괜찮았어요."

"맞아, 그랬어. 그림이 참 멋지더라고. 그리고 자네가 케이티에게 마스토돈 사냥 면허가 다됐고 검치호 사냥 허용량을 넘어서 그냥 아프리카로 왔다고 말했을 때, 자네는 아주 빨리 백인 사냥꾼으로 인정받은 거야. 난 케이티에서 진짜라고 말했고, 자네가 옛날 라도 엔클레이브Lado Enclave(1894년부터 1910년까지 콩고 자유국과 벨기에령 콩고 사이에 있었던 소수민족 거주지)와 비슷한 와이오밍주 롤린스에서 도망친 상아밀렵꾼이었는데, 맨발로 다니던 꼬마였을 때 사냥을 가르쳐준 나에게 인사하려고 왔다고, 그리고 고향으로 돌아가 새 마스토돈 면허를 얻으려고 계속 사냥 감각을 익히는 거라고 했어."

"팝, 코끼리에 대해서 알려주세요. 코끼리들이 난폭하게 굴거나 사람들이 부탁하면 해치워야 하잖아요."

"옛날에 마스토돈을 잡았던 방법만 기억하면 돼. 처음에 코끼리 상아 두 번째 고리 사이를 노려. 정면을 봤을 때 이마의 첫 번째 주름에서 아래로 세어서 코의 일곱 번째 주름이야. 코끼리 이마는 참 높아. 가파르지. 긴장 되면 귀를 노려. 해보면 쉬워."

"감사해요."

"자네가 멤사히브를 보살피는 것에 대해서는 전혀 걱정한 적 없어. 몸조심하고 되도록 아이처럼 착하게 굴어."

"팝도요."

"나도 몇 년간 노력해봤지." 그런 후 상투적인 말을 덧붙였다. "이제 다 자네거야."

그렇다. 그 해 뒤에서 두 번째 달의 마지막 날에 바람 없는 아침에 모든 것이 내 것이 되었다. 난 식당 텐트와 우리가 지내는 텐트를 둘러봤다. 그런 후 작은 텐트로 돌아가서 밥을 하려고 불가 주변을 다니는 사람들을 보고 트럭과 사냥용 차를 봤는데, 이슬이 맺혀 서리가 내린 듯했다. 그리고 나무 사이로 산이 보였는데, 눈이 새로 내려 오늘 아침 첫 햇살에 반짝이는 크고 가까이 있는 산이었다.

"트럭 타고 가도 괜찮으세요?"

"그럼. 도로가 젖어있지 않으면 괜찮아."

"사냥용 차 가져가세요. 난 필요 없어요."

"그렇지 않을걸. 난 이 트럭을 돌려보내고 튼튼한 트럭을 자네한테 보내주고 싶은걸. 그들은 이 트럭을 내켜하지 않잖아."

언제나 그들이었다. 그들이란 사람들 즉 와투watu(사람들을 뜻한 스와힐리어)였다. 그들은 한때 아이들이었다. 팝에게는 지금도 아이들이었다. 그러나 그는 그들이 아이들이었을 때 그들 모두를 알았거나, 그들의 아버지가 아이였을 때 그들의 아버지를 알고 있었다. 20년 전에 나도 그들을 아이들이라고 불렀고, 그들도 나도 나에게 그 자격이 없다고는 생각하지 않았다. 지금 내가 그런 말을 써도 아무도 개의치 쓰지 않을 것이다. 하지만 이제 그렇게 부르지 않는다. 모두가 맡은 일이 있고, 이름이 있다. 이름을 모른다는 건 무례하고 게으르다는 증거였다. 여러 종류의 특별한 이름과 줄여서 부르는 이름이 있었고 친근하거나 쌀쌀맞은 별명도 있었다. 팝은 여전히 영어나 스와힐리어로 그들에게 악담을 퍼부었고, 그들은 그걸 마음에 들어 했다. 난 그에게 욕할 자격도 없었고 결코 그렇게 하지도 않았다. 또한 마가디Magai(케냐 남서쪽 한 마을)를 다녀온 후 우리 모두 어떤 비밀과 몰래 공유하는 일이 생겼다. 이제 비밀스러운 일도 많고 이해되는 일도 많았다. 어떤 비밀은 전혀 심각하지 않았고, 어떤 비밀은 너무 웃겨서 당신이 세 명의 총잡이 중 한 명이 갑자기 웃어서 그 사람을 보면, 무슨 비밀인지 알 수 있었고, 횡격막이 아플 정도로 웃음을 참다가 둘 다 웃게 될 것이다.

맑고 아름다운 아침에 사파리 캠프의 산과 숲을 뒤로하고 평원을 가로질러 차를 몰고 나갔다. 톰슨가젤이 푸른 평원에서 꼬리를 흔들며 풀을 뜯고 있었다. 덤불 근처에서는 영양과 그랜트가젤 무리가 풀을 뜯고 있었다. 우리는 탁 트인 초원의 기다란 활주로에 도착했는데, 새로 돋아난 짧은 풀밭을 차와 트럭으로 왔다 갔다 하고 한쪽 끝에 있던 그루터기와 뿌리를 뽑아서 만든 활주로였다. 묘목을 잘라서 만든 높은 장대는 전날 밤에 몰아친 거센 바람에 기울어졌고, 밀가루 포대로 직접 만든 바람 자루는 축 늘어져 있었다. 우리는 차를 세웠고, 나는 차에서 내려 장대를 살폈다. 구부러지긴 했지만 단단했고, 바람이 불면 바람 자루는 날릴 것이다. 하늘에 구름이 높이 떠 있었고, 이곳에서 푸른 초원을 가로질러 바라보는 크고 드넓은 산은 아름다웠다.

"산과 활주로 찍고 싶어요?" 나는 아내에게 물었다.

"오늘 아침이면 더 잘 나오겠네요. 큰귀여우bat-eared fox들도 보고 사자도 확인하러 가 봐요."

"사자는 지금 안 나올 거예요. 너무 늦었어요."

"나올 수도 있죠."

그래서 우리는 소금 평원salt flat(바닷물의 증발로 침전된 염분으로 뒤덮인 평지)로 이어지는 오래된 바퀴 흔적을 따라 차를 몰았다. 왼쪽에는 탁 트인 평야와 버펄로 떼가 있을지도 모르는 숲 가장자리에는 잎은 길고 녹색이며 몸통은 노란 나무들이 듬성듬성 있었다. 숲 가장자리를 따라 높이 자라난 묵은 풀이 메말라 있었고, 코끼리가 쓰러트렸거나 폭풍 때문에 쓰러진 나무가 많았다. 앞쪽에는 짧은 녹색 풀이 새로 자라난 평원이 있었고, 오른쪽은 우거진 푸른 덤불과 윗부분이 평평하고 키가 높은 가시나무가 드문드문 있는 공터였다. 사방에 짐승들이 먹이를 먹고 있었다. 우리가 가까이 다가갈수록 짐승들은 멀어져 갔는데, 때로는 빠르게 질주하고, 때로는 천천히 걸어가고, 때로는 차에서 멀리 떨어진 곳에서 먹기만 했다. 하지만 짐승들은 항상 멈췄다가 다시 먹이를 먹었다. 우리가 일상적인 순찰을 할 때나 메리가 사진을 찍을 때는 사자는 사냥을 하지 않으면 관심이 없는 것처럼 우리에게도 무관심했다. 길은 지켜주지만 겁먹지는 않았다.

나는 차 밖으로 몸을 내밀어서 길에 난 발자국을 찾고 있었고, 내 뒤 바깥쪽에 앉아 있던 나의 총잡이 응구이Ngui도 그랬다. 운전을 담당하는 음투카Mthuka는 전방과 양쪽을 모두 살폈다. 그는 우리 중 시력이 가장 좋고 눈썰미도 좋았다. 그의 얼굴은 수도사 같았고, 갸름하고 총명하며, 양쪽 뺨에는 와캄바 부족의 화살촉 모양 상흔이 있었다. 그는 귀머거리였고 음콜라Mkola의 아들이며 나보다 한 살 많았다. 그는 사냥을 즐겼고 운전도 멋지게 잘했다. 그는 부주의하게 굴거나 무책임한 일을 절대 하지 않았지만, 음투카, 응구이와 나는 악동 삼인방이었다.

우리는 오랫동안 매우 친한 친구였는데, 한 번은 아무도 하지 않는 커다란 부족 상흔은 언제 했는지 물었다. 상흔이 있는 사람들은 아주 희미한 흉터 자국만 있었다.

음투카는 웃으며 말했다. "아주 큰 응고마Ngoma(축제)에서요. 어떤 여자한테 잘 보이려고 했어요."

응구이와 메리의 총잡이인 차로Charo 모두가 웃었다.

차로는 독실한 이슬람교도였고 매우 진실한 사람으로 알려졌다. 물론 그는 자신의 나이를 몰랐지만, 팝은 일흔을 넘겼을 거라고 생각했다. 터번을 써도 메리보다 2인치 정도 작았으며 둘은 나란히 서서 회색빛 평야에 있는 위터벅(남아프리카 대형 영양)을 바라보고 있었다. 위터벅은 바람을 거슬러서 숲으로 조심히 들어가고 있었고, 뿔이 멋들어진 큰 수컷이 마지막에 서서는 뒤쪽과 양옆을 둘러봤다. 나는 그 위터벅들 눈에 메리와 차로가 이상한 한 쌍으로 보였을 거라고 생각했다. 어떤 짐승도 이들을 무서워하지 않았다. 이런 장면을 우리는 여러 번 봤었다. 짐승들이 보기에 짙은 황록색 코트는 입은 작은 금발 머리 여자와 청재킷을 입은 더 작은 흑인 남자를 무서워하기보다는 흥미를 보이는 듯했다. 서커스를 보거나 적어도 굉장히 이상한 것을 보는 듯했고, 육식 동물들은 확실히 그 두 사람에게 끌리는 거 같았다. 오늘 아침에 우리 모두 느긋했다. 아프리카에서는 매일 무슨 일이, 끔찍하거나 굉장한 일이 벌어진다. 매일 아침 눈을 뜨면 활강 스키를 타거나 봅슬레이를 타고 빠르게 달리는 것처럼 흥분된다. 11시가 되기도 전에 항상 어떤 일이 일어났다. 아프리카에서 아침에 눈을 떴을 때 행복하지 않은 적은 없었다. 적어도 끝내지 못한 일을 떠올리기 전까지는 말이다. 하지만 오늘 아침에는 지시를 따를 일이 없어서 잠시 여유로웠고, 근본적인 문제였던 버펄로는 우리 손이 닿지 않는 곳에 있어서 나는 행복했다. 우리가 하려는 일을 위해서는 버펄로가 우리 쪽으로 와야지 우리가 갈 필요는 없었다.

"어떻게 할 거예요?"

"차를 세워놓고 물가에 발자국이 있는지 재빨리 살펴보고, 늪지대와 접해 있는 숲에 들어가서 둘러보고 나와야죠. 코끼리가 이동한 쪽으로 가면 코끼리를 볼 수 있을 거예요. 못 볼 수도 있고."

"게레누크gerenuk(목이 큰 영양) 영역을 지나갈 수 있어요?"

"물론이죠. 늦게 출발해서 미안해요. 하지만 팝이 떠났고 여러 일이 있었거든요."

"거기 위험한 곳에 가 보고 있어요. 크리스마스 트리로 쓸 만한 게 있는지 볼래요. 사자도 있을까요?"

"어쩌면요. 하지만 그런 곳에서는 보지 못할 거예요."

"똑똑한 짐승이니까요. 지난번에 나무 밑에 있던 멋진 사자를 쉽게 잡을 수 있었는데 왜 못 쏘게 했어요? 여자들은 그렇게 잡잖아요."

"여자들은 그런 식으로 잡죠. 그래서 여자가 검은 갈기가 있는 아주 멋진 사자를 잡으려면 40발은 쏴야 할 걸요. 그러고 나서 사진을 멋있게 박고 그 망할 사자와 함께 살면서 남은 평생 모든 친구와 자신에게 거짓말을 하겠죠."

"마가디에서 그 멋진 사자를 놓쳐서 아쉬워요."

"아쉬워할 거 없어요. 자랑스러워해야죠."

"내가 왜 이렇게 됐는지 모르겠어요. 난 진짜 사자를 잡아야 해요."

"우리가 너무 심하게 뒤쫓았어요, 여보. 그 녀석은 정말 영리해요. 자신감을 얻고 실수할 때까지 내버려 둬야지."

"그 코끼리는 실수 안 해요. 당신이나 팝보다 더 똑똑하다고요."

"여보, 팝은 당신이 그 사자를 잡거나 그대로 놔주길 원했어요. 당신을 아끼지 않았다면, 아무 사자나 쏘게 했겠죠."

아내가 말했다. "팝 이야기는 하지 말아요. 난 크리스마스 트리에 대해서 생각할래요. 우리는 멋진 크리스마스를 보낼 거예요."

음투카는 응구이가 길을 따라 걷는 것을 보고 차를 가져왔다. 우리는 차에 올라탔고 나는 음투카에게 습지 건너편 모퉁이에 있는 물가를 가리켰다. 응구이와 나는 차 옆에 매달려서 발자국을 찾았다. 파피루스 습지를 오간 오래된 바퀴 자국과 짐승 발자국이 있었다. 새로 찍힌 영양 발자국도 있고 얼룩말과 톰슨가젤 발자국도 있었다.

이제 숲에 더욱더 가까워지자 길이 구불구불해졌고, 우리는 한 사람의 발자국을 보았다. 그리고 부츠를 신은 다른 발자국을 보았다. 비가 조금 내렸기에 우리는 걸어서 확인하려고 차를 세웠다.

나는 응구이에게 말했다. "나랑 같이 가지."

그는 활짝 웃었다. "그래요. 한 사람은 발이 크고 지친 모습으로 걸었네요."

"다른 사람은 맨발이고 총이 자기한테 너무나 무겁다는 듯이 걸었네. 차 세워." 나는 음투카에게 말하고 차에서 내렸다.

"봐요. 신발 신은 쪽 발자국은 매우 늙고 눈도 안 보이는 사람이 걸었네요."

"맨발은 마누라는 5명도 있고 소가 20마리가 있는 것처럼 걸었어. 맥주 마신다고 돈을 날렸네."

"그들은 아무 데도 가지 못했을걸요. 보세요, 신발을 신은 남자는 언제 죽을지 모른다는 듯이 걷고 있어요. 총 무게에 비틀거리고요. 여기서 뭘 하려는 거죠?"

"내가 어떻게 알아. 봐, 신발 신은 쪽은 이제 힘이 좀 났어."

"샴바Shamba(농장, 들판, 마을) 생각을 하고 있네요."

"크웬다 나 샴바Kwenda na Shamba(농장으로 가)"

"응디오Ndio(네). 신발 신은 쪽은 몇 살일까요?"

"자네가 상관할 바가 아니야."

우리는 손짓으로 차를 불렀고, 차에 올라타고는 나는 음투카에게 숲 입구 쪽으로 가자고 했다. 운전수는 웃으면서 고개를 흔들었다.

메리가 말했다 "두 사람 발자국을 살피면서 뭐한 거예요? 모두가 웃는 거 보니 재미난 일이라는 건 알겠네요. 하지만 정말 바보 같이 보여요."

"그냥 즐긴 거예요."

이 숲에 오면 나는 늘 우울했다. 코끼리도 뭔가를 먹어야 했고 원주민 농장을 망치는 것보다 나무를 뜯어 먹는 게 나았다. 하지만 먹는 양에 따라 나무를 쓰러트리는 파괴의 규모도 엄청나서 그것을 보면 우울했다. 코끼리는 현재 아프리카에서 개체 수가 꾸준히 증가하고 있는 유일한 동물이다. 원주민들에게 골칫거리가 될 정도로 개체 수가 늘어나자 도살할 수밖에 없었다. 그러고 마구잡이로 죽였다. 그런 학살을 하면서 즐기는 사람들이 있었다. 늙은 수컷, 어린 수컷, 암컷과 새끼를 죽였고, 많은 사람이 그런 일을 좋아했다. 코끼리 개체 수 관리는 필요했다. 하지만 숲이 망가지고 나무가 뽑히고 잎이 뜯긴 것을 보고, 밤사이에 원주민 농장에서 어떤 일이 벌어질 수 있는지에 대해 알면서, 코끼리 관리 문제에 대해 생각하기 시작했다. 하지만 나는 줄곧 이 숲까지 이어진 코끼리 두 마리의 발자국을 찾고 있었다. 나는 그 두 마리 코끼리를 알았고 낮 동안 어디로 갈지 알았지만, 발자국을 확인하고 우리를 지나쳐갔다는 것을 확인할 때까지 나는 메리가 적당한 크리스마스 트리를 찾는다고 돌아다니지 않게 신경 써야 했다.

우리는 차를 세웠고, 나는 큰 총을 챙기고, 차에서 내리는 메리를 도왔다.

"도움 필요 없어요."

"여보, 난 큰 총을 들고 당신 옆에 있어야 해요."

"그냥 크리스마스 트리 하나 고르는 거잖아요."

"알아요. 하지만 여기에는 뭐든 있을 수 있어요. 전에도 그랬잖아요."

"그럼 웅구이가 나랑 있으면 되죠. 차로도 여기 있잖아요."

"여보, 내가 당신을 책임져야죠."

"사람 참 따분하게 하네요."

"나도 알아요." 그러고 나는 웅구이를 불렀다. "웅구이."

"네, 브와나Bnawa(주인님)?"

진지한 상황이었다.

"가서 그 코끼리 두 마리가 숲속 깊숙이 들어갔는지 확인해봐. 바위 있는 쪽까지 가봐."

"웅디오."

웅구이는 오른손에는 내 스프링필드Springfield(소총의 일종)를 풀밭에 난 발자국을 살피며 탁 트인 곳을 걸었다.

메리가 말했다. "나무 하나만 고르려는 거예요. 날씨가 아직 선선할 때 나중에 다시 와서 나무를 파서 사파리 캠프에 옮겨 심으면 돼요."

"그렇게 해요."

그리 대답한 나는 응구이를 지켜보고 있었다. 응구이는 한 번 발걸음을 멈추더니 소리에 귀 기울였다. 그리고 매우 조심스럽게 걸었다. 나는 알맞은 크기와 모양의 나무를 찾으려고 여러 크기의 은빛 가시나무를 보고 있는 메리를 따라다녔지만, 어깨너머로 응구이를 계속 돌아봤다. 그는 다시 걸음을 멈춰서 소리를 듣더니 깊은 숲 쪽을 향해 왼팔을 흔들었다. 응구이를 나를 돌아봤고, 나는 우리에게 돌아오라고 손을 흔들었다. 그는 뛰지 않고 아주 빠른 걸음으로 왔다.

"코끼리는 어디 있어?"

"여기를 지나서 숲으로 갔어요. 소리가 들렸어요. 늙은 수놈과 아스카리asakari(경비병)이었어요."

"잘됐네."

응구이는 속삭였다. "들어봐요, 파로." 그는 오른쪽에 있는 울창한 숲을 가리켰다. 나는 아무소리를 듣지 못했다. 응구이는 "음주리 모토카Mzuri motocah."라고 말했다. '차에 타는 게 좋겠다.'라는 뜻이었다.

"메리를 데려가."

나는 응구이가 가리키는 곳으로 시선을 돌렸다. 은빛 가시나무, 푸른 풀밭과 덩굴 식물이 걸린 키 큰 나무들만 보였다. 그때 날카롭고 낮게 그르렁거리는 소리가 났다. 혀를 입천장에 대고 세게 불어서 혀가 갈대처럼 진동할 때 나는 소리였다. 웅구이가 가리키는 곳에서 들렸다. 하지만 아무것도 보이지 않았다. 난 .577구경 총의 안전장치를 풀었고 왼쪽으로 고개를 돌렸다. 메리는 내 뒤에 있으려고 비스듬히 오고 있었다. 웅구이가 그녀의 팔을 잡고 안내했고, 그녀는 계란을 밟는 것처럼 걸었다. 차로는 그녀 뒤를 따르고 있었다. 그때 날카롭고 거칠게 그르렁대는 소리가 다시 들렸고 웅구이는 스프링필드 총을 들고 뒤로 물러섰고, 차로는 앞으로 나와 메리의 팔을 잡았다. 그들은 나와 나란히 차가 있는 곳으로 향하고 있었다. 운전사 음투카는 귀가 멀어서 코뿔소 소리를 듣지 못했을 것이다. 하지만 음투카가 그들을 보면, 무슨 일이 일어나고 있는지 알았을 것이다. 난 둘러보고 싶지 않았다. 하지만 둘러봤고 차로는 메리에게 사냥용 차로 가라고 했다. 웅구이는 스프링드필드를 들고 그들과 신속히 움직이며 어깨 너머를 살폈다. 코뿔소를 죽이는 건 내 일이 아니었다. 하지만 수놈이나 암놈이 덤비고 다른 방법이 없다면 그래야만 했다. 난 땅에 첫 번째 총알을 쏴서 코뿔소가 돌아서게 할 계획이었다. 돌아가지 않는다면 두 번째 총알로 죽일 것이다. 감사하다고 혼잣말을 했다. 간단하다고 속으로 생각했다.

바로 그때 사냥용 차 시동이 걸리고, 저속 기어로 빠른 속도로 오는 소리가 들렸다. 나는 뒤로 물러나기 시작했고 뒤로 물러날수록 편안해졌다. 코뿔소가 덩굴 사이를 뚫고 튀어나오는 순간 사냥용 차가 옆에 급회전했고 나는 안전장치를 밀어붙이고 앞좌석 손잡이를 잡고 뛰어올랐다. 큰 암놈이 전속력으로 달려오고 있었다. 차에서 보니 암놈

뒤에 작은 새끼도 전속력으로 달려서 우스꽝스럽게 보였다.

코뿔소는 잠깐 우리와 가까워졌지만 차는 멀어져갔다. 앞 쪽에 공터가 있었고 음투카는 차를 왼쪽으로 급히 틀었다. 코뿔소는 곧장 앞으로 전속력으로 달리다가 종종 걸음으로 속도를 늦췄고, 새끼도 종종걸음을 걸었다.

"사진 찍었어요?" 나는 메리에게 물었다.

"못 찍었어요. 코뿔소가 바로 우리 뒤에 있어서."

"코뿔소가 나올 때도 못 찍었어요?"

"네."

"그럴 만도 했어요."

"그래도 크리스마스 트리는 골랐어요."

"내가 당신을 지켜주려는 이유 알겠죠?" 나는 어리석고 쓸데없는 말을 했다.

"당신도 거기에 코뿔소가 있는 줄 몰랐잖아요."

"코뿔소는 이 근방에 서식하고 습지 가장자리 냇가로 물을 마시러 와요."

"모두 너무 심각했어요. 농담 따먹기나 하는 사람들이 그리 진지한 거 처음 봤어요."

"여보, 내가 그 코뿔소를 죽여야만 했다면 끔찍했을 거예요. 그리고 난 당신이 걱정됐어요."

"모두 진지했어요. 모두가 내 팔을 붙잡고요. 난 차로 돌아가는 길을 알고 있어서, 아무도 내 팔을 잡을 필요가 없었는데 말이죠."

"여보, 구멍에 빠지거나 뭔가에 발을 헛디디지 말라고 당신 팔을 잡을 거였어요. 내내 땅바닥을 살피고 있었고요. 코뿔소는 아주 코앞에 있었고 언제든 덤벼들 수 있었고, 우리는 그걸 죽여서는 안돼요."

"새끼가 있는 암놈인거 어떻게 알았어요?"

"당연히 알죠. 그 녀석이 4개월 동안 이 주위에 있었으니까요."

"그 코뿔소가 크리스마스 트리가 있는 곳에 없었으면 좋겠는데."

"트리는 잘 구할 거예요."

"당신은 늘 말만 잘하죠. 팝이 있을 때 모든 일이 더 간단하고 좋았는데."

"그건 맞아요. G.C.가 여기 있으면 더 쉬웠을 거예요. 하지만 현재 우리 말고는 아무도 없으니까 아프리카에서 싸우지 말아요. 제발."

"나도 싸우고 싶지 않아요. 싸우자는 것도 아니고요. 난 그저 농담을 따먹거나 하던 당신들이 그렇게 심각해지고 정의롭게 구는 게 마음에 안 드는 거예요."

"코뿔소한테 죽은 사람 본 적 있어요?"

"아뇨. 당신도 없잖아요."

"맞아요. 보고 싶지도 않아요. 팝도 본 적 없어요."

"당신들이 모두 그렇게 심각해지는 게 싫었어요."

"내가 코뿔소를 죽일 수 없기 때문이에요. 죽일 수 있으면 문제없죠. 당신 생각도 해야 하고요."

"내 생각은 그만해요. 크리스마스 트리를 구하는 거나 생각해줘요."

나는 왠지 정의감이 들기 시작했고 팝이 있어서 분위기를 바꿔줬으면 좋겠다고 생각했다. 하지만 팝은 더 이상 우리 곁에 없었다.

"적어도 게레누크 영역을 지나갈 수 있죠?"

"그럼요. 지금 개코원숭이가 건너고 있는 키 큰 나무숲 가장자리의 진흙바닥 너머에 있는 큰 바위들 앞에서 우회전하고, 진흙바닥을 건너서 다른 코뿔소들이 지나가는 동쪽으로 가면 되요. 그리고 오래된 마냐타Manyatta(아프리카 주거지의 일종)가 있는 동남쪽으로 가면 게레누크 영역이에요."

"거기 가 보면 멋질 거 같아요. 하지만 팝이 그립네요."

"나도 그래요."

어린 시절의 일부였던 신비로운 장소들이 항상 존재한다. 우리가 잠들거나 꿈을 꿀 때 기억하고 찾아가는 곳이다. 우리가 어렸을 때처럼 밤에 그 장소들은 아름답다. 그 장소들을 보려고 다시 가면, 그곳에 없다. 하지만 운이 좋아 꿈을 꾸게 된다면, 밤에 그 장소들은 여전히 멋지다.

아프리카에서 우리는 큰 산 기슭에 위치한 늪지 가장자리 강 근처에 큰 가시나무 그늘이 드리워진 작은 평원에 살았고, 우리는 그런 장소들이 있었다. 엄밀히 따져서 우리는 더 이상 아이들이 아니었지만 여러 면에서 아이들처럼 굴었다. 어린 애 같다는 말을 경멸적인 의미였다.

"아이처럼 굴지 말아요, 여보."

"난 아니에요. 당신이나 그러지 말아요."

나와 어울리는 사람들 중 누구도 "철들어라. 정신 차리고 제대로 살아라."라고 말하지 않는 것이 어쩌면 고맙게 느껴진다.

아프리카는 오래된 만큼 능숙한 침입자와 약탈꾼들을 제외하고 모든 사람을 어린 아이로 만든다. 아프리카에서는 누구도 "철 좀 들어!"라고 말하지 않는다. 모든 인간과 동물은 매년 나이를 한 살 더 먹고, 지혜를 더 얻기도 한다. 가장 빨리 죽는 동물이 가장 빨리 배운다. 어린 가젤도 2살이 되면 다 자라서 온전하게 살아간다. 생후 4주에도 환경에 잘 적응해서 산다. 인간은 어떤 장소에 가면 자신이 어린 아이처럼 된다는 것을 알고 있으며, 군대와 마찬가지로, 연장자라는 건 늙었다는 것이다. 하지만 어린 아이 같은 마음을 갖는 것은 부끄러운 게 아니다. 영광스러운 것이다. 사람은 사람답게 행동해야 한다. 사람은 항상 자신에게 유리한 경우에는 바람직하고 타당하게 싸워야 하지만, 부득이한 경우에는 결과는 생각지 말고 어떤 역경에도 싸워야 한다. 부족법과 관습을 따라야 하고, 그럴 수 없을 때는 부족의 규율을 받아들여야 한다. 그러나 어린 아이의 마음, 어린 아이의 정직함과 생기 넘기는 고귀함을 간직하는 것은 결코 질책할 일이 아니다.

메리가 게레누크를 사냥하려는 이유는 아무도 몰랐다. 게레누크는 이상하게 목이 긴 가젤로, 수컷 머리 앞쪽에 무겁고 짧고 구부러진 뿔이 달렸다. 게레누크는 이 지역에서는 특별한 먹거리였다. 하지만 톰슨가젤이나 임팔라가 더 맛있었다. 그래서 사람들은 메리의 종교 때문이 아닐까하고 생각했다.

메리가 사자를 잡아야 하는 이유는 모두가 알았다. 사파리를 수백 번 다녀본 몇몇 노인들은 메리가 꼭 옛날 방식으로 잡으려는 이유를 이해했다. 그러나 모든 악조건들은 대략 정오에 게레누크를 잡아야 한다는 것처럼 그녀의 종교와 관련 있는 게 확실했다. 평범하고 간단한 방법으로 잡는 것은 메리에게 분명 아무 의미가 없었다.

아침 사냥이나 순찰이 끝날 쯤에 게레누크는 울창한 덤불 속에 있었다. 게레누크가 운 나쁘게 눈에 띄면 메리와 차로가 차에서 내려 뒤를 밟았다. 게레누크는 슬금슬금 피하거나, 뛰어가거나 도망쳤다. 응구이와 나는 본분에 따라 그 두 사람을 쫓았고 우리가 있어서 게레누크는 계속 이동했을 것이다. 마침내 게레누크가 계속 이동하기에 날씨가 너무 더워지면, 차로와 메리는 다시 차로 돌아왔다. 내가 알기로는 이런 식의 게레누크 사냥에서는 총을 쏘지 않았다.

메리가 말했다. "망할 게레누크들. 수놈이 나를 똑바로 쳐다보고 있었어요. 하지만 난 얼굴이랑 뿔만 보였거든. 그리고 다른 덤불 뒤로 가서 그 녀석이 암놈인지 아닌지 알 수 없었어요. 계속 시야에서 벗어났거든요. 총을 쏠 수도 있었지만 상처를 입혔을지도 몰라요."

"다음에는 잡을 거예요. 당신 사냥을 아주 잘 하던데요."

"당신들이 따로 오지 않으면요."

"따라 가야만 해요, 여보."

"난 그게 지긋지긋해요. 이제 모두 샴바로 갈건가요?"

"아뇨. 곧장 캠프로 가서 시원한 걸 마시고 싶어요."

"난 이렇게 정신없는 곳을 좋아하는 이유를 모르겠어요. 게레누크에게 반감은 없어요."

"여기는 사막 같은 곳이에요. 이곳에 오려면 반드시 건너야 하는 커다란 사막 말이에요. 어떤 사막이든 좋아요."

"내가 빠르게 잘 쏘고 보는 대로 빨리 쏠 수 있었으면 좋겠어요. 키가 크면 좋았을 텐데. 당신도 다른 사람들도 그 사자를 봤는데 나는 못 봤잖아요."

"그 놈이 있던 위치가 안 좋았잖아요."

"그 사자가 있던 곳 나도 알아요. 여기서 그리 멀지도 않았고요."

"맞아요." 그러고 나서 나는 운전사에게 말했다. "크웬다 나 캄피 Kwenda na campi(캠프로 가)."

"샴바로 안 가다니 고맙네요. 당신은 가끔 샴바를 참 좋아해요."

"좋아하는 건 당신이죠."

"안 좋아해요. 당신이 그곳에 가서 배워야 할 것 배우기를 바라는 것뿐이죠."

"지금은 무슨 일로 날 부르기 전에는 안 가요."

"곧 연락이 올 걸요. 걱정하지 말아요."

우리가 샴바로 돌아가지 않았고, 캠프로 돌아가는 길은 매우 아름다웠다. 기다란 공터가 연달아 있었다. 그 공터들은 호수처럼 이어졌고, 기슭에는 푸른 나무와 덤불이 있었다. 엉덩이가 희고 넓적하며 몸은 갈색과 흰색으로 섞인 그랜트가젤은 늘 그곳에서 총총 걸어 다녔는데, 암놈은 빠르고 가볍게 움직였고 수놈은 무거운 뿔이 뒤로 흔들렸다. 그 다음 무성한 푸른 숲을 크게 돌면, 캠프의 녹색 텐트가 보였고, 노란빛 나무 뒤로는 산이 보였다.

이 캠프에 우리끼리만 있는 것은 이번에 처음이었다. 나는 큰 나무 그늘 아래 펄럭이는 식당 텐트에 앉아서 메리가 씻고 오면 점심 전에 함께 한 잔 마실 수 있기를 기다렸고, 별 탈 없이 편안한 날이 되기를 바랐다. 나쁜 소식은 빨리 들려오지만, 요리용 모닥불 주위에서 그런 조짐은 보이지 않았다. 목재 운반 트럭은 아직 오지 않았다. 간 김에 물을 길어 올 것이고 샴바 소식을 가져올 것이다. 난 손을 씻고 셔츠를 갈아입은 후 반바지로 바꿔 입고 모카신을 신고 그늘 밑에서 시원하고 편안하게 있었다.

텐트 뒤쪽은 트여 있었고, 산들바람이 불어와 눈이 내리는 것처럼 시원했다.

메리가 텐트로 들어오면서 말했다. "마실 게 없네요. 우리 두 사람 것 만들어 올게요."

막 다림질한 색이 바란 사파리 슬랙스와 셔츠를 입은 메리는 아름다웠다. 그녀는 기다란 유리잔에 캄파리와 진을 따르고 캔버스 천으로 된 물통에서 차가운 사이펀siphon(대기의 압력을 이용하여 액체를 하나의 용기에서 다른 용기로 옮기는 데 쓰는 관)을 찾으면서 말했다. "우리만 있어서 참 좋아요. 마가디에 있을 때 같고, 더 좋아요." 그녀는 음료를 만들어 나에게 한 잔 줬고, 우리는 건배했다. "난 퍼시벌 씨를 너무 좋아하니까 그 분이 계셨으면 해요. 하지만 당신이랑 이렇게 단 둘이 있는 게 정말 좋아요. 날 신경써주는 당신이 좋고 짜증도 안 나요. 정보원 같은 거 빼고 뭐든 다 할 거예요."

"당신 정말 멋져요. 늘 우리 둘이서 가장 재미난 일을 즐겼잖아요. 그러니까 내가 바보처럼 굴어도 참아줘요."

"당신은 바보가 아니에요. 우리는 멋진 시간을 보낼 거예요. 여기는 마가디보다 훨씬 좋아요. 우리는 여기 살고 있고 우리만의 장소에요. 멋질 곳이 될 거예요. 두고 봐요."

텐트 밖에서 기침 소리가 들렸다. 나는 그 소리를 알았고, 그 소리가 뭔지 적어두지 않는 게 났다고 생각했다.

"그래, 들어와." 수렵관리국의 정보원이었다.

그는 키가 크고 위엄 있는 모습의 남자로, 긴 바지와 얇은 흰색 가로 줄무늬가 들어간 짙은 파란색의 깨끗한 스포츠 셔츠를 입고, 어깨에 숄을 둘렀고 펠트 모자를 썼다. 모두 선물 받은 거 같았다. 숄은 로이토키톡Loitokitok에 있는 힌두교 상점에서 파는 천으로 만든 것이었다. 그의 짙은 갈색 얼굴은 기품 있었고 한때는 잘생겼을 것이다. 그는 억양이 섞인 영어를 느리지만 정확하게 말했다.

"살인범을 잡았다는 소식을 전하게 돼서 기쁩니다."

"어떤 살인범인데?"

"마사이족 살인범입니다. 심하게 다쳤고, 아버지와 삼촌이 함께 있습니다."

"누굴 죽였지?"

"사촌입니다. 기억 안 나세요? 상처도 치료해주셨는데."

"그 남자는 안 죽었어. 병원에 있어."

"그렇다면 살인미수네요. 어쨌든 내가 그 놈을 체포했습니다. 형제님, 나중에 보고서에 언급해주세요. 살인미수범이 정말 아파서 형제님이 상처를 치료해주길 바랍니다."

"알았어. 나가서 살펴보지. 미안해요, 여보."

"괜찮아요, 전혀 상관없어요."

"마실 게 있을까요, 형제님? 범인 잡는다고 지쳤습니다."

"젠장, 미안해요, 여보."

"괜찮아요. 무슨 말을 하겠어요."라고 메리가 말했다.

정보원은 말했다. "술을 말하는 게 아니었어요. 물 한 모금이면 됩니다."

"가져다줄게."

살인미수범, 그의 아버지와 삼촌 모두 굉장히 의기소침해 보였다. 난 그들과 인사를 나누며 악수를 했다. 살인미수범은 아직 젊은 전사로 창으로 다른 전사와 모의 전투를 하면서 놀고 있었다. 그의 아버지는 아무 일도 아니었다고 설명했다. 그저 놀다가 실수로 다른 청년에게 상처를 입힌 것뿐이었다. 그 청년이 밀쳐냈고 상대방이 다쳤다. 그 뒤 두 사람은 흥분해서 싸웠지만 전혀 심각하지 않았고, 절대 죽이지 않았다. 하지만 그가 친구의 상처를 보고 자신이 친구를 죽인 게 아닐까하고 겁을 먹어서 숲으로 도망가서 숨었다. 지금은 아버지와 삼촌과 함께 돌아왔고 자수하고 싶어 했다. 이 모든 이야기를 아버지가 했고, 그 젊은이는 고개를 끄덕였다.

난 통역을 통해 그 친구는 병원에 있고 건강 상태도 좋으며, 그 친구나 친척도 이 청년에 대해 어떤 소송도 제기하지 않았다는 걸 들었다고 전했다. 그 아버지는 같은 이야기를 들었다고 했다.

나는 식당 텐트에서 약통을 들고 나와 상처를 치료했다. 목, 가슴, 팔 위쪽과 등에 상처가 있었고, 모두 심하게 곪았다. 나는 상처 부위를 닦은 후 마법의 거품 효과를 내고 벌레를 죽이기 위해 과산화수소로 다시 닦아냈고, 특히 목 부위 상처에는 대단한 색깔 효과를 내는 머큐로크롬Mercurochrome을 발랐고, 각 상처마다 술파sulfar 제를 가득 뿌린 후 거즈 드레싱을 하고 연고를 발랐다.

통역을 맡고 있던 정보원을 통해 나는 집안 어른들에게 젊은 남자들이 라이토키톡에서 골든 지프Golden Jeep 셰리주를 마시는 것보다 창 사용법을 익히는 게 더 낫다고 말했다. 하지만 나에게 법적 권한이 없기에 아버지가 아들을 경찰서에 데리고 가야 하고, 또한 그곳에서 상처를 살피고 페니실린 주사를 맞을 수 있을 것이라고 전했다.

이 말을 전해 듣는 두 사람은 함께 이야기 나눈 후 나에게 왔고, 나는 그 문제에 관심이 높다는 것을 알려주기 위해 그 사람들이 이야기하는 동안 다 안다는 듯이 독특한 소리를 냈다.

"저 사람들 말로는, 당신이 그 일에 대해 판단해 주면, 그 판단에 따르겠다고 합니다. 자신들은 사실만을 말했고, 당신은 이미 상대방 어르신과 이야기 나눴으니까요."

"경찰에게 그 전사를 꼭 데리고 가야한다고 전해줘. 고소된 것이 없으니까 경찰도 할 수 있는 게 없다고. 보마 경찰서에 가서 상처를 치료하고 페니실린 주사를 맞으라고 해. 그렇게 해야 해."

나는 두 어른과 젊은 전사와 악수했다. 그 청년은 훌륭한 외모에 마르고 자세는 매우 반듯했지만 지쳐있었고, 상처를 닦아냈을 때 전혀 움찔하지 않았지만 아파했다.

정보원은 내가 파란색 비누로 손을 씻었던 침실용 텐트 앞까지 따라왔다. "이봐, 자네는 경찰한테 가서 내가 했던 말과 그 어른이 나에게 했던 말을 그대로 정확히 말해줘. 자네 멋대로 이야기하면 어떻게 될지 알지?"

"어째서 형제님은 내가 충실하지 않고 의무를 다 하지 않을 거라고 생각하죠? 왜 날 의심하십니까? 10실링만 빌려주실래요? 다음 달 1일에 갚겠습니다."

"10실링으로는 자네가 처한 곤경에서 벗어날 수 없어요."

"알아요. 하지만 10실링 필요해요."

"여기 있어."

"샴바에 선물 보낼 건가요?"

"내가 직접 보낼 거야."

"형제님 말이 맞습니다. 당신은 항상 옳고 두 배로 관대해요."

"허튼소리 하지 마. 가서 마사이족 사람들이랑 트럭에 타. 미망인을 찾아줘. 그리고 취하지 말고."

텐트에 들어가니 메리가 기다리고 있었다. 뉴욕커New Yorker(콘데 나스트 퍼블리케이션즈가 발행하는 잡지) 최신판을 읽으며 진과 캄파리를 홀짝거렸다.

"그 사람 심하게 다쳤어요?"

"아뇨. 그렇데 상처 부위 감염이 심했어요. 한 군데는 정말 심했어요."

"그날 마냐타에 다녀온 후로는 놀랍지도 않아요. 파리들이 정말 지독했어요."

"그 사람들은 파리가 상처를 깨끗하게 한다고 생각해요. 하지만 구더기는 늘 소름끼쳐요. 그건 상처를 깨끗이 한다기보다는 더 키울 뿐이죠. 목에도 큰 상처가 있더라고요."

"하지만 다른 사람이 더 심하게 다쳤잖아요?"

"맞아요. 하지만 바로 치료받았어요."

"아마추어 의사로 많은 경험을 쌓고 있네요. 당신 자신도 치료할 수 있겠어요?"

"뭘 치료해요?"

"가끔 당신에게 일어나는 일이요. 단순히 육체적인 문제를 말하는 게 아니에요."

"예를 들면요?"

"당신이랑 정보원이 샴바 이야기하는 걸 들었어요. 엿들은 거 아니에요. 하지만 두 사람이 텐트 바로 밖에 있었고, 정보원이 약간 귀가 멀어서 당신이 조금 큰 소리가 이야기했잖아요."

"미안해요. 내가 불쾌한 말이라도 했어요?"

"아뇨, 선물 이야기만 했어요. 그 아가씨에게 선물 많이 보낼 거예요?"

"아뇨. 그 집에는 마푸타mafuta(돼지기름)를 항상 보냈고, 설탕이랑 필요한 물건도 보낼 거예요. 의약품이나 비누 같은 거요. 그 여자에게는 맛있는 초콜릿을 사주고."

"나한테 사 준과 같은 거겠네요."

"몰라요. 아마 그럴 거예요. 초콜릿이 3가지 종류 밖에 없는데 전부 맞나요."

"그 아가씨한테 다른 큰 선물은 안 해요?"

"할 거예요. 옷이요."

"예쁜 옷이겠네요."

"우리 꼭 이런 이야기를 해야 해요, 여보?"

"아뇨, 그만 할게요. 하지만 관심이 가는 걸요."

"당신이 말하면, 다시는 그 여자 만나지 않을게요."

"그걸 원하는 게 아니에요. 그 아가씨가 읽고 쓰지는 못해서 당신에게 편지를 쓰지 못하니까 괜찮아요. 당신이 작가라는 것도, 작가가 뭔지도 모르겠죠. 그런데 당신은 그 아가씨는 사랑하는 건 아니죠?"

"당당한 모습이 귀여워서 좋아하는 거예요."

"나도 그렇잖아요. 그 아가씨가 나를 닮아서 좋아하는 거네요."

"당신을 더 좋아해요. 그리고 사랑하고요."

"그 아가씨는 날 어떻게 생각하죠?"

"당신을 매우 존경하고 매우 두려워해요."

"왜요?"

"내가 물어봤는데, 당신이 총을 가지고 있기 때문이래요."

"그렇기는 하네요. 그래서 그 아가씨는 당신한테 무슨 선물을 주는데요?"

"대부분 옥수수요. 축제용 맥주도요. 모든 걸 맥주로 바꿀 수 있잖아요."

"두 사람 공통점은 뭐에요? 진짜로요."

"아프리카겠죠. 그리고 너무 단순하지 않은 믿음과 다른 무언가가 있어요. 딱 꼬집어 말할 수가 없어요."

"두 사람 나름 잘 어울려요. 점심 가져오라고 해야겠어요. 당신은 여기서 먹을래요? 아니면 거기에서?"

"여기가 훨씬 더 좋아요."

"하지만 당신은 여기보다 라이토키톡에 있는 싱 씨 집에서 더 잘 먹잖아요."

"그렇죠. 하지만 당신은 거기 간 적 없잖아요. 늘 바빠서."

"나도 그 곳에 친구들이 있어요. 하지만 안쪽 방에 들어가 가서 당신이 싱 씨 옆에서 앉아서 즐겁게 식사를 하고 신문을 읽고 제재소 돌아가는 소리를 듣는 모습을 보고 싶어요."

나 또한 싱 씨 집에 있는 것을 너무 좋아했고 그의 자녀들과 투르카나Trukana 부족 여성인 싱 부인도 좋아했다. 그 부인은 아름답고 매우 친절하고 이해심이 넓고 굉장히 깔끔하고, 단정했다. 아라프 메이나Arap Meina는 나의 가장 친한 친구이자 웅구이와 음투카의 동료로, 싱 부인을 열렬히 동경했다. 그는 여자를 보는 걸로 큰 즐거움이 되는 나이가 되었고, 싱 부인이 메리 다음으로 세상에서 가장 아름다운 여성일 거라고 여러 번 말했다. 몇 달 동안 영국 공립학교 형식의 이름인 줄 알고 아랍 마이너라고 이름을 잘못 불렀던 아라프 메이나는 마사이족 또는 마사이족의 분파 부족인 룸바Lumbwa족이었고, 그들은 뛰어난 사냥꾼이자 밀렵꾼이었다. 아라프 메이나는 수렵정찰원이 되기 전에는 상당히 성공한 상아밀렵꾼으로 여기저기 다녔지만 체포되지 않았다고 했다. 본인도 나도 그의 정확한 나이를 모르지만, 아마 65살에서 70살 사이일 것이다. 그는 매우 용감하고 능숙한 코끼리 사냥꾼이었고 G.C.가 없을 때 이 지역 코끼리를 관리했다. 모든 사람이 그를 매우 좋아했고, 그가 맨 정신일 때나 심하게 취했을 때, 정말 군인처럼 행동했다. 아라프 메이나가 메리와 나만을 너무 사랑하며 자신도 어쩔 수 없다고 말했을 때, 나는 그런 격한 경계를 받아본 적이 없다. 하지만 자신은 영원히 이성애자라고 말할 정도로 술에 취하기 전에, 그는 나와 싱 씨의 가게 안쪽 방에서 나와 같이 앉아서 손님 대접을 하거나 집안일을 하는 싱 부인을 보는 것을 즐기곤 했다. 그는 싱 부인 옆모습을 보는 것을 더 좋아했고, 나는 아라프 메이나가 싱 부인을 엿보는 모습을 지켜보고, 싱 씨 가게 벽에 걸린 석판화와 그림을 보고 탐구하는 것을 정말 좋아했다. 그 그림은 각각 한쪽 손으로 수사자와 암사자의 목을 조르는 모습이 묘사됐다.

싱 부부와 분명히 해야 할 일이 있거나 마사이족 어르신과 공식적 대화를 할 때, 우리는 선교학교에서 교육을 받은 청년에게 통역을 시켰는데, 그는 손에 코카콜라 병을 들고 출입구에 서 있어서 눈에 띄었다. 평소에는 되도록 선교학교 남학생에게 시키지 않으려고 했는데, 그는 공식적으로 구원받았고 우리와 접촉으로 타락할 수밖에 없었기 때문이었다. 아라프 메이나는 이슬람교도였지만, 난 오래 전부터 우리의 독실한 이슬람교도들은 그가 이슬람교 계율에 따라 도축한 것은 먹지 않았다는 것을 알았다. 종교의 가르침을 실천하는 이슬람교도가 계율에 따라 도축한 것을 합법적으로 먹을 수 있었다.

아라프 메이나는 언젠가 술에 잔뜩 취했을 때, 옛날에 나와 함께 메카에 간 적이 있었다고 사람들에게 말했다. 하지만 경건한 이슬람교도들은 이 말이 사실이 아니라는 것을 알았다. 20년 전에 차로는 내가 이슬람교로 개종하기를 바랐고, 나는 그가 라마단 기간에 단식하는 것을 쭉 지켜보았다. 그는 오래전에 날 개종시키는 것을 포기했다. 하지만 내가 실제로 메카에 가 본 적이 있는지는 나 말고는 누구도 모른다. 모든 사람의 최고의 면과 최악의 면을 믿었던 정보원은 내가 메카를 여러 번 다녀왔다고 확신했다. 윌리는 유명한 늙은 총잡이의 아들이라는 그의 이야기를 듣고 내가 고용한 혼혈 운전사로, 실제로는 그 총잡이는 그를 낳지 않았다. 그는 우리가 함께 메카에 갈 것이라고 매우 자신 있게 말했다.

마침내 나는 종교 논쟁에서 응구이 때문에 궁지에 몰렸고 그가 직접 물어보지는 않았지만 나는 메카에 가본 적이 없으며 갈 생각이 없다고 말했다. 이 말에 그는 크게 안심했다.

메리는 텐트에서 낮잠을 자러 갔고, 나는 식당 텐트 그늘에 앉아 책을 읽고 샴바와 라이토키톡에 대해 생각했다. 샴바에 대해 너무 많이 생각해서도 안 되고 그곳에 갈 핑계를 찾으면 안 된다는 것도 알았다. 응구이와 음투카가 말고 다른 사람들 앞에서 데바는 나에게 '잠보, 투 Jambo, tu(안녕하세요)'라고 말하고 매우 엄숙한 인사할 때 말고는, 데바와 나는 서로에게 한마디도 하지 않았다. 우리끼리 있을 때는 그녀도 웃고 그들도 웃는다. 그들이 차에 있거나 다른 쪽으로 가버리면, 그녀와 나는 잠깐 함께 걸었다. 그녀가 가장 좋아하는 것을 사냥용 차 앞자리에서 운전하는 음투가와 나 사이에 앉아 있는 것이었다. 그녀는 항상 똑바로 앉아서 다른 사람들을 처음 본 것처럼 쳐다봤다. 종종 그녀는 자기 아버지와 어머니에게 공손하게 인사했지만, 가끔 그들을 보지 않으려고 했다. 우리가 라이토키톡에서 사줬던 그녀의 옷은 그렇게 똑바로 앉으면서 앞부분이 상당히 해졌고 매일 세탁을 해서 색도 바랬다.

우리는 새 옷을 사기로 했다. 크리스마스나 우리가 표범을 잡았을 때 사기로 했다. 다양한 표범이 있었지만, 이 표범이 특별히 중요했다. 옷이 데바에게 중요한 것처럼 여러 이유로 그 녀석이 나에게 중요했다.

"다른 옷이 있으면 이 옷을 자주 빨지 않아도 되겠네요."

"비누로 장난치고 싶어서 자주 세탁했겠지."

"그럴 지도요. 근데 우리는 언제 라이토키톡에 같이 갈 수 있어요?"

"조만간."

"그 말로 충분하지 않아요."

"내가 해 줄 말은 그 뿐이야."

"저녁에 언제 맥주 사러 올 거예요?"

"조만간."

"그 말 싫어요. 당신과 조만간은 거짓말쟁이 형제 같아요."

"그렇다면 우리 둘 다 안 올 거야."

"와주세요. 조만간도 데려오고요."

"그럴게."

앞자리에 함께 탔을 때, 그녀는 내 권총의 낡은 가죽 권총집의 도드라진 무늬를 만지는 것을 좋아했다. 아주 오래되고 낡은 꽃무늬 케이스였는데, 그녀는 손으로 아주 조심스럽게 무늬를 만지다가 권총과 권총집을 허벅지를 바짝 가져다 댔다. 그러고는 조금 더 허리를 펴고 앉았다. 내가 아주 가볍게 그녀의 입술에 손가락을 가져다 대면, 그녀는 웃었고, 음투가가 캄바어로 뭐라고 하면 권총집을 허벅지를 더 밀착시켰다. 오랜 시간이 지나고서야 그녀가 하려고 했던 것은 자신의 허벅지에 권총집 케이스 무늬를 찍으려고 했던 거라는 걸 알았다.

처음에는 나는 데바에게 스페인어로만 말했다. 그녀는 금방 배웠는데, 신체 부위와 사람의 동작부터 시작해서 음식과 다양한 관계, 동물과 새의 이름부터 익히면 간단하다. 영어로는 한 번도 이야기한 적이 없었고, 우리는 스와힐리어를 조금 섞어서 말했지만, 나머지는 스페인어와 캄바어를 섞은 새로운 언어로 말했다. 정보원이 소식을 전했다. 나도 그녀도 이런 방식을 좋아하지 않았는데, 정보원은 나에 대한 그녀의 감정을 정확히 말해야 한다고 생각했지만, 그 감정은 데바의 어머니인 미망인한테서 간접적으로 들었기 때문이다. 이렇게 제삼자를 통한 소통은 어려웠고, 가끔은 당황스럽지만 때로는 흥미롭고 도움도 됐다.

정보원은 다음과 같이 말했다. "형제님, 그 아가씨가 당신을 너무나 진심으로 사랑하고 있다는 걸 알려주는 건 내 의무입니다. 형제님은 언제 아가씨를 만날 수 있습니까?"

"못생긴 노인을 사랑하지 말라고 그리고 당신에게 비밀을 털어놓지 말라고 전해줘."

"저는 진지해요, 형제님. 당신은 모릅니다. 그녀는 자신의 부족이나 형제님 부족 방식대로 당신이 자신과 결혼해 주길 원합니다. 돈은 들지 않습니다. 지참금이 없어요. 원하는 것은 단 한 가지고, 멤사히브가 자신을 받아준다면 아내가 되고 싶답니다. 그 아가씨는 멤사히브가 본처임을 압니다. 그리고 당신도 알다시피 멤사히브를 두려워해요. 당신은 이 일이 얼마나 진지한지 모릅니다. 전부 다요."

"어렴풋이 짐작은 가."

"어제부터 상황이 어떻게 돌아가는지 형제님은 몰라요. 그 아가씨는 형제님이 자신의 아버지와 어머니에게 어느 정도 예의와 격식을 갖춰주길 바랄 뿐입니다. 일이 그렇게 되었어요. 돈 문제는 없습니다. 격식만 갖추면 됩니다. 맥주면 될 것입니다."

"나 같은 늙은이를 좋아할 리가 없어."

"형제님, 그 아가씨는 당신은 좋아합니다. 제가 여러 가지를 말씀드릴 수 있습니다. 진심입니다."

"왜 날 좋아하는데?" 나는 쓸데없이 물었다.

"예전에 형제님이 마을 수탉을 잡아서 그 아가씨 집 앞에서 (우리 누구도 '오두막'이라는 말을 쓰지 않았다) 마법으로 닭을 참 들게 했습니다. 이런 일을 전혀 본 적 없었고 어떤 방법을 썼는지 물어보는 게 아닙니다. 하지만 그 아가씨는 형제님이 마치 표범과 같은 움직임으로 달려들었다고 했습니다. 그때부터 아가씨는 변했습니다. 라이프 지에서 미국의 큰 짐승이나 세탁기, 조리기구와 기적처럼 보이는 레 인지와 믹서기 사진을 오려 집 벽에 붙였습니다."

"유감이네. 그건 실수였어."

"그래서 옷을 그렇게 여러 번 빨래한 것입니다. 형제님을 기쁘게 하려고 세탁기가 되려고 하는 것입니다. 그 아가씨는 당신이 세탁기 때문에 쓸쓸해하고 가버릴까 봐 걱정하고 있습니다. 형제님, 비극적 인 일입니다. 그 아가씨를 위해 뭐라고 해주실 수 있나요?"

"내가 할 수 있는 거 할게. 하지만 수탉은 재우는 건 마법이 아니었 어. 속임수였지. 수탉은 잡은 것도 말이야."

"형제님, 그 아가씨는 당신을 정말 사랑합니다."

"그녀에게 전해줘. 사랑이라는 말은 없다고. 미안하다는 말이 없는 것처럼 말이야."

"그 말은 맞습니다. 하지만 그에 해당하는 말은 없지만 그런 일은 일어났습니다."

"자네와 나는 같은 또래니 많은 설명은 필요 없겠지."

"상황이 심각하니까, 이 말을 드리는 것뿐입니다."

"이곳에서 법을 준수해야 하는 한 난 법을 어길 수 없어."

"형제님, 잘 모르시네요. 법 같은 건 없습니다. 이곳에서 샴바는 불 법입니다. 캄바 구역에는 없어요. 35년 동안 퇴거 지시가 있었지만 그 런 일은 일어나지 않았죠. 관습법도 없습니다. 경우에 따른 변화만 있 을 뿐입니다."

"계속 말해봐."

"감사합니다, 형제님. 여기 샴바 사람들에게 당신과 수렵 감독관 말이 법입니다. 형제님이 더 나이가 많기에 수렵 감독관보다 상위법입니다. 또한, 그 사람은 지금 경비병과 함께 멀리 나가 있습니다. 여기서는 형제님과 응구이 같은 젊은이들과 전사들이 있습니다. 아라프 메이나도 있습니다. 모두가 당신을 아라프 메이나의 아버지로 알고 있습니다."

"나는 그 사람 아버지가 아니야."

"형제님, 내 말을 오해하지 마세요. 내가 말하는 아버지가 무슨 뜻인지 알 것입니다. 아라프 메이나는 당신이 아버지라고 했어요. 비행기에서 죽었을 때, 당신이 살려줬다고 했습니다. 형제님은 브와나 마우스(헤밍웨이의 둘째 아들) 텐트에서 죽은 그를 살려줬어요. 그렇게 알려져 있어요. 많은 일들이요."

"잘못 된 이야기가 너무 많은데."

"형제님, 술 한 잔 마셔도 될까요?"

"내가 안 볼 때, 마셔."

"건배." 정보원은 고든Gordon 진 대신 캐나다 진을 들었고, 나는 그가 안쓰러웠다. "용서해주세요. 평생 많은 브와나를 모셔왔습니다. 더 이야기할까요? 아니면 지겨우세요?"

"지겨운 부분도 있지만, 흥미로운 부분도 있어. 샴바의 역사에 대해 더 말해줘."

"그들은 캄바족이고 저는 마사이족이라고 역사는 정확히 말라요.

샴바는 뭔가 이상해요. 그러니까 전 그곳에 살고 있는 겁니다. 거기 사람들은 이상해요. 형제님도 알고 있습니다. 어떤 이유로 원래 이곳에 왔습니다. 여기는 캄바 구역에서 상당히 멀어요. 여기는 부족법도 다른 법도 통하지 않습니다. 형제님은 마시아족 상황도 알고 있습니다."

"그 이야기는 다음에 해."

"그러겠습니다. 마사이족 상황은 좋지 않습니다. 이야기하자면 깁니다. 하지만 샴바 이야기는 하겠습니다. 이른 아침에 그곳에 가서 저를 통해서 응고마Ngoma(축제)에서 밤새 술을 취하도록 마신 것에 대해 엄하게 말씀하신 적 있죠? 나중에 사람들이 형제님 눈빛이 교수대 같았다고 했습니다. 술에 너무 취해 말을 알아듣지 못하는 사람을 강으로 데려가 산에서 내려온 물로 씻겨서 정신을 차리게 했고, 그 사람은 같은 날 걸어서 산을 올라 이웃 동네로 갔습니다. 형제님은 당신 자체가 얼마나 중대한 법인지 모릅니다."

"작은 샴바잖아. 하지만 무척 아름다워. 그 응고마 때 누가 맥주용 설탕을 그 사람들에게 팔았지?"

"모릅니다. 하지만 알아볼 수 있습니다."

"누군지 알아." 나는 그에게 말했다. 정보원도 알고 있었다. 하지만 그는 정보원이었고, 그는 오래전 인생의 길을 잃었고, 그 과정에서 자신의 소말리아 아내 탓이라고 했지만 그를 망친 것은 여러 브나와들이었다. 마시이족의 가장 친한 친구인 브나와 한 명이 있었는데, 뒷거래를 좋아하는 사람으로 정보원의 말이 사실이라면, 그를 망친 사람은 바로 그 브나와였다. 정보원의 말이 어디까지 사실인지 모르지만,

이 위대한 남자에 대한 정보원의 묘사는 찬양과 회한이 뒤섞였기에 내가 이해 못 했던 많은 점을 말해주는 것 같았다. 정보원을 알기 전까지 이 사람의 뒷거래에 대해 전혀 들어본 적이 없었다. 난 늘 이렇게 놀라운 이야기에 불신을 나타냈다.

캐나다 진을 마서 감정이 고조된 정보원은 떠들어대고 싶었다. "물론 형제님은 내가 마우마우단이었다는 걸 듣게 될 것이고, 내가 이런 뒷거래에 대해 이야기한 적이 있으니까 그 말을 믿을지도 모릅니다. 하지만, 그건 사실이 아닙니다. 난 진심으로 브와나들을 사랑하고 믿어요. 사실 훌륭한 브와나들 중 한두 명을 제외하고는 모두 돌아가셨고, 나는 전혀 다른 삶을 살아야 했습니다. 돌아가신 이 훌륭한 브와나들을 생각하면 더 좋은 인생을 살아야겠다고 다짐하게 됩니다. 또 마셔도 될까요?"

"마지막이야. 그리고 약으로 마시는 거야."

약이라는 말에 정보원의 표정이 밝아졌다. 그는 선량한 성품과 방탕함과 유흥의 주름으로 가득한 매우 멋지고 기품 있는 큰 얼굴이었다. 금욕적인 얼굴도 아니었고 타락한 모습도 아니었다. 마사이족으로 브와나들과 소말리아 아내 때문에 인생을 망치고, 현재 무법 캄바 마을에서 미망인의 보호자라는 신분으로 살고, 배신할 수 있는 사람을 배신하면서 매달 86실링을 버는 위엄 있는 남자의 얼굴이었다. 잘생긴 얼굴로, 피폐하면서 쾌활한 표정을 지었고, 비록 난 그를 완전히 인정하지 못했고, 그를 교수형에 처하는 것이 나의 의무라도 그에게 여러 번 말했지만, 나는 그 정보원을 정말 좋아했다.

"형제. 그런 약은 꼭 있을 거예요. 약이 없는데 어떻게 네덜란드 이름을 가진 훌륭한 의사가 리더스 다이제스트에 진지한 논평을 쓰겠어요?"

"약은 있지. 하지만 나한테는 없어. 하지만 그 약을 보내줄 수는 있어."

"형제님, 한 가지만 더요. 그 아가씨 일은 정말 심각합니다."

"그 소리를 또 하면, 자네를 멍청이라고 생각할 거야. 술 취한 사람들처럼 자꾸 이야기하지 마."

"죄송합니다."

"가봐. 그 약이랑 다른 좋은 약들도 보내줄게. 다음에 만날 때는 샴바의 역사에 대해 조금 더 알려줘."

"전할 말씀이 있습니까?"

"없어."

정보원과 내가 같은 또래라는 점은 나에게 늘 충격이었다. 정확히 동갑은 아니었지만, 동년배인 것으로 충분했다. 그리고 이곳에서 난 사랑하는 아내와 함께 살고 있고, 내 아내는 나를 사랑하고 내 실수에 관대하고 이 아가씨를 나의 약혼녀로 불렀는데, 내가 여러 면에서 좋은 남편이었고 다른 이유로 관대하고 친절하고 초연했으며 내가 이 나라에 대해 알아야 하는 것보다 더 많이 알기 원했기에 용인했다. 적어도 우리는 매일 낮에 대부분 그리고 밤에는 거의 항상 행복했고, 오늘 밤 우리는 침대에 함께 누웠다. 모기장을 치고 텐트 덮개를 열어놓았는데, 모닥불의 커다란 장작이 오래 타들어 가는 것과 밤바람이 불

때마다 사그라졌다가 바람이 멈추면 다시 짙어지는 어둠을 볼 수 있어서 정말 좋았다.

메리가 말했다. "우리는 정말 운이 좋아요. 아프리카가 너무 좋아요. 못 떠날 거 같아요."

눈이 쌓인 산에서 불어오는 바람에 밤에 추웠고, 우리는 이불을 덮고 포근하게 있었다. 밤의 소리가 나기 시작했고, 하이에나 소리가 처음 들리고 나서 다른 하이에나 소리가 들렸다. 메리는 밤에 그 소리를 듣는 걸 좋아했다. 아프리카를 좋아한다면 즐거운 소리다. 하이에나들이 사파리 캠프와 나무에 고기를 매달아 놓은 요리용 텐트 주변에 어슬렁거릴 때마다 우리는 웃었다. 고기에 닿을 수 없지만 계속 탐낼 것이다.

"운이 없어서 당신이 죽고 나와 당신이 함께 하지 못하고, 누군가가 나에게 당신에 대해 가장 기억에 남는 것이 무엇이냐고 묻는다면, 캔버스 침대에서 아내를 위한 공간을 얼마나 많이 내줬는지에 대해서 말해줄 거예요. 당신 정말 어디에 누워있는 거예요?"

"침대 가장자리에 있어요. 공간 충분해요."

"추우면 한 사람 자기도 불편한 침대에서 우리는 편안하게 잘 수 있어요."

"맞아요. 추워야 해요."

"아프리카에 더 있다가 봄에 집에 가도 돼요?"

"물론이죠. 빈털터리가 될 때까지 있어요."

그때 강에서 긴 초원을 지나 사냥하러 온 사자의 으르렁거리는 소리가 크게 들렸다.

메리가 말했다. "들어봐요. 나를 꼭 안고 들어봐요. 그 사자가 돌아왔어요."

"그 녀석이라고 할 수 없어요."

"그 사자라고 확신해요. 밤에 여러 번 들었어요. 소 두 마리를 죽였던 마냐타에서 내려왔을 거예요. 사자가 돌아올 거라고 아라프 메이나가 그랬어요."

사자가 초원을 가로질러 소형 비행기용으로 만들어놨던 활주로 쪽으로 오면서 으르렁하는 소리가 들렸다.

"내일 아침에 그 녀석인지 알게 되겠죠. 응구이와 내가 발자국을 아니까."

"나도 알아요."

"좋아요. 당신이 그 녀석을 쫓아요."

"싫어요. 그냥 발자국을 안다는 소리였어요."

"발자국이 엄청나게 크죠." 나는 졸렸고 아침에 메리와 사자 사냥을 하려면 잠을 좀 자야겠다고 생각했다. 오랫동안 우리는 여러 일을 겪으며 상대방이 무슨 말을 하고, 어떤 생각을 하는지 잘 알았고, 메리를 말했다. "나는 내 침대에서 잘게요. 그래야 당신이 편안하게 잘 자죠."

"여기서 자요. 난 괜찮아요."

"아뇨. 불편해요."

"여기서 자라니까요."

"아뇨, 사자가 왔으니 난 내 침대에서 잘 거예요."

"지독한 전사처럼 구네요."

"난 전사예요. 당신 아내고 연인이고 작은 형제 전사라고요."

"알았어요. 잘 자요. 형제 전사님."

"당신의 형제 전사에게 인사 전해주세요."

"당신 침대로 가든지 여기 계속 있어요."

"두 군데 다 있고 싶네요."

그날 밤, 사자가 사냥하면서 여러 번 으르렁거리는 소리를 냈다. 메리는 푹 자고 있었고 숨소리도 가벼웠다. 나는 잠에서 깬 채 여러 생각을 했는데 대부분 사자와 팝과 수렵 감독관과 다른 사람들에 대한 의무에 대해 생각했다. 메리에 대해서는 157cm인 아내의 키가 큰 풀과 덤불에 비해 작다는 것과 아침에 아무리 추워도 6.5 만리허Mannlicher 소총의 총열이 너무 길어 메리 어깨 부분이 두툼해지면 총을 쏘려고 들다가 떨어뜨릴 수 있기에 옷을 너무 많이 입으면 안 된다는 점만 생각했다. 나는 누운 채 이런 생각들과 사자 생각을 하고, 팝이 어떻게 할지 그리고 팝이 지난번에 실패했던 이유와 내가 사자를 본 적이 있을 때보다 그의 말이 얼마나 많이 맞았는지에 대해 생각했다.

2

날이 밝기도 전, 이른 아침에 분 바람에 타버린 모닥불 재가 날렸을 때, 나는 부드럽고 긴 부츠를 신고 낡은 실내복을 입고 응구이를 깨우러 그의 작은 텐트로 갔다.

응구이는 부루퉁한 표정을 지으며 일어났고 조금도 의형제다운 모습이 아니었다. 그는 해가 뜨기 전에는 전혀 미소 짓지 않았고, 어디서 자든 잠에서 깨어나는데 종종 오래 걸렸다.

우리는 꺼져버린 요리용 모닥불 옆에 앉아 이야기했다.

"사지 소리 들었어?"

"응디오, 브와나Ndio, Bwana(네, 주인님)."

이 대답은 예의에 어긋나는 말이기도 했다. 전에도 우리가 이 말에 관해 이야기를 나눴는데, "응디오, 브와나."는 아프리카인이 백인에게 동의를 구하고 그를 돌려보낼 때 쓰는 말이었다.

"몇 마리 소리를 들었어?"

"한 마리요."

"음주리Mzuri(좋아)."

내가 말한 음주리는 좋다는 것으로 응구이의 말이 옳았고 그가 사자 소리를 들었다는 뜻이다. 그는 침을 뱉고 코담배를 꺼내 나에게 권했고, 난 그것을 조금 집어서 내 윗입술 밑에 넣었다.

"멤사히브의 큰 사자였어?" 나는 잇몸과 윗입술 사이에 빠르게 퍼지는 코담배의 알싸함을 느끼며 물었다.

"하파나Hapana(아니요)." 이 말은 절대적인 부정이었다.

케이티는 지금 요리용 모닥불 옆에 서서 의심스러운 미소를 짓고 있었다. 그는 어둠 속에서 터번을 둘렀고, 터번 안에 있어야 할 머리

끄트머리가 보였다. 그의 눈빛도 의심스러웠다. 사자 사냥에 전혀 진지하지 않는 듯했다.

"하파나 심바 쿠브와 사나Hapana simba kubwa sana(아니요, 큰 사자예요)." 케이티는 놀리는 듯한 눈빛이었지만, 나에게 미안해하면서 매우 자신 있게 말했다. 우리가 여러 번 들었던 그 사자 소리가 아니라는 것 그는 알았다. 아침 일찍부터 "나냐케Nanyake."라고 농담을 했었다. 캄바어로 이 말은 사자가 전사가 되고 결혼해서 새끼들을 가지기에는 늙었지만, 맥주를 마실 만큼 늙지 않았다는 뜻이었다. 캄바어로 그렇게 말하고 농담하는 것은 친근함의 표시로, 새벽이라서 기분은 썩 좋지 않지만, 이슬람교도가 아닌 사람에 캄바어와 나쁜 것을 배우려고 한다는 것을 알면서, 그것을 인정하거나 묵인한다는 점을 조용히 보여주는 것이었다.

나는 이 사자 때문에 일어났던 모든 일을 기억할 만큼 제 역할을 다했다. 아프리카는 일이 빨리 진행되면, 약 한 달 정도 일을 기억할 수 있었다. 그 속도는 너무 빨라서 죄를 지었다는 살렝가이Salengai(케냐의 리프트 밸리 지역에 있는 정착지)의 사자들, 마가디Magadi(케냐 남부 마가디 호수의 케냐 리프트 밸리에 있는 마을)의 사자들과 이곳 사자들이 있었는데, 그 녀석들의 혐의 주장은 네 번이나 되풀이됐다. 그리고 이제 아직 마이크로필름이나 서류로 남겨지지 않은 새로운 사자가 들이닥쳤다. 이 사자는 여러 번 으르렁 소리를 내며 잡아도 되는 먹잇감을 사냥하려고 했다. 하지만 메리에게 이 사자는 그녀가 오랫동안 쫓았던 그 사자가 아니라는 것을 증명해야 했다. 그 사자는 오랫동안 여러 가지 죄를 저질러 비난받았는데, 우리는 왼쪽 뒷발에 흉터가 있는 커다란 발자국을 여러 번 쫓았고, 마침내 출루Chulu 고원으로 가는 오래된 마냐타 근처 게레누크 영역의 빽빽한 덤불이나 늪이 있는 울창한 숲으로 이어지는 키 큰 풀밭으로 멀어져 가는 녀석을 보게 됐다. 풍성하고 검은 갈기를 가진 그 사자는 너무 거무스름해서 거의 검은색으로 보였고, 메리가 따라갈 수 없는 곳으로 이동할 때 커다란 머리를 낮게 흔들었다. 그 사자는 몇 년 동안 추적당했는데 절대 촬영을 하려고 뒤쫓은 게 아니었다.

이제 나는 옷을 챙겨 입고 새로 피운 모닥불 옆에서 아침 햇살 아래 차를 마시면서 웅구이를 기다렸다. 그는 어깨에 창을 메고 아직 이슬에 젖어있는 풀밭에서 날쌔게 걸어 나왔다. 그는 나를 봤고 젖은 풀밭에 흔적을 남기면서 모닥불 쪽으로 다가왔다.

"심바 두미 키도고Simba dumi kidogo."라고 말했는데, 작은 수사자라는 뜻이다. 그리고 케이티가 했던 농담을 똑같이 했다. "나냐케. 멤사히브에게 하파나 음주리."

"고마워. 멤사히브는 그냥 자도록 둬야겠네."

"음주리." 웅구이는 그렇게 말하고 요리용 모닥불 쪽으로 갔다.

아라프 메이나는 서부 고원지역 마냐타의 마사이족이 소 두 마리를 죽이고 한 마리를 끌고 갔다고 신고했던 크고 검은 갈기의 사자에 대한 소식을 들고 올 것이다. 마사이족은 오랫동안 그 사자 때문에 힘들어했다. 그 녀석은 쉴 새 없이 돌아다녔고 다른 사자와는 달리 자신이 사냥한 먹잇감에 돌아가지 않았다. 아파르 메이나 생각에 이 사자는 한 번은 먹잇감에 돌아갔다가 전 수렵 감독관이 독을 친 것을 먹고 심하게 아픈 뒤로 먹잇감을 다시 찾지 않겠다고 터득했거나 결심을 했던 것이다. 그것으로 그 사자가 그렇게 돌아다니는 이유는 설명됐지만 여러 마사이족 마을이나 마냐타에 아무렇게 들이닥치는 이유는 되지 못한다. 11월의 격렬한 국지성 호우로 풀이 좋게 자랐기에, 평원과 솔트 릭salt lick(동물들이 소금을 핥으러 가는 곳), 관목 숲에는 사냥감들이 무성했고, 아라프 메이나와 응구이, 그리고 나는 모두 큰 사자가 고원 지대를 떠나 늪 가장자리에서 사냥할 수 있는 평원으로 내려올 것으로 예상했다. 이 지역에서 이런 방법이 그 녀석의 사냥 습성이었다.

마사이족은 상당히 빈정거렸는데 소는 단순한 재산이 아닌 그 이상으로 내가 이 사자를 잡아 죽일 두 번의 기회가 있었는데도 여자에게 맡겼다고 몹시 심한 말을 했다고 정보원이 나에게 전해줬다. 나는 족장에게 마사이족 청년들이 라이토키톡에서 골든 지프 셰리주를 마시며 시간을 보내며 여자들처럼 굴지 않았다면, 나에게 사자를 죽여 달라고 부탁할 필요는 없었겠지만, 다음에 우리가 있는 곳 오면 사자를 죽이겠다고 전했다. 만약 족장이 부족 청년들을 데려온다면 나는 그 부족민처럼 창을 들고 가서 사자를 죽이겠다고 했다. 그리고 그에게 우리 캠프에 와서 이야기 나누자고 청했다.

어느 날 아침 마사이족장은 부족 어른 3명과 데리고 왔고, 나는 정보원을 불러 통역을 시켰다. 우리는 좋은 대화를 나눴다. 족장은 정보원이 자신의 말을 잘못 전했다고 했다. 브나와 수렵 감독관인 G.C.는 사자를 죽여야 할 때는 언제나 죽었고 매우 용감하고 능숙한 사람이었기에 자신들은 그 사람을 크게 신뢰하고 아낀다고 했다. 족장은 우리가 지난번 건기에 이곳에 왔을 때 수렵 감독관이 수사자 한 마리를 죽였고 감독관과 내가 청년들과 함께 암사자 한 마지를 죽였던 것도 기억했다. 이 암사자는 큰 피해를 줬다.

나는 이러한 일들을 알고 있으며 소, 당나귀, 양, 염소 또는 사람을 괴롭힌 사자를 죽이는 것이 브와나 수렵 감독관의 의무였고, 지금은 내 의무라고 대답했다. 이 일은 우리가 언제나 할 일이었다. 멤사히브의 종교적 이유로 그녀가 아기 예수 생일 전에 이 사자를 잡아야 했다. 우리는 머나먼 나라에서 왔고, 그 나라의 한 구성원으로 이 일을 해야 했다. 아기 예수 생일 전에 그 사람들은 이 사자의 가족을 보게 될 것이다.

늘 그렇듯 난 내가 내뱉은 말에 약간 소름이 끼쳤고 내가 한 약속에 늘 기분이 가라앉았다. 메리가 아기 예수의 생일 전에 오랫동안 마을을 습격한 사자를 죽여야 한다면 꽤 호전적인 부족민 출신이었을 거라는 생각이 들었다. 하지만 나는 적어도 메리가 매년 그래야 한다고는 하지 않았다. 케이티는 교회를 다니고 신앙심이 깊은 브와나들과 함께 수많은 사파리에 있으면서 아기 예수 생일을 매우 중요하게 받아들였다. 이 브와나들 대부분은 사파리로 많은 돈을 지불했고 시간이 많지 않았기 때문에 아기 예수 생일에도 계속 사냥을 했다. 하지만 늘 포도주를 곁들이는 특별한 만찬이 제공됐고, 특별한 경우에는 샴페인도 마실 수 있었다. 올해는 우리가 사파리 캠프에 계속 지내서 더욱 특별했고, 메리가 종교적인 면에서 그리고 특히 나무 의식처럼 많은 종교 의식을 올렸기 때문에 아기 예수 생일을 매우 중요하게 여겼고, 특히 질서와 의식을 좋아하는 케이티는 이 나무 의식을 매우 중요하게 생각했다. 케이티가 이슬람교도이 되기 전 믿었던 종교에서는 숲을 가장 중요하게 여겼기 때문에 나무 의식이 매력적으로 다가왔다. 사파리 캠프에서 행동이 거친 이교도들은 메리의 부족 종교가 더 엄격하다고 여겼는데, 불가능한 조건에서 게레누크를 죽이려고 하고, 못된 사자를 잡으려고 하고 나무를 섬겼기 때문인데, 메리는 다행히 모르지만, 마사이족은 전쟁과 사자 사냥에 흥분하고 미쳐있었다. 이런 일이 메리가 고른 크리스마스 트리 때문이라는 것을 케이티가 알고 있지는 모르겠지만, 우리 중 몇몇은 알고 있었고, 매우 조심하며 비밀을 지켰다.

메리가 몇 달 째 큰 사자를 쫓았는 동안 함께 지냈던 사람들이라서, 그들은 사자가 크리스마스를 맞아서 해야 하는 일의 일부라는 것을 믿지 않았다. 하지만 응구이는 메리가 크리스마스 전에 크고 검은 갈기를 가진 사자를 언젠가 잡아야 하는데 키가 너무 작기에 풀밭에서는 제대로 볼 수 없어서 일찍 잡기 시작한 것이라는 의견을 내놨다. 메리는 연말 전이나 아기 예수 생일 전에 사자를 잡으려면 9월에 시작했다는 것이었다. 응구이는 확신하지 못했다. 하지만 그러나 월급날이기도 한 '새해'라는 또 다른 큰 명절보다 앞서는 건 확실했다.

차로는 이런 생각을 조금도 믿지 않았는데 많은 멤사히브가 사자들을 잡는 것을 많이 와봤기 때문이었다. 하지만 누구도 메리를 도와주지 않았기 때문에 그는 불안했다. 내가 폴린Pauline(헤밍웨이의 두 번째 아내)을 몇 년 동안 도와주는 것을 봤기 때문에 모든 상황이 당황스러웠다. 그는 폴린을 아주 좋아했지만, 분명히 다른 부족에서 온 아내인 메리에 대한 애정만큼은 아니었다. 메리의 흉터가 그걸 증명했다. 한쪽 뺨에 아주 가늘고 섬세하게 베인 흉터와 이마에 가로로 옅은 흔적이 있었다. 자동차 사고 후 쿠바의 최고 성형외과 의사들 작품으로 응구이처럼 거의 눈에 보이지 않는 부족 상흔으로 생각하지 못하는 사람들 눈에는 그 흉터들이 보이지 않았다.

응구이는 어느 날 아주 퉁명스럽게 메리가 나와 같은 부족 출신이냐고 물었다.

"아니. 우리나라 북쪽 변경 지역 부족에서 왔어. 미네소타 출신이야."

"우리는 그 부족 상흔을 봤어요."

그리고 또 한 번은 부족과 종교에 관한 이야기를 할 때, 응구이는 아기 예수 생일 나무로 술을 만들어 마실 거냐고 물었다. 그렇지 않을 거라고 말해주자, 그는 "음주리."라고 말했다.

"왜?"

"당신들은 진. 우리는 맥주를 마시니까요. 종교 때문이 아니라면 메리 양이 술을 마셔야 한다고 아무도 생각하지 않아요."

"사자를 잡으면 안 마셔도 될 거야."

"음주리, 음주리 사나Mzuri sana(아주 좋아요)."

오늘 아침 나는 메리가 푹 쉬고 잠을 잘 자고 나서 스스로 일어나기를 기다리고 있었다. 나는 그 사자를 걱정하지 않았지만 많이 생각했고 늘 메리와 연관 지었다.

야생 사자와 습격을 일삼는 사자와 국립공원에서 관광객이 사진을 찍는 사자 사이에는 큰 차이가 있는데, 덫을 놓은 줄을 따라가서 망가트리고 오두막 지붕을 뜯어내고 저장식품을 먹어치우지만 결코 눈에 띄지 않는 늙은 회색곰과 옐로스톤 국립공원에서 사진에 찍히려고 따라오는 곰이 다른 것과 같다. 사실 매년 공원에 사는 곰은 사람을 다치게 하고 관광객들이 차에 머물지 않으면 곤경에 빠질 수 있다. 차에 있더라고 몇몇 곰들은 난폭해져서 죽여야 할 때도 있다.

먹이를 받아먹고 사진 찍는 것에 익숙한 촬영용 사자들은 종종 보호구역에서 벗어나는데 사람들은 두려워하지 않아서, 항상 전문 사냥꾼들의 도움을 받는 수렵가 부부들에게 쉽게 목숨을 잃는다. 하지만 우리 문제는 남들이 사자를 어떻게 죽였거나 죽일 것인지에 대해 비난하는 것이 아니라, 사람들에게 해를 끼치고 먹잇감을 사냥했던 영리한 사자를 우리의 종교적 기준이 아니라 어떤 윤리 기준에 따르는 방식으로 찾아서 메리가 잡도록 하는 것이었다. 메리는 오랫동안 이런 기준을 지키며 사냥을 했다. 매우 엄격한 기준이라서 메리를 좋아하는 차로도 그런 기준에 짜증을 냈다. 일이 잘못되면서 그는 표범에게 두 번 공격당했는데, 그는 내가 메리에게 너무 엄격하고 다소 살인적인 윤리 기준을 지키도록 한다고 생각했다. 하지만 그런 기준은 내가 만들지 않았다. 나는 팝한테서 배웠고, 팝은 지난 번 사자 사냥을 하면서 마지막 사파리 때의 경험을 살려서 옛날처럼 하기를 원했다. 위험한 사냥 성격이 변질되고 그가 늘 '빌어먹은 자동차'로 부르는 것으로 편해지기 전처럼 말이다.

이 사자는 우리를 두 번이나 피했는데, 두 번 모두 내가 그 녀석을 잡을 수 있는 쉬운 기회였지만, 메리의 사자였기 때문에 잡지 않았다. 지난 번 팝은 우리 곁을 떠나기 전해 메리가 그 사자를 잡도록 하는데 너무 열중해서 실수를 저질렀다.

그 후 우리는 저녁에 모닥불 주위에 앉았는데, 팝은 담배를 피웠고, 반면 메리는 우리에게 말하고 싶지 않은 일, 심적 괴로움과 실망감, 대화로 떠벌리고 싶지 않은 새로 알게 된 지식, 말을 해서 망치고 싶지 않은 환희를 모두 일기장에 적었다. 그녀는 식당 텐트의 가스등 옆에서 일기를 썼고, 팝과 나는 파마자 위에 가운을 걸치고 모스키토 부츠mosquito boots를 신고 모닥불 가에 앉아 있었다.

팝이 말했다. "정말 영악스러운 사자야. 메리가 조그만 키가 더 컸다면 오늘 잡을 수 있었을 텐데. 하지만 내 잘못이야."

우리는 서로가 알고 있는 실수에 대한 언급을 피했다.

"메리는 그 녀석을 잡을 거야. 하지만 이건 명심해 둬. 그 녀석은 그렇게 용감하지는 않다고 생각해. 너무 영리한 거지. 하지만 총에 맞으면 용감해질 거니까, 그런 일이 일어나지 않도록 해."

"나도 이제 사격 잘 해요."

팝은 그 말을 듣지 않았고, 생각 중이었다. 그러더니 이렇게 말했다. "사실 잘 쏘는 보다는 봐줄만 한 거지. 너무 과신하지는 말고 지금처럼 자신감 있게 행동해. 그 녀석은 실수할 것이고, 그때 잡으면 돼. 암사자가 발정만 난다면 좋을 텐데. 그러면 잡기 쉽거든. 하지만 지금은 새끼를 낳을 때지."

"그 녀석이 어떤 실수를 할까요?"

"실수를 하면 알게 될 거야. 메리가 그 녀석을 잡을 때까지 내가 있었으면 좋을 텐데. 잘 살펴줘. 잠은 좀 자는지 살펴보고. 사자 잡는 일에 너무 오래 매달렸어. 메리도 그 망할 사자도 쉽게 해줘. 너무 몰아붙이지 말고, 방심하게 둬."

"그리고요?"

"메리가 식용으로 쓸 고기를 계속 잡게 해서 자신감을 심어 줘."

"사냥감에 50미터까지 가까이 가도록 했다가 20미터까지 갈 수 있게 할 생각이에요."

"그 방법이 먹힐 수도 있겠네. 다른 방법들도 해봤잖아."

"효과 있을 거예요. 그런 다음에 보다 더 멀리서 사냥할 수 있을 거예요."

"메리는 총을 잘 쏘지. 그러고 이틀 동안은 총알의 행방을 모르기도 하고."

"이제 알 거 같아요."

"나도 그랬지. 하지만 사자한테는 20미터까지 가까이 접근하게 하지 말고."

팝과 내가 모닥불이나 모닥불 재 옆에서 위험한 사냥감의 사냥 이론과 실전에 대해 처음 이야기를 나눴던 것은 20년도 더 되었다. 그는 표적 범위나 우드척woodchuck(다람쥐과 설치류 동물) 사냥꾼 유형을 싫어하고 불신했다.

"그런 사람들은 1마일 떨어진 곳에서 캐디 머리 위에 있는 골프공을 맞추지. 당연히 나무나 철로 된 캐디지. 살아있는 캐디가 아니고. 20미터 밖에서 진짜 큰 쿠두kudu(아프리카산의 몸집이 큰 영양)를 쏘면 놓치지. 그러고 나서 산허리도 못 맞추지. 훌륭한 사격 선수가 빌어먹을 총을 들고 떨면 나까지 떨린다니까." 그는 파이프 담배를 피웠다. "위험한 사냥감이나 정말 잡고 싶은 사냥감을 50m 정도에서 총을 쏘는 걸 보기 전까지는 그 누구도 절대 믿지 마. 20m에서 쏘는 걸 보기 전까지도 절대 믿지 말고. 단거리에서 사람의 실력이 드러나거든. 쓸모없는 놈들은 우리가 놓칠 수 없는 사정거리에서 빗나가거나 내장을 맞춰버리니까."

나는 이 말에 대해 생각하면서 옛날 생각을 떠올리고 이번 여행이 얼마나 좋았고, 팝과 내가 다시는 함께하지 못한다면 얼마나 끔찍할지 생각하고 있었는데 아라프 메이나가 모닥불 쪽으로 와서 경례했다. 그는 늘 매우 엄숙하게 경례를 했지만, 손을 내릴 때는 미소를 짓기 시작했다.

"안녕하세요, 메이나."

"잠보, 브와나Jambo, Bwana. 사람들 말대로 마냐타에서 가축을 죽였다네요. 거리가 먼 무성한 덤불까지 소를 끌고 갔답니다. 다 먹고 나서 다시 먹잇감에 돌아간 게 아니고 물을 마시러 늪 쪽으로 갔어요."

"흉터가 있는 사자였나요?"

"맞아요, 브와나. 지금쯤 내려올 거예요."

"좋아요. 다른 소식은요?"

"마차코스Machakos(케냐 도시 지명)에 수감됐던 마우마우단이 탈옥해서 이쪽으로 오는 중이래요."

"언제요?"

"어제요."

"누가 말해줬어요?"

"길에서 만난 마사이족이요. 그 사람은 힌두교 상인의 차를 타고 왔어요. 어느 가게인지는 모르고요."

"뭐 좀 드세요. 나중에 더 이야기해요."

"응디오, 브와나Ndio, Bwana." 그는 그렇게 답하고 경례했다. 그의 총은 아침 햇살을 받아 빛났다. 샴바에서 새 유니폼으로 갈아입어서 매우 말쑥해 보였고 무척 만족해하는 것 같았다. 두 가지 기쁜 소식을 전해왔다. 그는 사냥꾼이었고 이제 우리는 사냥을 할 것이다.

텐트로 가서 메리가 잠에서 깨는지 보러 가는 게 좋겠다고 생각했다. 아직도 자도 있으면 더 좋고.

메리는 잠에서 깨기는 했지만, 완전히 잠이 깬 것이 아니었다. 그녀가 4시 반이나 5시에 깨워달라고 분명히 부탁했을 때는, 재빨리 효율적으로 일어났고 늦어지면 짜증을 냈다. 하지만 오늘 아침은 천천히 잠에서 깼다.

졸린 목소리를 말했다. "무슨 일 있어요? 왜 나 안 불렀어요? 해 떴잖아요. 왜 그래요?"

"당신이 쫓는 큰 사자가 아니었어요, 여보. 그래서 계속 자게 됐어요."

"그 큰 사자가 아닌지 어떻게 알아요?"

"응구이가 확인했어요."

"그럼 그 큰 사자는요?"

"아직 안 내려왔어요."

"어떻게 알아요?"

"아라프 메이나가 왔어요."

"들소 떼 보러 갈 거예요?"

"아뇨, 그래도 놔둘 거예요. 문제가 좀 생겼거든요."

"도와줄까요?"

"괜찮아요, 여보. 조금 더 자요."

"그럼 더 잘게요. 아주 멋진 꿈을 꾸고 있었거든요."

"그럼 다시 멋진 꿈을 꿔요. 배고프면 식사 가져다 달라고 해요."

"조금만 더 잘 거예요. 정말 대단한 꿈이었어요."

나는 담요 밑으로 손을 뻗어서 권총집에 멜빵이 달린 벨트와 총을 꺼냈다. 나는 대야에서 세수하고, 붕산 용액으로 눈을 헹구고, 솔도 빗도 필요 없을 정도로 매우 짧게 깎은 머리를 수건으로 빗고, 옷을 입고는 오른쪽 발을 권총 다리 끈 사이에 넣은 후 위로 올리고 권총 벨트를 채웠다. 옛날에는 총을 전혀 들고 다니지 않았지만, 요즘에는 바지 단추를 채우듯 자연스럽게 총을 찬다. 부시 재킷bush jacket(아프리카의 밀림이나 수풀지대에서 수렵하는 사람들을 위한 재킷) 오른쪽 주머니에 있는 작은 비닐봉지에 여분의 탄창 2개를 넣었고, 예비 총탄은 예전에 간장약을 넣고 다녔던 입구가 넓고 뚜껑을 돌려서 여는 약병에 넣어뒀다. 이 병에는 빨갛고 하얀 캡슐 약 50개가 있었는데, 지금은 할로우 포인트 haollow point 총탄 65발이 있다. 응구이에게 한 병, 나에게 한 병 있다.

총으로 뿔닭, 작은 능에(아주 빨리 달릴 수 있는, 몸집이 큰 유럽산 새), 광견병을 옮기는 자칼을 쏘고 하이에나를 죽일 수도 있어서 모두가 좋아했다. 응구이와 음투카는 개가 짖듯이 작고 날카로운 소리를 나는 권총을 좋아하는데, 웅크린 자세로 뛰는 하이에나 앞에 먼지가 일 때 탕, 탕, 탕 소리가 나면 하이에나는 속도를 늦추고 빙빙 돌기 시작한다. 응구이는 내 주머니에서 꺼낸 탄창을 나에게 건네고 나는 그것을 총에 끼우고 다시 먼지가 일고 탕, 탕, 탕 소리가 나면 하이에나는 허공에 다리를 올리고 몸을 뒹군다.

나는 케이티에게 최근 상황을 이야기하려고 갔다. 그에게 우리끼리 이야기할 수 있는 곳으로 가자고 부탁했고 편안하게 서 있는 그는 현명하고 냉소적인 노인처럼 보였고, 한 편으로 의구심을 가지면서 한 편으로는 즐거워했다.

케이티가 말했다. "마우마우단은 여기 안 올 거예요. 그놈들은 캄바족 마우마우에요. 그렇게 어리석지 않아요. 우리가 여기 있다는 소식을 듣게 될 거예요."

"유일한 걱정은 그놈들이 여기 올 경우에요. 그놈들이 여기로 오면 어디로 갈까요?"

"여기로 안 와요."

"어째서요?"

"내가 마우마우단이라면 어떻게 할지 생각해봤어요. 여기로 안 왔어요."

"하지만 당신은 어르신이고 현명한 사람이잖아요. 그놈들은 마우마우단이라고요."

"마우마우단 전부가 멍청하지 않아요. 그리고 캄바족이잖아요."

"동감이에요. 마우마우단을 알리려고 보호구역에 들어갔다가 모두 붙잡힌 거잖아요. 무슨 이유로 잡혔는데?"

"술에 취해서 자기들이 얼마나 대단한지 허풍을 떨었거든요."

"그렇군요. 그러면 여기로 온다면, 캄바족 샴바가 있으니까 술을 마시고 싶어 하겠네요. 먹을 것을 찾을 거고 예전과 같다면 무엇보다 술을 더 마시고 싶어 할 거예요. 술 때문에 갇혔으니까."

"이제는 다를지도 모르죠. 탈옥했잖아요."

"술이 있는 곳으로 가겠죠."

"그럴지도 모르죠. 하지만 여기에는 안 와요. 캄바족이잖아요."

"대비는 해야겠어요."

"그러세요."

"결정을 내리면 말해줄게요. 캠프에는 이상 없나요? 아픈 사람이 있나요? 문제는 없고요?"

"다 괜찮아요. 문제도 없고요. 캠프는 잘 돌아가요."

"고기는요?"

"오늘 밤에 필요할 거예요."

"영양고기가 필요해요?"

그는 천천히 고개를 흔들면서 난감한 미소를 지었다.

"그건 못 먹는 사람이 많아요."

"먹을 수 있는 사람은 몇 명인데요?"

"9명이요."

"다른 사람들은 뭘 먹죠?"

"임팔라 음주리(임팔라 좋아해요)."

"여기 임팔라가 진짜 많으니까, 나도 메리도 그걸 먹을게요. 내가 오늘 밤에 먹을 고기 잡아 올게요. 하지만 일몰 때 잡을게요. 밤에 산에서 불어오는 서늘한 바람에 고기가 차가워질 거예요. 고기를 무명천에 감싸서 보관하면 상하지는 않을 거예요. 우리가 이곳 손님이니까 내가 책임질게요. 낭비해서는 안 되요. 그놈들은 마차코스에서 오는 데 얼마나 걸릴까요?"

"사흘이요. 하지만 여기 안 와요."

"요리사에게 내 아침식사를 만들어 달라고 전해줘요."

나는 식당 텐트로 돌아가 테이블에 앉아 빈 나무상자로 급조해서 만든 책장에서 책 한 권을 꺼냈다. 올해 독일 포로수용소에서 탈출한 사람들 이야기가 담긴 책이 정말 많이 출간됐는데 이 책도 탈출에 관한 책이다. 제목은 *마지막 휴양지*The Last Resorts로 이 책이 훨씬 더 기분 전환이 될 거 같았다.

바 하버Bar Harbor(미국 메인주 핸콕 카운티의 마운트 데저트 섬에 있는 리조트 타운)에 대한 챕터를 펼쳤을 때, 매우 빠른 속도로 달려오는 자동차 소리가 들려서, 텐트 밖을 내다보니 빨래를 비롯해 모든 물건에 먼지를 날리면서 전속적으로 달려오는 경찰 랜드로버가 보였다. 오픈 자동차가 텐트 옆에 난 길에 섰다. 젊은 경찰이 다가와 가볍게 경계를 하고 손을 내밀었다. 미덥지 못한 얼굴에 키가 훤칠하고 살결이 흰 남자였다.

"안녕하세요, 브와나." 그 경찰은 인사를 한 후 경찰모를 벗었다.

"아침 좀 먹을래?"

"그럴 시간 없어요, 브와나."

"무슨 일인데?"

"큰일 났어요, 브와나. 지금 골치 아파요. 14명이에요, 브와나. 난폭한 놈들이 14명이에요."

"무장은 했고?"

"완전 무장했어요, 브와나."

"마차코스에서 탈옥했다는 그놈들이야?"

"네, 어떻게 아셨어요?"

"수렵 정찰원이 아침에 전해줬어."

"총독님." 그는 어른 공경의 의미에서 이 말을 썼고 식민지를 지배하는 사람의 직함과는 전혀 관계가 없었다. "우리는 다시 한번 힘을 모아야 해요."

"자네가 시키는 대로 할게."

"어떻게 하실래요, 총독님? 합동작전을 할까요?"

"자네 일이잖아. 난 여기서 수렵 감독관 대행일 뿐이야."

"그러지 마세요, 총독님. 도와주세요. 전에 총독님과 수렵 감독관님이 저를 도와주셨잖아요. 요즘은 모두 힘을 합쳐야 해요. 최대한 힘을 모으자고요."

"그렇지, 하지만 난 경찰이 아니잖아."

"그래도 대행이시잖아요. 협력해야죠. 어떻게 하실래요, 총독님?

저도 최대한 힘을 낼게요."

"장막을 칠게."

"맥주 한 반 마셔도 될까요?"

"한 병 따라서 나랑 나눠 마셔."

"먼지 때문에 목이 건조해요."

"다음에는 우리 빨래에 먼지 날리지 마."

"죄송합니다, 총독님. 너무 죄송해요. 우리 문제에 너무 몰두하고 있어서, 비가 내렸다고 생각했어요."

"그저께 내렸지. 지금은 다 말랐어."

"계속 말씀하세요, 총독님. 그래서 장막을 치신다고요."

"응. 캄바 샴바가 이곳에 있어."

"그건 몰랐네요. 관리국에서도 아나요?"

"알지, 맥주를 만드는 샴바가 전부 4곳이 있어."

"그건 불법이에요."

"맞아, 하지만 아프리카에서 흔하다는 걸 알게 될걸. 각 샴바마다 사람을 심어놓는 거야. 놈들이 나타나면 그 사람이 나에게 알리고, 그럼 샴바로 가서 우리가 그놈들을 잡는 거야."

"죽여도 돼요."

"확실해?"

"그럼요, 총독님. 대단히 위험한 놈들이잖아요."

"확인해 봐야겠어."

"그러실 필요 없어요. 맹세해요. 그런데 샴바에서 연락을 어떻게 받으실 건가요?"

"이런 때를 대비해 여성 지원 군단을 조직해 놨어. 그 여자들 정말 실력이 있어."

"아주 좋아요. 그렇게 해두셨다니 기쁘네요. 규모가 큰가요?"

"꽤 크지. 아주 명민한 여자가 대장이야. 진정한 지하조직에 어울리는 인물이야."

"언제 그 여자를 만나 볼 수 있을까요?"

"제복을 입은 자네한테는 좀 까다롭게 굴 거야. 생각해볼게."

"지하조직이라, 저는 늘 그게 내 일이라고 생각했거든요. 지하조직 말이에요."

"그럴 수도 있겠네. 이번 일이 끝나면 낡은 낙하산으로 연습해볼 수 있겠네."

"조금 더 말씀해 주실래요. 총독님? 장막은 있어요. 딱 좋은 거 같아요. 하지만 다른 걸 더 해야죠."

"여기서 내가 직접 조직을 잘 유지하고 있다가 장막 쪽에서 신경 쓰기는 일이 일어나면 출동할 거야. 자네는 지금 보마Boma(보호구역)로 돌아가서 방어 태세를 갖춰. 그리고 낮에는 여기서 10m 정도 떨어진 길모퉁이에서 도로 통제를 하는 게 좋겠어. 주행 기록계를 살펴봐. 밤에는 늪지에서 빠져나오는 길을 통제하고. 우리가 개코원숭이를 쫓아갔던 곳 기억나?"

"절대 잊을 수 없죠. 브와나."

"바로 거기야. 혹시 자네에게 문제가 생기면 나에게 연락해. 밤에 사람들에게 총을 쏠 때는 정말 조심해야 해. 그곳을 지나가는 차들도 많으니까."

"아무도 못 다니는데요."

"그래도 지나가는 사람들이 있어. 나라면 가게 3곳밖에 도로 통제를 한다는 팻말을 세울 거야. 그럼 수고를 덜 수 있을걸."

"사람 몇 명을 빌릴 수 있을까요, 브와나?"

"상황이 안 좋아지면 그럴게. 자네를 위해 장막을 친다는 거 기억해. 어떻게 할지 말해줄게. 자네에게 편지를 적어 줄 테니 응공 Ngong(케냐 남부의 나이로비 남서쪽에 있는 마을)에 전화해서 비행기를 보내 달라고 해. 어차피 다른 일 때문에 비행기가 필요해."

"알겠어요, 브와나. 저도 총독님과 함께 비행기 탈 수 있을까요?"

"안 될 거 같아. 자네는 지상에서 일해야지."

나는 내일 점심 식사 후 언제든지 비행기를 보내주고 나이로비에서 우편물과 신문을 가져달라고 부탁하는 편지를 썼고 이곳까지 비행 시간을 2시간으로 잡았다.

"자네는 보마로 가는 게 좋겠어. 그리고 제발 그런 카우보이 스타일로 캠프로 오지 마. 음식이며 텐트며 빨래에 다 먼지가 묻는다고."

"정말 죄송해요, 총독님. 다시는 그러지 않을게요. 도와주셔서 감사합니다."

"오늘 오후에 시내에서 자네를 만날 수도 있어."

"그럼 좋죠."

그는 맥주잔을 비운 후 경례하고 밖으로 나가 운전기사를 부르기 시작했다.

메리가 텐트로 들어왔고, 아침이라서 생생하고 빛이 났다. "저 사람 경찰 아니에요? 무슨 일 있어요?"

나는 마차코스에서 탈옥한 무리와 나머지 이야기를 해줬다. 그녀는 별일 아니라고 여겼다.

아침을 먹을 때 메리가 물었다. "요즘 비행기를 부르면 돈이 많이 들지 않아요?"

"나이로비에서 받아야 할 우편물과 전보들이 있어요. 들소 사진을 찍으려면 들소 떼를 확인해 봐야죠. 지금 습지에 없는 게 분명해요. 출루 쪽 상황이 어떤지도 알아야 하고. 이런 말도 안 되는 상황에 비행기가 유용하게 쓰일 거예요."

"난 지금 크리스마스용 물건을 가지러 비행기 타고 나이로비에 못 가요. 사자를 못 잡잖아요."

"그 녀석도 쉬고 당신도 한숨 돌리면 잡을 수 있을 거 같은 예감이 들어요. 아라프 메이나가 그 녀석이 이쪽으로 오는 중이라고 했어요."

"난 안 쉬어도 돼요. 그런 말 말아요."

"알았어요. 그 녀석이 자신감을 얻어서 실수하기를 바라요."

"나도 그러길 바라요."

4시경에 나는 응구이를 불렀고, 그에게 차로를 데려오고 소총과 산탄총을 챙기고, 음투카에게 사냥용 차를 준비하라고 전했다. 메리는 편지를 쓰고 있었고 나는 아내에게 차를 가져오라고 했다고 말했다. 그리고 차로와 응구이가 와서 간이침대 밑에 있던 기다란 케이스에서 총을 꺼내 큰 577구경 총을 조립했다. 탄약을 찾아서 개수를 헤아렸고 스프링필드 총과 만리허 총을 확실하게 점검했다.

"무슨 사냥을 하는 거죠?"

"고기를 마련해야 해요. 팝이랑 내가 사자 사냥 연습으로 이야기했던 실험을 해볼 거예요. 당신이 20m 떨어진 곳에서 영양을 잡는 거예요. 당신과 차로가 영양을 뒤쫓아요."

"우리가 그렇게 가까이 갈 수 있을까요?"

"할 수 있어요. 스웨터 입지 말아요. 일단 챙겼다가 집에 돌아오는 길에 추우면 입어요. 옷소매는 지금 걷어 올리고요. 부탁해요, 여보."

메리는 총 쏘기 직전에 부시 재킷 오른쪽 소매를 걷어 올리는 버릇이 있었다. 어쩌면 그저 소매 끝부분만 올리는 거였다. 하지만 그것 때문에 100m 떨어져 있는 동물이 겁먹을 수 있다.

"더는 그렇게 안 한다는 거 알잖아요."

"좋아요, 스웨터 이야기를 한 건 그거 때문에 총 개머리판이 당신한테 너무 길어져요."

"알았어요. 그런데 우리가 그 사자를 찾게 되는 그날 아침에 추우면 어떻게 해요?"

"당신이 스웨터를 안 입으면 어떻게 쏘는지 보고 싶은 거예요. 무슨 차이가 있는지 알려고요."

"다들 항상 나한테 실험하려고 해요? 그냥 나가서 깔끔하게 죽이면 되잖아요?"

"그렇게 해봐요, 여보. 지금요."

우리는 차를 타고 활주로를 지나갔다. 우리 오른쪽에는 평탄하지 않은 지역이 있었고 나는 초원에서 영양 두 마리가 풀을 뜯고 있고 덤불에서 그리 멀지 않은 곳에 누워있는 늙은 수놈 한 마리를 보았다. 나는 벌써 그놈을 본 음투카에게 고개를 끄덕였고, 왼쪽으로 멀리 돌아갔다가 우리 모습이 보이지 않도록 나무 뒤로 가라고 손짓을 했다.

나는 음투카에게 차를 세우라고 신호를 보냈다. 메리가 차에서 내렸고 차로는 망원경을 챙겨서 그녀를 뒤따랐다. 메리는 6.5 만리허 총을 들었고, 땅에 발이 닿자 그녀는 노리쇠를 들어 올려 뒤로 당겼다가 앞으로 밀었고, 총탄이 있는지 확인하고서는 노리쇠를 내리고 안전장치를 위로 올렸다.

"이제 뭘 하면 되죠?"

"누워있는 늙은 수놈 영양 보여요?"

"네, 무리 속에 있는 다른 두 마리도 봤어요."

"당신과 차로는 저 늙은 수놈에게 얼마나 가까이 갈 수 있는지 해봐요. 바람도 좋으니까 저 숲까지 갈 수 있어요. 저 풀밭 보여요?"

늙은 수놈 영양이 큰 머리에 아래로 구부러진 넓은 뿔과 사나워 보이는 갈기가 있어 검고 기괴한 모습으로 그곳에 누워있었다. 차로와 메리는 이제 덤불 쪽으로 더 가까이 다가가고 있었고 영양이 일어섰다. 빛을 받아서 더 기괴하게 보였고 아주 새까맣게 보였다. 녀석은 메리와 차로를 보지 못했고 그들에게 옆모습을 보이며 우리 쪽을 바라보고 있었다. 나는 정말 멋지고 기괴하게 생긴 동물이며 날마다 봐서 우리가 영양들을 너무 당연하게 여기고 있다고 생각했다. 고상하

71

게 생긴 동물은 아니었지만 가장 비범하게 생긴 짐승이어서 나는 즐겁게 놈을 바라보며 차로와 메리가 몸을 구부리고 천천히 다가가는 모습을 지켜보았다.

메리는 이제 총을 쏠 수 있는 숲 가장자리에 있었고, 우리는 차로가 무릎을 꿇고 메리는 총을 들어 올리며 고개를 숙이는 모습을 보았다. 총성과 총탄이 뼈에 부딪히는 소리가 거의 동시에 들렸고, 늙은 수놈의 검은 형체가 공중으로 튀어 올랐다가 옆으로 털썩 쓰러지는 모습이 보였다. 다른 영양은 전속력으로 달리기 시작했고 우리는 메리와 차로 그리고 초원의 검은 혹을 향해 달려갔다. 우리가 사냥용 차에서 다같이 내릴 때 메리와 차로는 영양 가까이에 서 있었다. 차로는 너무 즐거워하면서 칼을 꺼냈다. 모두가 말했다. "피가 음주리, 피가 음주리 사나, 엠사히브, 음주리, 음주리, 사나Piga mzuri. Piga mzuri sana, Memsahib. Mzuri, mzuri, sana."

나는 메리에게 팔을 두르며 말했다. "정말 멋지게 쐈어요, 여보. 몰래 접근하는 것도 잘했어요. 이제는 자비롭게 왼쪽 귀 아래쪽을 정확히 쏴요."

"이마를 쏴야 되는 거 아니에요?"

"아뇨. 정확히 귀 밑을 쏴요."

메리는 모두를 뒤로 물러나게 하고, 안전장치를 풀고, 총을 들어 올려 정확하게 조준한 뒤, 심호흡을 들이쉬고 내쉬었고, 체중을 왼발에 싣고는 왼쪽 귀와 두개골이 만나는 곳에 정확히 총을 쏴서 작은 구멍을 냈다. 영양의 앞다리는 서서히 힘이 풀렸고 고개를 부드럽게 돌아갔다. 녀석의 죽음에서 존엄성이 느껴졌고 나는 메리를 팔로 감싸서 돌아서게 해서, 차로가 모든 이슬람인이 늙은 수놈 고기를 먹을 수 있게 율법에 따라 급소를 칼로 찌르는 것을 못 보게 했다.

"가까이 다가가서 깔끔하고 죽이고 하라는 대로 잘했는데 당신 안 기뻐요? 내가 조금은 자랑스럽지 않아요?"

"정말 대단했어요. 멋지게 가서 단 한 발로 죽였고, 그 녀석은 무슨 일이 일어났는지도 모르고 전혀 고통스럽지 않았을걸요."

"엄청나게 커서 사나워 보이더라고요."

"여보, 가서 차에 앉아서 지니 플라스크Jinny flask(휴대용 술병)로 한잔하고 있어요. 나는 차 뒤에 저 영양을 싣는 걸 도와줘야겠어요."

"나랑 같이 가서 한잔해요. 방금 난 내 소총을 18인분 식량을 마련했고, 당신을 사랑하고 한잔하고 싶어요. 차로와 내가 정말 가까이 갔죠?"

"정말 멋졌어요. 이보다 더 잘할 수 없을 거요."

지니 플라스크는 낡은 스페인제 탄약통 주머니 중 하나에 들어있었다. 그것은 술탄 하무드Sultan Hamud(케냐 마쿠에니 카운티 카시쿠 지역에 있는 마을)에 샀던 1파인트짜리 고든스Gordon's(고든 진) 술병으로, 은으로 된 다른 오래된 플라스크에서 이름을 따 왔는데 그 플라스크는 전쟁 중에 수천 피트 상공에서 이음새 부분이 수없이 터져서 순간적으로 난 내 엉덩이가 맞았다는 생각이 들었다. 그 오래된 지니 플라스크는 제대로 고칠 수 없었지만, 이 얇은 파인트 술병에 옛날 길쭉하고 엉덩이 부분에 딱 맞는 플라스크에서 따와 이름을 붙여줬는데, 그 플라스크에는 돌려서 여는 뚜껑 윗부분에 여자 이름과 전투 장소 이름이 새겨졌고, 그것으로 술을 마셨거나 지금은 죽고 없는 사람들의 이름은 없었다. 전투와 사람 이름을 적당한 크기의 글자로 새겼다면 오래된 지니 플라스크의 양면을 가득 채웠을 것이다. 하지만 평범한 새 지니 플라스크는 부족의 일원 같았다.

메리는 플라스크로 술을 마셨고, 나도 마셨다. 메리가 말했다. "있죠, 아프리카는 진을 스트레이트로 마셔도 맹물 같이 느껴지는 유일한 곳이에요."

"물보다는 독하죠."

"비유적으로 말하면 그렇다는 거죠. 한 잔 더 마실래요."

그 진은 정말 맛이 훌륭하고 깔끔했고, 기분 좋을 정도로 몸을 따뜻하게 해주고 나한테는 전혀 맹물처럼 느껴지지 않았다. 나는 메리에게 물주머니를 건넸고, 메리는 오랫동안 물을 마시고 나서 말했다. "물도 참 맛있어요. 그 둘을 비교해서는 안 되지만요."

나는 지니 플라스크를 들고 있는 메리를 두고 영양을 들어 옮길 수 있도록 뒷문이 내려진 자동차 뒤쪽으로 갔다. 우리는 시간을 아끼고 내장을 좋아하는 사람들이 캠프에서 다듬을 때 가져갈 수 있도록 통째로 들어 올렸다. 들어 올려서 차 뒤에 밀어놓고 나자 영양에게 위엄은 전혀 없었고 눈은 흐릿했고 배는 부풀어 올랐고, 머리는 이상한 각도로 기울어져 있었고, 회색 혀는 교수형을 당한 사람처럼 삐져 나왔다. 음투카와 함께 가장 무거운 부분을 들었던 응구이는 어깨 바로 위쪽에 난 총알구멍에 손가락을 넣었다. 나는 고개를 끄덕였고 차 뒷문을 닫고 고정한 후, 메리한테 물주머니를 받아 손을 씻었다.

"한잔해요, 여보. 우울해 보여요."

"안 우울해요. 하지만 한잔해야겠어요. 다음도 당신이 쏠래요? 케이티, 차로, 음원디랑 당신과 내가 먹을 용으로 톰슨가젤이나 임팔라를 잡아야 하거든요."

"임팔라 잡고는 싶지만, 오늘은 그만 쏠래요. 부탁할게요. 쏘고 싶지 않아요. 망치고 싶지도 않고요. 지금은 내가 노리는 걸 정확히 맞췄는데도요."

"어디를 노렸는데요?" 그런 질문을 하기 싫었지만, 술을 마시는 동안 편안하면서도 너무 태평스럽게 들리지 않도록 물었다.

"어깨 한복판이요. 가운데에 맞고 죽었어요. 당신도 그 구멍 봤잖아요."

척추 위쪽에 난 작은 구멍에서 나온 피가 어깨 한복판까지 흘러내려서 그곳에 멈췄다. 앞부분은 아직 움직였지만 뒷부분은 완전히 죽었던 괴상하고 검은 영양이 그곳 풀밭에 쓰러졌을 때 그것을 보았다.

"잘했어요, 여보."

"지니 플라스크 내가 가질래요. 오늘은 더는 안 쏴도 되잖아요. 내가 영양을 잡아서 당신이 기뻐하니까 정말 좋아요. 팝도 여기 계셨으면 좋았을 텐데."

하지만 팝은 이곳에 없었고, 사거리에서 조준한 것보다 14인치나 더 높이 쏴서 완벽하게 척추에 명중시켜 짐승을 죽였다. 하지만 아직 어떤 문제가 남았다.

우리는 이제 해를 등지고 맞바람을 맞으며 평원을 지나가는 중이었다. 나는 우리 앞에서 풀을 뜯어 먹고 있는 그랜트가젤의 하얀 엉덩이와 꼬리를 흔드는 톰슨가젤을 보았는데, 그 녀석들은 차로 가까이 다가가자 뛰었다. 응구이는 모든 상황을 알았고 차로도 그랬다. 응구이는 차로를 돌아보며 말했다. "지니 플라스크."

차로는 뒤집어 놓은 총과 걸쇠에 걸어놓은 산탄총 사이의 좌석 등받이 너머로 술병을 건넸다. 응구이는 뚜껑을 열어 나에게 주었다. 나는 한 모금 마셨고 전혀 맹물 맛이 아니었다. 메리와 사자 사냥을 할 때는 책임감 때문에 전혀 술을 마실 수 없었다. 하지만 진을 마시면 긴장이 풀어질 것이다. 영양을 잡고 나서는 우리 모두 긴장했었고, 짐꾼만이 즐거워하고 자랑스러워했다. 메리도 즐거워하고 자랑스러워했다.

메리가 말했다. "저 사람 당신이 뭐라도 보여주기를 원해요. 뭐라도 보여줘요, 여보."

"좋아. 한 마리 더 잡지 뭐."

나는 지니 플라스크에 손을 뻗었지만 응구이를 고개를 흔들며 말했다. "하파나, 음주리."

앞에 보이는 숲 공터에 톰슨가젤 수컷 2마리가 풀을 뜯고 있었다. 두 녀석 모두 유난히 고개가 길고 몸의 균형이 잘 잡혀서 멋졌고, 풀을 빠르고 열심히 뜯어먹는 동안 꼬리를 팔랑거렸다. 음투카는 자신도 그 녀석들을 봤다는 의미로 고개를 끄덕였고, 차를 돌려서 우리가 다가가는 게 들키지 않는 곳에 세웠다. 스프링필드에서 탄피 두 개를 빼내고 실탄 2발을 넣고 노리쇠를 내리고, 차에서 내려 아무런 관심이 없다는 듯이 덤불 쪽으로 걸어갔다. 덤불로 충분히 가려졌기 때문에 몸을 숙이지 않아도 됐고, 주변에 많은 사냥감이 있어서 몰래 접근할 때는, 똑바로 서서 무관심하게 걷는 게 더 낫다는 결론을 내렸다. 그렇지 않으면 사람을 본 다른 동물들이 놀라서 자신이 노리는 동물까지 놀라게 할 수 있다. 뭔가를 보여 달라는 메리의 말이 생각난 나는 조심스럽게 왼손을 들어 목 옆을 철썩 때렸다. 이것은 내가 총을 쏘려고 하는 위치를 가리키는 것으로 다른 곳을 쏘면 무효였다. 톰슨가젤처럼 언제 튀어 나갈지 모르는 작은 동물을 대상으로 그런 식으로 쏠 위치를 정하는 사람은 없다. 하지만 내가 그곳을 맞춘다면 사기가 높아질 것이고, 실패한다면, 확실히 불가능한 일이라는 의미다.

흰 꽃이 만발한 풀밭을 걷는 게 즐거웠고, 난 총구를 아래로 해서 오른쪽 다리에 바짝 붙인 채 구부정한 자세로 걸었다. 나는 앞으로 나아가면서 아름다운 초저녁이고, 아프리카에 온 게 행운이라는 생각만 들었다. 이제 덤불의 오른쪽 가장자리에 다다랐고, 웅크리고 기어가야 했지만, 풀과 꽃이 너무 많았다. 그리고 난 안경까지 쓰고 있었고 기어가기에는 너무 늙었다. 그래서 방아쇠에 손가락을 대고 딸깍 소리가 나지 않도록 노리쇠를 뒤로 당긴 다음 방아쇠에서 손가락을 떼고 조용히 제자리로 내리고 총 뒷가늠자로 조리개를 확인한 다음 덤불 오른쪽 끝을 지나서 밖으로 나왔다.

총을 들어 올리는 순간 톰슨가젤 두 마리를 전속력으로 내달렸다. 멀리 있는 녀석이 내가 밖으로 나올 때 하필 내 쪽으로 고개를 돌리고 있었다. 녀석들은 작은 발굽으로 박차며 뛰어나갔다. 나는 조준경으로 두 번째 녀석을 겨냥했고, 왼발 앞쪽에 체중을 실었고, 그 녀석이 총을 앞지르기 전에 쐈다. 무미건조한 총소리가 울렸고, 두 번째 실탄을 장전하려고 할 때, 녀석의 네 다리가 공중에서 뻣뻣해지고 하얀 배와 네 다리가 천천히 가라앉는 게 보였다. 내가 놈의 엉덩이를 쐈거나 실수로 척추나 머리를 맞춘 게 아니기를 바라며 걸어 나갔고, 그때 차가 달려오는 소리가 들렸다. 차로를 칼을 들고 톰슨가젤 쪽으로 뛰어갔고, 그 자리에 섰다.

나는 그에게 다가가 말했다. "할랄Halal(율법대로 잡아요)."

"하파나Hapana(아니요)." 차로는 그렇게 말하고는 칼끝으로 죽은 톰슨가젤의 눈을 건드렸다.

"어쨌든 할랄해요."

"하파나." 나는 차로가 우는 것을 본 적이 없었는데, 울기 직전이었다. 종교적 위기였고 그는 신앙심이 깊은 노인이었다.

"알았어요. 응구이, 처리해."

차로 때문에 모두가 매우 조용했다. 그는 사냥용 차로 돌아갔고 이슬람교도가 아닌 사람들만 남았다. 음투카는 나와 악수를 하며 입술을 깨물었다. 그는 톰슨가젤 고기를 먹지 못하는 아버지를 생각하고 있었다. 응구이는 웃고는 있지만 그 웃음을 감추려고 애썼다. 우리와 함께 남은 팝의 총잡이는 얼굴이 동글동글하고 햇볕에 피부가 그을린 요정 같았다. 슬퍼진 그는 손으로 머리를 감쌌다. 그러고 나서 자신의 목을 찰싹 때렸다. 기쁘고 명랑하고 멍청한 보이는 짐꾼은 사냥꾼들과 있어서 행복했다.

"어디를 맞췄어요?" 메리가 물었다.

"안타깝게도, 목을 맞췄네요."

응구이는 메리에게 총알구멍을 보여 줬고, 음투카와 짐꾼과 함께 녀석을 들어 올려 차 뒤에 실었다.

메리가 말했다. "너무 마술 같은데요. 내가 뭔가 보여 달라고 했을 때, 이 정도까지 보여달라는 건 아니었는데."

우리는 먼지를 일어나지 않도록 조심히 차를 몰아 캠프로 왔고 메리를 내려줬다.

"멋진 오후였어요. 모두 정말 고마워요."

메리는 음윈디가 캔버스로 된 욕조에 뜨거운 목욕물을 채워놨을 텐트로 향했고, 그녀가 자신의 사격 솜씨에 행복해하는 모습에 나는 즐거웠다. 지니 플라스크에 담긴 술을 마시면서 나는 우리가 모든 문제를 해결할 것이라고 확신했고, 사자한테서 25m 떨어진 곳에서 위로 35cm 정도 빗나가도 별문제가 아니라고 생각했다. 정말 별 문제가 아니었다. 잡은 사냥감을 도축하고 가죽을 벗기는 곳으로 차를 부드럽게 몰았다. 케이티가 다른 사람들과 함께 나왔고, 나는 차에서 내리면서 말했다. "멤사히브가 영양을 멋지게 잡았어."

"음주리." 케이티가 말했다.

우리는 사냥감을 다듬으려고 차 전조등을 켜놓았고, 응구이는 내

칼 중에서 가장 좋은 것을 꺼내서 이미 영양 옆에 쪼그리고 앉아서 작업을 시작한 가죽 벗기는 사람과 합류했다.

나는 응구이에게 다가가 어깨를 두드리며 차량 불빛 밖으로 불러냈다. 그는 도축작업에 전념했지만 내 뜻을 이해하고 불빛 밖으로 나왔다.

"샴바에 보낼 용으로 등심 윗부분을 크게 잘라줘." 나는 그의 등에 손가락을 대고 위치를 가리켰다.

"응디오."

"뱃살 부분도 깨끗이 해서 싸주고."

"좋아요."

"좋은 고기 챙겨주자고."

"응디오."

고기를 더 많이 챙겨주고 싶었지만 그렇게 하면 안 된다는 것을 알았고, 이틀 동안 작전에 필요했기 때문에 양심의 가책을 덜 느꼈으며, 그 작전을 떠올리며 응구이에게 말했다. "샴바에 보낼 것으로 스튜용 고기도 넉넉히 챙겨둬."

그 후에 난 자동차 불빛을 벗어나 미망인과 요리용 모닥불 너머에 미망인과 그녀의 어린 아들, 데바가 기다리고 있는 나무쪽으로 걸어갔다. 이제 빛이 바래버린 밝은 옷을 입은 그들은 나무에 등을 기대고 있었다. 꼬마가 앞으로 나와서 내 배에 머리를 세게 들이박았고, 나는 그 아이 정수리에 입을 맞췄다.

"안녕하세요, 미망인?"라고 나는 물었다. 그녀는 고개를 저었다.

"잠보, 투Jambo, tu." 데바에게 인사하면서 그녀 정수리에도 입을 맞
추자 그녀는 웃었다. 나는 그녀의 목과 머리를 만지면서 짧고 뻣뻣하
고 사랑스러운 머리카락의 감촉을 느꼈고, 그녀는 내 가슴에 두 번 머
리를 들이받아서 머리에 다시 입 맞췄다. 미망인은 매우 긴장한 상태
로 말했다. "크웬다 나 샴바Kwenda na shamba." 마을로 가자는 말이었다.
데바는 아무 말도 하지 않았다. 그녀는 캄바족만의 사랑스럽고 건방
진 태도에서 벗어나 얌전해졌고, 나는 고개 숙인 그녀 머리를 사랑스
럽게 쓰다듬다가 귀 뒤의 은밀한 곳을 만지자, 그녀는 손을 살며시 들
더니 나의 가장 흉한 흉터들을 만지작거렸다.

"음투카가 차로 데려가 줄 거야. 가족들이 먹을 고기도 있어. 난 못
가, 잠보 투." 매우 투박하지만 사랑이 가득 담겼고, 여러 일을 빨리 마
무리 짓는 말이었다.

"언제 오실 건가요?" 미망인이 물었다.

"곧 갈 겁니다. 일이 있을 때."

"아기 예수 생일 전에 우리 라이토키톡에 갈 건가요?"

"그럼요."

"크웬다 나 샴바." 데바가 말했다.

"음투카가 데려다 줄 거야."

"당신도 가요."

"노 아이 헤메디오No hay remedio(스페인어, 어쩔 도리가 없어)."라고 난 말했
다. 이 말을 내가 데바에게 처음으로 가르쳐 준 스페인어로, 그녀는
요즘 이 말을 조심스럽게 썼다. 내가 아는 스페인어로 가장 슬픈 말

로, 그 말을 일찍 배우는 게 그녀에게 가장 좋을 거라고 생각했었다. 데바는 그 말이 자신이 공부 중인 내 종교에서 나온 말이라고 생각했는데, 내가 무슨 뜻인지는 설명해주지 않고 꼭 알아야 하는 구절이라고 했기 때문이다.

"노 아이 헤메디오." 데바는 매우 자랑스럽게 말했다.

"네 손은 아름답고 단단해." 난 스페인어로 그렇게 말했다. 이 말은 우리가 처음으로 했던 농담 중 하나였고, 난 그 말을 매우 신중하게 통역했다. "너는 웅고마의 여왕이야."

"노 아이 헤메디오." 그녀는 겸손하게 말했다. 그리고 어둠 속에서 아주 빨리 말했다. "노 아이 헤메디오, 노 아이 헤메디오, 노 아이 헤메디오."

"노 아이 헤메디오, 투tú(스페인어, '당신, 너'라는 2인칭 대명사). 고기 챙겨서 가."

그날 밤 나는 도축해서 남은 찌꺼기를 놓고 시끄럽게 구는 하이에나 소리를 들으며 깨어있었고, 텐트 문 사이로 비치는 불빛을 보면서, 영양을 잘 쫓아가서 깔끔하게 잡아서 기분이 좋고 지금 곤하게 자고 있을 메리를 생각했고, 그 큰 사지는 어디에 있고 그 녀석은 지금쯤 어둠 속에서 무엇을 하고 있을지 궁금해졌다. 그 녀석은 습지로 내려오는 길에 또다시 먹잇감을 죽일 것이다. 그리고 나서 샴바를 생각하면서 아무런 해결책도 방법도 없다고 생각했다. 샴바에 연루돼서 무척 후회되지만 이제 어쩔 수가 없었고 어쩌면 피할 수도 없었을 것이다. 내가 시작한 일이 아니었다. 자연스럽게 일이 일어났다. 그리고 난 그 사자와 캄바 마우마우단에 대해 더 생각하면서 우리는 내일 오후에 그들이 나타날 것에 대비해야 한다고 생각했다. 그리고 잠깐 밤의 소리가 전혀 나지 않았다. 모두가 가만히 있었고, 나는 어쩌면 빌어먹을 캄바 마우마우단일 수 있고 내가 허술하게 굴었다고 생각하면서 산탄을 장전해둔 윈체스터Winchester 총을 들고 더 잘 들으려고 입을 벌린 채 귀를 기울였고, 심장은 요동쳤다. 이윽고 다시 밤의 소리가 나기 시작했고, 개울가에서 표범이 헛기침하는 소리가 들렸다. 마치 편자공(말의 편자를 만드는 사람)의 줄질로 나는 콘트라베이스의 C현 소리 같았다. 표범은 다시 기침하고 사냥을 했고, 밤의 소리는 그 녀석에 대해 떠들어대기 시작했다. 나는 산탄총을 다리 밑에 다시 놓고는, 메리를 자랑스러워하고 사랑하면서 그리고 데바도 자랑스러워하고 매우 아끼면서 잠이 들었다.

3

새벽에 일어난 나는 요리용 텐트로 갔다. 케이티는 늘 보수적이었기에 우리는 캠프는 군대식으로 점검했고, 나는 그가 어떤 일에도 화내는 모습을 보지 못했다. 우리가 먹을 고기는 무명천으로 쏴서 걸어놨고 캠프 사람들이 3일 동안 먹을 만큼 충분했다. 일찍 일어난 사람들은 고기를 꼬챙이에 끼워 구웠다. 우리는 마우마우단이 샴바 4곳 중 한 곳이라도 온다면 그놈들을 잡을 계획을 다시 살폈다.

"계획은 잘 세웠는데, 그놈들 안 와요." 케이티가 말했다.

"어젯밤에 표범이 나타나기 전에 고요했던 것 몰랐어요?"

그는 웃으며 말했다. "알죠. 하지만 그건 표범이었잖아요."

"그놈들일 수 있다고 생각은 안 들었어요?"

"그랬지만. 하지만 아니었잖아요."

"됐어요. 음원디에게 모닥불 쪽으로 오라고 해줘요."

나는 타지 않은 장작 끝부분을 놓아서 곁가지를 쌓아 피운 모닥불 위에 올려놓은 다음 그 옆에 앉아서 차를 마셨다. 차가 이미 차갑게 식었기에 음원디는 다른 찻주전자를 들고 왔다. 그도 케이티처럼 형식을 중시하고 보수적이었고, 케이티보다 더 거칠다는 점만 빼고 유머 감각도 비슷했다. 음원디를 영어로 말했는데, 말하기보다는 듣는 걸 더 잘했다. 나이가 들었고 피부가 매우 검고 긴 얼굴의 중국인처럼 같이 보였다. 그는 내 모든 열쇠를 보관하고 텐트 관리, 침구 정돈, 목욕, 빨래와 신발 정리를 맡았고 이른 아침에 차를 끓여 주고, 사파리 운영에 필요한 내 모든 돈도 관리했다. 이 돈은 양철로 된 트렁크에 보관했는데, 그가 열쇠를 맡았다. 그는 옛날 사람들처럼 신뢰받는 걸 좋아했다. 그는 나에게 캄바어를 가르쳐줬는데, 응구이가 가르쳐준 캄바어와는 달랐다. 음원디는 응구이와 내가 서로에게 나쁜 영향을 미친다고 생각했지만, 나이도 너무 들었고, 냉소적이었기에 자기 일에 방해만 되지 않는다면 굳이 어떤 일에 끼어들려고 하지 않았다. 그는 일하는 걸 좋아했고 책임감이 있었고, 그 덕분에 질서 있고 쾌적한 사파리 생활을 할 수 있었다.

"브와나, 뭐가 필요하세요?" 음원디는 근엄하고 낙담한 표정으로 서서 물었다.

"이 캠프에 총이랑 탄환이 너무 많아."

"괜찮아요. 아무도 몰라요. 당신이 나이로비에서 몰래 가지고 왔잖아요. 키탕가에서도 본 사람이 없어요. 우리가 늘 몰래 들어왔고, 아무도 못 봤고, 아무도 몰라요. 브와나는 늘 옆에 총을 두고 자잖아요."

"나도 알아. 하지만 내가 마우마우라면, 밤에 이 캠프를 덮칠 거야."

"당신이 마우마우단이라면, 여러 일이 일어나겠죠. 하지만 당신은 마우마우가 아니죠."

"그렇기는 하지. 하지만 자네가 텐트에 없을 때는, 다른 사람을 무장시켜서 텐트 안에 있게 해."

"밖에 보초를 세우죠, 브와나. 텐트 안에 다른 사람이 있는 건 원치 않아요. 제가 텐트를 지킬게요."

"그럼 사람들을 밖에 세워둬."

"브와나, 놈들이 이 캠프에 오려면 탁 트인 평원을 건너야 해요. 뻔히 다 보여요."

"웅구기와 내가 이 캠프 끝에서 무화과 나무가 있는 끝까지 세 번을 다녔는데, 우리를 본 사람이 아무도 없었어."

"제가 봤어요."

"정말?"

"두 번이나 봤는데요."

"왜 말을 안 했어?"

"내가 본 당신과 웅구이의 행동을 전부 이야기할 의무는 없는데요."

"고마운걸. 이제 보초 일은 알았으니, 멤사히브와 내가 밖에 나가고 자네도 텐트를 떠나면, 보초를 불러. 여기에 멤사히브가 혼자 있고 자네가 없을 때도, 보초를 부르고."

"응디오. 차 안 드세요? 식겠어요."

"오늘밤에 텐트 주위에 덫을 놓고, 저 나무에 랜턴을 달 거야."

"음주리. 모닥불도 크게 피우고요. 케이티가 장작을 가져오라고 사람을 보냈으니까 트럭 기사가 한가할 것이고, 그럼 샴바 한 곳에 갈 거예요. 하지만 사람들이 여기 올 거라고 하는 그놈들, 여기 안 와요."

"그렇게 확신하는 이유가 뭐야?"

"덫에 걸리려고 여기 오는 건 바보 같은 짓이고 놈들은 멍청하지 않아요. 캄바족 마우마우단이니까."

나는 새 찻주전자를 올린 모닥불 옆에서 차를 천천히 마셨다. 마사이족은 가축을 기르고 전쟁을 하는 부족이지, 사냥은 하지 않는다. 반면 캄바족은 사냥을 하고, 내가 아는 한 최고의 사냥꾼이자 추적자다. 현재 캄바족 보호구역에서 백인들이 그들의 사냥감을 잡고 있기에, 유일한 사냥 장소는 마사이족 보호구역이었다. 그리고 캄바족 구역은 인구 과밀에 농사도 많이 지어서 비가 제대로 내리지 않으면 가축들이 먹을 목초도 없고 농사도 망쳤다.

나는 앉아서 차를 마시면서, 나는 캠프 사람들의 차이에 대해서 생각했는데, 태도와 시각의 차이는 독실한 신도와 무신론자, 선인과 악인, 구세대와 신세대의 차이가 아니라 기본적으로 활동적인 사냥꾼과 전사와 그 밖의 사람들 차이라고 생각했다. 케이티는 전사, 군인, 홀

룡한 사냥꾼이자 추적자이었고 뛰어난 경험과 지식, 권위를 바탕으로 모든 것을 총괄했다. 하지만 케이티는 상당한 부와 재산을 가진 보수적인 사람이었고, 지금처럼 변화의 시대에는 보수적인 사람들이 어려운 역할을 맡았다. 전쟁을 치르기에는 너무 어렸고, 사는 곳에 사냥감이 더는 없어서 사냥법을 전혀 배우지 못했고, 너무 미숙하고 경험과 훈련 부족으로 밀렵꾼이나 소도둑도 되지 못한 젊은이들은 아비시니아Abyssinia(지금의 에티오피아)와 버마(지금의 미얀마) 같은 곳에서 자신만의 방식으로 싸웠던 웅구이와 시대의 반항아들을 우러러봤다. 모든 일에서 우리를 도와줬지만, 케이티, 팝, 그리고 자신들의 일에 충실했다. 우리는 그 젊은이들을 고용하거나 개종하거나 타락시키려고 하지 않았고, 그들이 자원했다. 웅구이는 나에게 모든 걸 이야기하고, 나를 신뢰하고, 부족에 대한 충성심으로 나를 대했다. 사냥꾼 캄바족은 오랫동안 함께 행동했다는 걸 알고 있었다. 하지만 앉아서 차를 마시고 태양이 비추니 색깔이 변하는 황록색 나무들을 보면서, 우리가 얼마나 멀리까지 왔으니 생각했다. 차를 다 마시고 나서 텐트로 가서 안을 살폈다. 메리는 일찍 차를 마셨는지 간이침대 옆 캔버스 방수 깔개에 널려진 모기장 위에 있던 받침 접시에 빈 컵이 있었다. 그녀는 다시 가볍게 탄 얼굴과 흐트러진 아름다운 금발 머리를 베개에 기대고 다시 자는 중이었다. 그녀의 입술은 내 쪽으로 향해 있었고, 나는 아름다운 얼굴에 늘 감탄하면서 잠든 모습을 바라봤고, 그녀는 잠결에 가벼운 미소를 지었다. 무슨 꿈을 꾸는지 궁금했다. 그러고 나서 나는 침대 위 담요 밑에서 산탄총을 꺼내 텐트 밖으로 나와 총통에서 탄피를 뺐다. 오늘 아침에도 메리가 푹 자도록 내버려 둘 것이다.

나는 식당 텐트로 가서 정리 중이던 응구일리에게 아침 식사를 부탁했다. 바짝 익힌 계란 후라이와 햄이나 베이컨, 얇게 썬 생양파를 넣은 계란 샌드위치였다. 과일이 있으면 먹고 싶다고 했고, 먼저 터스커 맥주Tusker beer(케냐에서 생산되는 맥주 브랜드)를 달라고 했다.

G.C.와 난 사자 사냥을 하지 않을 때는 거의 언제나 아침 식사로 맥주를 마셨다. 아침 식사 전이나 식사를 할 때 마시는 맥주는 참 좋지만, 행동이 둔해진다. 한편, 기분이 좋지 않을 때 맥주를 마시면 기분이 좋아지고, 너무 늦게 자서 속이 더부룩할 때 효과가 참 좋았다.

응구일리는 맥주병을 따서 잔에 따랐다. 그는 맥주를 따르는 것을 좋아했고 마지막에 거품이 올라와 넘치지 않고 잔에 가득 차는 것을 보는 걸 좋아했다. 그는 매우 잘 생겼는데, 전혀 여성스럽지 않은데도 아가씨처럼 아름다웠고, G.C.는 그를 놀리면서 눈썹을 뽑았냐고 물어보기도 했다. 현재 사람들은 외모를 가꾸는 것이 큰 즐거움이어서 그럴 수 있었고, 동성애와는 아무런 관련이 없었다. 하지만 G.C.는 그에게 너무 짓궂게 굴었다. 응구일리는 수줍음이 많고, 친절하고 매우 헌신적이고 사냥꾼과 전사를 숭배하는 훌륭한 급사여서, 종종 그를 사냥할 때 데리고 갔다. 동물을 보고 매우 놀라거나 잘 모르는 그의 모습에 모두가 그를 조금씩 놀렸다. 하지만 우리를 따라올 때마다 뭔가를 배웠기에 그를 아끼는 마음에서 놀렸다. 우리는 누군가가 장애를 입거나 목숨에 지장이 없을 정도로 다치거나 사고를 당하면 우스꽝스러운 일로 여기지만, 세심하고 상냥하고 사랑스러운 이 소년에게는 힘들었다. 전사와 사냥꾼이 되고 싶었지만 대신 견습 요리사와 시종이 되었다. 우리가 올해 캠프에서 모두 즐겁게 지내는 동안, 부족법에 따라 아직 술을 마실 수 없었던 그에게 커다란 즐거움 중 하나는 맥주를 따르는 것이었다.

"표범 소리 들었니?" 나는 그에게 물었다.

"아뇨, 브와나, 저는 잠을 깊게 자요."

그는 요리사에게 만들어 달라고 부탁한 샌드위치를 가지러 나갔다가 곧 다시 돌아와서 맥주를 따랐다.

다른 급사인 음세비는 큰 키에 잘 생겼으며 성격이 다소 거칠었다. 그는 늘 녹색 급사복을 입어서 가장무도회에 참석하는 분위기를 풍겼다. 그는 녹색 스컬캡skullcap(테두리가 없는 작은 모자, 주로 유대인 남성, 가톨릭 주교가 쓰는 모자)을 이상한 각도로 쓰는 것과 급사복을 입은 모습에서 자기 일에 긍지가 있지만 조금은 우스꽝스럽게 여긴다는 것을 보여 줬다. 메리와 나만 있을 때는 2명의 급사가 필요하지 않았지만, 요리사가 가족들을 만나고 일꾼 가족들에게 급료를 주려고 자리를 비웠기 때문에, 음셈비가 요리를 했다. 나를 제외한 다른 사람들처럼 그도 정보원도 싫어했고, 오늘 아침에 그가 텐트 밖에 나타나 조심스럽게 기침을 하자, 음세비는 의미심장하게 나를 쳐다보더니 고개를 숙이고 눈을 살짝 감더니 웅구일리를 데리고 둘 다 밖으로 나갔다.

"들어와, 정보원. 무슨 일이지?"

"잠보, 나의 형제님." 그는 숄을 단단히 둘렀고, 펠트 모자를 벗었다. "라이토키톡너머에서 온 어떤 남자가 형제님을 만나고 싶어 합니다. 코끼리가 그 남자가 사는 샴바를 쑥대밭으로 만들었다고 합니다."

"자네는 그 남자를 알아?"

"아뇨, 형제님"

"그 사람 데리고 와."

샴바 주인이 들어와 텐트 입구에서 인사했다. "안녕하세요, 선생님."

그의 머리는 마우마우단 스타일로 면도기로 옆머리를 밀어냈다.

하지만 그 모습만으로는 알 수 없었다.

"코끼리가 왔다고요?"

"그놈들이 지난밤에 와서는 내 샴바를 부셨어요. 코끼리를 관리하는 게 선생님 일이라고 생각하는데요. 오늘 밤에 와서 한 놈을 잡아서 녀석들이 도망가게 해주세요."

그리고 난 캠프를 무방비 상태로 두는 건 말도 안 된다고 생각했다. "코끼리에 대해 알려줘서 고마워요. 곧 비행기가 여기에 도착하니까 우리랑 같이 타고 가서 샴바 피해를 조사하고 코끼리들을 이동시켜 보죠. 우리한테 샴바랑 정확한 피해 정도를 알려줘요."

"하지만 전 비행기를 타 본 적이 없는데요, 선생님."

"오늘 타 보겠네요. 재밌고 유익할 거예요."

"하지만 한 번도 타 본 적이 없어요. 아플 수도 있어요."

"아픈 게 아니고, 멀미에요. 영어를 제대로 써야죠. 멀미라고 하는 거예요. 멀미 나면 종이봉투 줄게요. 공중에서 당신이 사는 땅을 보고 싶지 않아요?"

"보고 싶어요, 선생님."

"정말 재미있을 거예요. 자기가 사는 곳의 지도를 보는 거 같을 거예요. 다른 방법으로 힘든 지형학적 특징이나 윤곽에 대해 알 수 있고요."

"그렇겠네요, 선생님."

난 조금 수치스러웠지만, 그의 머리 모양이 신경 쓰였고 캠프에 습격해서 가져갈 만한 물건들이 충분히 있었고, 만약 아라프 메이나와 응구이와 내가 코끼리 이야기와 거짓말에 속는다며, 난입하기 쉬운 곳이었다.

그 남자는 망설일수록 불리해진다는 것을 모른 채 한 번 더 말했다.

"난 비행기를 타면 안 될 거 같아요, 선생님."

"이봐요, 여기 사람들은 모두 비행기를 타 봤거나 타고 싶어 해요. 하늘에서 자기 땅을 내려다보는 건 대단한 거예요. 새가 부러운 적 없어요? 독수리나 매가 되고 싶다는 생각은요?"

"그런 적 없어요, 선생님. 하지만 오늘은 타 볼게요."

이 남자는 우리의 적이거나 또는 사기꾼이거나 그저 고기가 필요해서 코끼리를 잡아주길 바라는 건 줄도 모른다고 생각이 들었고, 그는 올바른 결정을 내렸다. 난 텐트 밖으로 나가서 아라프 메이나에게 이 남자를 붙들어 놓고 아무 말 하지 말고 잘 지켜보고 캠프를 떠나거나 텐트 안을 들여다보지 않도록 하라고 우리가 그를 비행기에 태워 갈 것이라고 말했다.

"잘 지켜보죠. 저도 비행기에 타나요?"

"아뇨. 저번에 탔잖아요. 오늘은 응구이가 탈 거예요."

응구이가 활짝 웃으며 말했다. "음주리 사나."

"음주리." 아라프 메이나도 활짝 웃으며 답했다. 아라프 메이나에게 샴바 주인을 데리고 나가라고 한 후 응구이에게 가서 풍향계를 확인하고 초원에 있는 비행장에서 동물들을 쫓아내라고 했다.

메리는 음윈디가 빨래하고 다림질한 부시 재킷을 입고 식당 텐트로 왔다. 아내는 아침처럼 젊고 생생해 보였으며, 내가 아침 먹기 전이나 식사 중에 맥주를 마셨다는 것을 알아차렸다.

"G.C.가 여기 있을 때나 그렇게 마시는 줄 알았어요."

"아니에요, 당신이 잠 깨기 전에 종종 아침에 마셔요. 글도 쓰지 않고 있고 맥주가 차가운 거 이 시간뿐이니까요."

"여기서 이야기 나누는 사람들한테서 사자에 대해 들은 거 있어요?"

"아뇨, 그 사자에 대한 소식은 없어요. 어젯밤에 이야기도 안 했어요."

"당신이 했죠. 내가 아니라 어떤 아가씨한테 말하던데. 어쩔 수 없다는 게 무슨 말이에요?"

"잠꼬대를 했나 보네요. 미안해요."

"스페인어로 어쩔 수 없다고만 말했어요."

"그렇다면 정말 어쩔 수 없었다는 거겠죠. 미안한데 꿈이 기억 안나요."

"꿈속에서도 나에게 충실하라고 부탁한 적 없어요. 우리 사자 사냥하러 갈 거죠?"

"여보, 왜 그래요? 그 녀석이 내려와도 그래도 놔두기로 했잖아요. 그래도 내버려 둬서 방심하게 두자고요."

"그 사자가 도망 안 친다고 어떻게 장담해요?"

"그 녀석은 똑똑해요. 늘 사냥감을 잡고 나서 이동해요. 하지만 먹잇감을 잡은 후에는 기세등등해지고요. 그 녀석 머리로 생각하는 중이라고요."

"당신 머리로 조금 생각해 봐요."

"여보, 아침 식사를 부탁하는 건 어때요? 톰슨가젤 간이랑 베이컨이 있던데."

메리는 응구일리를 불러서 아주 정중하게 아침 식사를 부탁했다.

"당신은 차를 마시고 나서 잠을 자면서 웃고 있던데요?"

"아, 멋진 꿈을 꿨어요. 그 사자를 만났는데, 나에게 너무 잘하고 교양 있고 예의 바르게 굴었어요. 옥스퍼드대를 다녔다고 했고, 실제로 BBC 뉴스 진행자 말투로 이야기하는 거 있죠. 분명 그 녀석을 어디선가 만났다고 확신했는데, 갑자기 날 잡아먹었어요."

"우리가 정말 어려운 시대에 살고 있네요. 당신이 잡아먹히기 전에 웃고 있던 걸 내가 봤네요."

"그랬을 거예요. 화내서 미안해요. 그 녀석이 갑자기 날 잡아먹더라고요. 날 싫어하는 기색을 조금도 보이지 않았는데. 마가디 사자처럼 으르렁거리지도 않았고요."

난 메리에게 키스했고 그때 응구일리는 먹기 좋게 자른 구운 간에 베이컨을 올리고 감자튀김, 커피, 깡통 우유, 뭉근히 익힌 살구 한 접시를 곁들여서 들고 왔다.

"간이나 베이컨 좀 먹어요. 오늘 하루 힘들 텐데."

"아뇨. 그렇지 않을 거예요."

"나도 비행기 타도돼요?"

"힘들 거 같은데. 시간은 내 볼게요."

"일이 많아요?"

난 메리에게 우리가 해야 할 일을 말해줬고, 메리가 답했다. "심술 부려서 미안해요. 그 사자가 날 잡아먹은 거 같았어요. 간이랑 베이컨 좀 먹고 맥주 마시고 비행기가 올 때까지 편히 있어요. '노 아이 헤메디오'가 되지 않을 거예요. 꿈에서라도 그런 생각 하지 말아요."

"당신도 사자가 당신을 잡아먹는다고 생각하지 말아요."

"낮에는 절대 그런 생각 안 해요. 그런 여자가 아니라고요."

"나도 정말 '노 아이 헤메디오'를 말하는 남자가 아니에요."

"맞는데요. 당신은 그런 경향이 있어요. 하지만 내가 당신을 처음 알았을 때보다 지금이 더 행복하죠?"

"당신이랑 있어서 정말 행복해요."

"그리고 다른 사람들 하고 있을 때도 즐거울 거예요. 윌리를 다시 만날 수 있어서 참 좋아요."

"그 사람은 우리보다 훨씬 더 좋은 사람이니까요."

"하지만 우리도 그렇게 될 수 있어요."

비행기가 언제 올지 그리고 확실하게 올지 몰랐다. 젊은 경찰이 보낸 무전을 확인할 길이 없었지만 1시쯤에 도착할 거라고 예상했다. 하지만 출루 고원이나 산의 동쪽 날씨에 따라, 윌리가 더 일찍 올 것이다. 나는 일어나서 날씨를 살폈다. 출루 고원에 구름이 조금 꼈지만 산 주위 날씨는 좋았다.

"나도 오늘 비행기 타고 싶은데." 메리가 말했다.

"앞으로 얼마든지 탈 수 있어요. 오늘은 할 일이 있어요."

"그럼 나중에 출루 고원을 비행해요.

"약속할게요. 당신이 가고 싶은 곳으로 가요."

"그 사자를 잡고 나서, 나이로비로 날아가서 크리스마스에 쓸 물건을 가져오고 싶어요. 그런 다음 제때 돌아와서 트리를 멋지게 꾸미고 싶어요. 그 코뿔소가 오기 전에 소나무를 골라놨어요. 아름다운 트리가 될 거예요. 하지만 먼저 트리에 달 장식이랑 사람들 선물을 사야 해요."

"우리가 그 사자를 잡으면, 윌리가 세스나Cessna(경비행기 제조업체)를 타고 와서 당신에게 출루 고원을 보여주고 당신이 원하면 산 쪽으로 올라갔다가 주위를 둘러보고 나서 윌리와 함께 당신은 나이로비로 가면 되겠네요."

"그럴 돈이 있어요?"

"그럼요."

"당신이 더 많은 걸 알고 배우면 돈을 낭비하지 않을 건데. 정말 당신이 좋아한다면 당신이 하는 일에 상관 안 해요. 내가 원하는 것은 당신이 나를 가장 사랑해 주는 것뿐이에요."

"난 당신을 가장 사랑해요."

"알아요. 하지만 다른 사람에게 상처를 주지 말아요."

"누구나 타인에게 상처를 줘요."

"당신을 그러면 안 돼요. 당신이 다른 사람에게 상처 주거나 인생을 망치지만 않으면 뭘 하든 상관없어요. 그리고 '노 하이 헤메디오'라고 말하지 말아요. 그건 너무 태평한 소리니까요. 모든 게 허상이고 당신이 모든 걸 속이고 이런 이상한 세계에서 살 때, 가끔은 그런게 환상적이고 매력적이라서 당신을 보면서 웃어요. 난 그런 말도 안 되는 일과 비현실적인 일들에 대해 초월한 거 같아요. 나도 당신의 형제와 같으니 내 말 이해해줘요. 그 속내를 알 수 없는 정보원은 당신 형제가 아니에요."

"그건 그 사람이 멋대로 말한 거예요."

"그래도 갑자기 터무니없는 생각이 진짜로 일어나서, 누가 당신 팔을 자르는 거 같다고요. 진짜로요. 꿈속에서 잘리는 게 아니고요. 웅구이가 팡가로 잘라내는 것처럼 진짜로 잘리는 거 있잖아요."

나는 아무 말도 하지 않았다.

"그런데 당신이 그 아가씨에게 너무 매몰차게 말해요. 그런 식으로 이야기하면, 웅구이가 도축하는 걸 보는 것 같아요. 모두가 즐거운 데 우리는 그렇지 않아요."

"여태껏 즐겁지 않았다는 거예요?"

"아뇨, 지금처럼 행복한 적은 없었어요. 정말로요. 그리고 이제 내 사격 솜씨에 자신감이 생겼어요. 난 요즘 정말 행복하고 자신이 생겼어요. 다만 이게 계속되길 바랄 뿐이에요."

"그럴 거예요."

"하지만 꿈처럼 멋진 일이 갑자기 그렇게 달라지는 게 무슨 말인지 이해하죠? 꿈만 같았을 때, 아니면 우리 둘 다 어렸을 때 가장 아름다웠던 순간 말이에요. 이곳에서 우리는 매일 점점 아름다워지는 산을 바라보고 당신들은 농담을 나누면서 모두가 행복해요. 모두가 나에게는 너무나 소중하고, 나도 그 사람들을 사랑해요. 그러더니 이렇게 무슨 일이 일어나네요."

"나도 알아요. 그건 같은 일의 다른 면일 뿐이에요, 여보. 단순히 보이는 게 다가 아니에요. 난 그 아가씨에게 정말 무례하게 굴지 않았어요. 그냥 예를 갖춰서 말한 거예요."

"내 앞에서는 그 아가씨에게 무례하게 굴지 말아요."

"안 그럴게요."

"그 아가씨 앞에서 내게 냉정하게 굴지 말고요.

"알았어요."

"그 아가씨 데리고 비행기를 타는 건 아니죠?"

"안 그래요, 여보. 그건 정말 약속해요."

"팝이 여기 있거나 윌리가 왔으면 좋을 텐데."

"나도 그래요." 그렇게 말한 후 다시 밖에 나가서 날씨를 살폈다. 출루 고원에 구름이 조금 더 꼈지만, 산 쪽은 여전히 맑았다.

"비행기에서 그 샴바 주인을 떨어트릴 생각은 아니죠? 당신이랑 응구이랑?"

"세상에. 아뇨. 그런 생각해 본 적도 없어요."

"오늘 아침에 당신이 그 남자한테 말하는 거 듣고 그런 생각이 들었어요."

"지금 나쁜 생각을 하는 사람이 누구죠?"

"당신이 그렇게 나쁜 생각을 한다는 말이 아니에요. 마치 별일 아닌 것처럼 갑자기 무시무시한 일을 하잖아요."

"여보, 일의 결과에 대해 많이 생각해요."

"하지만 갑자기 이상하게 굴고 비인간적으로 행동하고 잔혹한 농담을 할 때가 있잖아요. 모든 농담에 살의가 느껴지고요. 언제 다시 멋지고 즐거워질까요?"

"곧 그렇게 될 것에요. 이런 말도 안 되는 상황은 며칠만 참으면 돼요. 그 녀석들이 이쪽으로 내려오지 않을 거고 어디를 가든 잡힐 거예요."

"매일 아침 우리가 깰 때마다 멋진 일이 일어나게 될 것이라고 알던 때가 그리워요. 이런 인간 사냥 싫어요."

"이건 인간 사냥이 아니에요, 여보. 그런 거 본 적 없잖아요. 그런 일이 북부 지역에 일어나는 거예요. 이곳에 사는 모두는 우리의 친구잖아요."

"라이토키톡와는 달라요."

"알아요. 하지만 그 녀석들은 붙잡힐 거예요. 걱정하지 말아요."

"난 그저 당신들이 허튼짓할까 봐 걱정하는 거예요. 팝은 절대 그렇지 않았으니까."

"정말 그렇게 생각해요?"

"당신과 G.C.만큼 팝이 나쁘게 굴지 않았다는 뜻이에요. 심지어 윌리도 당신이랑 있을 때는 이상하게 행동해요."

4

나는 밖에 나가서 날씨를 확인했다. 출루 고원에는 구름이 계속 끼어있었지만, 산 쪽은 맑았다. 날씨를 살피는 중에 비행기 소리가 들리는 것 같았다. 비행기 소리임을 확신하고 사냥용 차를 불렀다. 메리가 나왔고 우리는 차에 앞다퉈 타고는 캠프를 출발해 새로 자라난 싱그러운 풀밭을 지나 비행장으로 향했다. 사냥감들이 빠른 걸음으로 걷다가 전속력으로 내달렸다. 비행기는 캠프 위를 윙윙거리며 날다가 은색과 파란색의 아름다운 날개를 뽐내며 커다란 보조 날개를 낮춰서 고도를 낮췄고, 우리는 짐시나마 비행기를 따라잡았다. 윌리는 플렉시글라스plexiglas(유리와 같이 투명한 합성수지로서 비행기 등의 유리창으로 사용된다.) 너머로 미소를 지으며 우리를 지나치더니 학처럼 부드럽게 착륙한 후 우리 쪽으로 바람을 일으키며 방향을 돌렸다.

윌리는 문을 열고 생긋 웃었다. "안녕들 하세요, 친구들." 그를 메리를 보며 말했다. "그런데 그 사자는 잡았어요, 메리 양?"

윌리는 노련한 권투선수가 동작 낭비 없이 완벽하게 치고 빠지는 리듬처럼 생동감 있고 경쾌한 목소리로 말했다. 다정한 목소리지만 말투를 바꾸지 않고도 정곡을 찌르는 말을 할 수 있다는 걸 알았다.

"아직 못 잡았어요, 윌리. 아직 안 내려왔어요."

"안타깝네요. 여기서 자질구레한 일을 해야 하는데, 응구이가 도와주겠죠. 메리 양에게 우편물이 많이 왔어요. 파파한테도 청구서 몇 장이 날아왔고요. 여기 있어요."

그는 커다란 마닐라 종이로 된 봉투를 던졌고, 난 그 봉투를 잡았다.

"반사 신경 그대로네요. G.C.가 안부 전해 달래요. 이쪽으로 온데요."

난 우편물을 메리에게 건넸고, 우리는 비행기에서 짐을 내려 사냥용 차로 옮기기 시작했다.

"힘쓰는 일 하지 말아요, 파파. 몸을 피곤해 지면 안 돼요. 큰일을 치르려면 힘을 아껴야 한다고요."

"그 일은 취소됐다고 들었는데."

"아직 취소 안 됐어요. 내가 그걸 보려고 돈을 냈는데 그러면 안 되죠."

"당신이랑 윌리도 똑같네요. 캠프로 가요." 메리가 윌리에게 말했다.

"갑니다요, 메리 양."

소매를 걷어 올린 하얀 셔츠, 파란색 서지serge(모직물의 일종) 반바지, 낮은 브로그brogue(보통 가죽에 무늬가 새겨져 있는 튼튼한 구두) 차림의 그는 비행기에서 내려와 메리의 손을 잡으며 멋진 미소를 지었다. 그는 선명한 눈망울과 생기가 느껴지는 검게 그은 얼굴, 흑발에 거북하지 않을 만큼 적당히 수줍음을 타는 잘생긴 남자였다. 내가 아는 사람 중에 윌리가 가장 정상적이고 예의 바른 사람이었다. 그는 자신이 유능한 조종사라고 확신했다. 그는 겸손했고 자신이 사랑하는 나라에서 자신이 사랑하는 일을 하고 있다.

우리는 서로에게 비행기와 비행에 대해서만 질문을 주고받았다. 그 밖의 일은 암묵적으로 이해했다. 스와힐리어를 유창하게 말하고 아프리카인들에게 친절하고 이해심이 많아서 케냐 출신인 거 같았지만 그에게 출생지를 한 번도 묻지 않았다. 어렸을 때 아프리카에 왔을 지도 모른다.

우리는 흙먼지가 일어나지 않도록 천천히 운전해서 텐트 사이에 있는 큰 나무 밑에 멈췄다. 메리는 요리사 음베비아가 있는 곳으로 가서 월리가 먹을 점심을 준비하라고 했고, 월리와 나는 식당 텐트로 갔다. 나무에 메달라 둔 캔버스 자루에서 아직도 차가운 맥주를 꺼내 각자 잔에 따랐다.

"진짜 무슨 일이에요, 파파." 월리가 물었고, 나는 이야기를 했다.

월리가 말했다. "그 남자를 봤어요. 아라프 메이나가 그 남자 붙들어놓고 감시하는 거 같던데요. 약간 마우마우단처럼 보였어요, 파파."

"그 남자가 말하는 샴바를 살펴볼 거야. 코끼리 때문에 괴로운 거 같더라고."

"코끼리들도 막아요. 그럼 시간이 절약될 거예요. 그 남자 이곳에 내려다 주고 다른 곳을 살펴봐요."

"응구이를 데려갈 거야. 코끼리가 있으면 처리를 해야 하니까. 아라프 메이나는 모든 구역을 잘 아니까 아라프 메이나, 응구이와 나랑 그렇게 할 거고, 응구이와 나는 정찰을 해야지."

"철저한데요. 여기는 참 조용한 데 사람들은 늘 바쁘네요. 메리 양 오네요."

메리는 식사에 대한 기대감으로 기뻐하며 들었다.

"톰슨가젤 고기, 으깬 감자랑 샐러드에요. 곧 있으면 가져올 거예요. 그리고 깜짝 메뉴도 있어요. 캠프로 와줘서 고마워요. 난 지금 한

잔하려고 하는데, 당신은요?"

"괜찮아요. 파파와 맥주 마시는 중이에요."

"윌리, 나도 가고 싶었어요. 하지만 정리해야 할 수표와 편지가 가득하네요. 그 사자를 잡고 나서 당신이랑 나이로비로 가서 크리스마스 물건을 사려고요."

"무명천에 감싸서 달아놓은 고기를 보니까 사격 솜씨가 대단하겠는데요, 메리 양."

"당신한테 줄 엉덩잇살 챙겨놨어요. 온종일 그늘에 잘 말려놓으라고 사람들한테 일러 뒀어요. 포장해줄 테니까 돌아갈 때 챙겨가요."

"샴바는 어때요? 파파." 윌리가 물었다.

"장인 어른이 가슴이랑 배가 좀 안 좋은 거 같아. 슬론Sloan's 연고로 치료 중인데, 내가 그 연고를 처음 발라드렸을 때 놀라셨지."

메리가 말했다. "응구이가 그분한테 파파의 종교의식 중 하나라고 말했대요. 지금은 모두가 같은 종교를 믿어서 짜증이 나려고 해요. 11시가 되면 전부 훈제 청어를 먹고 맥주를 마시면서 종교의식이라고 하잖아요. 윌리 당신이 여기서 지내면서 정말 무슨 일인지 설명 좀 해주세요. 무서운 함성도 외치고 무시무시한 비밀도 있다니까요."

나는 윌리에게 설명했다. "전능한 기치 마니토우Gitchi Manitou(미국 아이오와의 북서쪽 리옹 카운티의 작은 자연 보호 구역) 대 기타 다수 대결이라서 그래. 다양한 종파와 부족법과 관습법의 장점을 가져와서 모두가 믿을 수 있는 것으로 조합한 거지. 북부 개척지인 미네소타 출신이고 나와 결혼을 하기 전까지 로키산맥에 가본 적 메리는 받아들이지 못하는 거야."

메리가 말했다. "이 사람은 이슬람교도 빼고 모두가 위대한 정령 Great Spirit을 믿게 했다니까요. 위대한 정령은 내가 아는 한 최악이에요. 파파가 여러 가지 종교를 섞어서 더 복잡하게 만들고 있다니까요. 파파와 응구이와 다른 사람들도 그걸 알아요. 하지만 난 가끔 위대한 정령이 무서워요."

내가 말했다. "윌리, 난 그 정령을 꼭 붙잡으려고 하지만, 달아나려고 해."

"그 정령은 비행기를 어떻게 생각할까요?"

"메리 앞에서는 말 못 해. 비행기에 타서 이야기해줄게."

윌리가 말했다. "메리 양, 내가 도울 수 있어요, 말만 하세요."

"당신이 여기에 있으면 좋겠어요. G.C.나 팝도 여기 있었으면 좋겠어요. 새로운 종교가 생길 때 난 그 자리에 없었기 때문에 불안해요."

"당신은 순백의 여신 계보가 아닐까요, 메리 양. 아름다운 순백의 여신은 늘 존재하잖아요?"

"난 순백의 여신이 아니에요. 그 종교 기본 교리에 따르면 파파도 나도 백인이 아니에요."

"그 점이 시의적절한 거네요."

"우리는 백인들을 너그럽게 봐주고 그들과 사이좋게 지내는 거라고 이해했어요. 하지만 우리만의 방식으로요. 파파와 응구이와 음투카의 방식으로요. 그게 파파의 종교고, 지독히 오래됐는데 이제 그걸 캄바족 관습에 적용하려고 한다니까요."

내가 말했다. "윌리, 난 선교를 해본 적이 전혀 없어. 상당히 고무적이야. 처음 계시를 받았고 환영을 봤던 윈드리버Wind River(로키 산맥의 일부)와 꼭 닮은 키보봉(킬리만자로산의 봉우리 중 하나)이 여기에 있어서 난 정말 운이 좋았어."

윌리가 말했다. "학교에서 잘 가르쳐 주지 않아요. 윈드리버에 대해 조금 더 가르쳐주세요, 파파."

"우리는 윈드리버는 히말라야의 산맥의 아버지라고 불러. 윈드리버의 낮은 산줄기가 작년에 텐싱Tensing이라는 이름의 셰르파가 유능한 뉴질랜드 양봉가를 정상까지 데려다준 산의 높이와 비슷해."

윌리가 물었다. "그게 에베레스트인가요? 이스트 아프리칸 스탠다드East African Standard 지에 사고에 대한 언급이 있었어요."

"에베레스트 맞아. 어제 온종일 그 이름이 계속 생각이 안 나더라고. 저녁에 샴바에서 교리교육을 하고 있을 때 말이야."

"늙은 양봉업자가 고국에서 그렇게 멀리 떨어지고 높은 곳에 올라갔다니 멋진데요. 어떻게 그런 일이 일어났을까요, 파파?"

"아무도 몰라. 모두 말을 안 하려고 해."

윌리가 말했다. "언제나 산악인들을 가장 존경했어요. 누구도 그 사람들한테 말을 못 붙이죠. G.C.와 파파 당신처럼 입이 무거워요."

"겁이 없기도 하지."

"우리 모두 그렇죠. 메리 양, 식사할까요? 파파랑 저는 나가서 잠깐 주변을 둘러봐야 하거든요."

"레테 차쿨라Lete chakula(식사 가져와요)."

"응디오 멤사히브(알겠습니다, 부인)."

우리가 비행기를 타고 산자락을 따라 날았다. 숲, 평원, 구불구불한 땅과 강 유역의 험한 땅이 보였고 지상에서는 뚱뚱해 보이던 얼룩말은 작아 보였다. 윌리 옆에 앉아있는 우리의 손님이 마을 위치를 알려줄 수 있도록 비행기는 방향을 바꿔 도로로 향했다. 우리 뒤쪽에 있는 늪지대에서 마을로 이어지는 도로가 있었는데, 그곳에서 사거리, 상점, 주유소, 큰길가의 나무들, 그리고 경찰서의 하얀 건물과 높은 철조망으로 이어지는 나무들이 보였고, 경찰서 깃대에서 깃발이 바람에 휘날렸다.

"당신 샴바는 어디죠?" 내가 그 사내의 귀에 대고 말했고, 그는 손가락으로 가리켰다. 윌리는 기수를 돌렸고, 우리는 경찰서 위를 날아 산중턱을 따라 비행했는데, 그곳에는 수많은 개간지와 원뿔 모양의 집, 적갈색 토양에서 자라라는 옥수수밭이 있었다.

"당신 샴바가 보이나요?"

"네." 그는 손가락으로 가리켰다.

그러자 그의 샴바가 우리 눈앞에 모습을 드러냈고, 날개 앞뒤로 물을 잘 먹고 싱싱하게 자란 키 큰 옥수수밭이 펼쳐졌다.

"하파나 템보Hapana tembo(코끼리가 없어요)." 응구이가 낮은 목소리에 귀에 속삭였다.

"발자국은?"

"하파나(없어요)."

"당신 마을이 맞아요?" 윌리가 그 사내에게 말했다.

"그럼요."

"내가 보기에는 괜찮은데요, 파파. 한 번 더 둘러보죠."

"속도 늦춰봐."

또다시 들판이 눈앞에 보였지만 더 천천히 더 가까이 날았기 때문에 바로 옆에서 맴도는 것 같았다. 아무런 피해도 없었고 발자국도 없었다.

"시동 꺼트리지 마."

"잘 운전하고 있어요, 파파. 다른 쪽도 보실래요?"

"그래."

이번에는 유능하고 온화한 하인이 우리의 검사를 받으려고 정리해 놓은 녹색 원반을 조심히 들어 올리는 것처럼 들판이 부드럽게 다가왔다. 아무런 피해도 코끼리 발자국도 보이지 않았다. 우리는 빠르게 속도를 올려 방향을 틀어서 그 샴바와 주변 지역을 살폈다.

"정말 틀림없이 당신 샴바가 맞아요?" 나는 그 사내에게 물었다.

"네." 그렇게 답하는 그에게 탄복할 수밖에 없었다.

우리 중 누구도 말이 없었다. 응구이는 아무런 표정도 짓지 않았다. 그는 플렉스글라스 창밖으로 보면서 조심히 오른손 엄지손가락을 자신의 목에 가져다 댔다.

나는 말했다. "이제 그만하고 캠프로 돌아가."

응구이는 기체 옆에 문손잡이를 잡아서 돌리는 시늉을 했다. 나는 고개를 저었고 그는 소리 내서 웃었다.

초원에 착륙해 바람 자루와 기울어진 장대 근처에 사냥용 차가 대기하고 있는 곳에 비행기를 세우자, 그 사내가 먼저 내렸다. 아무도 그에게 말을 걸지 않았다.

"저 사람 지켜봐, 웅구이." 내가 말했다.

그런 다음 아라프 메이나를 구석으로 데려갔다.

"왜요?"

"저 사람 목이 마를 거예요. 차를 좀 줘요."

월리와 나는 사냥용 차를 타고 캠프로 향했다. 우리가 앞좌석에 앉고 아라프 메이나는 그 사내와 뒷좌석에 탔다. 웅구이는 뒤에 남아 나의 30-06 구경 총을 들고 비행기를 지켰다.

"좀 찜찜한데요. 파파는 언제 결론 내렸어요?"

"중력의 법칙으로? 우리가 출발하기 전에 알았어."

"정말 사려가 깊으시네요. 동료로는 아니지만. 저는 일에서 빠질래요. 오후에 메리 양이 비행기에 타고 싶어 할까요? 그러면 파파가 일을 보는 동안 우리 모두 흥미롭고 교육적인 비행을 할 수 있고, 제가떠날 때까지 하늘을 날 수 있겠죠."

"메리는 그러고 싶을 거야."

"출루 고원을 보고, 버펄로랑 다른 짐승들도 확인해볼 수 있어요. G.C.는 코끼리가 실제로 어디 있는지 알면 기뻐할 거예요."

"웅구이를 데리고 가. 좋아할 거야."

"웅구이가 그 종교에 심취해 있어요."

"그 녀석 아버지가 내가 뱀으로 변신하는 걸 본 적 있어. 그 전에는전혀 본 적 없는 뱀이었지. 그 일이 우리 종교 모임에 상당한 영향을미쳤지."

"당연히 그랬겠죠, 파파. 그래서 그 기적이 일어났을 때 응구이 아버지랑 뭘 마시고 있었어요?"

"터스커 맥주와 고든 진 조금 마셨어."

"어떤 뱀이지 기억나세요?"

"그럴 리가. 그 환각을 본 건 응구이 아버지지."

"지금 우리가 할 수 있는 건 응구이가 비행기를 잘 지키고 있길 바랄 뿐이에요. 개코원숭이로 바뀌는 걸 보고 싶지 않아요."

메리는 너무나 비행기에 타고 싶어 했다. 그녀는 사냥용 뒷좌석에 앉아 있는 그 사내를 보고 너무나 안도했다.

메리가 물었다. "저 사람 샴바가 피해를 입었어요? 그 곳에 가야해요?"

"아뇨. 피해 입은 게 없으니 갈 필요가 없어요."

"그럼 저 사람은 어떻게 그 곳에 돌아가죠?"

"차를 얻어 타겠죠, 뭐."

우리는 차를 마셨고, 나는 캄파리와 진을 함께 넣고 소다수를 부었다.

윌리가 말했다. "여기 이국적인 삶은 매력적이에요. 나도 끼고 싶네요. 이곳 생활은 어때요, 메리 양?"

"정말 최고죠, 윌리."

"나이가 들면 이런 생활을 즐겨야겠어요. 메리 양은 파파가 뱀으로 변하는 거 봤어요?"

"아뇨, 없는데요."

"우리가 그걸 놓쳤네요. 그런데 메리 양은 비행기 타고 어디로 가고 싶어요?"

"출루 고원이요."

그래서 우리는 라이언 언덕을 지나 메리가 좋아하는 사막을 가로질러 출루 고원까지 날아갔고, 그런 다음 습지 조류와 오리가 날아다니는 거대한 늪지대 평원 쪽으로 내려가 비행했다. 지나갈 수 없는 험난한 곳이 눈에 보이면, 응구이와 나는 우리의 모든 잘못을 확인하고 새롭고 다른 경로를 계획할 수 있었다. 그럼 다음 멀리 있는 평원에서 비둘기 색에 흰색 줄무늬와 나선형 뿔이 달린 일런드(아프리카산 대형 영양) 무리 위를 날았는데, 육중한 수놈들은 소와 영양이 모습이 섞인 암놈을 불편해 하며 떠나려고 했다.

윌 리가 말했다. "지루한 건 아니죠, 메리 양. G.C.와 파파의 가축들을 방해 안하려고 뭐가 있는지 구경만 했어요. 동물들이 놀라서 여기서 달아나거나 메리 양의 사자 불안하게 하고 싶지 않았거든요."

"아주 좋았어요, 윌리."

그리고 윌리는 캠프로 돌아갔는데, 먼저 트럭 길을 따라 굉음을 내면서 학처럼 넓게 다리를 크게 벌리고 우리가 서 있는 풀밭으로 보다 가까이 다가오더니, 그의 비행을 보면서 심장이 덜컹거리게 하는 각도로 솟아올라 오후의 햇살 속으로 사라졌다.

"태워 줘서 고마워요." 메리가 말했고, 우리는 비행기가 보이지 않을 때까지 윌리를 배웅했다. "이제 돌아가서 연인이나 친구로 아프리카를 있는 그대로 즐겨요. 아프리카가 최고로 좋아요."

"나도 그렇게 생각해요."

그날 밤 우리는 커다란 간이침대에 함께 누웠다. 밖에는 모닥불을 피웠고, 나무에 매달아 놓은 랜턴은 총을 쏠 정도로 밝게 해 놨다. 메리와 달리 나는 걱정이 되었다. 텐트 주변에는 거미줄처럼 올가미 철사와 덫을 쳐놓았다. 우리는 가까이 누웠고, 메리가 말했다. "비행기 타는 거 정말 멋지지 않아요?"

"그래요. 윌리가 정말 조심히 몰더라고요. 사냥감에도 신경을 써주면서."

"그런데 이륙할 때 겁났어요."

"비행기를 자랑하고 싶었던 거예요. 비행기에 짐도 없었으니까."

"고기 챙겨 준다는 거 깜빡했네요."

"음투가가 줬어요."

"이번에는 고기가 괜찮았으면 좋겠는데. 그 사람에게 사랑스러운 아내가 분명 있을 거예요. 너무 행복해보이고 친절했거든요. 악처가 있는 남자들은 바로 티가 나요."

"나쁜 남편이 있는 여자들은?"

"여자들도 티가 나죠. 하지만 여자들이 더 용감하고 충성스럽기 때문에 종종 표가 더디게 나타나기도 해요. 여보, 우리 내일은 평범한 하루를 보낼 수 있겠죠? 이해하기 어렵거나 나쁜 일도 일어나지 않고요?"

"평범한 날이 뭔데요?" 나는 모닥불과 깜빡거리지 않는 랜턴 불빛을 보며 물었다.

"아, 그 사자 말이에요."

"그 착하고 평범한 사자요. 그 녀석이 오늘 밤 어디 있을까요?"

"이제 자요. 그 사자도 우리처럼 행복하길 기도해요."

"그 녀석은 전혀 행복하지 않을걸요."

그러고 메리는 잠이 들어 고른 숨을 쉬었고, 나는 텐트 밖을 더 잘 보려고 베개를 반으로 접어 단단하게 했다. 이상한 밤의 소리는 없었고 주변에 돌아다니는 사람들도 없었다. 그 사이 메리는 조금 더 편안하게 자려고 눈도 제대로 뜨지도 않은 채 일어나 모기장을 쳐놓은 자신의 침대로 갔다. 메리가 잘 자는지 확인하고 나서 스웨터에 두꺼운 가운을 걸치고 모스키토 부츠를 신고 텐트 밖으로 나와서, 모닥불을 더 지피고 옆에 앉아 밤을 지새웠다.

여러 기술적인 문제가 있었지만, 모닥불을 쬐면서 밤하늘의 별을 보면 그런 문제들은 하찮아졌다. 여러 가지 일들이 걱정됐지만 생각하고 싶지 않았고, 식당 텐트로 가서 잔에 위스키를 1/4 정도 따르고 물을 섞고 나서 모닥불로 돌아왔다. 팝 없이 모닥불 가에서 술을 마시니 외로웠다. 우리는 함께 불 옆에 자주 앉아서 시간을 보냈을 때문에 팝이 여러 가지 이야기를 들려줬으면 했다. 캠프에는 전면적 기습으로 훔쳐갈 만한 물건들이 많았고, G.C.와 나는 라이토키톡와 인근 지역에 마우마우단이 많이 있다고 확신했다. G.C.는 두 달 넘게 그 사실을 윗선에 보고를 했지만, 말도 안 되는 소리라는 대답만 돌아왔다. 나는 캄바족 마우마우가 우리 쪽으로 오지 않을 거라는 응구이의 말을 믿었다. 하지만 우리 문제는 이것만이 아니었다. 마우마우단은 마사이족 사이에도 있었고, 킬리만자로에서 목재 벌채 작업을 하는 키

쿠유족들도 조직하고 있는 게 분명했다. 하지만 전투 조직 여부는 알 수 없었다. 나는 경찰 권한이 없었고 수렵 감독관 대행일 뿐이고, 내가 곤경에 처했을 때 거의 지원을 받지 못할 게 뻔했다. 마직 옛날 서부시대에 치안부대를 대신 조직하는 것 같았다.

아침 식사 후에 G.C.는 한쪽 눈을 베레모로 가린 채 먼지가 잔뜩 묻고 까무잡잡하고 붉어진 소년 같은 얼굴로 나타났다. 랜드로버 뒷좌석에 타고 있던 그의 일행들은 여느 때처럼 단정하고 위엄 있지만 쾌활했다.

"안녕하세요, 장군님. 기병대는 어디 있죠?"

"이봐, 본대를 지키고 있지. 여기가 본대야."

"메리 양이 본대겠네요. 긴장 안 되세요? 이번 일 때문에 긴장하지 않으셨어요?"

"자네야말로 전투에 지쳐 보이는데."

"정말 지쳐요. 하지만 좋은 소식이 있어요. 라이토키톡에 사는 그 자식들 드디어 잡을 수 있을 거 같아요."

"진이라도 마시겠어?"

"훈련을 이어가야죠, 장군님. 차가운 거 좀 마시고 메리 양은 만나고 떠나려고요."

"밤새 운전했어?"

"기억이 잘 안 나요. 메리 양이 곧 오나요?"

"내가 데려올게."

"메리 양 사격 솜씨는 어때요?"

"하느님이 아시겠지." 나는 경건하게 말했다.

"짧은 암호를 정하면 좋겠어요. 그놈들이 나타나면 '선적물 입하'라고 암호를 보낼게요."

"여기로 오면 나도 같은 암호를 보내지."

"만약 그놈들이 이쪽으로 가면, 소식통을 통해 들을 수 있을 거예요." 그때 모기장이 열렸다. "메리 양. 정말 아름다우시네요."

"고마워요. 난 충고Chungo를 사랑해요. 정신적 사랑이지만요."

"멤사히브 미스 메리." 그는 고개를 숙여 메리에 손에 키스했다. "부대를 시찰해 주셔서 감사해요. 메리 양은 명에 대령이니까 모두가 영광으로 생각할 거예요. 말에 타시겠어요?"

"당신도 술 마셨어요?"

G.C.가 엄숙하게 말했다. "그럼요, 메리 양. 그리고 메리 양의 수렵 감독관 충고에 대한 공언된 사랑을 고발하지 않을 겁니다. 당국에는 보고하지 않아요."

"둘 다 술 마시더니 나를 놀리네요."

"아뇨. 우리 모두 당신을 사랑하는 거라고요."

"하지만 술 마시고 있잖아요. 뭐 마실 거라도 만들어줘요?"

"멋진 아침 식사에 작은 터스커 맥주 부탁드려요. 장군님도 괜찮으시죠?"

메리가 말했다. "난 나갈게요. 두 사람 편안하게 비밀 이야기를 하거나 맥주 마셔요."

"여보, 전쟁 중 책임자가 어떤 일이 생기기 전에 당신한테 전부 이야기한다는 거 알아요. 하지만 G.C.가 나한테 이야기 안 한 것도 많아요. G.C.에게 미리 말하지 않는 사람들도 분명 있을 거고요. 또 당신이 전쟁에 대한 모든 걸 들었어도, 적의 심장부에 진을 치고 있지 않잖아요. 주변을 혼자 서성이지는 말아요."

"사람들이 나 혼자서 못 다니게 하잖아요. 아무도 날 혼자 돌아다니게 내버려 두지도 않고, 늘 길을 잃거나 다치는 무력한 존재인 양 감시하잖아요. 어쨌든 난 당신이 하는 말이나 수수께끼 같은 일이나 위험한 일 가지고 놀리는 거 이제 지겨워요. 아직은 그저 아침에 맥주 마시는 사람일 뿐이고 G.C.에게 나쁜 걸 알려주고 사람들 기강을 무너트리고 있어요. 당신 동료 4명이 밤새 술판을 벌이는 것도 봤다고요. 큰 소리로 웃고 농담 따먹기를 하고 꽤 취했던데요. 종종 당신들은 진짜 엉뚱해요."

텐트 밖에서 무거운 기침 소리가 들렸다. 밖에 나가보니 평소보다 키가 더 보이고 위엄 있어 보이는 정보원이 있었는데 숄을 두르고 포커파이 모자를 쓴 그는 상당히 취해있었다.

"형제님, 형제님의 최고 정보원이 왔습니다. 안에 들어서 메리 여사님에게 인사하고 그 분 발치에 서 있어도 될까요?"

"수렵 감독관이 메리랑 이야기 중인데 곧 나올 거야."

수렵 감독관은 텐트에서 나왔고 정보원은 머리 숙여 인사했다. G.C.의 늘 쾌활하고 다정한 눈이 고양이 눈처럼 가늘어졌고, 양파 껍질이나 질경이 껍질을 벗겨냈듯이 정보원의 취기가 사라지게 했다.

"시내에서 무슨 소식이라도 들었어, 정보원?" 라고 나는 말했다.

"형제님이 저공비행을 하지도 않고 영국의 실력을 보여주시지 않아서 모두가 놀랐습니다."

"실력失力이라고요?" G.C가 말했다.

"정중하게 말씀드리자면, 실력實力이라고 했습니다. 그 마을 사람들 모두가 브와나 음지Mzee(어르신)가 마을을 습격한 코끼리를 찾고 있고 공중 비행을 한 틈이 없다는 거 알고 있습니다. 선교 교육을 받은 샴바 주인이 비행기를 타고나서는 오후 늦게 마을로 돌아왔고, 수염 난 시크교도가 운영하는 술집과 가게에서 일하는 아이가 그를 미행하고 있습니다. 그 아이는 똑똑하고 만나는 사람들을 모두를 기억합니다. 마을과 주변 지역에 마우마우단이 150명에서 200명 정도 있습니다. 비행기를 탔던 샴바 주인이 돌아온 직후에 아파르 메이나가 마을에 나타나서는 술에 취해서 임무를 게을리 했습니다. 제가 따르는 브와나 음지에 대해 떠들어댔습니다. 믿을 만한 그 사람 이야기에 따르면 미국에서 브와나는 위기는 무슬림 세계의 아가 칸Aga Khan(이슬람교 시아파의 한 갈래인 이스마일 정신적 지도자)과 같다고 했습니다. 어르신은 멤사히브 메리 여사님과 한 맹세를 지키기 위해서 아프리카에 왔습니다. 그 맹세 중 하나는 아기 예수 생일 전에 마사이족이 소를 죽였다고 지목한 사자를 죽이는 것입니다. 사람들은 모든 게 이 일의 성패에 달렸다고 알고 있고 그렇게 믿고 있습니다. 이 맹세가 지켜지면, 브와나와 내가 비행기를 타고 메카가 방문할 것이라고 몇몇 사람들에게 알렸습니다. 젊은 힌두교 아가씨가 브와나 수렵 감독관을 너무나 사랑한다는 소문이 있습니다. 소문에 따르면."

G.C.가 말했다. "잠깐만. 미행이라는 말 어디서 배웠지?"

"적은 임금이지만 사정이 되면 영화를 봅니다. 영화를 보면서 많은 걸 배울 수 있어요."

G.C가 말했다. "알아서, 봐주지. 마을에서는 브와나 음지가 제정신이라고 생각하나?"

"외람되지만, 성인들에 대한 위대한 전설에서 미친 사람으로 여겨지고 있습니다. 그리고 고결한 메리 여사님이 아기 예수 생일 전에 그 사자를 잡지 못한다면, 스스로 죽을 것이라는 소문이 있습니다. 영국 정부 허가를 받아서 화장용 장작에 쓰일 특별한 나무를 정해서 잘라냈다는 소문도 있습니다. 그 나무는 마사이족이 약을 만드는 나무로, 두 분도 아실 겁니다. 의식을 치를 때 모든 부족이 초대되고 1주일 동안 큰 축제 열리고 나서, 브와나 음지는 캄바족 부인을 얻게 될 것입니다. 아가씨는 이미 정해졌습니다."

"다른 소식은 없고?"

정보원은 조심스럽게 말했다. "거의 없습니다. 표범을 죽이는 의식에 대해 말하는 사람이 있습니다."

"자네는 이제 가봐." G.C.가 정보원에게 말했다. 정보원은 고개 숙여 인사한 후 나무 그늘로 사라졌다.

G.C.가 말했다. "어니스트, 메리 양은 이 사자를 죽이는 게 나겠어요."

"그러게. 나도 그렇게 생각해."

"메리 양이 성급해 하는 것도 당연하고요."

"맞아."

"이건 영국 제국이나 백인의 위신 문제가 아니에요. 당장 우리는 다른 백인들과 다르니까요. 개인적인 문제죠. 장비중개업자가 적발돼서 교수형에 처하느니 우리한테 보낸 위조한 무기 허가증으로 받은 탄환 500발이 우리에게 있어요. 순장 의식에서 장작더미 한가운데에 놔주면 참 인상적일 거예요. 유감스럽게도 난 그 절차를 몰라요."

"싱 씨한테 물어보지."

"메리 양은 뜨거워하겠죠."

"순장 의식은 늘 그래."

"하지만 메리 양은 그 사자를 죽이겠지만, 일단 사이좋게 지내고 잘 대해줘서 그 녀석이 방심하도록 해야 해요."

"그럴 계획이야."

나는 G.C.의 사람들과 이야기도 하고 농담을 주고받았다. 그러고 그들은 흙먼지를 일으키지 않으려고 캠프를 크게 돌아서 떠났다. 케이티와 나는 캠프와 앞으로의 일에 관해 이야기를 나눴는데, 그가 무척 기분이 좋았기에 난 모든 게 괜찮을 것이라고 생각했다. 그는 아직 이슬이 맺혀있고 강가로 걸어가 길을 건너서 사람 흔적을 살폈지만 보이지 않았다. 응구이를 보내 비행장이 있는 초원을 넓게 살펴봤지만, 아무것도 보지 못했다. 샴바에 누구도 나타나지 않았다.

"그놈들은 부하를 이틀 연속 밤에 술 마시라고 보냈으니 내가 경솔한 인간이라고 생각할 거예요. 하지만 부하들에게 내가 열이 났다고 말하라고 시켰어요. 브와나, 오늘은 꼭 주무셔야 해요."

"그럴 거야. 하지만 지금은 우선 멤사히브를 살펴볼거야."

캠프에서 메리는 큰 나무 밑에서 일기를 쓰고 있었다. 그녀는 나를 올려다보며 미소를 지었고, 나는 매우 기뻤다.

"아까 화내서 미안해요. G.C.가 당신 문제를 이야기해줬거든요. 크리스마스 시즌에 그런 일이 일어나서 유감이에요."

"나도 그래요. 당신은 그간 많이 참았어요. 당신이 재미나게 지냈으면 했는데."

"지금도 재미있어요. 멋진 아침을 맞았고 다양한 새들도 보고 구경하고 하는 걸요. 저렇게 잘생긴 새 본 적 있어요? 새 구경만으로도 행복해요."

캠프 주변은 조용하고 모두가 일상적인 생활을 했다. 나는 혼자서는 사냥해서는 안 된다고 생각하는 메리에 대해 미안했고, 백인 사냥꾼들이 많은 돈을 받는 이유와 고객들이 안전한 곳에서 사냥을 할 수 있도록 캠프를 옮기는 이유를 오래 전부터 알고 있었다. 팝이라면 여기서 메리가 사냥을 하게 두지 않았을 것이고 말도 안 되는 일을 떠맡지도 않을 것이다. 하지만 대다수의 여자들이 백인 사냥꾼들에게 늘 사랑에 빠진다는 걸 떠올렸고, 나는 무보수에 성가신 경호원 대신 고객의 영웅이 돼서, 사냥꾼으로서 나의 법적 아내의 사랑을 받을 수 있는 극적인 일이 일어나길 바랐다. 그러나 현실에서 그런 일이 잘 일어나지도 않고, 일어난다고 해도, 고객은 백인 사냥꾼들을 쉽게 생각하기 때문에 순식간에 상황이 끝난 버린다. 여성의 기대를 충족시키며 뻔뻔스럽게 구는 백인 사냥꾼처럼 굴지 않았기 때문에 내가 비난받는 건 당연했다.

나는 큰 나무 그늘 밑 큰 의자에 자다가 일어났는데, 구름이 출루고원에서 내려와 산 중턱을 짙게 덮었다. 해는 계속 나 있었지만, 비바람이 몰아칠 기미였다. 나는 음윈디와 케이티 향해 큰소리를 쳤고, 비구름이 평원을 가로지르고 숲을 지나 눈앞이 보이지 않고 커튼이 휘날릴 정도로 비가 쏟아질 때쯤에, 모두가 말뚝을 받고 가이 로프_{guy} rope(텐트를 고정하는 줄) 조였다가 풀었다 했고, 도랑을 팠다. 폭우가 내렸고 거센 바람이 불었다. 한순간 침실용 텐트가 날아갈 듯했지만 바람이 불어오는 쪽을 단단히 고정했다. 바람 소리는 잦아들었지만, 비는 밤새 내렸고 다음 날 거의 온종일 내렸다.

비가 내리기 시작한 첫날 저녁에, 현지 경찰이 G.C가 보낸 전갈을 들고 왔는데, '선적물 입하'라고 적혀 있었다. 경찰은 트럭이 길에서 오도 가도못하자 걸어오는 바람에 비에 젖었다. 강은 너무 깊어서 건널 수 없었다.

나는 G.C가 어떻게 빨리 정보를 입수하고 전할 수 있는지 궁금해졌다. 분명 소식을 가져온 심부름꾼을 우연히 만나 힌두교도 트럭을 통해서 보냈을 것이다. 더는 문제될 게 없었기에 나는 우의를 챙겨 입고 쏟아지는 빗줄기를 뚫고 진흙바닥을 건너고 시냇물과 물웅덩이 주위를 걸어가서 케이티에게 말했다. 그렇게 빨리 소식을 알게 돼서 놀랐지만, 경계 태세가 끝나서 기뻐했다. 빗속에서 경계 태세를 계속 유지하는 건 힘든 일이었을 것이다. 나는 만약 아라프 메이나가 오면 식당 텐트에서 자도 된다는 말을 그에게 전하라고 했고, 케이티는 아라프 메이나가 아주 똑똑하게 이 비를 뚫고 모닥불 옆에서 보초를 서려고 오지 않을 거라고 했다.

하지만 아라프 메이나는 최악의 폭풍우에도 샴바에서 내내 걸어온 탓에 홀딱 젖은 채 나타났다. 난 그에게 술을 주면서 여기 계속 있으면서 마른 옷으로 갈아입고 식당 텐트에서 자라고 했다. 하지만 그는 샴바에 갈아입을 옷이 입고 비는 하루 이틀 동안 계속 내릴 거라서 돌아가겠다고 말했다. 난 그에게 비가 내릴 줄 알았냐고 물었고, 그는 자신은 물론 다른 누구도 몰랐고, 알았다고 말하는 사람은 거짓말쟁이라고 했다. 1주일 동안 비가 내릴 것 같았지만 아무런 예고 없이 쏟아졌다. 나는 그에게 내가 입었던 낡은 카디건과 짧은 방수 스키 재킷을 준 다음 뒷주머니에 맥주 두 병을 넣어줬고, 그는 술을 조금 마시고 나서 출발했다. 그는 좋은 사람이었다. 나는 평생 그를 알고 지냈고 우리가 함께 살았으면 좋았겠다고 생각했다. 순간 우리는 어디선가 참 별나게 살았을 거라는 생각이 들었고, 그런 생각이 마음에 들었다.

우리는 모두 너무 완벽한 날씨에 방심했고, 나이 든 사람들은 옷보다 비를 더 불편해했고 견디지 못했다. 게다가 이슬람교도라서 술을 마시지 않았기에, 비에 젖었을 때 몸을 따뜻하게 하라고 술을 줄 수도 없었다.

이 비가 마차코스의 자신들 부족 땅에도 내리는지에 대해 많은 논의가 있었지만, 비가 내리지 않는다는 의견이 지배적이었다. 하지만 밤새 계속 내리자 북부 지역에도 내릴 거라는 생각에 모두가 환호했다. 거센 비에도 식당 텐트에 있으니 기분이 좋았고, 나는 책을 읽으면서 술을 조금 마셨고 아무런 걱정도 하지 않았다. 모든 것이 내 통제권 밖이었고, 늘 그렇듯 어떤 책임을 지지 않고 게으르게 있으면서, 사냥감을 쫓아가 잡거나, 보호하거나 계획을 꾸미고 방어하거나, 어떤 일에 끼어들지 않아도 돼서 좋았고, 독서의 기회도 생겼다. 책가방 속 책이 점점 줄어들었지만 여전히 읽을 가치가 숨겨져 있는 책들이 있었고, 아직 읽지 못한 조르루 심농Georges Simenon(벨기에 소설가)의 프랑스어 소설이 20권이 있었다. 아프리카에서 캠핑하는 동안 비가 내린다면, 심농의 책보다 더 좋은 건 없었고, 그 작가의 작품만 있다면 비가 얼마나 오래 내리든 개의치 않았다. 각 5권 중에 3권의 작품은 좋았고, 비가 내릴 때는 형편없는 작품도 있을 수 있다. 나는 훌륭한 작품과 그렇지 못한 작품으로 점수를 매기며 심농의 작품을 읽기 시작했는데, 어중간한 수준의 작품은 없었다. 그러고 나서 6권을 분류해 페이지를 나누고, 매그레 경감Maigret(조르주 심농의 추리 소설에 등장하는 가상의 인물)에 내 모든 문제를 떠맡기면서 즐겁게 책을 읽었다. 그를 통해 인간의 어리석음과 파리 경찰청을 경험했고, 심농이 프랑스에 대해 제대로 이해해서 매우 만족스러웠는데, 그가 벨기에 국적이라서 가능한 것이었다. 프랑스인들은 애매한 법에 따라 자신들을 이해하려고 하면 종신형에 처해진다고 생각한다.

메리는 계속해서 쏟아지는 비에 체념한 듯 편지 쓰는 걸 포기하고 관심이 가는 책을 읽고 있었다. 마키아벨리의 군주론이었다. 비가 3~4일간 계속 내린다면 어찌 될지 궁금해졌다. 심농 책이 많이 있기 때문에, 한 권씩, 또는 한 페이지씩, 또는 한 챕터씩 읽으면서 중간에 여러 생각을 하다 보면 한 달간은 괜찮을 것이다. 계속 내리는 비에 문단을 읽는 중간에 심농 말고 다른 일을 생각하면 한 달은 무난하게 버티고 술이 없어도 아라프 메이나의 코담배를 피우거나 약용 나무와 풀을 양조해서 만든 것을 마셔볼 수도 있다. 똑바른 자세로 책을 읽고 있는 메리의 아름다운 얼굴을 보면서 청소년기를 막 지났을 때부터 저널리즘 활동을 하며, 시카고 사회 문제, 유럽 문명의 파괴, 대도시의 폭격, 보복행동으로 다른 대도시를 폭격한 사람들의 자만심과 크고 작은 재난과 사건사고들, 진통제로 버텨야 하는 결혼 생활의 수많은 희생자들, 원시적인 천연두 치료법, 더 새롭고 더 심해지는 폭력 사태, 사회 분위기의 변화, 지식의 확장, 다양한 예술과 장소 및 사람과 동물, 감각의 탐구를 다룬 사람에게 무슨 일이 일어날 지 궁금해졌다. 6주간 비가 내린다며 메리는 어떻게 될까? 하지만 그녀가 얼마나 멋있고 훌륭하고 용감한지, 그리고 오랜 세월 동안 얼마나 많은 일을 견뎌냈는지 알기에 나보다 더 잘할 수 있을 거라고 생각했다. 이런 생각이 들 때, 메리는 책을 내려놓고 우의를 챙겨 입고 넓은 모자를 쓰고 다른 사람들이 어쩌고 있는지 보려고 빗속으로 곧장 걸어 나갔다.

난 아침에 그들을 보고 왔는데, 불편해 보였지만 상당히 쾌활했다. 모두 텐트에서 지냈으며, 도랑을 파기 위한 곡괭이와 삽도 있었고, 전에도 비가 내리는 걸 본 적이 있었다. 비가 내릴 때 작은 텐트에서 지내면서 비에 젖지 않으려고 조심할 것이고 방수복과 목이 긴 부츠, 모자를 쓴 사람이 자신들이 지내는 곳을 살펴보는 일이 가능한 적었으면 할 것이다. 현지 그로그주grog(럼주에 물을 탄 것)를 주는 것보다 특별히 할 게 없기 때문이다. 하지만 난 이런 생각을 해서는 안 된다는 걸 깨달았고, 여행에서 잘 지내는 방법은 상대방을 비판하지 않는 것이었고, 결국 자기 사람들을 살피는 것은 메리가 할 수 있는 유일한 긍정적인 행동이었다.

메리가 돌아와 모자에서 빗물을 털어내고 텐트 기둥에 우의를 걸고 부츠를 슬리퍼로 갈아 신을 때, 사람들이 어찌 지내고 있냐고 물었다.

"잘 있어요. 요리용 불을 얼마나 잘 지키고 있는지 몰라요."

"비가 내리는데도 차렷 자세를 하던가요?"

"짓궂게 굴지 말아요. 이 비에 밥은 어떻게 챙겨 먹는지 보러 간 거니까."

"그래서 봤어요?"

"제발 못되게 굴지 말라니까요. 비도 내리는데 그냥 즐겁게 지내요."

"난 즐겁게 지내고 있어요. 비가 그친 후에 얼마나 멋있을지 생각해 봐요."

"난 됐어요. 아무것도 할 수 없는 것도 좋거든요. 우리는 매일 너무나 신나고 멋진 삶을 살고 있지만, 한 걸음 멈춰서 그 삶에 대해 감사해 하는 것도 좋잖아요. 지금 생활이 끝나고 나서, 더 감사할 시간이 있었으면 좋겠어요."

"당신 일기가 있잖아요. 침대에 누워 일기를 읽으면서, 눈보라가 몰아친 후 몽펠리에와 와이오밍 동쪽 끝의 설원을 가로지르던 멋진 여행과 눈에 발자국을 남겼던 것, 독수리를 봤던 것, 옐로우 페릴Yellow Peril이라는 증기 열차를 따라붙으려고 했던 거, 텍사스 주경계를 따라 달렸던 것을 떠올리고 했잖아요? 그때 당신은 항상 일기를 썼어요. 독수리가 주머니쥐를 물었는데 그 놈이 너무 무거워서 떨어트렸던 거 기억나요?"

"이번에는 항상 피곤하고 졸리네요. 그때는 일찍 일정을 마치고 모텔에서 전등을 켜서 썼죠. 지금은 새벽부터 일어나야 하고 침대에서 쓸 수 없어서 밖에서 써야 하는데, 불빛에 이름도 모르는 벌레들이 몰려들어서 더 쓰기 힘들어요. 날 방해하는 벌레 이름이라도 알았으면 하네요."

"제임스 서버James Thurber(미국 소설가)와 제임스 조이스James Joyce(아일랜드 소설가) 같은 사람들을 봐요. 자신들의 뭐라고 썼는지 제대로 알아보지도 못하잖아요."

"나도 종종 내 글씨는 못 알아봐요. 다른 사람들도 못 알아 보테니 다행이기는 해요."

"여기는 거친 농담이 잘 어울리니 작품을 쓸 때 거친 농담을 써야겠어요."

"당신이랑 G.C.는 거침 농담을 참 잘 해요. 팝도 그랬고요. 나도 그렇다는 거 알아요. 하지만 당신이 가장 짓궂어요."

"어떤 농담은 아프리카에서 잘 통하지만 널리 알려지지는 않아요. 동물의 왕국이고 약탈자가 있는 아프리카가 어떤 나라이고 어떤 동물이 있는지 사람들은 모르니까요. 약탈자에 대해 전혀 모르는 사람은 당신 이야기를 이해하지 못하죠. 자기가 먹을 고기를 직접 잡을 필요가 없는 사람들이나 부족이 무엇이고 뭐가 자연스럽고 정상적인 것을 알지 못하는 사람들도 마찬가지고요. 난 말을 거칠 게 하지만, 사람들이 이해할 수 있도록 글을 쓰려고 해요. 하지만 당신은 대부분의 사람들이 이해하지 못하거나 상상하지 못하는 일을 말해줘야 해요."

"그래요. 거짓말쟁이들이 책을 쓰는건데 어째서 당신은 거짓말쟁이와 경쟁하려고 해요? 사자를 쏴서 죽인 다음 트럭에 실어 캠프로 옮겼는데 갑자기 사자가 살아났다고 쓰는 사람과 왜 경쟁하죠? 그레이트 루아하 강Great Ruaha River에 악어들이 득실 거린다고 말하는 사람을 상대로 진실을 놓고 왜 경쟁을 해요? 그럴 필요 없잖아요."

"경쟁 안 해요. 그러고 싶지도 않고요. 하지만 모든 소설가는 실제로 자신 또는 타인의 지식을 바탕으로 이야기를 꾸며내는 선천적인 거짓말쟁이니까 그 사람들을 비난할 수 없어요. 나도 소설가이면서 거짓말쟁이고, 내가 아는 것과 들었던 이야기에서 이야기를 만들잖아요. 나도 한 명의 거짓말쟁이에요."

"하지만 G.C.나 팝이나 나에게는 사자나 표범이나 버펄로가 저지른 일에 대해 거짓말을 안 하잖아요."

"그렇기는 하지만, 그건 개인적인 일이잖아요. 변명을 하자면, 난 사실보다 더 그럴 듯하게 이야기를 만들어낸다는 거예요. 그것으로 훌륭한 작가와 형편없는 작가를 나누는 기준이 되는 거예요. 내가 1인칭 시점에서 쓰면서 허구라고 말하면, 비평가들은 이제 나는 그런 적이 없다는 걸 증명하려고 할걸요. 그걸 증명한다는 것은 대니얼 디포 Daniel Defoe(영국 소설가, 소설 로빈슨 크루소의 저자)가 로빈슨 크루소가 아니니까 졸작이라고 말하는 것만큼 어리석은 짓이죠. 연설하는 것처럼 들렸다면 미안해요. 하지만 비가 내리니까 같이 이러는 것도 좋지 않아요?"

"나도 글을 쓰는 거나 당신이 믿는 것과 알고 있는 것과 소중히 여기는 것에 대해 이야기하는 거 좋아해요. 하지만 그럴 수 있는 건 이렇게 비 내리는 날 뿐이네요."

"그러네요, 여보. 그래서 우리가 이런 이상한 시기에 이곳에 있는 거겠죠."

"당신과 팝과 함께 지냈던 옛날에 내가 알았으면 좋았을 텐데요."

"옛날에는 여기에 오지도 않았어요. 지금 보니까 옛날 일로 보이는 거죠. 실제로 지금이 훨씬 더 재밌어요. 예전 같았으면 우리는 지금처럼 친구나 형제가 될 수 없었을 걸요. 팝은 절대로 허락하지 않았을 테니까요. 음콜라와 내가 형제처럼 지냈을 때, 꼴 사나워보였지만, 너 그렇게 봐줬죠. 팝이 옛날에 나한테는 절대 말해주지 않았던 일을 이제 당신한테 말해주겠죠."

"맞아요. 무척 영광이라고 생각해요."

"여보, 혹시 따분해요? 난 책도 있고 비에 젖지 않아서 정말 행복한데. 당신은 편지 써야하지 않아요?"

"아뇨, 당신이랑 이야기해서 좋은데요. 너무 신나는 일도 많고 할 일도 많아서, 단 둘이 있을 수 있는 게 침대에 누워 있을 때 뿐이라서 이런 대화가 그리웠어요. 침대에서 우리는 멋진 시간을 보내고 당신이 나에게 사랑스러운 말을 속삭이죠. 그 말을 떠올리면 재밌어요. 하지만 이렇게 이야기 나누는 것과는 다르죠."

비는 캔버스 천으로 된 텐트로 계속 세차게 내렸다. 다른 모든 소리가 사라지고 같은 박자와 리듬으로 계속 내렸다.

"로렌스가 그런 이야기를 하려고 했는데, 애매한 말들이 너무 많아서 이해를 못 하겠더라고요. 로렌스가 인디언 아가씨와 잤다는 걸 도저히 믿을 수가 없어요. 그는 인디언 나라를 여행하는 예민한 기자였는데, 증오와 이론, 편견으로 가득했죠. 글도 잘 썼고. 하지만 시간이 지나니까 화를 내야만 글을 쓸 수 있었어요. 몇몇 작품은 완벽했고, 대부분의 사람들이 모르는 것을 알게 됐을 때, 그는 많은 이론을 펼치기 시작했어요."

"무슨 말인지는 알겠는데, 그게 샴바랑 무슨 상관이죠? 난 당신 약혼녀가 마음에 들어요. 나랑 무척 닮았거든요. 그리고 당신이 필요하다면 그 아가씨는 당신의 또 다른 소중한 아내가 될 거예요. 다른 작가를 들먹이면서 그 아가씨를 정당화할 필요는 없다고요. 당신이 말하는 사람이 D.H. 로렌스(데이비드 허버트 로렌스, 영국의 소설가, 시인, 문학평론가)에요 T.E. 로렌스(토머스 에드워드 로렌스, 영국 모험가이자 고고학자)에요?"

"알았어요. 당신 말 일리가 있네요. 난 심농 책이나 읽을래요."

"비 내리는 날에 샴바에 가서 지내보지 그래요?"

"여기가 좋아요."

"그 아가씨, 멋있잖아요. 비도 내리는데 당신이 나타나지 않으면 신사답지 못하다고 생각할걸요."

"우리 화해하는 거 어때요?"

"그래요."

"좋아요. 난 로렌스나 어두운 미스터리에 대해 이야기 안 할게요. 비를 보면서 여기에 같이 있어요. 로렌스도 샴바를 그리 마음에 들어

하지 않을 거예요."

"그 사람 사냥은 좋아했어요?"

"아뇨. 하지만 다행히 그 사람에게 아무런 문제가 되지 않았어요."

"그럼 당신 약혼녀는 그 사람 싫어하겠어요."

"그렇겠죠. 하지만 그것도 문제가 되지 않아요."

"당신 그 사람 알기는 해요?"

"아뇨. 비 내리는 날에 오데옹Rue de l'Odéon(프랑스 파리 6구의 한 거리)에 실비아 비치라는 서점 밖에서 그 사람과 부인은 딱 한 번 봤을 뿐이에요. 두 사람은 서점 쇼윈도를 보면서 이야기를 하는데, 안에는 들어가지 않더라고요. 부인은 체격이 크고 트위드 옷을 입고 있었어요. 로렌스는 체구가 작고 헐렁한 외투를 입고 있었고, 턱수염을 길렀고 눈이 참 빛났어요. 로렌스는 몸이 좋지 않아보였고, 난 그 사람이 비에 젖는 것을 보고 싶지 않았어요. 서점 안은 따뜻하고 쾌적한데 말이죠."

"왜 들어가지 않았을까요?"

"모르죠. 모르는 사람에게 말을 걸거나 사인을 부탁할 수도 없잖아요."

"그 사람을 어떻게 알아봤어요?"

"서점 난로 위에 사진이 걸려 있었거든요 난 프로이센 장교The Prussian Officer와 아들과 연인Sons and Lovers이라는 소설을 참 좋아했어요. 이탈리아에 대해서도 멋진 글을 쓰기도 했고요."

"글을 쓸 줄 아는 사람이라면 이탈리아에 대해 글을 쓸 수 있어야 하나 봐요."

"그럼요. 하지만 이탈리아인들도 이탈리아에 대해서 잘 쓰기 어려워요. 더 어려울 수도 있고요. 어떤 이탈리아 사람이 이탈리아에 대해 글을 잘 쓴다면 천재죠. 스탕달이 밀라노에 대해 가장 잘 썼어요."

"전에는 모든 작가가 미쳤다고 하더니 오늘은 모두 거짓말쟁이라고 말하네요."

"내가 모두 미쳤다고 했어요?"

"네. 당신도 G.C.도 그렇게 말했어요."

"그때 팝이 여기 있었어요?"

"네. 수렵 감독관들이 모두 미쳤고, 백인 사냥꾼들도 모든 미쳤는데, 백인 사냥꾼들은 수렵 감독관들과 작가들과 자동차 때문에 미치는 거라고 팝이 이야기했어요."

"팝은 늘 옳은 말은 하죠."

"팝은 당신과 G.C. 둘 다 미쳤으니 신경 쓰지 말라고 했어요."

"맞아요. 하지만 딴 사람한테는 말하지 말아요."

"그런데 모든 작가들이 미쳤다는 말 진심 아니죠?"

"훌륭한 작가들이 그렇다는 거예요."

"하지만 어떤 사람이 당신이 얼마나 미쳤는지에 대해 책을 썼을 때 무척 화를 냈잖아요?"

"그 놈이 내 광기에 대해서도 모르고 그게 어떤 영향을 미치는 지에 대해서 몰랐으니까요. 글쓰기에 대해서 아예 모르는 것처럼 굴고요."

"굉장히 복잡하네요."

"말로 설명하기 보다는 그 광기가 어떻게 작용하는지에 대해서 써서 당신한테 보여줄게요."

그리고 나는 잠시 앉아서 운하의 저택*La Maison du Canal*을 다시 읽었고, 비에 젖는 동물들을 생각했다. 하마는 오늘 즐겁게 보낼 것이다. 하지만 다른 동물들 특히 고양잇과 동물들은 그렇지 못한다. 동물들을 방해하는 것들이 워낙 많기 때문에 비를 전혀 알지 못하는 녀석들이나 지난번에 비가 내리고 난 후에 태어난 새끼들만 힘들 것이다. 큰 고양잇과 동물들이 이런 폭우 속에서 사냥을 할지 궁금했다. 살려면 그럴 것이다. 쉽게 먹잇감에 접근할 수 있지만 사자, 표범과 치타는 사냥할 때 몸이 비에 젖는 것을 분명 싫어할 것이다. 치타는 개의 특성이 조금 있고 비 내리는 날씨에도 털이 잘 젖지 않기 때문에 그렇게 싫어하지 않을 것이다. 뱀이 사는 구멍에 빗물이 가득차서 뱀은 밖으로 나올 것이고, 개미들도 분주히 움직일 것이다.

난 이번에 아프리카에서 한 곳에 오랫동안 있으면서 여러 종류의 동물들을 알아보고 뱀 구멍과 그 곳에 사는 뱀을 알게 됐어 다행이라고 생각했다. 처음에 아프리카에 왔을 때 전리품 때문에 사냥했기에 이곳저곳 옮겨 다니느라 바빴다. 우연히 코브라를 보면, 와이오밍 길에서 방울뱀을 보는 것 같았다. 지금도 우연히 코브라를 보게 되는데, 우리가 지내는 곳에 있는 녀석이라면 나중에 그 녀석들을 다시 볼 수 있었을 것이다. 특정 장소에 살다가 사냥하러 온 뱀을 어쩌다 죽이는 경우가 있는데, 우리가 사냥을 하러 다른 지역으로 가는 것과 비슷한 것이다. 우리에게 이 나라의 멋진 지역에 대해 알고 지낼 수 있는 엄청난 큰 특권을 선사하고 우리의 존재를 정당화하는 일을 준 것도

G.C.였기에 난 항상 그에게 깊은 감사를 느꼈다.

전리품 때문에 사냥을 하던 시절은 오래 전의 일이었다. 난 여전히 사냥을 좋아하고 깔끔하게 잡는 것을 좋아했다. 하지만 우리가 먹을 고기가 필요할 때와 메리를 도울 때 그리고 약탈하는 동물, 포식자와 해로운 동물들을 상대할 때 사냥을 한다. 마가디에서 전리품용으로 임팔라 한 마리를 잡고, 식용으로 오릭스 한 마리를 잡았는데, 오릭스 뿔이 전리품용으로 만들어도 될 만큼 멋졌다. 그리고 식량이 부족했던 비상상황에서 버팔로 한 마리를 썼는데, 메리와 내가 겪었던 비상상황을 잊지 않으려고 뿔을 보관했다. 나는 행복하게 그 때 일을 떠올렸고, 앞으로도 그 일을 기분 좋게 떠올릴 거라는 걸 알았다. 잠이 들 때나 밤에 자다가 깨어났을 때나 극심하게 아플 때도 떠올릴 수 있는 하나의 작은 기억이었다.

"여보, 버펄로를 잡았던 아침 기억나요?"

메리는 식탁 너머로 날 보면서 말했다. "그런 거 물어보지 말아요. 그 사자 생각 중이니까요."

그날 밤 차가운 식사 후에 메리가 늦은 오후에 일기를 썼기에 우리는 일찍 잠자리에 들었고, 침대에 누워 팽팽한 캔버스 텐트에 내리는 빗소리에 귀 기울였다.

규칙적인 빗소리에도 나는 잘 자지 못했고, 악몽으로 땀에 흠뻑 젖은 때 두 번이나 잠에서 깼다. 두 번째 악몽은 너무나 무서워서, 난 모기장 밑으로 손을 뻗어 물병과 진이 담긴 플라스크를 더듬거리며 찾았다. 그리고 침대 안으로 그걸 가져와 놓고 모기장을 담요와 침대 에어

매트리스 사이에 다시 끼워 넣었다. 어둠 속에서 베개를 포개서 머리를 기댔고, 발삼 나무 잎이 든 작은 베개를 찾아 목 아래에 뒀다. 그리고 다리 옆에 든 총과 손전등을 확인하고는 플라스크 뚜껑을 열었다.

어둠 속에 세찬 빗소리를 들으면서 진 한 모금을 넘겼다. 깔끔하고 익숙한 맛에 악몽에서 맞설 용기가 생겼다. 그 악몽은 정말 끔찍했고 몇 번이고 그런 악몽에 시작했다. 메리의 사자를 사냥하는 동안에는 술을 마셔서는 안 된다는 걸 알았지만 내일 빗속에서 그 녀석을 잡으러 다니지는 않을 것이다. 오늘 밤은 왠지 모르게 기분이 나빴다. 한 동안 너무나 기분 좋은 밤을 많이 보냈기 때문에 더 이상 악몽을 꾸지 않을 거라고 생각했었다. 이제 알았다. 텐트가 빗물을 머금어서 환기가 제대로 되지 않았기 때문일 것이다. 어쩌면 하루 종일 운동을 전혀 하지 않았기 때문일 것이다.

진을 한 모금 더 삼켰다. 맛이 더 좋았고 거인을 죽인 잭Jack the Giant-Killer(영국 민화의 주인공, 4개의 보물을 얻어 거인족을 물리친 캐릭터)이 된 건 같았다. 이보다 더 심한 악몽을 꾼 적이 있기에, 그렇게 특별한 악몽은 아니었다. 하지만 내가 아는 건 오랫동안 땀에 몸이 흠뻑 젖는 악몽을 꿔왔지만, 이제는 좋은 꿈이나 나쁜 꿈만 꾸고 대부분은 좋은 꿈을 꾼다는 것이다. 그때 메리 목소리가 들렸다. "당신 술 마셔요?"

"네. 왜요?"

"나도 마셔도 되요?"

나는 모기장 밑으로 플라스크를 건넸고, 메리는 손을 내밀어 받았다.

"물도 있어요?"

"있어요." 물도 건네줬다. "당신 옆에도 있을 건데요."

"하지만 당신이 조심하라고 말했고, 불을 켜서 당신을 깨우고 싶지 않았어요."

"미안해요. 잠 못 잤어요?"

"자기는 했는데 끔찍한 꿈을 꿨어요. 아침을 먹기도 전에 말하기에는 너무 무서운 꿈이었어요."

"나도 악몽을 꿨어요."

"필요할지도 모르지만 플라스크 돌려줄게요. 그리고 내 손 꼭 잡아요. 당신도 G.C.도 팝도 안 죽었어요."

"그럼요. 우리 모두 멀쩡하다고요."

"고마워요. 당신도 자요. 다른 사람을 사랑하는 건 아니죠? 그러니까 백인 중에서요."

"그럼요. 백인도 흑인도 홍인도 사랑하지 않아요."

"잘 자요, 한밤중에 술 잘 마셨어요."

"악몽을 떨쳐 내줘서 나도 고마워요."

"내가 잘 하는 일 중 하나죠."

난 누워서 많은 장소들과 정말 안 좋았던 때를 떠올리면서 오랫동안 그 악몽에 대해 생각했고, 악몽은 악몽일 뿐이고 이제 비가 그치고 나서 얼마나 멋진지 생각하면서 잠에 들었다가 오싹함에 식은땀을 흘리며 다시 잠에서 깼다. 하지만 조심스럽게 귀를 기울이니 메리의 규칙적인 숨소리가 들렸고 난 다시 잠을 청했다.

5

아침은 추웠고, 산에는 구름이 잔뜩 껴있었다. 다시 거센 바람이 불고 비가 조금씩 내렸지만 폭우는 그쳤다. 케이티와 이야기를 나누려고 텐트촌으로 갔더니 그는 기분이 밝아보였다. 우의를 입고 낡은 펠트 모자를 쓰고 있었다. 케이티는 내일 날이 개일 것이라고 했고, 나는 그에게 멤사히브가 깨어날 때까지 기다렸다가 텐트 말뚝을 박고 젖은 밧줄을 풀라고 했다. 케이티는 텐트 주위에 파 놓은 도랑 때문에 침실용 텐트와 식당 텐트가 물이 차지 않아서 만족했다. 그는 이미 아랫사람을 시켜 불을 피우라고 보냈고 모든 것이 좋아 보였다. 난 보호구역에 폭우가 쏟아지는 꿈을 꿨다고 말했다. 거짓말이지만 팝으로부터 좋은 소식이 들려올 경우를 대비해 큰 선의의 거짓말을 하는 것도 좋다고 생각했다. 예언을 할 때는 자신에게 유리한 쪽으로 하는 게 좋다.

케이티는 내 꿈 이야기에 관심이 있고 존중하는 척 들었다. 그러더니 나에게 사막 끝자락에 있는 타나 강까지 이어지는 지역에 폭우가 쏟아져 사파리 6곳으로 가는 길이 끊어져 몇 주 동안 이동하지 못하는 꿈을 꾸었다고 말했다. 그가 의도한 대로, 그 뿐 때문에 내 꿈은 시시해졌다. 내 꿈이 기억에 남았기에 더 분명히 해둬야겠다고 생각했다. 그래서 나는 그에게 사실 우리가 정보원을 처형하는 꿈을 꿨다고 말했다. 그 과정 즉 그를 어디에서, 어떻게, 왜 처형했고, 그 후 우리가 그를 사냥용 차에 태워 하이에나 먹잇감으로 던져줬는지에 대해 정확히 설명했다.

케이티는 몇 년 전부터 그 정보원을 싫어했기에 이 꿈을 마음에 들어 했지만 조심스러워했고, 자신은 정보원에 대한 꿈을 절대 꾼 적이 없다고 맹세했다. 이것은 그에게 중요했지만, 꿈 속 처형 모습에 대해 더 자세히 이야기했다. 케이티는 그 이야기에 즐거워했지만 곰곰이 생각을 하더니 단호하게 말했다. "당신은 그러면 안 돼요."

"할 수도 없어요. 하지만 꿈에서는 할 수 있죠."

"우차위uchawi(마법, 주술)는 안 돼요."

"그런 거 아니에요. 내가 사람을 해치는 거 봤어요?"

"당신이 우차위를 했다는 게 아니에요. 그 정보원을 처형해서는 안 된다는 말이에요."

"그 사람을 살리고 싶은 거라며, 그 꿈을 잊을게요."

"좋은 꿈이지만, 너무나 큰 소란이 일어날 수 있어요."

폭우가 내린 다음 날은 선교宣敎하기에 좋은 날이지만, 비가 내리는 동안 사람들의 마음은 신앙의 아름다움에서 멀어지는 듯 했다. 이제 비가 완전히 그쳤고 난 모닥불 옆에 앉아 차를 마시며 비에 흠뻑 젖은 평원을 바라봤다. 햇살이 비치지 않아서인지 메리는 여전히 곤히 자고 있었다. 음윈디가 새로 끓인 차를 들고 모닥불 옆 탁자로 와서는 컵에 따라줬다.

음윈디가 말했다. "비가 많이 내렸는데 이제 그쳤어요."

"음윈디, 마흐디Mahdi(이슬람교의 구세주, 구세주를 자칭하는 지도자)가 이렇게 말했지. '때가 되면 하늘에서 비가 내리는 것으로 자연의 법칙을 분명히 알 수 있도다. 대지의 푸르름과 신록은 하늘의 비에 달려있다. 만약 비가 내리지 않는다면, 땅의 표면은 점점 말라가노니. 그렇게 우리는 하늘의 물과 땅의 물이 서로를 끌어당긴다는 것을 알 수 있도다. 하늘의 계시와 인간의 이성의 관계는 하늘의 물과 땅의 물과 관계와 같도다.'라고"

"캠프에는 너무 많이 내린 비였지만, 샴바에는 충분한 비였어요."

"'비가 내리지 않는다면, 땅의 표면은 점점 말라가노니. 마찬가지로 하늘의 계시가 없다면 인간 이성은 순수함과 힘을 잃게 되리라.'"

"그게 마흐디 말인지 어떻게 알죠?"

"차로에게 물어봐."

음원디는 투덜거렸는데, 차로가 신앙심이 깊다는 건 알지만 신학자가 아니라는 것 알았다.

"정보원을 처형하려면 경찰에게 맡기세요. 케이티가 그렇게 전해 달라고 했어요."

"그거 그냥 꿈이라니까."

"꿈이라도 굉장히 강할 수 있어요. 분두키bunduki(총)처럼 죽일 수 있어요."

"정보원한테 꿈 이야기를 해야겠네. 그럼 꿈의 효과가 사라져."

"우차위(주술이에요). 우차위 쿠브와 사나Uchawi kubwa sana(아주 큰 주술이요)."

"하파나 우차위Hapana uchawi(주술이 아니야)."

음원디는 말을 하다 말았고, 차를 더 마실 건지 퉁명스럽게 물었다. 그는 중국인 같은 옆모습을 보이며 텐트촌 쪽으로 눈길을 돌렸다. 나는 음원디가 나에게 보여주고 싶어 하는 것을 보았다. 정보원이 있었다.

비에 젖은 채로 온 그는 기분이 좋아 보이지 않았다. 그만의 스타일과 대담함은 사라지지 않았지만 기가 꺾였다. 그는 의심할 여지없이 곧 기침을 했고, 자신의 원칙에 따른 기침이었다.

"안녕하십니까, 형제님. 두 분은 비를 어떻게 견디셨나요?"

"여기는 비 조금 내렸어."

"형제님, 저 아픕니다."

"열이 있어?"

"네."

거짓말이 아니었다. 맥박이 120번 뛰었다.

"앉아서 물 한 잔 마시고 아스피린 먹어. 약 챙겨줄게. 집에 가서 누워서 쉬워. 사냥용차가 다닐 수 있나?"

"네. 샴바까지는 흙투성이고 물웅덩이를 돌아서 가면 되요."

"샴바는 어때?"

"관개 시설을 갖추고 있기 때문에 비는 내릴 필요가 없었습니다. 산에서 내려온 한기에 안타까운 샴바입니다. 심지어 닭들도 슬퍼해요. 아가씨를 데리고 왔습니다. 그 아가씨 아버지 가슴이 아파서 약이 필요하답니다. 형제님이 아는 아가씨입니다."

"약 보내줄게."

"형제님이 오지 않아서 그 아가씨는 애석해 합니다."

"할 일이 있었어. 그 아가씨는 잘 지내고?"

"잘 지내지만 슬퍼합니다."

"일이 있으면 샴바에 가겠다고 말 전해줘."

"형제님. 내가 교수형을 당하는 꿈이라는 거 뭔가요?"

"내가 꾼 꿈이야. 아침 식사 전에는 자네에게 말하지 않으려고 했어."

"하지만 다른 사람들은 그 전에 들었습니다."

"안 들어도 돼. 그냥 꿈이야."

"교수형 싫습니다."

"난 자네를 절대 목메달지 않아."

"하지만 다른 사람들이 나의 활동을 오해할 수 있습니다."

"자네가 다른 사람들을 상대하지 않는 한 아무도 자네를 목매달지 않아."

"하지만 전 계속해서 사람들을 상대해야 합니다."

"내 말 뜻을 이해할 텐데. 지금은 모닥불로 가서 몸부터 따뜻하게 해. 나는 약을 지을테니까."

"당신은 나의 형제입니다."

"아니. 난 자네 친구야."

그는 모닥불 쪽으로 갔고, 나는 약 상자를 열어 아타브린Atabrine(말라리아 예방약 상표명), 아스피린, 도포제, 설파제sulfa(세균성 질환 약), 기침약을 꺼냈고, 주술의 힘이 조금이라도 줄어들기 바랐다. 하지만 3번째로 꿈 악몽에서 정보원을 교수형에 처하는 장면이 세세하게 떠올랐고, 그런 무시무시한 상상을 했다는 것이 부끄러웠다. 나는 정보원이 먹어야 할 약과 그 아가씨 아버지에게 줘야할 약을 설명했다. 그런 다음 우리는 함께 텐트촌을 가서 그 아가씨에 훈제 청어 통조림과 사탕이 든 유리병을 건네주고, 음투카에게 그들을 샴바에 데려다 주고 곧장 돌아오라고 했다. 그녀는 나에게 옥수수 네 자루를 줬고 내가 그녀에게 말할 때 고개를 들지 않았다. 그녀는 어린 아이처럼 내 가슴에 머리를 기댔는데, 캠프에서 보이지 않는 반대쪽으로 차에 올라탈 때, 팔을 내려 손으로 내 허벅지를 꽉 움켜잡았다. 그녀가 차에 탈 때 나도 똑같이 그랬지만, 여전히 고개를 들지 않았다. 그래서 난 될 대로 되라는 식으로 생각하고 그녀의 머리에 키스를 했고, 음투카는 미소를 지으며 차를 몰고 떠났다. 도로는 모래투성이였고 물은 약간 고여 있었지만 바닥은 단단했고 사냥용 차는 숲으로 갔고 아무도 뒤를 돌아보지 않았다.

난 응구이와 차로에게 메리가 깨어나 아침을 먹는 대로 평소처럼 정찰을 하되 먼 북쪽까지 가겠다고 했다. 비가 그쳤으니 이제 총을 꺼내서 청소를 하라고 했고, 총구 안에 묻은 모든 기름때를 확실히 닦으라고 했다. 공기는 차고 바람도 불었다. 날씨는 흐려졌다. 소나기가 내릴 수 있겠지만, 비는 일단 그쳤다. 모두가 매우 기계적으로 움직였고 허튼 소리도 한 마디 하지 않았다.

메리는 아침 식사 때 무척 기분이 좋았다. 밤중에 깼지만 그 뒤로 잘 잤고 좋은 꿈을 꿨다. 그녀는 팝, G.C.와 내가 살해당하는 꿈을 꿨지만 자세히는 기억 못했다. 누군가 소식을 들고 왔고, 그녀는 매복을 당했다는 정도로 생각했다. 난 정보원이 교수형 당하는 꿈을 꾸었는지 물어보고 싶었지만, 좋은 기분을 건드릴 것 같았다. 그녀가 기분 좋게 잠에서 깼고 오늘 하루를 기대한다는 게 중요했다. 나는 아프리카에서 잘 모르는 일에도 휘말릴 정도로 거칠고 보잘 것 없는 인간이지만, 메리도 휘말리게 하고 싶지 않았다. 그녀는 이미 충분히 텐트촌에서 음악과 북 치는 리듬과 노래를 배웠고, 모든 사람에게 친절하고 상냥하게 굴어서 모두가 그녀를 아꼈다. 옛날이라면 팝을 절대 이런 것을 허용하지 않았을 것이다. 하지만 옛 시절은 지나갔다. 팝이 누구보다 그 점을 잘 알았다.

아침식사가 끝나고 사냥용 차가 샴바에서 돌아왔을 때 메리와 난 차를 타고 갈 수 있는 곳까지 갔다. 땅은 빨리 마르고 있었지만, 여전히 위험했고 바퀴는 헛바퀴를 돌았다. 내일이면 안전하게 다닐 수 있을 것이다. 단단한 땅에서도 바퀴는 역시 제 힘을 쓰지 못했고, 북쪽은 진흙 때문에 미끄러워서 차가 달릴 수가 없었다.

평원에서 푸른 잔디가 새로 돋아나는 것이 보였고 사냥감들은 흩어져서 우리에게 거의 관심을 기울이지 않았다. 아직까지 사냥감의 큰 움직임은 없었지만, 비가 그친 후 이른 아침에 습지 쪽으로 가려고 길을 건넌 코끼리 발자국이 보였다. 비행기에서 많이 봤던 발자국이 많이 나 있었는데, 수놈 코끼리는 진흙 때문에 발자국이 퍼져 보인다도 해고 매우 큰 발자국을 남겼다.

하늘은 잿빛이었고 춥고 바람이 불었고, 평원 곳곳과 발자국 주변에서 물떼새들이 분주히 먹이를 먹고 날아오르면서 날카로운 소리를 냈다. 세 종류의 새가 있었지만, 식용으로 먹기 좋은 것은 한 종류뿐이었다. 하지만 사람들은 그 새를 먹지 않았고 내가 총을 쏘면 탄약을 낭비했다고 생각했다. 난 도요새가 있을 수 있다는 걸 알았지만, 다른 날에 노리기로 했다.

나는 메리에게 말했다. "우리 조그만 더 가 봐요. 꽤 높은 고원에 상당히 아름다운 능선이 있는데 거기까지 갔다가 돌아요."

"그럼 가 봐요."

그때 비가 내리기 시작했다. 땅이 미끄러운 곳에서 꼼짝 못 하기 전에 캠프로 돌아갈 수 있을 때 돌아가는 게 나겠다고 생각했다.

캠프에 가까워지면서 숲과 잿빛 안개와 모닥불 연기와 집처럼 편안한 흰색과 녹색 텐트가 어우러져 보였고, 탁 트인 대초원의 작은 물웅덩이에서 사막꿩이 물을 마시고 있었다. 나는 응구이를 데리고 사막꿩을 몇 마리 잡으러 나섰고, 메리는 캠프로 갔다. 사막꿩 몇 마리는 물웅덩이 옆에서 몸은 낮게 웅크리고 있었거나 모래톱이 자라난 짧은 풀밭에 흩어져 있었다. 그 녀석들은 달그락거리는 소리를 냈고, 빠르게 날아오를 때 노리면 쉽게 잡을 수 있었다. 모두 중간 크기의 사막꿩으로, 통통하고 작은 사막 비둘기가 자고새로 변장한 거 같았다. 난 사막꿩이 비둘기나 황조롱이처럼 특이하게 날아오르는 모습이나 하늘을 비행하는 동안 기다란 뒷날개를 멋지게 쓰는 모습도 좋았다. 이렇게 이쪽으로 걸어오는 걸 쏘는 것은 건기에 아침마다 새들이 무리를 지어 물가로 몰려올 때 쏘는 것과는 차원이 달랐다. 그럴 때 G.C.와 난 가장 높이 날아오르는 새와 우리 쪽으로 높이 날아오는 새만 골라 총을 쏘고, 한 발에 한 마리 이상 잡으면 벌금으로 1실링을 냈었다. 사막꿩이 땅에 걸어다닐 때는 그들이 무리 지어 하늘을 날 때

낄낄 거리는 소리를 들을 수가 없다. 나는 캠프와 아주 가까운 곳에서 총 쏘는 걸 좋아하지 않아서 우리 두 명이 최소 2끼 식사로 먹거나 누구가 들렀을 때 대접할 수 있도록 8마리만 잡았다.

사파리 사람들은 사막꿩 고기를 좋아하지 않았다. 나도 작은 능에, 물오리, 도요새나 아프리카발톱깃물떼새만큼 사막꿩을 좋아하지는 않지만, 맛이 상당히 좋았고 저녁식사용으로 좋았다. 조금 내리던 비는 다시 그쳤지만 구름은 산기슭까지 내려왔다.

메리는 식당 텐트에 앉아 캄파리와 소다를 섞어 마시고 있었다.

"많이 잡았어요?"

"8마리 잡았어요. 클럽 데 카다도레스 데 세로Club de Cazadores del Cerro에서

비둘기를 쏘는 걸과 비슷했어요."

"사막꿩들은 비둘기보다 더 빨리 날잖아요."

"큰 소리를 내고 몸집이 작아서 그렇게 보이는 거예요. 경주용 비행기만큼 빠른 새는 없을걸요."

"클럽 대신 여기서 총을 쏠 수 있어서 좋아요."

"나도 그래요. 클럽으로 다시 못 돌아갈 거 같아요."

"돌아가게 될 걸요."

"모르겠어요. 돌아가지 않을 거 같아요."

"돌아갈지 말지 주저하게 하는 여러 일들이 있기는 했죠"

"우리에게 돌아갈 이유가 없었으면 좋겠어요. 우리에게 어떤 부동산도 재산도 책임도 없고요. 사파리 장비랑 성능 좋은 사냥용 차와 트

럭 2대만 있으면 좋겠어요."

"난 세상에서 가장 인기 있는 캠프 여주인이 되겠네요. 어떤 모습일지 알겠어요. 사람들은 전용기를 타고 올 것이고 조종사는 비행기에서 내려서 어떤 남자를 위해서 문을 열어주면, 그 남자는 '자네는 내가 누군지 모르지. 날 기억못하는게 분명해. 내가 누굴까?' 라고 말하겠죠. 언젠가 그렇게 말하는 사람이 있으면 난 차로에게 내 총을 가려오라고 하고 그 사람 미간에 정확히 쏠 거예요."

"차로는 그 놈을 할랄로 처리하고요."

"그 사람들은 식인이 아니에요."

"캄바족은 먹었어요. 당신과 팝이 항상 좋았던 옛날이라고 말했던 그 시절에요."

"당신도 일부는 캄바족이잖아요. 사람을 잡아먹을 거예요?"

"아뇨."

"내가 살면서 사람을 죽여본 적이 없다는 거 알죠? 내가 독일인을 죽여 본 적이 없고 모두가 걱정을 많이 해서, 모든 것을 당신과 공유하고 싶었고 몹시도 그러고 싶었던 때 기억나요?"

"잘 기억하죠."

"당신의 사랑을 훔친 여자를 죽일 때 할 연설 들어볼래요?"

"나에게 캄파리를 만들어 준다면요."

"만들어 줄 테니까, 들어봐요."

그녀는 붉은 캄파리 비터즈bitters(칵테일에 쓴 맛을 내는 술)를 붓고 고든 진을 넣은 다음 사이펀으로 뽑아냈다.

"진은 내 연설을 들어주는 고마움의 표시에요. 내 연설을 여러 번 들어준 거 알아요. 하지만 또 연설을 하고 싶어요. 나에게도 좋고, 그 연설을 듣는 당신에게도 좋은 일이엥."

"알았어요. 시작해봐요."

"아, 당신은 나보다 내 남편의 더 좋은 아내가 될 수 있다고 생각하나봐요. 아, 그래서 두 사람은 서로에게 이상적으로 완벽하게 어울려서, 나보다 당신이 그 사람과 더 잘 어울리는 사람이라고 생각하겠죠. 그래서 당신은 내 남편과 완벽한 삶을 영위한다고 생각하고, 적어도 내 남편은 공산주의, 정신분석, 사랑이라는 말의 진정한 의미를 이해하는 여성의 사랑을 받고 있다고 생각하겠죠? 당신이 사랑에 대해 뭘 알죠, 후줄그레한 아가씨? 내 남편과 나와 남편이 함께 하고 공유하는 일에 대해 뭘 알죠?"

"옳소! 옳소!"

"계속 말할거니까, 잘 들어요. 이 초라한 아가씨. 튼튼해야 할 곳은 마르고, 부족과 가계의 특징을 보여줘야 할 곳은 지방으로 가득해요. 잘 들어요, 아가씨. 340m 정도 떨어진 곳에서 죄없는 수사슴을 쏴서 쭉이고, 내 남편이랑 아무런 양심의 가책도 없이 먹었어요. 콩고니 kongoni(동아프리카산 영양)와 당신이랑 닮은 영양을 쐈어요. 크고 아름다운 오릭스를 잡은 적도 있었는데, 어떤 여자보자도 아름답고, 어떤 남자보다도 뿔이 아주 멋졌어요. 내 남편한테 입에 발린 말로 유혹하지 말고 이곳을 떠나요. 그렇지 않으면 당신을 죽일 거예요."

"멋진 연설인데요. 스와힐리어로 말해 보는 건 어때요?"

144

"스와힐리어로 할 필요는 없어요." 메리는 늘 연설을 끝내고 나면 아우스터리츠Austerlitz 전투의 나폴레옹이 된 거 같은 기분이었다. "이 연설은 백인 여성들한테만 하는 거예요. 당신 약혼녀한테는 아니에 요. 언제부터 훌륭한 남편에게 약혼녀가 있으면 안 됐죠? 그 여자가 정부만이라도 되길 바라는데 말이죠. 그 자리는 명예로운 자리요. 이 연설은 나보다 당신을 더 행복하게 해줄 수 있다고 생각하는 음탕한 백인 여자들에게 하는 소리예요. 건방진 여자들이죠."

"멋진 연설이고, 매번 당신의 뜻을 더 명확하고 강렬하게 전달하는 군요."

"진심을 담은 연설이니까요. 단어 하나 하나가 다 진심이에요. 하 지만 쓴소리나 천박한 말을 안 쓰려고 애썼어요. 입에 발린 말을 한다 는 게 옥수수랑 상관 있다고 생각하지 말아요."

"그렇게 생각 안 해요."

"좋아요. 그 아가씨가 당신한테 준 옥수수 정말 맛있었어요. 이번 에는 모닥불 재 속에 넣어서 구워 먹어볼래요? 그렇게 먹는 게 난 좋 던데."

"좋아요."

"그 아가씨가 옥수수 4자리 가져온 거 무슨 특별한 이유가 있어요?"

"아뇨, 당신 두 자루, 나 두 자루 나눠 먹으라는 거죠."

"누군가 날 사랑해서 선물을 주면 좋겠네요."

"모두 당신에게 매일 당신을 주잖아요. 캠프 사람 절반은 당신에게 칫솔을 만들어주잖아요."

"그건 그래요. 칫솔이 참 많아요. 마가디에서 받은 거 아직도 많다니까요. 하지만 당신에게 그런 착한 약혼녀가 있어서 기뻐요. 산기슭에 있는 이곳처럼 모든 게 늘 단순했으면 좋겠어요."

"전혀 단순하지 않아요. 그저 우리가 운이 좋은 거지."

"알아요. 모든 행운을 제대로 누리려면 서로에게 착하고 친절하게 굴어야 해요. 아, 내가 노리는 사자가 내려왔을 때 그 녀석을 제대로 볼 수 있을 만큼만 키가 컸으면 좋겠네요. 그 녀석이 나에게 얼마나 큰 의미인지 알죠?"

"알 거 같아요. 모두가 알 걸요."

"몇몇 사람들은 날 미친 여자라고 생각하는 거 알아요. 하지만 옛날에 사람들이 성배Holy Grail(예수 그리스도의 최후의 만찬에 썼다는 술잔)와 황금 양모피Golden Fleece(그리스신화, 오르코메노스의 왕 아타마스의 아들 프릭소스가 자신의 목숨을 노리는 계모의 손에서 빠져나와 누이동생 헬레와 함께 도망쳤을 때, 그들을 태우고 날아갔다는 황금 양모피) 찾으려 다녔을 때, 그 사람들을 어리석다고 생각하지 않았잖아요. 커다란 사자가 성배나 양가죽보다 더 낫고 더 중요해요. 성배와 황금 양모피가 어떻든 난 관심 없어요. 모두가 갖고 싶은 게 있고, 나는 내 사자가 전부예요. 당신이 그리고 모두가 그 녀석 때문에 얼마나 인내하고 있는지 알아요. 하지만 이제 이 비가 그치면 분명 그 녀석을 만날 수 있을 거예요. 그 사자가 포효하는 소리가 들리는 첫날 밤이 기대되요."

"굉장히 멋지게 포효를 하죠. 곧 그 녀석을 만날 수 있을 거예요."

"외부 사람들은 절대 이해 못 해요. 하지만 그 녀석을 잡으면 모든 게 보상될 거예요."

"알았어요. 그 녀석을 싫어하는 거 아니었어요?"

"아뇨. 그 사자를 사랑해요. 멋지고 영리하잖아요. 그 녀석을 죽여야 하는 이유를 군이 당신에게 말할 필요는 없겠죠."

"물론이죠."

"팝도 알고, 저에게 설명해줬어요. 불쌍한 여자 이야기를 해 줬는데, 모두가 그 여자의 사자를 잡으려고 42발을 쐈데요. 아무도 이해를 못할 거니까 말 안하는 게 나아요."

한 번은 다같이 처음으로 큰 사자의 발자국를 봤기 때문에 우리는 그 말을 이해했다. 보통 사자 발자국보다 두 배나 컸고, 조금 전에 땅이 젖을 정도로만 비가 내려서 실제 크기의 발자국이었다. 캠프에서 먹을 고기를 잡으려고 콩고니 몇 마리를 잡고 있었는데, 응구이와 내가 그 발자국을 보고, 풀줄기를 가리켰는데, 난 그의 이마에 송글 송글 땀이 맺힐 것을 보았다. 우리는 미동도 없이 메리를 기다렸고, 메리는 그 발자국을 보자마자 심호흡을 했다. 그때까지 그녀는 많은 사자 발자국을 보았고 사자 여러 마리를 죽였지만, 이 발자국 크기는 믿기지 않았다. 응구이는 계속 고개를 흔들었고, 난 겨드랑이 밑과 사타구니에 땀이 흐르는 것을 느낄 수 있었다. 우리는 사냥개처럼 발자국을 따라갔고, 사자가 진흙투성이 샘물을 마신 다음 가파른 절벽으로 올라간 곳을 보았다. 난 이렇게 큰 발자국을 본 적이 없었고, 샘물가의 진흙 때문에 더 선명하게 찍혔다.

난 다시 돌아가서 콩고니를 잡아야 할지, 아니면 총소리에 그 녀석이 도망가고 어쩌면 이곳을 떠날지도 모르는 위험을 감수해야 할지 결정짓지 못했다. 하지만 우리는 고기가 필요했고, 이곳은 포식 동물들이 많았기 때문에 잡아 먹을만한 게 많지 않았고 모든 사냥감은 사나웠다. 얼룩말을 잡으면 얼룩말 가죽을 찢어놓은 검은 사자 발톱 자국이 있었고, 얼룩말은 사막의 오릭스처럼 겁이 많아 접근하기가 어려웠다. 이 곳은 버펄로, 코뿔소, 사자와 표범의 구역이고, G.C와 팝 말고는 사냥하는 사람이 없었기 때문에 팝은 긴장했다. G.C는 너무 신경을 곤두선 나머지 무신경한 사람으로 보일 정도였고, 총을 쏘고 나서야 위험했다고 인정했다. 하지만 팝은 이 구역에서 항상 곤란한 상황에 부딪히며 사냥을 했고, 동아프리카에 자동차가 들어오기 전 몇 년 전에는 낮에 섭씨 50도 가까이 이르는 더위를 피하려고 밤에 위험한 평원을 가로질러서 사냥을 해야 했다고 말했다.

사자 발자국을 봤을 때 이때 일이 생각났지만, 콩고니를 몰아붙일 때 콩고니만 생각했다. 하지만 그 사자 흔적은 내 맘에 낙인처럼 남았고, 메리는 다른 사자들을 본 적이 있어서 그 사자가 그 흔적을 따라오는 모습을 상상했을 것이다. 우리는 무척 먹을 만하고 말과 같은 얼굴에 다루기 힘들며, 다른 짐승들보다 더 순진한 황갈색 콩코니를 잡았는데, 메리는 목과 머리와 만나는 부분을 한 방에 쏴서 죽였다. 그녀는 사격 솜씨를 키우려고 그리고 누군가는 반드시 해야 하는 일이었기 때문에 총을 쐈다.

텐트에 앉아서 나는 진짜 채식주의자들이 사냥을 얼마나 질색할지 생각했지만 고기를 먹어 본 사람이라면 누군가 짐승을 잡았다는 것을 알아야 했고, 메리는 사냥을 시작한 이상 고통을 주지 않고 잡고 싶어 했기에 방법을 익히고 연습할 필요가 있었다. 물고기를 잡지 않고 심지어 정어리 통조림도 먹지 않고, 길에 메뚜기가 있으면 차를 세우고, 고기 수프조차 먹어본 적이 없는 사람들은 백인들에게 자신의 나라를 빼앗기기 전에 살려고 생명체를 죽이는 사람들을 비난해서는 안 된다. 당근, 작고 어린 무, 사용한 전구, 낡은 축음기 레코드, 겨울의 사과나무도 어떤 감정이 있는지 누가 알겠는가? 연식이 오래된 항공기, 씹다 만 껌, 담배꽁초, 좀이 있어서 버려진 책의 감정을 누가 알겠는가? 내가 가지고 있는 수렵관리부 규정집에는 이런 경우에 관한 규정도, 내 일과 중 하나인 요우스yaws(열대 피부병의 하나)와 성병 치료에 관한 규정도 없었다. 나무가 쓰러지거나 흙먼지를 맞았을 때 치료법도, 체체파리Tsetse(수면병 등의 병원체를 매개하는 아프리카의 피 빨아먹는 파리) 말고 다른 벌레에 물렸을 때 치료법도 없었고 파리 항목을 참조하라고 되어 있다. 사냥 면허를 취득한 사냥꾼들은 과거에는 보호구역이었으나 현재는 통제구역이 된 일부 마사이족 구역에서 일정 기간에만 사냥할 수 있었는데, 어떤 짐승을 잡을지 정하고 아주 적은 수수료를 마사이족들에게 냈다. 그러나 먹을 고기를 마련하려고 마사이족 구역에서 위험을 무릅쓰고 사냥을 하던 캄바족은 이제 사냥이 허용되지 않았다. 밀렵꾼이 돼서 수렵 감독관들에게 쫓겨 다녔는데, 수렵 감독관들도 대부분 캄바족이었다. G.C.와 메리는 그들이 사냥꾼보다는 수렵 감독관이 더 되고 싶어 한다고 생각했다.

수렵 감독관은 대부분 캄바족 사냥꾼 출신으로 일종의 군인이었다. 하지만 우캄바니Ukambani 지역은 상황이 매우 어려워졌다. 자신들만의 전통 방식으로 땅을 일궈왔는데, 캄바족 인구는 늘어났지만, 땅은 그러지 못했기에 한 세대는 쉬어줘야 했던 휴경지를 줄일 수밖에 없었고, 이는 다른 아프리카 지역에도 퍼져나갔다. 캄바족 전사들은 영국 전쟁에 항상 참전했지만, 마사이족은 한 번도 참전하지 않았다. 마사이족은 그들을 절대 자극해서는 안 되는 두려움에 귀하게 여겨지고 보호받았으며, 남자들이 너무나 아름다웠기 때문에 케냐 또는 탕가니카에서 대영제국을 위해서 일한 테싱게족처럼 모든 동성애자가 그들을 흠모했다. 마사이족 남자들은 매우 아름답고 부유했고 숙련된 전사였지만 오랫동안 싸우지 않았다. 옛날에는 늘 마약에 중독됐지만, 지금은 술에 중독되고 있다.

마사이족은 사냥감을 죽이지 않고 가축을 돌보기만 했다. 마사이족과 캄바족의 갈등은 항상 가축을 훔쳤냐는 거였지, 사냥감을 죽이는 것 때문이 아니었다.

캄바족은 정부 보호를 받고 부를 과시하는 마사이족을 증오했다. 마사이족 여자들은 부정을 저지르고 다니고 늘 매독에 걸리며, 마사이족 남자들은 파리가 옮기는 더러운 병 때문에 눈이 나빠서 사냥감을 추적할 수 없었는데, 창을 한 번만 썼는데도 구부러졌고, 무엇보다도 약에 취했을 때만 용맹했기 때문이라면서 경멸했다.

캄바족은 싸움을 좋아했고, 진짜로 싸웠는데, 약의 기운을 빌려야만 하는 집단 히스테리 상태의 마사이족 같은 싸움이 아니었다. 그리고 캄바족의 생활 수준은 낮았다. 그들은 항상 사냥해서 생활했지만,

이제는 사냥할 곳이 없었다. 술을 좋아했지만 부족법에 따라 음주가 엄격히 금지됐다. 술고래는 아니었고, 술고래가 되면 엄한 벌을 받았다. 고기가 주식이었지만, 이제는 고기를 구할 수도 없고 사냥도 금지됐다. 그래서 그들에게 밀렵꾼들이 옛날 영국의 밀수업자들이나 미국 금주령 시대에 좋은 술을 밀수했던 사람들만큼이나 인기가 있었다.

몇 년 전 내가 있을 때는 상황이 이렇게 나쁘지 않았다. 하지만 좋지도 않았다. 캄바족은 영국에 완전히 충성했다. 젊은이들과 불량배들조차도 충성을 다했다. 그러나 젊은이들은 마음이 동요되었고 상황은 전혀 간단하지 않았다. 마우마우단은 키우튜족이 만들었고, 그 맹세가 캄바족에게는 불쾌했기에 의심을 샀다. 하지만 캄바족 내에 마우마우단이 침투해 들어왔다. 야생동물보호 조례는 이에 대해서 전혀 다루지 않았다. G.C.는 내가 상식이 있다면 상식적으로 굴고 그러지 않으면 곤란해지기만 할 것이라고 말했다. 그 교훈을 들으니 내가 종종 곤란한 상황에 놓인다는 것을 알았기에, 최대한 조심스럽게 상식을 발휘해 바보같이 굴지 않으려고 했다. 오랫동안 나는 가능한 한 나 자신을 캄바족와 동일시했고 이제 마지막 중요한 장벽을 넘어 완전히 캄바족 일원이 되었다. 부족 일원이 되는 것은 이 방법뿐이었다. 부족 간 결합은 한 가지 방법뿐이었다.

비가 내렸기에 이제 캠프 사람들은 자기 가족들을 덜 걱정할 것이고, 우리가 먹을 고기를 잡으면 모두가 기뻐할 것이다. 노인들은 고기를 먹으면 남자들은 힘이 세진다고 생각했다. 캠프의 연장자들 중 어쩌면 차로만이 사내구실을 못 할 수 있지만, 확신할 수 없었다. 응구이에게 물어보면 말했지만, 실례되는 질문이며 나와 차로는 오랜 친구였다. 캄바족 남자들은 먹을 고기만 있다면, 70세가 넘어도 사랑을 나눌 수 있었다. 그런데 남자에게 더 효과가 좋은 고기들이 있었다. 나는 왜 이런 생각을 하고 있는가? 분명 동아프리카 지구대Rift Valley 절벽에서 커다란 사자 발자국을 처음 봤던 날에 콩고니를 잡는 일을 생각하고 있었는데 지금은 노인네처럼 이야기를 두서없이 하고 있다.

"나가서 먹을 고기를 잡아 올까요, 메리?"

"고기가 필요해요?"

"그래요."

"무슨 생각 중이었어요?"

"캄바족 문제랑 고기요."

"나쁜 캄바족 문제에요?"

"아뇨. 일반적인 문제요."

"잘했어요. 무슨 결론을 내렸어요?"

"고기가 필요하다는 거요."

"그럼 사냥하러 갈까요?"

"지금이 딱 좋은 시간이죠. 걷는 것도 괜찮다면요."

"걷고 싶어요. 캠프로 돌아오면, 목욕하고 옷을 갈아입을래요. 모닥불도 있겠죠."

우리가 보통 강을 건널 때 이용하는 길 근처에서 임팔라 무리가 보였고, 메리는 뿔이 하나만 있는 늙은 수놈 한 마리를 잡았다. 매우 통통했고 상태가 좋았으며, 식용으로 잡는다고 해도 양심의 가책을 느끼지 않아도 됐다. 수렵관리부가 관리해야 하는 전리품으로서 멋진 뿔도 없었고, 무리에서 쫓겨난 것으로 보아 더는 번식 활동에 쓸모가 없어졌다. 메리는 임팔라 어깨를 조준해 멋지게 맞췄다. 차로는 메리가 너무 자랑스러웠고 100분의 1초 만에 율법에 따라 합법적으로 도축할 수 있었다. 지금까지 메리의 사격 실력은 하느님의 손에 달려있다고 여겨졌고 우리는 믿는 신이 달랐기 때문에, 차로는 이번 사냥은 자신의 신 덕분이라고 생각했다. 팝, G.C.와 나는 메리가 완벽한 자세로 총을 쏘면서 엉뚱하지만 멋지게 맞추는 것을 본 적 있었다. 이번에는 차로 차례였다.

차로가 말했다. "멤사히브 피가 음주리 사나Memsahib piga mzuri sana(부인 아주 잘 쐈어'요)."

"음주리, 음주리." 응구이가 메리에게 말했다.

메리가 답했다. "고마워요. 이번이 3마리 째네요." 메리가 나에게 말했다. "아주 행복하고 자신감이 생겼어요. 사격은 참 신기해요, 안 그래요?"

나는 어떻게 신기한가에 대해 생각하다가 대답하는 걸 잊었다.

"동물을 죽이는 건 사악한 일이에요. 하지만 캠프에서 맛있는 고기를 먹는다는 건 좋아요. 언제부터 고기가 사람들에게 그토록 중요해졌을까요?"

"항상 중요했었죠. 아주 오래전부터 가장 중요한 것 중 하나였어요. 아프리카 사람들은 고기를 갈망했어요. 하지만 남아프리카에서 네덜란드인 방식으로 사냥감을 죽였다면, 한 마리도 남지 않았을 거예요."

"하지만 우리가 원주민들을 생각해서 사냥감을 보호하는 거예요? 우리는 정말 누구를 위해서 사냥감을 신경 쓰는 거죠?"

"동물들을 위해서요. 그리고 수렵관리국은 돈을 벌고 백인들은 사냥하고 마사이족들은 부가 수입을 얻기 위해서요."

"동물들 때문에 보호하는 건 좋아요. 하지만 나머지는 별로에요."

"여러 상황이 뒤죽박죽 엉켜있는 거예요. 여기보다 더 복잡하게 엉켜있는 곳 본 적 있어요?"

"아뇨. 하지만 당신이랑 당신 사람들도 뒤죽박죽이에요."

"알고 있어요."

"하지만 머릿속으로는 잘 정리되어 있죠?"

"아뇨, 아직은 아니에요. 지금은 그냥 하루하루를 생각할 뿐이에요."

"뭐, 어쨌든 좋아요. 그리고 결국 우리는 아프리카의 질서를 위해서 여기에 온 건 아니니까."

"맞아요. 우리는 사진도 찍고 사진 밑에다 설명을 쓰고, 즐기고 배울 수 있는 건 배우러 왔죠."

"하지만 우리도 뒤죽박죽이 됐어요."

"알아요. 하지만 재밌잖아요?"

"이보다 더 행복할 순 없죠."

응구이는 발걸음을 멈추고 길 오른쪽을 가리켰다. "심바(사자다)."

큰 발자국이 있었고, 믿기 힘들 정도로 컸다.

왼쪽 뒷발에 오래된 상처가 선명하게 남아있었다. 메리가 수컷을 쐈을 때 그 녀석은 평온하게 길을 건너고 있었다. 그리고 덤불이 있는 곳으로 가버렸다.

"그 사자예요." 응구이가 말했다. 틀림없었다. 운이 좋았다면 길에서 만날 수도 있었다. 하지만 그 녀석은 조심스럽게 우리를 지나쳐 갔을 것이다. 매우 영리하고 느긋한 사자였다. 해는 거의 다 저물었고, 구름도 껴서 5분 뒤에는 어두워져서 총을 쏠 수가 없을 것이다.

"이제 상황이 그렇게 복잡하지 않네요." 메리가 무척 기쁘게 말했다.

나는 응구이에게 말했다. "캠프로 가서 차를 가져와. 돌아가서 차로가 고기 손질하는 걸 기다릴 거야."

그날 밤 우리는 각자의 침대로 가 잠들기 전에 사자 포효 소리를 들었다. 그 녀석은 캠프 북쪽에 있었고, 포효 소리는 처음에는 낮게 들리다가 점점 커졌다가 마지막에는 한숨으로 끝났다.

"당신한테 갈래요." 메리가 말했다.

우리는 어두운 모기장 안에서 함께 누웠고, 난 메리를 팔로 안았다. 사자의 포효 소리가 다시 들렸다.

메리가 말했다. "틀림없이 그 사자예요. 우리가 함께 침대에 누워 사자 소리를 들을 수 있어서 다행이에요."

그 사자는 북서쪽으로 이동하면서 으르렁거리다가 포효했다.

"암사자를 부르는 걸까요 아니면 화가 난 걸까요? 정말 뭐 하는 걸까요?"

"모르겠는데요, 여보. 땅이 축축해서 화난 게 아닐까요?"

"하지만 땅이 말랐을 때도, 우리가 덤불에서 그 녀석을 추적할 때도 포효했어요"

"농담이에요, 여보. 저 녀석 포효 소리를 들을 뿐이지. 사자가 모습을 드러내면 볼 수 있겠죠. 내일 저 녀석이 어디를 헤집어 놨는지 확인할 수 있을 거예요."

"농담거리로 삼기에는 덩치가 커요."

"당신을 응원하는 거니까 농담해도 되요. 내가 저 녀석 때문에 불안하게 있기를 바라는 거 아니죠?"

"소리나 잘 들어요."

우리는 함께 누워서 포효 소리에 귀 기울였다. 야생 사자의 포효소리를 말로 이루 다 말할 수 없다. 그저 사지 포효 소리를 들었다고만 할 뿐이다. MGM Metro Goldwyn Mayer(메트로 골드윈 메이어) 영화사의 영화 첫 화면에서 사자가 내는 소리와는 전혀 달랐다. 그 소리를 들으면, 먼저 음낭에서 느껴지고, 온몸으로 퍼져나가는 느낌이다.

메리가 말했다. "소리를 듣고 있으니까 공허해지네요. 정말 밤의 제왕이네요."

우리는 귀를 기울였고, 계속 북서쪽으로 이동 중인 사자는 다시 포효했다. 이번에는 포효 소리가 기침으로 끝났다.

난 메리에게 말했다. "저 녀석이 사냥감을 잡아줬으면 좋겠네요. 사자 생각 너무 많이 하지 말고 푹 자요."

"생각해야 하고 생각하고 싶어요. 내 사자고, 난 내 사자를 사랑하고 존중해요. 그리고 잡아야만 해요. 당신과 우리 사람들 빼면 무엇보다는 중요한 존재예요. 당신은 어떤 의미인지 알잖아요."

"너무도 잘 알죠. 하지만 잠은 자야죠. 어쩌면 저 녀석은 당신을 못 자게 하려고 포효하는 건지도 몰라요."

"그럼 깨어있죠, 뭐. 내가 저 사자를 죽일 테니까, 날 못 자게 할 권리가 있어요. 난 저 사자가 하는 모든 행동과 저 사자에 관한 모든 게 좋아요."

"하지만 조금이라도 자 둬요, 여보. 저 녀석도 당신이 안 자는 걸 좋아하지 않을걸요."

"저 사자는 날 전혀 신경 안 써요. 난 저 사자가 신경 쓰이고 그래서 죽이려는 거예요. 내 말 이해하죠?"

"이해하죠. 하지만 그래도 이제는 좀 자요, 내 사랑. 내일 아침에 사냥을 시작할 테니까."

"잘게요. 그런데 한 번만 더 듣고요."

메리는 매우 졸려 보였고, 전쟁에서 나쁜 놈들과 어울리기 전까지는 어떤 것도 죽이고 싶지 않다고 평생을 살아온 이 여자가 이미 너무 오랫동안 계속 사자를 사냥해 왔는데, 전문가가 도와주지 않는다면 정상적인 거래나 일이 아니었는데, 지금, 이 순간에는 분명 심각했다. 사자는 다시 포효했고 세 번 헛기침했다. 기침 소리가 그 녀석이 서 있는 곳에서 텐트까지 직접 울려 퍼졌다.

메리가 말했다. "이제 잘게요. 기침은 안 했으면 좋겠는데. 사자도 감기에 걸릴까요?"

"모르겠는데요, 여보. 이제 푹 잘 수 있죠?"

"이미 잠들었다고요. 하지만 내가 아무리 깊이 자고 있어도 해뜨기 전에 꼭 깨워줘요. 약속해 줄 거죠?"

"약속해요." 그러고 메리는 잠들었고, 나는 텐트 벽을 등 뒤로 하고 누웠다. 그녀가 곤하게 자고 내 왼쪽 팔이 저리기 시작했을 때 팔을 뺐다. 그녀는 기분 좋게 자고 있었다. 난 침대 한쪽에 자리 잡고는 사자 소리를 들었다. 녀석은 조용하게 있다가 새벽 3시에 먹잇감을 잡았다. 그리고 하이에나들이 떠들기 시작했고, 사자는 잡은 먹잇감을 먹으면서 가끔 거친 소리를 냈다. 암사자들 소리는 나지 않았다. 내가 아는 암놈은 곧 새끼를 낳을 예정이라서 저 녀석에게 관심이 없었고, 다른 한 마리는 암놈의 친구였다. 해가 뜬다 해도 그 사자를 찾기에는 아직 주변이 젖어 있었다. 하지만 기회는 늘 있는 법이다.

6

동이 트기도 전에 음윈디를 차를 들고 와서 우리를 깨웠다. 그는 "호디Hodi(실례합니다)."라고 말하고 텐트 밖에 있는 탁자에 차를 두었다. 난 메리에게 차 한 잔을 주고 밖에서 옷을 갈아입었다. 날이 흐려서 별이 보이지 않았다.

차로와 응구이는 날이 어둡지만, 총과 탄창을 챙기러 왔고, 나는 차를 들고는 식당 텐트에서 일하는 남자아이가 모닥불을 피우는 곳에 놓인 탁자로 갔다. 메리는 세수를 하고 옷을 챙겨 입었지만, 비몽사몽이었다. 난 코끼리 두개골과 세 개의 커다란 덤불 너머에 탁 트인 곳으로 갔는데, 발밑의 땅은 여전히 축축했다. 밤사이에 물기가 말랐고, 그 전날보다도 훨씬 더 많이 마른 상태였다. 하지만 사자가 먹잇감을 잡았다고 생각되는 곳까지는 차를 몰고 갈 수 있겠지만, 그곳부터 늪지대 사이 땅은 너무 질척거릴 거라는 생각이 확실히 들었다.

늪이라고 부르기에는 맞지 않았다. 실제 폭 2.4km에 길이 6.4km의 파피루스 늪이 있고, 그곳에 많은 물이 흐른다. 하지만 우리가 늪이라고 부르는 곳은 늪을 둘러싸고 있는 큰 숲도 포함된다. 많은 나무가 비교적 높은 지대에 자랐고 몇몇 나무는 무척 아름다웠다. 나무들은 진짜 늪 주위를 띠처럼 에워 샀는데, 코끼리가 먹이를 먹는다고 몇 그루를 뽑아버려서 지나갈 수가 없었다. 이 숲에는 코뿔소 몇 마리가 살았고, 지금은 거의 항상 코끼리 몇 마리가 보였고, 때로는 무리로 다녔다. 버펄로 때도 있었다. 표범들은 숲속 깊은 곳에서 살다가 먹잇감을 찾으러 나왔고, 먹잇감을 찾아 평원지대로 내려온 사자도 이곳에서 은신했다.

키 큰 나무가 쓰러져 있는 이 숲은 북쪽 평평한 소금 평원salt flat(바닷물의 증발로 침전된 염분으로 뒤덮인 평지)과 드문드문 있는 화산암 지대와 인접한 수목이 우거지고 아름다운 평원의 서쪽 경계로 우리가 지내는 곳과 출루 고원 사이에 있는 또 다른 큰 습지로 이어졌다. 동쪽에는 게레누크들이 사는 작은 사막이 있었고, 그보다 더 동쪽에는 드문드문 덤불이 무성한 언덕들이 킬리만자로 산허리로 이어졌다. 간단한 지형은 아니었지만, 지도나 평원이나 숲 한가운데에서 보면 그렇게 보였다.

그 사자의 습성은 밤에 평원이나 빈터에서 먹잇감을 잡아먹고 나서 숲으로 물러나는 것이었다. 우리의 계획은 그 녀석이 사냥하는 장소를 찾아 몰래 접근하거나, 운이 좋다면 그 녀석이 숲으로 가는 길에서 낚아채 잡는 것이었다. 만약 방심하고 숲으로 가지 않는다면, 뒤따라가서 그 사자가 물을 마시고 널브러져 있는 곳에서 잡으면 된다.

메리가 옷을 입고 풀밭을 가로질러 초록색 캔버스로 된 화장실 텐트가 숨겨져 있는 숲으로 가는 동안, 난 사자를 생각하고 있었다. 성공 가능성이 조금이라도 있다면 잡아야 한다. 메리는 사격을 잘했고 자신감이 넘쳤다. 하지만 만약 사자를 놀라게 하거나 메리의 키 때문에 그 녀석이 보이지 않는 키 큰 풀밭이나 잘 보이는 않는 곳으로 사자가 숨어버린다면, 우리는 그 녀석이 방심하도록 내버려 둬야 한다. 나는 그 사자가 먹이를 먹고 평원의 진흙바닥 웅덩이에 남아있는 물을 마시고 나서 덤불이나 숲에서 잠을 자기를 바랐다.

차는 준비됐고, 음투카가 운전대를 잡았다. 메리가 돌아왔을 때 나는 모든 총을 점검했다. 이제 동이 텄지만, 총을 쏘기에는 아직 무리였다. 산 경사면에는 여전히 구름이 짙게 깔렸고 햇살이 점차 강하게 비치고 있지만 해는 보이지 않았다. 조준경으로 코끼리 두개골을 봤는데, 총을 쏘기에는 아직 너무 어두웠다. 차로와 응구이는 매우 진지했고 예를 갖췄다.

난 메리에게 말했다. "기분 어때요, 여보?"

"당연히 최고죠."

"안약은 넣었어요?"

"그럼요. 당신은요?"

"넣었죠. 조금 더 밝아질 때까지 기다려요."

"충분히 밝을 거 같은데."

"내가 보기에는 아니에요."

"당신 눈 검사 좀 해봐요."

"아침 식사 때는 돌아올 거라고 캠프 사람들에게 말해뒀어요."

"그렇게 일찍 돌아오면 머리 아플 거 같은데요."

"저기 뒤쪽 상자에 두통약 챙겨뒀어요."

"차로가 내가 쓸 탄약 충분히 챙겼데요?"

"직접 물어봐요."

메리가 차로에게 물었고, 그는 "밍기 리사시Mingi Risasi(많아요 총알)"라고 답했다.

난 메리에게 말했다. "오른쪽 소매 걷어 올리는 거 어때요. 말해달라고 했잖아요"

"그렇게 기분 나쁘게 말해달라고 한 적 없는데요."

"나말고 사자한테 화내요."

"사자한테는 화 안 나는데요. 이제 충분히 밝지 않아요?"

난 음투카에게 말했다. "크웬다 나 심바Kwenda na Simba(사자 잡으러 가자)." 그리고 응구이게 말했다. "뒤에서 망을 봐."

우리는 출발했다. 나는 문 일부를 도려낸 곳 밖으로 양쪽 부츠를 내밀었다. 산에서 차가운 바람이 불어왔고, 총의 감촉도 좋았다. 큰 노란색 집광 유리로 봐도, 안전하게 사격을 할 만큼 밝지 않았다. 하지만 목적지까지 20분 거리였고 빛은 매 순간 밝아지고 있었다.

"밝아지고 있네요."

"그러게요." 메리가 말했다. 난 주위를 둘러봤다. 메리는 매우 고상한 자세로 앉아 껌을 씹고 있었다.

우리는 임시 활주로를 지나 계속 달렸다. 사방에 사냥감이 있었고 새로 난 풀들은 전날 아침보다 조금 더 자란 듯 보였다. 하얀 꽃도 피어서 온 들판을 하얗게 뒤덮었다. 여전히 물이 고여있는 곳이 있어서 음투카에서 웅덩이를 피해 왼쪽으로 가라고 손짓을 했다. 꽃이 핀 들판은 미끄러웠다. 빛은 점점 밝아졌다.

숲 두 곳을 지나자 음투카는 나무 두 그루에 앉아있는 많은 독수리를 보고 가리켰다. 독수리가 아직 나무에 있다면, 사자는 아직 먹잇감을 먹고 있다는 뜻이었다. 응구이는 손바닥으로 차 위를 두드렸고, 우리는 차를 세웠다. 응구이가 훨씬 더 키가 큰데, 음투카가 먼저 독수리를 보다니 이상했다. 응구이는 땅에 발을 딛고 차 그림자 밖으로 나가지 않도록 몸을 웅크린 채 다가왔다. 그는 내 발을 잡고 왼쪽에 있는 우거진 숲을 가리켰다.

검은 갈기에 몸도 검은색에 가까운 커다란 사자가 머리와 어깨를 흔들며 키 큰 풀숲을 향해 빠르게 걷고 있었다.

"저 녀석 보여요?" 난 메리에게 조심히 물었다.

"보여요."

풀숲에 들어간 사자는 이제 머리와 어깨만 보였다가, 곧 머리만 보였다. 풀이 흔들리다가 멈췄다. 분명 차 소리를 들었거나 일찍 숲으로 가는 길에 우리를 보았을 것이다.

난 메리에게 말했다. "여기서 쫓아가봤자 소용없어요."

"나도 알아요. 우리가 조금만 더 일찍 출발했다면, 제대로 볼 수 있었을 텐데."

"총을 쏘기에는 어두웠어요. 당신이 그 녀석에게 상처를 입혔으면, 난 저기로 저 녀석을 따라갈 수밖에 없었을 거예요."

"따라가야 했어요."

"빌어먹을."

"그럼 어떻게 잡자는 거예요?" 메리는 화가 났지만, 잡을 기회를 놓쳐서 화가 난 것이고, 다친 사자를 따라 자신의 키보다 큰 풀숲으로 들어가고 싶다고 요구할 정도로 아둔하지는 않았다.

"우리가 저 녀석의 먹잇감 쪽으로 가지 않고 차를 몰고 가는 것을 보면 방심할 거예요." 나는 말을 끊고 지시했다. "응구이, 차에 타. 얼룽 타, 음투카." 응구이는 내 옆에 앉았으며, 차는 천천히 달렸고, 나의 친구이자 형제인 두 사람은 나무에 앉아있는 독수리를 바라봤다. 난 메리에게 말했다. "팝이라면 어떻게 했을 거 같아요? 나무가 넘어져 있고 풀숲은 키가 커서 당신은 잘 볼 수가 없는데도 쫓아갔을까요? 어쩌자는 거예요? 사자를 잡고 싶기는 해요? 아니면 당신이 잡히고 싶은 거예요?"

"그렇게 소리 지르면 차로가 당황해요."

"이게 소리 지른 거예요?"

"가끔 자기 목소리를 들어봐요."

"이것 봐요." 난 소곤소곤 말했다.

"그렇게 말하지도 말고 소곤소곤 말하지도 말아요. 만약 일이 다쳤을 때 결단을 하라고 말하지도 말고요."

"당신 때문에 가끔 사자 사냥이 즐거워요. 지금까지는 당신을 배신한 적 있는 사람이 몇 명 있어요?"

"팝과 당신이요. 그리고 다른 사람이 있는데 기억 안 나요. G.C.도 그랬을걸요. 그렇게 모든 것을 다 아는 사자 사냥 장군님, 사자가 먹잇감을 떠났는데도 왜 독수리들이 내려오지 않죠?"

"암사자 한두 마리가 아직 사냥 중이거나 근처에 있어서겠죠?"

"우리 보러 가지 않을래요?"

"겁먹지 않게 멀리서부터 봐야 해요. 그래야 그 녀석들 전부 방심을 하게 되니까."

"'그 녀석이 방심해야 해요.' 이런 말 이제 짜증이 나려고 해요. 다른 생각이 나지 않으면 말이라도 좀 다르게 해봐요."

"여보, 이 사자를 사냥하러 다닌 지 얼마나 됐죠?"

"오랫동안 쫓은 거 같은데요. 3개월 전에 당신이랑 G.C.가 허락만 해줬다면 잡았을 수 있었을 텐데. 좋은 기회였는데 당신들 때문에 못 잡았잖아요."

"그 사자가 당신이 쫓던 이 사자인지 몰랐으니까요. 가뭄이 일어난 암보셀리Amboseli 국립공원에서 온 녀석일 수도 있었어요. G.C.도 양심은 있어요."

"두 사람 다 약에 미친 불량배 같은 양심은 있죠. 그래서 언제 암사자를 보러 갈 거예요?"

"이 길 따라 당신 오른쪽 45도 방향으로 300m 정도 떨어진 곳에 암사자가 있어요."

"풍력은요?"

"2정도 되요. 당신도 조금은 사자에 미친 괴짜예요."

"누가 더 그럴 권리가 있다고 생각해요? 물론 나예요. 하지만 난 사자에 대해서는 진지하다고요."

"나도 그래요, 정말로요. 그리고 말을 안 한다 해도 당신만큼 사자를 신경 쓴다고요."

"당신은 충분히 이야기했어요. 걱정하지 말아요. 하지만 당신이랑 G.C.는 양심의 가책을 느끼는 한 쌍의 살인자라고요. 사형을 선고하고 형을 집행하잖아요. 그리고 G.C.는 당신보다 훨씬 더 양심적이고 G.C.의 사람들도 제대로 훈련받았어요."

나는 음투카의 허벅다리를 쳤고, 그는 차를 세웠다. "여보, 먹다 남은 얼룩말과 암사자 2마리가 있네요. 이제 화해하죠?"

"난 화난 적 없어요. 당신이 오해한 거지. 쌍안경 좀 줄래요?"

난 고성능 쌍안경을 건넸고, 메리는 그것으로 암사자 2마리를 봤다. 새끼가 있는 암사자 한 마리는 덩치가 매우 커서 갈기가 없는 수사자 같았다. 다른 암사자는 큰 암사자의 다 큰 새끼거나 헌신적인 친구일 것이다. 두 마리 모두 덤불 그늘에 누워있었다. 한 마리는 차분하고 기품 있었고 살집이 올랐으며, 황갈색 턱은 피가 묻어서 검붉었다. 다른 한 마리는 젊고 유연했고 턱 주위가 피로 검붉었다. 얼마 남지 않은 얼룩말 고기를 지키고 있었다. 내가 밤에 들었던 소리로는 암사자들이 수사자를 위해 사냥을 한 건지 수사자가 잡아서 암사자들이 왔는지 알 수 없었다.

독수리들은 작은 나무와 큰 나무에 아주 많이 앉아있었는데 100마리 정도 되어 보였다. 독수리들은 묵직했고, 어깨에 힘을 주고 날 준비가 되었지만, 땅바닥에 남아있는 얼룩말 목과 고기 근처에 암사자들 너무 가까이 있었다. 덤불 가장자리에서 여우처럼 말쑥하고 잘생긴 자칼 한 마리가 보였고, 곧 다른 자칼 한 마리가 보였다. 하이에나는 보이지 않았다.

"암사자들 겁주면 안 돼요. 근처에 안 가는 게 좋겠어요."

메리가 이제 화를 내지 않았다. 암사자를 보는 것은 언제나 흥분되는 일이었고 그래서 그녀는 기분이 좋았다. "암사자들이 잡았을까? 그 사자가 잡았을까요?"

"그 녀석이 잡고 싶은 걸 잡아먹고 나서야, 암사자들이 왔을 거예요."

"독수리들은 밤에 내려올까요?"

"아뇨."

"진짜 많은데요. 저기 날개를 펴서 말리는 것 보세요. 미국에 사는 대머리독수리랑 비슷해요."

"왕실 보호종이 되기에는 너무 추하게 생겼어요. 우역牛疫(바이러스에 의해 발생하는 소의 전염병)이나 다른 질병에 걸렸을 때 배설물로 병을 퍼트리는데 말이죠. 이 지역에 정말 독수리가 너무 많아요. 곤충과 하이에나와 자칼은 이곳에서 남은 사냥감 처리를 했고, 하이에나는 쇠약하거나 너무 나이 든 동물을 죽여서 그 자리에서 먹어치워서 주변에 병을 퍼뜨리지 않아요."

휴식을 취하고 있는 암사자와 여러 나무에 소름 끼칠 정도로 빼곡하게 앉아있는 독수리를 보면서 나는 말이 많아졌다. 우리는 다시 화해했고, 하루 정도는 사랑하는 메리와 그 사자 문제로 싸우지 않았으면 했다. 또한, 독수리가 싫었는데 청소부로서 독수리의 진정한 효용성이 과대평가되었다고 생각했다. 누군가 독수리들을 아프리카의 훌륭한 청소부로 정하고 왕실 보호종으로 지정해서 개체 수를 줄일 수도 없었고, 질병을 퍼트리는 그들의 역할은 왕실 보호종이라는 마법의 단어와 맞지 않았다. 캄바족은 매우 우습다고 생각했고, 우리는 늘 왕의 새라고 불렀다.

남은 얼룩말 고기를 내려다보면서 나무에 앉아있는 독수리들은 우습다기보다는 꼴불견으로 보였고, 덩치가 큰 암사자가 하품하며 일어나서 다시 고기를 먹으려고 하자마자 큰 독수리 두 마리가 날아들었다. 어린 암사자는 꼬리를 한 번 흔들더니 독수리를 향해 덤벼들었고, 독수리들이 날아오르면서 무거운 날갯짓을 하자 그 암사자는 새끼 고양이가 때리듯이 앞발로 공격했다. 그 암사자는 큰 암사자 옆에 누워 고기를 먹기 시작했고, 독수리들은 계속 나무에 앉아있었지만, 고기와 가장 가까운 곳에 있는 녀석들은 굶주림에 거의 날개가 들썩거렸다.

암사자들이 남은 고기를 다 먹는 데 오래 걸리지 않을 것이다. 난 메리에게 저 녀석들이 계속 먹이를 먹게 두고 못 본 척하고 차 타고 떠나자고 했다. 우리 앞에서 작은 얼룩말 무리가 있었고, 그 너머에는 영양들과 얼룩말이 더 있었다.

메리가 말했다. "암사자들 구경하고 싶지만, 내버려 두는 게 더 낫다고 하면, 조금 더 가서 소금 평원을 봐요. 버펄로를 볼 수 있을지도 몰라요."

그래서 소금 평원 가장자리까지 갔지만, 버펄로의 발자국도, 버펄로도 보이지 않았다. 평원은 여전히 너무 젖어 있어서 차가 다니기에는 미끄러웠으며 동쪽 지역도 마찬가지였다. 소금 평원 가장자리에서 암사자들 발자국을 발견했는데, 먹잇감 방향으로 향해 있었다. 새로 생긴 발자국으로 언제 먹잇감을 잡았는지는 알 수 없었다. 하지만 난 먹잇감을 잡은 건 틀림없이 그 사자며, 응구이와 차로도 동의했다. 메리가 말했다. "우리가 왔던 길로 되돌아가면, 그 사자는 자동차를 보는 데 익숙해지지 않을까요? 두통은 없지만, 아침을 먹으면 좋을 거 같아요."

내가 기다렸던 말이었다.

"우리가 아예 쏘지 않으면…." 난 그 녀석이 방심할 것이라고 말했을 거라서 말을 하다 말았다.

"그러면 그 사자는 그냥 자동차가 왔다 갔다 하는 것으로 생각할 거예요." 메리가 나 대신 말을 이었다. "우리 맛있는 아침 먹어요. 난 하는 편지를 써야겠어요. 우리는 인내심을 가지고 얌전하게 기다려요."

"당신은 얌전해요."

"관광객인척하며 캠프로 돌아가고 멋진 푸르른 평원을 봐요. 아침 식사를 생각하니 벌써 기분이 좋네요."

하지만 우리가 아침을 먹으러 캠프로 돌아갔을 때, 진흙투성이의 랜드로버를 타고 와서 우리는 기다리고 있는 젊은 경찰이 있었다. 차는 나무 밑에 있었고, 두 명의 경비병이 텐트촌 뒤에 있었다. 우리가 모습을 나타내자 그 경찰은 차에서 내렸고, 그의 얼굴에는 큰 걱정과 책임감에 주름살이 졌다.

그가 말했다. "안녕하세요, 브와나. 안녕하세요, 멤사히브. 일찍 순찰하셨네요."

내가 물었다. "아침 좀 먹겠어?"

"폐를 끼치는 게 아니라면요. 뭐 재미난 일이라도 있나요, 총독님?"

"그냥 둘러본 거야. 경찰서에 무슨 일은 없고?"

"그놈들을 잡았어요, 총독님. 반대편에서 붙잡았데요. 나망가Namanga(탄자니아-케냐 국경으로 나누어진 마을)에서도. 총독님 사람들에게 전해주세요."

"쉽게 잡혔어?"

"아직 자세히는 몰라요."

"여기서 한판 못 붙어서 아쉽군."

메리는 나에게 경고하는 눈빛을 보냈다. 그 젊은 경찰이 아침을 함께 먹는 게 탐탁지 않았지만, 그가 외로운 사람이라는 것을 알았다. 그녀는 멍청이들을 견디지 못했지만, 그 경찰이 진흙투성이가 된 차를 타고 와서 기진맥진한 모습을 봤기에 친절히 대했다.

"그랬다면 저에게 굉장한 의미였을 거예요. 총독임, 우리는 거의 완벽한 계획을 세웠었죠. 아마도 완벽했을 거예요. 내가 단 하나 걱정하는 건 여기 계시는 멤사히브에요. 이런 말씀을 드려서 죄송하지만, 이건 여자분이 할 일이 아니에요."

메리가 말했다. "난 계획에 전혀 없었을 건데요. 콩팥이랑 베이컨 좀 먹을래요?"

경찰이 말했다. "아뇨, 계획에 있었어요. 멤사히브는 전위 부대의 일원이었어요. 제 보고서에는 그렇게 적혀있어요. 공문서 내용과는 다를 수 있지만요. 케냐에서 싸운 사람은 자랑스러워할 거예요."

"싸움이 끝나고 나면 사람들은 보통 지루해하던데요"

"싸움을 하지 않았던 사람들한테나 그렇죠. 싸우는 남자와 실례지만 싸우는 여자들은 뭔가 공통점이 있어요."

"맥주 좀 마셔. 우리가 다시 싸우게 될지에 대한 정보가 있나?"

"총독님. 그런 정보가 있으면 누구보다 먼저 알려드릴게요."

"자네는 우리한테 참 친절해. 하지만 모두에게 그 정도면 충분한 영광인거 같은데?"

"분명 그렇죠. 어떤 면에서 우리는 대영제국의 최후의 건축업자예요. 어떤 면에서 우리는 세실 로즈Cecil Rhodes(아프리카 식민지화를 주도한 영국 기업가)와 데이빗 리빙스턴David Livingstone(19세기 영국 선교사이자 남아프리카 탐험가)과 같은 사람이죠."

"어떤 면에서는 그렇지."

그날 오후 나는 샴바로 갔다. 해가 산에 낀 구름에 가려서 추웠고, 높은 곳에서 강풍이 불어 왔는데, 우리에게 내렸던 비는 이제 눈이 되었을 것이다. 샴바는 해발 1800m이었고, 산은 5800m 이상이었다. 폭설이 내릴 때 갑자기 불어 닥치는 찬바람은 고지대에 사는 사람들에게는 고통스러운 일이었다. 더 높은 산기슭에 지어진 집들은 오두막이라고 하지 않는데, 바람을 막기 위해 언덕과 언덕 사이에 지어졌다. 하지만 이곳 샴바는 바람을 정통으로 맞았고, 오후에는 아직 얼지 않은 분뇨 냄새가 진동하고 혹독히 추웠으며, 새와 짐승 모두 바람이 불지 않는 곳으로 갔다.

메리가 나의 장인이라고 부르는 그 남자는 기침 감기가 심했고 류머티즘 때문에 등이 아프다고 했다. 난 그 남자에게 약을 주고, 슬론 연고를 발라줬다. 우리 캄바족 중 누구도 그를 데바의 아버지로 여기지 않았지만 부족법과 관습에 따라 아버지가 맞기에 난 그 남자를 존경할 수밖에 없었다. 우리는 그의 딸이 지켜보는 가운데 집 안에 바람이 닿지 않는 곳에서 그를 치료했다. 그녀는 조카를 업고 있었고, 내가 지난번에 준 고급 모직 스웨터를 입고 내 친구한테서 받은 낚시 모자를 쓰고 있었다. 내 친구는 모자 앞면에 내 이름 머리글자를 자수로 새겨 달라고 주문했는데, 우리 모두에게 의미가 있었다. 그녀가 그 모자를 달라고 하기 전까지 그 머리글자가 늘 부끄러웠다. 모직 스웨터 밑에는 라이토키톡에서 산 드레스를 받쳐 입었는데 단벌이라서 세탁을 너무 많이 했다. 조카를 안고 있는 그녀에게 내가 말을 거는 건 올바른 예의가 아니었고, 엄밀히 말해서 그녀의 아버지가 치료받는 모습을 봐서는 안 됐다. 이 상황에서 그녀는 줄곧 눈을 내리깔고 있었다.

'미래의 장인'이라는 뜻의 이름으로 알려진 그 남자는 쓰라린 슬론 연고를 잘 견디지 못했다. 슬론 연고를 잘 알고 이 샴바의 남자들은 싫어했던 응구이는 나보고 그 연고를 발라주길 바랐고, 한 번은 바르지 말아야 할 곳에 몇 방울 떨어트리라고 신호를 보냈다. 양쪽 뺨에 부족 상흔이 멋지게 있었던 음투카는 귀는 먹었지만, 아무짝에도 쓸모없는 캄바족 남자가 괴로워하는 모습을 보면서 무척 즐거워했다. 난 양심에 따라 슬론 연고를 발랐기 때문에 그 남자의 딸을 포함해서 모두가 실망하고 흥미를 잃었다.

우리가 떠날 때, 그 딸에게 난 "잠보, 투."라고 말했다, 그녀는 시선을 내린 채 가슴을 내밀고는 "노 아이 헤메디오."라고 했다.

우리는 차에 올라탔지만, 누구도 손을 흔들며 인사하지 않았다. 추위 때문에 형식적인 말만 주고받았다. 너무 춥고 격식도 너무 차려서, 우리 모두 그토록 비참한 샴바를 보는 것이 불편했다.

내가 물었다. "응구이, 어째서 이 샴바 남자들은 그렇게 한심스럽고, 여자들은 그렇게 멋지지?"

"훌륭한 남자들은 이 샴바를 그냥 지나쳐 갔으니까요. 이곳은 이전에 남쪽으로 가는 길목이었어요. 새로운 경로가 생기기 전까지는요."

"우리가 이 샴바를 정복해야 한다고 생각해?"

"네. 주인님과 저와 음투카와 젊은이들이요."

우리는 실제 현실을 초월한 현실에 의해 지켜지고 견고해진 비현실적인 아프리카 세계로 들어가고 있었다. 그것은 도피의 세계도 백일몽의 세계도 아니었다. 현실의 비현실적인 면이 만들어진 무자비한 현실 세계였다. 분명 코뿔소가 있을 수 없는 곳인데 코뿔소가 있고 우리는 매일 본다면, 무슨 일이든 가능했다. 만약 나와 응구이가 코뿔소에게 말을 걸 수 있고, 코뿔소는 놀라서 믿기지는 않지만 코뿔소 말로 능숙하게 대답할 수 있다면, 난 코뿔소를 스페인어로 악담을 할 수 있을 것이고 그러면 코뿔소는 모욕감을 느껴서 도망갈 것이다. 그렇다면 비현실적인 세계는 현실적 세계에 비해서 합리적이고 논리적이다. 스페인어는 메리와 내가 쓰는 부족 말이며, 우리가 지냈던 쿠바에서 쓴 말이자 만능 언어로 여겨졌다. 우리에게는 우리만 쓰는 비밀 부족 언어가 있다는 것도 사람들은 알았다. 우리는 피부색과 상호 이해적인 면을 빼고는 영국과 어떤 공통점도 없어야 했다. 반면 우리와 함께 있었던 마이토 메노칼Mayito Menocal는 크게 존경받았는데, 깊은 목소리에 특유의 향기를 풍기면서 예의 바르게 행동했고, 아프리카에 도착했을 때 스페인어와 스와힐리어 전부 다 잘 구사했기 때문이다. 사람들은 그가 가진 흉터를 우러러 봤는데, 강한 쿠바 카마구에이 Camagüey(쿠바 중부에 있는 주) 지역 억양으로 스와힐리어를 말하고 황소와 닮은 그의 모습을 정말 거의 숭배했다.

나는 그를 위대한 왕이 있던 시대에 어느 나라 왕의 아들이라고 설명했고, 그가 비옥한 수천 제곱미터의 땅을 소유하고 있으며 소 몇 마리가 있고 설탕을 얼마나 생산하는지 대해 내가 아는 만큼 이야기해 줬다. 설탕은 캄바족이 고기 다음으로 보편적으로 찾는 음식이었고, 팝은 케이티에게 나의 이런 이야기가 사실이라고 뒷받침해 주었고, 마이토는 자신이 무슨 말을 하는지 정확히 알았고, 말할 때 사자와 매우 유사한 목소리로 말했으며, 성실한 목동으로서 부당하거나 무례하거나 남을 얕잡아보거나 허풍을 떨지 않았기에 정말 많은 사랑을 받았다. 마이토가 아프리카에 있는 동안 난 그에 대해서 단 한 가지 거짓말을 했는데, 그의 아내에 관한 것이었다.

마이토를 진심으로 숭배했던 음윈디는 그에게 부인이 몇 명 있는지 나에게 솔직하게 물었다. 모두가 궁금해했지만, 팝한테서 들을 수 있는 이야기는 아니었다. 므윈디는 우울했고, 마이토의 부인이 몇 명인지에 대한 이야기가 있었던 게 분명했다. 난 므윈디가 어느 편을 들었는지 몰랐지만, 분명 해결하라고 부탁받은 질문이었다.

나는 그 묘한 질문을 골똘히 생각한 후에 말했다. "그 사람 나라에서는 아무도 몇 명인지 세려고 하지 않아."

"웅디오." 라고 므윈디가 말했고, 이 말은 연장자로서 적절한 말이었다.

마이토는 사실 부인이 한 명이었다. 정말 아름다운 여성이었다. 음윈디는 여전히 우울한 채로 밖으로 나갔다.

원래 이야기로 돌아와서 샴바, 응구이와 나는 샴바에서 돌아오면서 남자만의 특유의 심심풀이로 절대 일어나지 않을 작전을 계획했다.

"좋아, 샴바를 정복하자고."

"좋아요."

"데바는 누가 차지하지."

"데바는 브와나죠. 약혼녀이니까요."

"알았어. 샴바를 정복하고 나서, K.A.R.King's African Rifles(왕립 아프리카 소총대)이 오면 우리는 어떻게 버티지?"

"마이토에게 군병력을 보내 달라고 부탁하세요."

"마이토는 지금 홍콩에 있다고. 중국에 말이야."

"우리한테 비행기가 있잖아요."

"전투용이 아니야. 마이토 없이 뭘 하지?"

"산으로 가요."

"너무 춥잖아. 지금도 너무 추운데. 샴바도 잃을거야."

"전쟁은 쓸모없어요." 웅구이가 말했다.

"그건 그래." 이제 우리 모두 기분이 좋아졌다. "아니지, 우리는 매일 매일 샴바를 정복하는거야. 하루씩 부대를 이끌고 말이야. 노인들이 자신들이 죽으면 가지게 된다는 믿는 것이 지금 우리한테 있어. 지금 우리는 사냥을 잘해서 맛 좋은 고기를 먹고, 멤사히브가 사자를 잡고 나면 술도 마시고 말이야. 그리고 우리가 살아있는 동안 행복한 사냥터를 만들고 말이야."

음투카는 우리가 말하는 것을 전혀 듣지 못하는 청각 장애인이었다. 그는 완벽하게 작동은 하지만 게이지가 끊어진 자동차와 같았다. 이런 일은 보통 꿈에서만 일어나지만 음투카는 우리 중에서 가장 시력이 좋았고 최고의 황무지 운전자였고, 지각력이 정말 초감각적이었다. 우리가 캠프까지 차를 타고 가서 차를 세웠을 때 웅구이와 나는 그가 우리가 한 말을 전혀 듣지 못했다는 것을 알고는 있었지만, 그는 "그게 훨씬 더 나아요."라고 말했다.

음투카의 눈빛에는 연민과 상냥함이 가득했고, 그가 나보다 더 멋지고 친절한 사람이라는 걸 알았다. 그는 나에게 코담배갑을 내밀었다. 아라프 메이나의 것처럼 이상한 것이 들어가지 않은 평범한 코담배였지만 맛이 아주 좋아서 세 손가락으로 크게 집어서 윗입술 아래에 넣었다.

우리 중 아무도 아직 술을 마시지 않았다. 음투카는 추운 날씨에는 늘 어깨를 구부리는 학처럼 구부정하게 다녔다. 하늘은 잔뜩 흐렸고, 구름은 평원까지 내려왔다. 내가 그에게 코담배갑을 돌려주자 그가 말했다. "와캄바 투Wakamba tu(오직 캄바족뿐)."

우리 두 사람 모두 그걸 알았지만 어떻게 할 수 있는 게 없었다. 그는 자동차를 천으로 덮었고, 난 텐트로 향했다.

"샴바는 괜찮아요?" 메리가 물었다.

"조금 춥고 날씨가 궂었지만, 괜찮아요."

"내가 해 줄 수 있는 일이 있을까요?"

난 참 사랑스러운 여자라고 생각했고 이렇게 말했다. "아뇨. 다 괜찮아요. 미망인에게 구급함을 가져가서 사용법을 가르쳐주려고요. 캄바족 아이들이 눈을 제대로 치료받지 못하는 게 불쌍해서요."

"그건 누구나 불쌍해요."

"아라프 메이나와 이야기 좀 할게요. 목욕물이 준비되면 날 부르라고 음윈디에게 전해줘요."

아라프 메이나는 오늘 밤 그 사자가 먹잇감을 잡지 않을 거라고 생각했다. 난 그에게 오늘 아침에 숲으로 갔을 때 사자의 몸이 상당히 무거워 보였다고 말했다. 암사자들이 사냥할 지 모르지만 그럴 수 있었고, 그 사자가 암사자들과 자리를 함께할 수 있었다. 사자를 잡으려고 내가 먹잇감을 잡아서 묶어 놓거나 나무로 가려놨어야 했냐고 물었고, 그는 그 사자는 너무나 영악한 녀석이라고 했다.

아프리카에서는 시간 대부분을 이야기하면서 보낸다. 사람들이 문맹인 곳인 항상 그랬다. 일단 사냥을 시작하면 한 마디도 하지 않는다. 하지만 우리는 서로를 이해했고 더운 날씨에 혀가 너무 메말랐다. 하지만 저녁에 사냥 계획을 세울 때는 많은 말이 오갔지만, 계획대로 된 적은 참 드물었다. 특히 계획이 복잡할 때는 말이다.

그날 밤 우리 둘 다 잠자리에 들었는데, 그 사자는 우리의 생각이 전부 틀렸다는 걸 증명했다. 우리가 만들어 놓은 활주로가 있는 평원 북쪽에서 그 사자가 포용하는 소리가 들렸다. 그러고는 이따금씩 포효를 하면서 이동했다. 그리고 나서 다른 사자가 여러 번 포효했지만 큰 인상을 남기지 못했다. 그 후 오랫동안 조용했다. 그 후에 하이에나 소리가 들렸을 때, 그 녀석들이 소리 내는 방식이나 낄낄거리며 웃은 소리로 봐서는 분명 어떤 사자가 먹잇감을 잡았다. 그 뒤에 사자들이 싸우는 소리가 들렸지만, 점점 잦아들었고, 하이에나들은 짖어대고 웃기 시작했다.

메리가 무척 졸려하며 말했다. "당신이랑 아라프 메이나는 오늘 밤 조용할 거라고 했잖아요."

"먹잇감을 잡았네ㅇㅅ."

"아침에 두 사람이 서로 이야기해봐요. 난 일찍 일어나려면 자야하니까. 짜증 안 부릴려면 잘 자야한다고요."

7

나는 식탁에 앉아서, 계란, 베이컨, 잼을 바른 토스트를 먹고 커피를 마셨다. 메리는 커피를 두 잔째 마시고 있었고, 무척 기분이 좋아 보였다. "정말 잡을 수 있어요?"

"그럼요."

"하지만 그 사자는 매일 아침 우리보다 한 수 앞서갔고, 앞으로도 그럴 거예요."

"그럴 리 없어요. 하지만 우리가 그 녀석을 조금 더 먼 곳으로 유인하면 실수를 할 테고 그때 당신이 잡으면 돼요."

점심을 먹고 그날 오후, 우리는 개코원숭이 개체 수를 통제했다. 우리는 샴바를 보호하면서 개코원숭이 개체 수를 줄여야 했지만, 숲으로 피신하는 개코원숭이 무리를 넓은 곳에서 총을 쏴서 잡는 다소 어리석은 방법으로 하고 있었다. 개코원숭이를 사랑하는 사람들을 슬프게 하거나 화나게 해서는 안 되기에 자세하게 내용은 생략할 것이다. 우리는 맹수들의 공격을 받지 않았지만, 개코원숭이들에게 다가갔을 때 그 녀석들은 무시무시한 송곳니에 물려 이미 죽어있었다. 역겨운 사체 네 구를 수습해 캠프로 돌아왔을 때 G.C.가 이미 와 있었다.

그는 진흙투성이에 피곤해 보였지만 기분은 좋아 보였다. "안녕하세요. 장군님." 그는 사냥용 차 뒤쪽을 보더니 미소를 지었다. "개코원숭이군요. 두 쌍이네요. 대단한 사냥감이죠. 롤란드 워드에게 박제해 놓으라고 할까요?"

"난 자네와 나를 가운데에 두고 걸려고 했지."

"잘 지내세요, 파파, 메리 양은요?"

"캠프에 없어?"

"없었데요. 차로랑 산책갔다고 하더라고요."

"메리는 잘 지내. 사자 일이 마음에 걸리지만, 사기는 좋아."

"저의 사기는 바닥이에요. 우리 한 잔 마실까요?"

"개코원숭이를 잡고 나서 마시는 술 한 잔 참 좋지."

"대규모로 개코원숭이를 잡게 될 거예요." G.C.는 베레모를 벗고 셔츠 주머니에서 황갈색 봉투를 꺼냈다. "이걸 읽고 우리의 임무를 기억해 두세요."

그는 응구이리를 불러서 마실 것을 가져오라고 했고, 난 업무 명령서를 읽었다.

"합리적이군." 나는 우리와 상관없는 내용과 지도로 확인해야 하는 부분을 건너뛰고 대충 읽었다.

"네, 맞아요. 제 사기는 그것 때문에 떨어진 게 아니에요. 오히려 제 사기가 올라가죠."

"그럼 왜 그러는데? 도덕적 문제야?"

"아뇨, 행실의 문제예요."

"자네는 분명 대단한 문제아였겠지. 헨리 제임스 소설에 나오는 등장인물보다 더 많은 문제가 있었겠지."

"햄릿이라고 하세요. 하지만 난 문제아가 아니었어요. 무척 행복하고 매력적인 아이였어요. 좀 뚱뚱했지만."

"메리는 자네가 오늘 정오에는 돌아오길 바랐어."

"감이 좋네요."

그때 우리는 새로 자라난 연한 푸른 풀밭을 걸어오는 그들을 보았다. 그들은 체구가 비슷했는데, 검은 피부의 차로는 낡고 흙이 묻은 터번을 감고 파란색 코트를 입고 있었고, 메리는 연한 풀밭에 대비되는 짙은 녹색 사냥복을 입었고 햇빛에 밝은 금발이 빛났다. 그들은 즐겁게 이야기를 나눴고, 차로는 메리의 총과 커다란 조류도감을 들고 있었다. 그 두 사람이 함께 있으면 옛날 메드라노Médrano 서커스단의 단원으로 보였다.

G.C.는 씻으러 갔다가 셔츠를 입지 않고 왔다. 그의 하얀 상반신은 붉게 탄 얼굴과 목과 대조됐다.

"저 두 사람 좀 보세요. 잘 어울리는데요."

"저 사람들을 한 번도 본 적 없을 때 마주쳤다고 상상해봐. 이상하지"

"일주일 지나면 풀이 그 사람들 머리 위로 자라겠어요. 지금도 거의 무릎 높이까지 자랐어요."

"풀한테 뭐라고 하지 마. 새로 자란 지 이제 3일 됐다고."

"안녕하세요. 메리 양. 두 사람 뭘 했나요?"

메리가 무척 자랑스럽게 말했다.

"나 영양을 잡았어요."

"누가 그렇게 하라고 허락했죠?"

"차로가요. 차로가 영양을 죽이라고 했어요. 그 녀석 다리가 부러졌거든요. 정말 심하게요."

차로는 다른 손으로 조류도감을 들고, 팔을 흔들어 영양 다리가 어 땠는지 보여줬다.

메리가 말했다. "당신에게 미끼가 필요할 것이라고 생각했어요. 안 그래요, 맞죠? 그 녀석 사체는 도로 가까이 있어요. G.C., 우리가 당신 이 오는 소리는 들었는데 보이지 않더라고요."

"당신이 영양을 죽인 것도 잘했고, 우리가 미끼가 필요했던 것도 맞아요. 하지만 혼자서 뭘 사냥하고 있었어요?"

"사냥하러 간 거 아니에요. 새를 보고 있었고 도감도 있잖아요. 차 로는 위험한 짐승들이 있는 곳에 데려가지 않았어요. 그러다가 그 영 양을 봤고 너무 슬픈 눈빛으로 서 있었고 뼈가 튀어나올 정도로 다리 상태가 끔찍했어요. 차로가 죽이라고 했고 난 그 말대로 했어요."

"멤사히브 피가. 쿠파Memsahib piga. Kufa(부인이 쐈어요. 죽었어요)!"

"귀 바로 뒤를 정확히 쐈어요."

"피가! 쿠파!"라고 차로는 말했고, 그와 메리는 자랑스럽게 서로를 쳐다봤다.

"처음에요. 내가 당신이나 팝 없이 짐승을 잡은 거 말이에요."

G.C.가 물었다. "메리 양, 키스해도 될까요?"

"그럼요. 하지만 난 땀을 엄청 흘렸어요."

그들은 키스했고, 그런 후 나와 키스 후 메리가 말했다. "차로와도 키스하고 싶지만 그래서는 안 된다는 거 알아요. 임팔라가 날 보고 짖 었어요. 개처럼 말이죠. 차로와 나를 무서워하는 짐승이 없어요."

메리는 차로와 악수를 했다. 차로는 메리의 조류도감과 총을 들고 우리 텐트로 갔다. "나도 씻을래요. 영양을 쏜 거 잘했다고 해줘서 고마워요."

"트럭을 보내서 사체를 적당한 곳에 놔둘게요."

난 우리 텐트로 갔고, G.C.는 옷을 챙겨 입으러 자기 텐트로 갔다. 메리는 사파리 비누로 씻고, 다른 비누로 빨고 햇빛에 말려 산뜻한 냄새가 나는 셔츠로 갈아입었다. 우리는 서로가 목욕하는 모습을 보는 걸 좋아했지만, G.C가 있을 때는 그가 힘들 수 있었기에 절대 보지 않았다. 난 텐트 앞 의자에 앉아서 책을 읽었고, 메리가 다가와 내 목에 팔을 감았다.

"괜찮아요, 여보?"

메리가 말했다. "아뇨. 나도 뿌듯하고 차로도 뿌듯했어요. 프론톤fronton(작은 볼을 교대로 치며 겨루는 경기인 하이알라이를 하는 경기장) 벽에 펠로타 Pelota(손잡이 달린 광주리같이 생긴 라켓으로 공을 벽에 대고 치는 스페인 경기) 공을 치는 것처럼 한 방에 맞췄으니까. 그 녀석은 총소리도 듣지 못했을 거예요. 차로와 난 악수를 했어요. 처음으로 혼자서 모든 것을 책임을 지고 무언가를 했다는 기분이 어떤지 알잖아요. 당신과 G.C.는요. 그래서 그 사람이 나한테 키스한 거고요."

"당신한테는 누구라도 언제든 키스할 거예요."

"내가 원하면요. 사람들에게 그렇게 해달라고 하면요. 하지만 이번에는 달랐어요."

"왜 그렇게 기분이 안 좋아요?"

"알면서 모르는 척하기는."

"모른다니까요." 난 거짓말을 했다.

"난 어깨 한가운데를 노렸어요. 그 부분이 크고 검고 윤이 났고, 난 20m 정도 떨어져 있었어요. 내 쪽으로 몸 절반을 돌려서 우리 쪽으로 바라봤어요. 눈을 봤는데 너무 슬퍼 보였고, 우는 것 같았어요. 내가 봤던 그 어떤 눈보다 슬픈 눈이었고, 다리 상태도 끔찍했고요. 여보, 그 영양의 얼굴이 정말 우울하고 슬펐어요. 이런 말 G.C.에게는 말 안 해도 되죠?"

"그럼요."

"당신한테도 안 하려고 했어요. 하지만 우리는 함께 그 사자를 쫓고 있고, 지금 난 자신감을 다시 완전히 잊어버렸어요."

"멋지게 쏠 수 있을 거예요. 당신이랑 사자 사냥을 할 수 있어서 난 자랑스러운데요."

"제대로 쏠 수 있는데. 당신도 알죠?"

"난 당신이 멋지게 총을 쐈던 모든 모습을 기억해요. 그리고 에스콘디도Escondido서 누구보다도 잘 쐈어요."

"당신 도움으로 자신감을 다시 찾을 수 있겠지만, 시간이 별로 없어요."

"자신감이 다시 생길 거예요. 우리 G.C.한테는 말하지 말아요."

우리는 영양 사체를 수습하려고 트럭을 보냈다. 사람들이 사체를 싣고 돌아왔을 때, G.C와 나는 트럭에 올라가 그놈을 살폈다. 동물 죽었을 때 그 모습은 전혀 아름답지 않았다. 영양은 배가 무척 불룩했고 흙먼지를 뒤집어썼으며, 모든 허세가 사라졌고 회색 뿔은 특별해 보이지 않았다. G.C.가 말했다. "메리 양이 정말 멋지게 제대로 쐈네요."

영양의 눈은 게슴츠레했고, 혀는 입 밖으로 늘어져 있었다. 혀도 흙투성이였고, 두개골 바로 아래 귀 뒤에 구멍이 생겼다.

"메리 양이 실제로 어디를 노렸죠?"

"겨우 20m 떨어진 곳에서 쐈데. 메리가 귀 뒤를 쏘고 싶으니까 거기를 쏜 거겠지."

"메리 양은 어깨를 노렸다고 생각해요."

난 아무 말도 하지 않았다. 그를 속이는 것을 부질없는 짓이었고, G.C.에게 거짓말을 하면, 날 절대 용서하지 않을 것이다.

"그 다리는 왜 그렇게 됐을까?"

"밤에 누군가 차를 타고 쫓았겠죠. 다른 것 때문일 수도 있고요."

"다친 지 얼마나 된 거 같아?"

"구더기가 가득한 거 보니까, 이틀 정도요."

"그렇다면 언덕 위에 사는 사람 짓이겠네. 밤에 차 소리를 못 들었거든. 어쨌든 다리를 다쳤으니 내려왔겠지. 올라갈 수는 없으니까."

"이놈은 당신이랑 저랑 달라요. 영양이에요."

우리는 무언가를 묶는 기둥으로 쓰고 있는 나무 밑에 서 있었고, 다른 사람들이 모두 나왔다. G.C와 나는 아직 영양 사체가 실려 있는 트럭 쪽으로 갔다. 그는 수렵 감시국 대장과 부하들에게 미끼를 매달아 놓을 곳을 설명했다. 도로에서 떨어진 나무로 가져가서 하이에나의 손이 닿지 않는 곳에 매달면 됐다. 사자들은 아마 그 미끼를 끌어 내릴 수 있을 것이다. 어젯밤에 사자가 먹잇감을 잡았던 곳을 지나서 미끼를 가져가라고 했다. 그들은 가능한 한 빨리 미끼를 매달고 캠프로 돌아와야 했다. 내 사람들은 개코원숭이 미끼를 모두 매달았고, 난 음투카에게 세차를 잘해 놓으라고 했다. 그는 시냇가에서 세차를 해줬다고 말했다.

우리 모두 목욕을 했다. 메리가 먼저 목욕을 했고, 나는 커다란 수건으로 메리가 몸을 닦고 모스키토 부츠를 신는 것을 도왔다. 메리는 파자마 위에 목욕 가운을 걸치고 모닥불 옆으로 가서 사람들이 식사 준비를 하기 전에 G.C.와 함께 한 잔 마셨다. 난 그들과 함께 있다가, 음원디가 텐트 밖으로 나와서 "바티 브와나Bathi Bwana(목욕물 준비됐습니다, 브와나)."라고 말하자, 내 술잔을 들고 텐트에 들어가 옷을 벗고 캔버스 천 욕조에 몸은 누이고는 비누칠을 하고 뜨거운 물에 몸을 담갔다.

"노인들은 사자가 오늘 밤에 어떻게 할 거라고 했어?" 난 음원디에게 물었다. 그는 내 옷을 개고 잠옷과 드레스 가운과 모스키토 부츠를 놓고 있었다.

"케이티는 멤사히브의 사자가 미끼를 먹을 수도 있다고 했어요. 브와나 생각은 어떠세요?"

"케이티와 같은 생각이야."

"케이티는 브와나가 사자에게 주술을 부린다고 했어요."

"아니라니까. 좋은 약을 조금 써서 그 사자가 언제 죽는지 알 뿐이지."

"언제 죽는데요?"

"사흘 안에. 어느 날이지 꼭 집어 알 수는 없어."

"음주리. 내일 죽을 수도 있겠네요."

"난 그렇게 생각 안 하지만, 죽을 수도 있지."

"케이티도 내일은 아니라고 생각해요."

"케이티는 언제라고 생각하는데."

"사흘 안에요."

"음주리. 수건 좀 줘."

"바로 옆에 있어요. 케이티 데려올까요?"

"아임 쏘리." 스와힐리어에는 '미안하다'라는 뜻의 단어가 없다.

"하파나 쏘리Hapana sorry(미안하다고 하지 마세요). 수건이 거기 있다고 말한 것뿐이에요. 등 문질러 드려요?"

"괜찮아."

"기분 좋으세요?"

"응. 왜?"

"하파나 와이Hapana why(왜라고 하지 마세요). 알고 싶어서 물어본 거예요."

"아주 기분 좋아." 난 일어나 욕조 밖으로 직접 몸을 닦기 시작했다. 난 기분이 좋고 매우 편안하며 이야기를 별로 하고 싶지 않았고, 스파게티보다는 신선한 고기를 먹고 싶었고, 어떤 짐승도 잡고 싶지 않다고, 내 자식 3명이 각각 다른 이유로 걱정되고, 샴바가 걱정되고 G.C.도 조금 걱정되고 메리 일도 상당히 걱정된다고, 나는 훌륭한 주술사로서 엉터리고 다른 사람들과 마찬가지라고, 싱 씨가 문제를 일으키지 않았으면 좋겠다고, 크리스마스부터 하기로 한 작전이 잘 되기 바랐고, 220그레인 탄약이 더 있었으면 좋겠고, 심농이 작품을 덜 쓰고 훌륭한 작품을 더 쓰기 바란다고 말하고 싶었다. 팝이 목욕할 때 케이티와 무슨 이야기를 하는지 몰랐지만, 음윈디가 나와 친해지고 싶어 한다는 걸 알았고 나도 마찬가지였다. 하지만 오늘 밤은 아무 이유 없이 피곤했고, 음윈디도 그것을 알고 걱정했다.

"캄바어 물어보세요." 음윈디가 물었다.

그래서 난 그에게 캄바어를 물어보고 외우려고 했고. 그런 다음 그에게 고맙다고 하고, 아이다호에서 산 낡은 파자마를 입고 홍콩에서 만든 따뜻한 모스키토 부츠를 신고, 펜들턴Pendleton(미국 오리건주 포틀랜드에 본사를 둔 미국 섬유 제조 회사)의 따뜻한 모직 가운을 걸치고, 모닥불 옆에 앉아서 싱 씨가 크리스마스 선물로 준 위키스와 산에서 흘러내리는 시냇물을 끓여서 나이로비산 사이펀 카트리지로 만든 소다를 넣은 위스키 소다를 마셨다.

난 이곳에서 이방인이라고 생각했다. 하지만 위스키는 그렇지 않다고 말했고, 위스키가 하는 말이 맞는 시간이었다. 위스키가 맞을 때도 틀릴 때도 있었지만, 위스키는 내가 이방인이 아니라고 했고, 오늘 밤 이 시간에는 맞는 말이었다. 어쨌든 내 부츠는 타조 가죽으로 만들어졌기 때문에 집으로 돌아온 것이나 마찬가지였고, 나는 가죽을 발견했던 홍콩 부츠 제작소를 떠올렸다. 아니다, 그 가죽을 찾은 것은 내가 아니었다. 다른 사람이 찾았다. 그런 다음 그 가죽을 발견했던 사람과 그 당시 일이나 다른 여성들에 대해서 생각했고, 그 여자들이 아프리카에 있다면 어땠을지, 그리고 아프리카를 사랑했던 멋진 여자들을 알게 된 게 얼마나 행운인지에 대해 생각했다. 아프리카에 정말 발 도장만 찍고 간 정말 대단한 여자들 몇 명을 알았는데, 말썽을 부리는 사람이나 알코올 중독자들에게 아프리카는 더욱더 말썽부리고 더 술에 만취하는 곳일 뿐이었다.

아프리카는 여자들을 포용하고 어떤 식으로든 변화시켰다. 그 변화를 받아들이지 못하는 여자들을 아프리카를 증오했다.

그래서 난 G.C가 캠프에 돌아와서 무척 기뻤고, 메리도 그랬다. G.C. 자신도 돌아와서 기뻐했는데, 우리는 한 가족이었고, 떨어져 있을 때는 늘 서로를 그리워했다. 그는 제 일을 사랑했고, 그 일의 중요성을 광적이라고 할 만큼 믿었다. 그는 사냥감을 사랑했고, 그것을 돌보고 보호하고 싶어했고, 그것이 그가 믿었던 전부였다. 매우 엄격하고 복잡한 윤리 체계를 제외하고 말이다.

G.C는 나의 장남보다 조금 나이가 어렸고, 내가 계획한 대로 1930년대 중반에 아디스아바바(에티오피아 수도)에 가서 1년간 머물며 작품으로 쓰려고 했다면, 12살이었던 그를 만날 수 있었을 것이다. 당시 G.C의 가장 친한 친구가 내가 함께 지내려고 했던 집안의 아들이었기 때문이다. 하지만 무솔리니 군대가 먼저 아디스아바바에 침입해서, 내가 신세를 지려고 했던 내 친구는 다른 지역 외교관으로 발령이 나는 바람에 난 그 곳에 가지 못했고, 12살 G.C를 만날 기회를 놓치고 말았다. 내가 G.C.를 만났을 때, 길고 무척 힘들고 아무런 보상도 받지 못

하는 전쟁을 겪은 후였는데, 그가 훌륭한 경력을 쌓고 있었던 보호령을 영국이 포기해버렸다. 그는 비정규군을 지휘했었고, 솔직히 말해서, 가장 보상을 받지 못했다. 완벽한 전투를 치렀고 아군의 사상자는 거의 발생하지 않고 적군에게 큰 손실을 입혔다면, 군 본부에서는 정당하지 않고 비난받아야 하는 학살로 간주했다. 불리한 조건에서 싸우고, 큰 역경을 견디고 이겼지만 많은 목숨을 잃었다면, "너무 많은 사람을 죽게 했어."라는 말을 듣는다.

정직한 사람이 비정규군을 지휘하면 곤경에 처할 수밖에 없다. 정말 성실하고 유능한 군인이 피폐해 질 수밖에 없다.

내가 G.C.를 만났을 때, 그는 다른 영국 식민지에서 새로운 일을 하고 있었다. 그는 전혀 비통해하지 않았고 절대 뒤돌아보지 않았다. 스파게티와 와인을 즐기면서, 그는 국외 추방을 당하고 새로 부임해 온 외국인 공무원에게 비속어를 썼다가 책망을 들었던 이야기를 들려줬는데, 그 젊은 공무원의 부인이 엿들었던 거 같았다. 난 이런 사람들 때문에 G.C.가 지치는게 싫었다. 지난 날 '훌륭한 친구들'Pukka sahib('절대'와 '주인'이라는 뜻에 해당하는 힌디어에서 나온 속어로, '진정한 신사' 또는 '훌륭한 친구'라는 의미)은 자주 묘사되고 풍자의 대상이 됐다. 하지만 이들을 소재한 작품들은 거의 없었다. 에블린 워Evelyn Waugh(영국 소설가)의 검은 장난Black Mischief 마지막 부분에 조금 언급됐고, 조지 오웰의 버마시절 Burmese Days에서 잘 그려졌다. 조지 오웰이 아직 살아 있으면 좋았을 텐데. 난 G.C.에게 벌지 전투Bulge fight(제2차 세계대전 당시 연합국과 독일군 전투) 후 1945년 파리에서 오웰을 마지막으로 만났던 일을 말해줬는데, 민간인

복장을 한 그가 리츠호텔 117호에 들어와서 '놈들이' 자신을 쫓고 있으니 권총 한 자루를 빌려달라고 했다. 그는 숨기기 쉬운 작은 권총을 원했고, 난 권총 하나를 주면서, 그걸로 사람을 쏘면 결국 죽기는 하겠지만, 시간이 꽤 걸릴 거라고 경고했다. 하지만 권총은 권총일 뿐이고 그는 무기보다는 행운의 부적이 필요하다고 생각했다.

오웰은 매우 초췌하고 상태가 안 좋아 보였기 때문에, 좀 쉬면서 뭐라고 먹으라고 청했다. 하지만 그는 가야 한다고 했다. 나는 그에게 '놈들'이 쫓고 있다면 그를 지켜줄 사람을 두 사람 정도 붙여줄 수 있다고 했다. 내 사람들은 그 지역 '놈들'을 잘 알고 있고 그를 귀찮게 하거나 방해하지 않을 것이다. 그는 거절했고, 권총만 있으면 된다고 했다. 우리는 서로 아는 친구 몇 명에 관해 물었고, 그렇게 그는 떠났다. 난 사람 2명을 보내서 호텔 문부터 그를 미행해서 누가 그를 쫓는지 확인하라고 했다. 다음 날 두 사람은 이렇게 보고했다. "파파, 그 사람을 뒤쫓는 사람은 아무도 없습니다. 그는 매우 멋있는 타입이고 파리를 잘 압니다. 사람들에게 확인해봤지만, 그 사람을 쫓는 사람은 없습니다. 영국 대사관과 연락하지만, 요원은 아닙니다. 이건 소문일 뿐입니다. 이동 시간 기록 보시겠어요?"

"아니, 오웰은 잘 즐기고 있었어?"

"네, 파파."

"그럼 됐어. 그 사람 걱정 안 해도 돼. 권총이 있으니까."

한 명이 말했다. "그 쓸모 없는 권총이요. 하지만 경고는 하셨죠, 파파?"

"그럼. 그 친구는 원하는 권총을 가질 수 있었는데 말이야."

"기관총이 있었다면 더 기뻐했을 텐데요."

다른 한 명이 말했다. "아뇨. 기관총은 너무 위험해요. 그는 권총이면 되요."

우리는 그 정도로 이야기를 마무리했다.

G.C.는 불면증이 있었고, 종종 밤새도록 책을 읽으며 깨어있었다. 그의 카지아도Kajiado 집에는 멋진 서재가 있었고, 난 더플백duffle bag(천으로 만들어 윗부분을 줄을 당겨 묶게 되어 있는 원통형 가방)에 책을 한 가득 넣어와서는, 빈 상자에 책을 넣고 식당 텐트를 서재처럼 꾸몄다. 나이로비 뉴 스탠리 호텔에 훌륭한 서점이 있었고 호텔이 있는 길 아래쪽에도 괜찮은 서점이 있어서 내가 시내에 갈 때마다 읽을 만한 신간 서적들은 대부분 사 왔다. 독서는 G.C.의 불면증을 잊게 해줬지만, 치료법은 아니었기에 그의 텐트에서 밤새도록 불이 켜져 있는 모습을 자주 보곤 했다. 그는 괜찮은 직업에 집안 교육을 제대로 받고 자랐기 때문에, 아프리카 여성들과 사귈 수가 없었다. 그는 아프리카 여성들이 아름답거나 매력적이라고 생각하지 않았고, 내가 좋아하는 아프리카 여성들도 그는 마음에 두지 않았다. 하지만 내가 아는 사람 중 가장 친절한 여자였던 이스마일Ismaili파 이슬람교 인도 아가씨가 있었는데, 그녀는 G.C에서 완전히 빠져있었다. 그녀는 G.C.를 사랑하는 것은 자신의 여동생이며 엄격한 규율에 따라 만나지 못해서 그에게 선물과 메시지를 전하는 것이라고 믿게 했다. 슬프지만 마음이 따뜻해지는 이야기로, G.C.는 그녀 가족이 운영하는 가게에서 그 아가씨에게 상

냥하게 이야기한 것 빼고는 그녀와 어떤 관계도 맺지 않았다. 분명 나이로비에 좋아하는 백인 아가씨들이 있었지만 난 그와 그들에 대해 전혀 이야기하지 않았다. 메리는 했을지 모르지만, 우리 세 사람은 심각한 개인사에 대해서는 시시콜콜하게 말하지 않았다.

하지만 샴바에서는 달랐다. 그곳과 텐트촌에서는 읽을거리도 없고, 라디오도 없었기에 이야기를 나눴다. 난 미망인과 나의 아내가 되기로 마음먹은 그 아가씨에게 G.C를 싫어하는 이유를 물었는데, 처음에는 말해주려고 하지 않았다. 마침내 미망인은 그 이유를 말하는 것은 예의가 아니라고 했다. 알고 보니 체취 때문이었다. 나 같은 피부색을 가진 사람들은 보통 냄새가 매우 심했다.

우리는 강둑에 있는 나무 밑에 함께 앉아있었고, 개코원숭이 몇 마리가 소리를 내면서 우리 쪽으로 내려오고 있었다.

내가 말했다. "브와나 감시관은 좋은 냄새가 나요. 난 온종일 그 냄새를 맡는데, 좋은 체취가 나요.

"하파나." 미망인이 말했다. "당신은 샴바 냄새가 나요. 불에 그을린 가죽 냄새가 나요. 폼베pombe(중앙 아프리카·동아프리카의 잡곡으로 만드는 술) 냄새가 나요."

난 폼베 냄새를 좋아하지 않았지만 그런 냄새가 나는 게 좋은지 몰랐다.

그 아가씨는 땀이 말라서 찝찝한 부시 셔츠를 입은 내 등 뒤에 머리를 기댔다. 내 어깨와 목 뒤를 자신의 머리를 문지른 다음 앞으로 왔고, 난 그녀의 머리에 키스했다.

미망인이 물었다. "알겠어요? 당신은 웅구이와 같은 냄새가 나요."

"웅구이, 우리가 같은 냄새가 나?"

"전 제 냄새 모르겠는데요. 자기 냄새 아는 사람 없어요. 하지만 브와나는 음투카와 같은 냄새와 나요."

웅구이는 나무 반대편에 앉아서 하류를 보고 있었다. 나무에 머리를 기대고 다리를 모은 채 쉬고 있었다. 웅구이 옆에는 내가 새로 산 창이 있었다.

"부인, 웅구이와 이야기 나누세요."

"싫어요. 난 딸을 봐야 해요."

그 아가씨는 내 무릎에 머리를 얹고는 손가락으로 권총집을 만지작거리고 있었다. 그녀는 내가 자신의 코와 입술을 만져주고 그런 다음 뺨을 가볍게 건드린 후 반듯하게 자른 머리를 이마 경계선 따라 만지고 귀 주변과 정수리를 쓰다듬어 주기를 원했다. 세심한 구애 방법으로, 미망인이 자리를 지키고 있어서 그 정도로만 할 수 있었다. 하지만 그 아가씨가 하고 싶으면 조심히 만질 할 수 있었다.

"손이 단단하네."

"좋은 아내가 될 거예요."

"어머니에게 다른 곳으로 가라 그래."

"싫어요."

"왜?"

그녀는 나에게 이유를 말했고 나는 그녀의 정수리에 다시 키스했다. 그녀는 손으로 아주 섬세하게 나를 만지고 나서, 내 오른손을 들어서는 만져주길 바라는 곳으로 가져갔다. 난 그녀를 아주 가까이 안고는 왼손은 원래 있어야 할 곳에 두었다.

"안 돼요." 미망인이 말했다.

"하파나 투."

그리고 그 아가씨는 고개를 돌려 얼굴을 숙이더니 내가 못 알아듣는 캄바어로 말했다. 응구이는 하류를, 나를 상류를 바라보고 있었고, 미망인은 나무 뒤쪽으로 자리를 옮겨 우리에게 큰 아쉬움을 느끼며 누웠고, 나는 나무 쪽으로 가서 총을 가져와 오른쪽 다리 옆에 두었다.

"조금 자." 내가 말했다.

"싫어요. 오늘 밤에 잘 거예요."

"지금 자."

"싫어요. 만져도 돼요?"

"그래."

"마지막 아내로서."

"손이 단단한 아내로서"

그녀는 내가 못 알아듣는 캄바어로 무슨 말을 했고, 응구이는 "크웬다 나 캄피Kwenda na campi(캠프로 가요)."라고 말했다.

"여기 있을 거예요."라고 미망인이 말했다. 하지만 응구이가 나무 사이로 기다란 그림자를 드리우며 어슬렁어슬렁 걸어가자 미망인은 그와 함께 조금 걸으면서 캄바어로 말했다. 그리고 나서 네 그루 정도 떨어진 나무에 자리를 잡더니 하류를 바라봤다.

"두 사람 갔어요?"

난 그렇다고 답했고, 그녀는 가까이 다가와서 몸이 밀착했고 내 입술에 자신의 입술을 포갰다. 우리는 아주 조심스럽게 키스했다. 그녀는 장난치고 몸을 만지는 것을 좋아했고, 여러 반응을 보고 상처를 만지면서 즐거워했고, 엄지손가락과 집게손가락으로 내 귓불을 잡고는 귓불에 구멍을 내서 귀고리를 해주고 싶다고 했다. 귀에 구멍을 한 번도 뚫어본 적이 없는 그녀의 귓불을 조심스럽게 만지고 입을 맞추고 아주 부드럽게 살짝 깨물어줬다.

"송곳니로 제대로 깨물어줘요."

"안 돼."

그녀는 내 귓불을 살짝 물어서 내가 물어야 할 위치를 알려줬는데, 그 느낌이 꽤 좋았다.

"왜 전에는 안 깨물어줬어요?"

"몰라. 우리 종족은 그렇게 하지 않아."

"깨물어주니까 좋아요. 그게 더 좋고 더 정직해요."

"앞으로 재밌는 일 많이 할 거야."

"벌써 하고 있잖아요. 하지만 난 쓸모 있는 아내가 되고 싶어요. 놀잇감이 되거나 버림받는 아내는 싫어요."

"누가 널 버린다고 그래?"

"당신이요."

내가 말했듯이, 캄바족어에 사랑이나 미안하다는 뜻의 말이 없다. 하지만 난 스페인어로 그녀를 매우 사랑하고 발부터 머리까지 그녀의 모든 것을 사랑한다고 말했고, 우리는 사랑하는 모든 것을 하나하나 말했다. 그녀는 정말 매우 행복해했고 나도 행복했다. 그중에 거짓은 하나도 없다고 생각했다.

우리는 나무 밑에 누웠고, 나는 개코원숭이들이 강 쪽으로 내려오는 소리에 귀 기울였다. 잠깐 우리는 잠들었고, 미망인이 우리가 있는 나무쪽으로 돌아와서, 내 귀에 속삭였다. "응야니Nyanyi(개코원숭이)"

바람은 개울을 따라 우리 쪽으로 불었고, 개코원숭이들은 덤불에서 나와 얕은 물에 있는 바위를 타고 개울을 건너 샴바의 옥수수밭 울타리로 향했는데, 사료용 옥수수의 높이는 3, 4m에 달했다. 개코원숭이들은 우리의 냄새를 맡을 수 없었고 나무 아래 그늘에 누워있는 우리를 보지 못했다. 개코원숭이들은 살그머니 덤불에서 나오더니 기습부대처럼 개울을 건너기 시작했다. 덩치가 크고 늙은 개코원숭이 3마리가 앞장섰는데, 큰 중 한 마리는 다른 원숭이들보다 컸고, 납작한 머리와 기다란 주둥이와 크고 단단한 턱을 흔들면서 조심히 걸어 다녔다. 난 개코원숭이의 발달한 근육, 육중한 어깨, 두툼한 엉덩이, 아치형으로 늘어진 꼬리, 크고 단단한 몸을 볼 수 있었고 그 녀석들은 딸 암컷 개코원숭이들과 새끼 원숭이들이 덤불 밖으로 나오고 있었다.

데바가 천천히 몸을 굴러떨어져서 난 자유롭게 총을 쏠 수 있었다. 난 신중하고 천천히 총을 들어 올린 다음 누워서 다리를 쭉 뻗고는 노리쇠를 뒤로 당긴 다음 방아쇠에 손가락을 올려 딸각 소리가 나지 않도록 하면서 사격 자세를 취했다.

여전히 누운 자세에서 난 가장 덩치가 큰 개코원숭이의 어깨를 노렸고 아주 살며시 방아쇠를 당겼다. 나는 쿵 하는 소리를 들었지만,

그 녀석이 어떻게 됐는지 보지도 않고 몸을 굴러 일어서서 다른 개코원숭이 두 마리를 향해 총을 쏘기 시작했다. 두 마리 모두 바위를 건너 덤불 쪽으로 되돌아가고 있었고, 난 3번째 개코원숭이를 맞춘 다음에 그 녀석을 뛰어넘으려는 두 번째 개코원숭이를 맞췄다. 첫 번째 개코원숭이를 돌아보니 물속에 얼굴을 처박고 있었다. 내가 마지막으로 맞춘 녀석은 소리를 질렀고, 난 한 발을 더 쏴서 숨통을 끊었다. 다른 녀석들은 보이지 않았다. 나는 나무 밑에서 재장전했고, 데바는 자기가 총을 들어도 되는지 물었다. 아파르 메이나 흉내를 내면서 총을 들고 차렷 자세로 있었다. "차가웠는데, 지금은 굉장히 뜨거워요."

총소리에 샴바 사람들이 튀어 나왔다. 정보원이 그들과 함께 있었고, 응구이는 창을 들고 있었다. 그는 캠프로 가지 않고 샴바로 간 게 분명했다. 폼베 냄새를 풍겼기 때문이다.

응구이가 말했다. "세 마리 죽었어요. 모두 유명한 우두머리들이에요. 버마 우두머리. 한국 우두머리. 말라야 우두머리이요. 부오나 노테 Buona notte(잘 자요)."

그는 '부오나 노테'라는 이탈리아어를 아비시니아 왕립 아프리카 소총대에서 배웠다. 그는 데바에게서 총을 가져갔고, 그녀는 이제 얌전하게 바위와 물속의 개코원숭이들을 바라봤다. 보기 좋은 모습이 아니었기에 난 정보원에게 남자들과 소년들은 개코원숭이들을 개울에서 끌어내서 무릎에 손을 교차시키고 옥수수 농장의 울타리에 기대어 놓게 하라고 말했다. 그 후에 밧줄을 가져오게 해서 울타리에 매달아 놓고 다른 개코원숭이들을 겁주거나 미끼로 쓰려고 했다.

정보원들에게 사람들에게 지시했고, 데바는 매우 얌전하고 정중하고 초연한 자세로 긴 팔과 음탕하게 보이는 배와 정말 못생긴 얼굴에 험상궂은 턱을 가진 개코원숭이 사체를 물 밖으로 꺼내 강둑으로 끌고 가서 울타리에 기대게 하는 모습을 보았다. 한 마리는 사색에 잠긴 듯 머리가 뒤로 젖혀져 있었고, 나머지 두 마리는 깊은 생각에 잠긴 모습처럼 고개를 앞으로 숙이고 있었다. 우리는 이곳을 떠나 차를 세워놓은 샴바로 향했다. 응구이와 나는 함께 걸었고, 내가 다시 총을 들었다. 정보원은 한쪽 옆으로 걸었고, 데바와 미망인은 우리 뒤에서 걸었다.

응구이가 말했다. "유명한 우두머리고. 중요한 우두머리예요. 크웬다 나 캄피?"

"정보원 기분은 어때?"라고 난 물었다.

"형제님, 난 감정이 없습니다. 마음이 무너졌습니다."

"뭐?"

"미망인이요."

"좋은 여자지."

"네. 하지만 미망인은 당신이 보호자가 돼주길 바라면서 나에게 함부로 했습니다. 미망인은 당신과 내가 아버지처럼 살펴 준 어린 아들을 데리고 마이토의 땅Land of Mayito로 가고 싶어 합니다. 메리 부인에 이어 두 번째 아내가 되기를 바라는 데바를 보살피고 싶어 하고요. 모두가 이런 생각이고, 나에게 밤새 그런 이야기만 했습니다."

"큰일 났군."

"데바가 당신 총을 들게 해서는 안 됩니다." 난 응구이가 정보원을 쳐다본다는 걸 알게 됐다.

"그냥 잠깐 들고 있었던 거야."

"그것도 안 됩니다."

"자네 생각이야?"

"아뇨. 물론 아닙니다. 마을 사람들이 그렇게 말합니다."

"마을 사람들 입조심시켜 안 그러면 더는 보호해 주지 않을 거야."

이 말은 무의미했다. 하지만 정보원도 역시 무의미했다.

"그리고 자네는 마을 사람들 말을 들을 틈이 없었을 텐데. 겨우 30분 전에 그런 일이 일어났으니까. 잔머리 굴리지 마." 그렇지 않으면 목숨을 잃게 될 것이라고 속으로 생각했다.

우리는 대지가 붉고 신성한 나무가 크게 자라났고, 튼튼하게 지어진 오두막집이 있는 샴바에 도착했다. 미망인의 아들은 내 배를 들이받고는 그 자리에 서서 내가 그의 정수리에 입을 맞추기를 기다리고 있었다. 나는 대신 그의 정수리를 쓰다듬어 주고 1실링을 주었다. 그러다가 정보원이 한 달에 겨우 68실링밖에 벌지 못하며, 그의 하루 일당의 절반에 해당하는 1실링을 어린아이에게 줬다는 생각이 들면서, 차 쪽에 있던 정보원을 불렀고, 부시 셔츠 주머니에서 땀이 밴 10실링 지폐 몇 장을 찾았다. 난 2장을 펼쳐서 정보원에게 줬다.

"누가 내 총을 들고 있는지에 대해 함부로 말하지 마. 이 샴바에는 요강을 들 수 있는 남자가 없잖아."

"내가 있다고 말한 적 있었나요, 형제님?"

"미망인에게 선물 좀 사다주고, 시내에 무슨 일이 있는지 알려줘."

"오늘밤에 가기에는 너무 늦었습니다."

"길 따라 내려가서 영국계 마사이족 트럭을 기다려."

"트럭이 안 오면 어쩌죠, 형제님?"

평소 같으면 "알겠습니다, 형제님."이라고 말했을 것이고, 다음 날 "트럭이 오지 않았습니다."라고 말했을 것이다. 그래서 난 그의 태도와 노력을 인정했다.

"낮에 가."

"알겠습니다, 형제님."

나는 샴바와 정보원과 미망인과 모든 사람의 희망과 계획에 대해 짠한 마음이 들었고, 우리는 차를 몰고 떠나면서 뒤를 돌아보지 않았다.

그 일은 비가 내리기 전 그리고 사자가 돌아오길 며칠 전에 있었던 일이었고, 법 이외에는 지금 생각할 이유가 없었고, 오늘 밤 나는 습관인지 아니며 그렇게 하기로 선택해서인지 사파리에서 혼자 있으면서 밤새 책을 읽었을 G.C.에게 미안함을 느꼈다.

우리가 들고 온 책 중 한 권은 앨런 페이턴Alan Paton(남아프리카 공화국 작가)의 너무 늦은 도요새Too Late the Phalarope였다. 지극히 성경 같은 문제와 경건한 내용 때문에 거의 읽을 수가 없었다. 경건함이 시멘트 믹서에 섞여서 책이라는 건설현장으로 옮겨지는 것 같았고, 그 경건함은 어떤 향기를 풍기는 게 아니고, 유조선 침몰 후 바다에서 나는 기름 냄새 같았다. 하지만 G.C.가 좋은 책이라고 해서, 페이튼이 만들어 냈고, 1927년에 통과된 법 때문에 어리석고 편협하며 끔찍한 죄의식을 가진 등장인물들과 시간을 보내는 것은 가치가 없다는 생각이 들 때까지 계속 읽었다. 하지만 그 책을 다 읽고 나니 G.C의 말이 옳았다. 페이튼은 그런 인물들을 만들려고 했지만, 자기 자신이 독실했기에 그 사람들을 이해하려고 뒤로 물러서거나 적어도 더 많은 성경 문구를 인용하는 걸 말고는 그 인물들을 비난할 수 없었다. 마침내 페이튼의 위대한 영혼이 그들을 인정하고 나서야, 난 G.C.가 책에 대해서 말했던 바를 이해했지만, 그걸 생각하려니 슬펐다.

G.C.와 메리는 런던이라는 도시에 대해 즐겁게 이야기를 나누고 있었는데, 난 그 도시를 대부분 소문으로 알고 있었고 구체적으로는 비정상적인 상황이라는 걸 알았기 때문에, 두 사람 대화를 들으면서 파리를 생각했다. 파리는 내가 거의 모든 상황을 아는 도시였다. 너무나 잘 알고 너무나 사랑했던 도시였기에 옛날부터 알았던 사람들 말고는 파리에 관해 이야기하는 걸 전혀 좋아하지 않았다. 옛날에 우리는 모두 각자만의 카페가 있었는데, 혼자서 갔고 웨이터 말고는 아는 사람이 없었다. 이 카페들은 은밀한 장소로, 옛날에는 파리를 사랑하는 사람이라면 자신만의 카페가 있었다. 클럽보다 좋았고, 집으로 받고 싶지 않은 우편물을 받아볼 수도 있었다. 보통 비밀 카페가 두세 군데에 있었고, 작업을 하거나 신문을 읽기도 했다. 누구한테도 이 카페 주소를 알려주지 않았고, 아침에 가서 테라스에서 크림을 넣은 커피와 브리오슈를 즐기고, 테이블이 있는 카페 구석과 안쪽과 창가 쪽 청소가 끝나면 그곳에서 할 일을 하고, 카페 직원들은 카페 나머지 구

역을 닦고 쓸고 광을 낸다. 다른 사람들이 일하면, 자기 일에도 도움이 되었다. 손님들이 오기 시작하면, 당신은 비시Vichy 광천수 반병을 사서 카페에서 나와 부둣가를 걷다가 식전 반주를 마시고 그다음에 점심을 먹는다. 점심을 먹을 수 있는 비밀 장소와 지인들이 가는 레스토랑도 있었다.

최고의 비밀 장소는 항상 마이크 워드가 찾아냈다. 그는 파리를 잘 알았고 내가 아는 그 누구보다도 파리를 사랑했다. 그 프랑스 남자가 비밀 장소를 찾자마자, 성대한 파티를 열어서 그 비밀 장소를 축하했다. 마이크와 나는 비밀 장소를 찾아다녔는데, 훌륭한 와인이 한두 병 있고, 평소에는 주정뱅이지만 솜씨 좋은 요리사가 있고, 가게를 팔거나 파산을 하기 전에 마지막까지 고군분투하는 곳이었다. 우리는 성공했거나 세상에 알려진 곳을 비밀 장소로 원하지 않았다. 그런 곳은 찰리 스위니의 비밀 장소였다. 그가 자신의 자신 장소로 데려갈 때면, 그곳은 이미 유명세를 치러서, 자리를 잡으려면 줄을 서서 기다려야 했다.

하지만 찰리는 비밀 카페에 대해 너무 잘 알았고, 자신과 다른 사람들의 비밀 장소를 잘 지켜줬다. 물론 2차로 가거나 오후에 이른 저녁에 가는 카페도 있었다. 하루를 보내면서 누군가와 이야기를 나누고 싶을 때가 있었고, 종종 내가 찰리의 2차 카페를 가거나, 종종 그가 나의 2차 카페에 오기도 했다. 아가씨를 데리고 갈 테니 만나보지 않겠다고 말하기도 했고, 내가 아가씨를 데리고 간다고 할 때도 있었다. 함께 온 아가씨들은 대부분 일을 했다. 아니면 세상사에 별 관심이 없었다. 한 여자만 데리고 다니는 것은 바보들뿐이었다. 한 여자만이 내 주변에 계속 있어서, 그 여자 때문에 일어나는 문제에 말려들고 싶지 않았다. 만약 어떤 여자가 애인이 되고 싶다고 한다면, 그녀는 진지한 만남을 생각하는 것이고 밤에도 함께 있겠다는 것이기에, 그녀에게 저녁을 대접하거나 필요한 물건을 사 주면 됐다. 난 찰리에게 보여준 아가씨가 많이 없었는데, 그 당시 내 숙소 관리인이 나의 여자 친구였기 때문이었다. 찰리는 항상 아름답고 유순한 아가씨를 여럿 데리고 왔는데, 그들은 모두 직장이 있었고, 완벽한 가정 교육을 받았다. 옛날에는 젊은 여자 관리인을 전혀 알지 못했기에, 색다른 경험이었다. 그녀의 가장 큰 장점은 사교 모임뿐만 아니라 외출을 전혀 하지 않는다는 것이다. 하숙생인 내가 그녀를 처음 알았을 때, 그녀는 프랑스 공화국 수비대 경찰과 사랑하는 사이였다. 그는 말꼬리 깃털 장식과 훈장을 달고 다니고 콧수염을 길렀고, 그의 막사는 그리 멀지 않았다. 그는 규칙적인 시간에 근무했고 훌륭한 사람이었다. 우리는 항상 서로를 "무슈Monsieur"라고 예의를 갖춰 불렀다.

내 관리인을 사랑한 건 아니었지만, 그 당시 밤에 나는 상당히 외로웠다. 처음에 그녀가 계단을 올라와서 열쇠를 꽂아 둔 문을 열고 들어와서 다락방으로 이어지는 사다리를 타고 올라와 펠트가 바닥에 깔린 신발을 벗고 몽파르나스 묘지의 멋진 풍경이 내려다보이는 창문 옆에 놓인 침대에 누우면서, 내가 자기를 좋아하는지 물었다. 난 성심껏 답했다. "당연하지."

"그럴 줄 알았어요. 오래전부터 알았어요."

그녀는 재빨리 옷을 벗었고, 난 묘지를 비추는 달빛을 바라봤다. 샴바에서 맡을 수 있는 냄새는 아니 않았다. 몸이 깨끗하고 힘이 세 보이는 듯 했지만, 영양이 부족해서 연약했다. 그리고 우리는 누구도 내려다보지 않는 묘지 풍경에 도의심을 표했다. 하지만 난 마음 속으로 묘지 풍경을 떠올렸다. 그녀는 마지막 하숙인이 돌아왔다고 말했다. 우리는 함께 누웠고, 그녀는 공화국 수비대 경찰을 진심으로 사랑하지 못했다고 말했다. 난 그 무슈가 좋은 사람이라고 생각했기에, 용감하고 매우 매력적인 남자un brave homme et très gentil이며 말 타는 모습이 분명 멋질 거라고 말해줬다. 하지만 그녀는 자신은 말이 아니고, 불편한 점이 있다고 했다.

G.C.와 메리가 런던 이야기를 하는 동안 난 이렇게 파리에 대해 생각했고, 우리 모두 서로 다른 환경에서 자랐지만 이렇게 사이좋게 지내는 것은 행운이라고 생각했다. 난 G.C가 고독한 밤을 보내지 않기를 바랐고, 내가 메리처럼 사랑스러운 여자와 결혼할 수 있었던 건 큰 행운이라고 생각했다. 난 샴바 일을 정리하면 정말 좋은 남편이 되고자 노력할 것이다.

G.C가 말했다. "장군님, 너무 조용하신데요. 우리 이야기가 지겨우세요?"

"그럴 리가. 난 젊은 사람들이 주변을 신경 쓰지 않고 재잘거리는 거 좋아해. 내가 늙고 쓸모없는 사람이라는 생각이 들지 않게 하거든."

"헛소리 같은데요(원문: balls to you, 욕설로 개 같은 소리라는 의미다). 심오한 얼굴을 하고서 무슨 생각 중이셨는데요? 내일 무슨 일이 일어날지 고민

하셨나요?"

"내일 일을 걱정하기 시작했다면, 내 텐트에 밤늦게까지 불이 켜져 있는 걸로 알 수 있을걸."

"또 딴 말 하시네요."

메리가 말했다. "거친 말 좀 그만 써요. 내 남편은 섬세하고 예민해서 그런 말 들으면 불쾌해한다고요."

"장군님 심기를 건드려서 기쁜데요. 장군님의 좋은 면을 보는 게 좋거든요."

"그이는 그런 면을 조심스럽게 잘 숨기죠. 여보, 무슨 생각을 하고 있었어요?"

"프랑스 공화국 수비대 경찰을 생각하고 있었어."

"보세요. 장군님에게 섬세한 면이 있다고 늘 말했잖아요. 이렇게 예기치 않을 때 나온다니까요. 프루스트 같아요. 그 남자 매력적이에요? 저 편견 같은 거 없어요."

"파파와 프루스트는 같은 호텔에서 지낸 적 있어요. 그런데 파파는 항상 다른 시기라고 주장하죠"

"신만이 정말 어떤 일이 있었는지 아시겠네요." G.C.는 무척 기분이 좋았고 오늘 밤 전혀 긴장하지 않았으며, 잘 잊어버리는 메리도 기분이 좋고 아무런 문제가 없어 보였다. 전날에 싸웠던 것은 하루 동안은 기억해도 1주일이 지나면 완전히 잊어버렸다. 메리는 선택적 기억력을 가졌고, 자신에게 유리한 것만 기억하는 건 아니었다. 기억 속의 자신에게 너그럽게 대하기도 했고 다른 사람에게 너그럽게도 했다. 참 특이한 여자지만 그래서 난 그녀를 너무 사랑했다. 그 순간 메리의 결점은 단 두 가지였다. 사자 사냥을 하기에는 키가 너무 작았고, 사냥꾼이 되기에는 마음씨가 너무 고왔기에, 짐승을 쏠 때 위축되거나 조금 움찔거린다는 결론을 내렸다. 난 이런 점이 매력적이라고 생각했고, 결코 화를 내지 않았다. 하지만 메리는 머리로는 우리가 짐승을 잡는 이유와 그 필요성을 이해했기 때문에 스스로 화를 냈고, 임팔라와 같이 아름다운 동물은 절대 잡지 않고 추하고 위험한 짐승들만 잡자고 마음먹고 나서는 사냥을 즐기게 됐다. 6개월 동안 매일 사냥을 하면서, 그녀는 사냥을 좋아하게 됐다. 원래 사냥은 못된 짓이지만, 깔끔하게 사냥을 한다면 부끄러운 게 아니었다. 하지만 그녀의 내면에는 너무 선한 면이 있어서 무의식적으로 목표물을 빗나가 버리기도 했다. 난 그런 점 때문에 메리를 사랑했다. 하지만 같은 이유로 가축이 도살되기 전 지내는 축사에서 일하거나 개나 고양이를 안락사시키거나 경마장에서 다리가 부러진 말의 목숨을 끊는 여자를 사랑할수는 없었다.

G.C.가 물었다. "그 경찰 이름이 뭐였어요? 알베르틴Albertine(마르셀 프루스트의 소설 잃어버린 시간을 찾아서의 등장인물)?"

"아니. 무슈라고 불렀어."

"장군님이 우리를 놀리는데요, 메리 양."

두 사람은 계속 런던 이야기를 했다. 그래서 나도 런던에 대해 생각하기 시작했는데, 너무 시끄럽고 정상적인 곳은 아니었지만 불쾌한 곳도 아니었다. 난 런던에 대해 아는 게 없다는 것을 깨달았고, 그래서 파리 생각을 하기 시작했고, 전보다 더 자세하게 떠올렸다. 사실 나는 메리의 사자가 걱정됐고, G.C.도 그랬는데, 우리는 각자 서로 다른 방식으로 그 일을 다루고 있었다. 실제로 어떤 일이 벌어지면 늘 수월하게 해결된다. 하지만 메리의 사자 문제는 너무 오랫동안 질질 끌었고, 난 얼른 끝내고 싶었다.

마침내 온갖 벌레들과 딱정벌레와 곤충들이 식당 텐트 바닥으로 잔뜩 몰려서 걸을 때마다 벌레 밟는 소리가 나고 나서야, 우리는 자러 갔다.

G.C.가 자신의 텐트로 가려고 할 때 난 "내일 일은 걱정하지 마."라고 말했다.

"잠깐만요."라고 G.C.가 말했다. 우리는 양쪽 텐트 한가운데에 서 있었고, 메리는 우리 텐트로 갔다. "메리는 그 불쌍한 영양 어디를 노렸어요?"

"메리가 말 안 해줬어?"

"네."

"가서 잠이나 자. 어쨌든 우리는 2막이 돼서야 등장하니까."

"두 사람은 노부부 역할을 하면 안 돼요?"

"못 해. 차로가 한 달 동안 그렇게 하고 싶다고 나에게 조르고 있다고."

"메리 양은 정말 존경스러워요. 파파는 별로 그렇지 않아요."

"평범한 사령관이지."

"안녕히 주무세요."

"내 캄캄한 눈에 망원경을 들이대고 엿이나 먹어, 하디."

"대사 헷갈리신 거 같은데요."

그때 사자가 포효했다. G.C.와 나는 악수했다.

"저 녀석이 파파가 넬슨 말은 잘못 인용하는 걸 들었나 보네요."

"자네와 메리가 한 런던 이야기가 따분했던 거야."

"저 사자 목소리가 멋지네요. 가서 좀 주무세요, 사령관님."

밤에 사자 포효하는 소리가 여러 번 더 들렸다. 그러다 잠이 들었는데 음윈디가 침대 끝에서 이불을 끌어당기고 있었다.

"차이, 브와나Chai, Bwana(차 가지고 왔어요, 브와나)."

밖은 아주 어두컴컴했지만, 누군가 모닥불을 피우고 있었다. 난 차를 들고 메리를 깨웠지만, 그녀의 몸이 좋지 않았다. 아프고 심한 복통을 느꼈다.

"오늘 사냥 취소해요?"

"아뇨, 그냥 기분이 안 좋은 거예요. 차 마시고 나면 괜찮아질 거예요."

"그만둬도 돼요. 그 녀석 하루 더 쉬게 하면 좋은 거 같은데.'"

"아뇨. 갈래요. 괜찮아 질 거예요."

난 나가서 대야에 담긴 찬물로 세수하고 붕산으로 눈을 헹군 다음 옷을 챙겨입고 모닥불 쪽으로 갔다. G.C는 자기 텐트 앞에서 면도하고 있었다. 면도를 다 하고 나서 옷을 입고 모닥불 쪽으로 왔다.

"메리 몸이 안 좋아."

"이런."

"어쨌든 사냥하러 가고 싶데."

"당연히 그렇겠죠."

"잠은 좀 잤어?"

"네, 파파는요?"

"푹 잤어. 지난밤에 사자가 뭘 하고 있었을까?"

"그냥 돌아다닌 거 같아요. 큰 소리도 내고요."

"소리를 많이 냈지. 맥주 한 병 나눠마실까?."

"좋아요."

난 맥주와 유리잔 두 잔을 챙겨왔고, 메리를 기다렸다. 메리는 텐트에서 나오더니 화장실 텐트로 갔다. 그리고 이쪽으로 왔다가 다시 화장실 텐트로 갔다.

"기분은 좀 어때요, 여보?" 메리가 차를 들고 모닥불 옆 탁자로 왔을 때 물었다. 차로와 응구이는 텐트에서 총과 쌍안경과 총탄 자루를 챙겨 나와 차로 옮겼다.

"별로 좋지 않아요. 약 있어요?"

"그럼요. 그런데 그거 먹으면 몽롱해질 거예요. 테라마이신Terramycin도 있어요. 그것도 좋기는 하지만, 몸이 이상하게 느껴질 거예요."

"내 사자가 여기에 왔는데, 왜 이러죠?"

"걱정 말아요, 메리 양. 우리가 도와줄 거고 사자는 방심할 거예요."

"하지만 난 그 사자를 쫓고 싶다고요."

메리는 분명 고통스러워했고, 다시 복통이 일어난 듯했다.

"여보, 오늘 아침에 그 녀석 쉬게 해 둬요. 그게 어쨌든 최선이에요. 편히 쉬면서 몸 챙겨요. 어차피 G.C는 며칠 더 있을 테니까."

G.C는 손바닥을 아래로 해서 흔들면서 안 된다고 했지만, 메리는 보지 못했다.

"당신 사자니까, 시간을 가지고 몸 상태 좋아지면 잡으면 돼요. 그동안 그 녀석은 혼자 있으면서 더 방심하게 될 거예요. 오늘 아침에 우리가 안 나가는 게 훨씬 나아요."

나는 차를 세워둔 쪽으로 가서 나가지 않는다고 말했다. 그러고 나서 모닥불 옆에 있는 케이트를 찾았다. 모든 상황을 아는 듯했지만, 그는 매우 섬세하고 예의가 발랐다.

"멤사히브가 아파."

"알아요."

"스파게티 때문인 거 같아. 이질일 수도 있고."

"네, 스파게티인 거 같아요."

"고기가 너무 오래됐나."

"상한 고기가 조금 들어갔을 수도 있어요. 어두운 데서 만드니까요."

"사자는 그냥 놔 두고, 멤사히브를 간호하기로 했어. 그 녀석은 방심하겠지."

"음주리. 폴리 폴리. 자고새나 뿔닭을 잡아주세요. 음베비아에게 멤사히브가 먹을 수프를 만들라고 할게요."

만약 그 사자가 미끼를 봤더라도 남겼을 거라고 확신한 후, G.C.와 나는 그의 랜드로버를 타고 한 번 둘러보기로 했다.

응구이에게 맥주 한 병을 부탁했다. 맥주병을 젖은 삼베 자루에 넣어서 밤부터 놔뒀는데 여전히 차가웠다. 우리는 나무 그늘 밑에 있던 랜드로버에 앉아서 맥주를 마시면서 메마른 진흙 벌판을 바라봤고, 작은 체구의 톰슨가젤들과 검은 영양들, 빛이 비쳐서 하얀 줄무늬가 회색으로 보이는 얼룩말들이 평원을 가로질러 반대쪽 초원과 그 끝에 있는 출루 고원으로 이동하는 것을 보았다. 오늘 아침에 고원은 짙은 푸른색을 띠었고 아주 멀리 있는 것처럼 보였다. 뒤돌아보니 커다란 산이 아주 가까이 보였다. 캠프 바로 뒤에 있는 듯했고, 한가득 내린 눈은 햇살에 밝게 빛났다.

"메리에게 죽마竹馬(2개의 긴 대막대기에 나지막하게 발판을 각각 붙여 발을 올려놓고 위쪽을 붙들고 걸을 수 있게 만든 것)에 오르게 해서 사냥을 하는 거야. 키가 큰 풀숲에서도 그 사자가 보일거야."

"수렵법에 그러지 말라는 조항은 없죠."

"아니면 차로가 도서관 책장 높은 곳에 책을 꺼낼 때 쓰는 발판 사다리를 차로가 들어도 되고."

"멋진 생각인데요. 아니면 사다리 디딤판에 솜을 채워놓으면 메리는 거기에 총을 두고 쉴 수도 있어요."

"가지고 다닐 수 있을까?"

"그건 차로에게 달렸죠."

"멋진 구경거리가 되겠는걸. 거기에 선풍기도 달고 말이야."

"아니면 선풍기 모양으로 만들 수도 있어요. 하지만 자동차로 간주해서 불법으로 신고되겠죠."

"우리가 그걸 앞으로 굴리고 메리가 다람쥐처럼 올라가는 건데도 불법이야?"

"굴러가는 건 뭐든 자동차예요." G.C.는 법관처럼 말했다.

"나도 걸어갈 때 굴러가듯이 걷는데."

"그럼 파파도 자동차예요. 내가 파파를 신고하면, 징역 6개월형을 선고받고, 식민지 밖으로 추방될걸요."

"우리 조심히 해야겠네, G.C."

"주의와 절제가 우리의 좌우명이잖아요?"

"맥주 남았어?"

"나눠마셔요."

8

메리가 사자를 쏜 날은 참 아름다운 날이었다. 하지만 아름다웠던 건 그것뿐이었다. 밤사이 하얀 꽃이 활짝 피어서 해가 뜨기 전 첫 서광이 초원을 비추자, 안개 사이로 보름달이 새로 내린 눈을 비추는 것 같았다. 메리는 동 뜨기 훨씬 전에 일어나서 옷을 입었다. 부시 재킷의 오른쪽 소매를 걷어 올렸고, .256 만리허에 장전된 탄창을 확인했다. 그녀는 아직 몸이 좋지 않았고 했고, 나도 그럴 거로 생각했다. 메리는 G.C.와 나의 인사를 짧게 받았고, 우리는 농담을 삼갔다. G.C.는 매우 진지한 일을 앞두고 속 편하게 구는 경향이 있었는데, 난 메리가 그 점 말고 그에게 어떤 불만이 있는지 알 수 없었다. 그녀가 나에게 화를 내는 건 정상적인 반응이라고 생각했다. 만약 메리가 기분이 나쁘면, 심술을 부리게 되고, 그러면 내가 알고 있는 그녀의 사격 실력만큼 제대로 맞출지도 모른다. 이것은 동물을 잡기에는 그녀 마음이 너무 착하다고 최근에 세운 나의 훌륭한 가설과 일치했다. 어떤 사람은 편하게 대충 쏘고, 어떤 사람은 외과 의사가 처음 절개를 할 때처럼 신중하게 총알을 장전하는데 필요한 모든 시간을 공들이고 나서 아주 무서운 속도로 총을 쏜다. 또 어떤 사람은 방해되는 일이 일어나지 않는 한 기계적으로 쏴서 제대로 명중시킨다. 오늘 아침 메리는 비장한 각오로 사냥을 나서려 했고, 일을 진지하게 생각하지 않는 모든 사람을 경멸했고, 몸이 좋지 않은 상태에서 무장했는데, 이것은 사냥감을 빗맞혔을 때 핑계가 됐고, 단호한 태도에 사생결단의 의지로 집중을 했다. 내가 보기에 그런 모습은 좋았다. 새로운 접근법이었다.

우리는 차를 출발시켜도 될 만큼 해가 떠오를 때까지 사냥용 차 옆에서 기다렸고, 심각한 표정을 지으며 쥐죽은 듯이 있었다. 응구이는 몹시 이른 아침에는 기분이 언짢았기 때문에 부루퉁했다. 차로는 지루했지만, 조금은 기운차 보였다. 장례식에는 가지만 망자에 대해서는 별생각이 없는 사람 같았다. 청각 장애가 있는 음투카는 경이로운 눈빛으로 어둠이 걷히는 모습을 바라보면서 평소와 같이 행복해했다.

우리는 모두 사냥꾼이었고, 사냥이라는 멋진 일을 시작하려는 참이었다. 사냥에 대해 신비롭게 쓴 헛소리들이 많지만, 종교보다는 훨씬 더 오래됐을 것이다. 어떤 사람은 사냥꾼이고 어떤 사람은 아니었다. 메리는 사냥꾼이었고, 용감하고 사랑스러운 사냥꾼으로, 어렸을 때가 아니라 뒤늦게 사냥을 익혔는데, 새끼 고양이가 성묘가 된 후 처음 발정할 때처럼 사냥하면서 뜻하지 않은 많은 일이 일어났다. 그녀는 이렇게 새로 알게 된 지식과 변화를 우리는 알지만 다른 사람들은 모르는 것으로 구분했다.

메리가 이런 변화를 겪으며 몇 달 동안 온갖 역경에 맞서 엄숙하고 진지한 태도로 사냥하는 모습을 지켜본 우리 네 사람은 마치 어린 투우사의 카드릴라cuadrilla(투우사를 돕는 조수들) 같았다. 투우사가 진지하면 카드릴라도 진지해진다. 그들은 투우사의 모든 결점을 알았고, 각자 다른 방식으로 보상을 받았다. 모두가 투우사에 대한 믿음을 완전히 잃어버렸다가 여러 번 그 믿음을 되찾았다. 우리는 출발해도 될 만큼 해가 충분히 뜨기를 기다리면서 차에 앉아 있거나 돌아다녔는데, 난 투우가 시작되기 전 분위기가 상상됐다. 우리의 투우사는 엄숙했다. 우리 투우사는 심각한 표정을 짓고 있었다. 그래서 평소와 달리 우리도 분위기가 심각했다. 우리의 투우사를 사랑하니까. 우리 투우사는 몸이 좋지 않았다. 그래서 여느 때보다 그녀는 더 보호받고 자신이 선택한 일에 더 많은 기회가 주어져야 했다. 하지만 차에 앉아서 기대어 있으니 잠기운이 사라졌고, 사냥꾼인 우리는 행복해졌다. 늘 새롭고 무슨 일이 펼쳐질지 모르는 하루를 맞이하면서 사냥꾼만큼 행복한 사람은 없을 것이고, 메리도 그런 사냥꾼이었다. 그러나 메리는 이번 임무를 스스로 정했고, 그녀를 마지막 제자로 삼고 다른 여성에게는 강요할 수 없었던 윤리를 가르쳐 준 팝한테서 사자를 죽이는 일의 절대적인 순수함과 미덕에 대해 지도받고 훈련을 받고 가르침을 받았기에, 사자를 잡을 때는 평범한 방식이 아니라 완벽한 방식으로 해야 했다. 팝은 마침내 메리한테서 한 여자에게 깃든 싸움닭의 정신을 보았다. 총알이 어디로 날아갈지 누구도 예측할 수 없다는 게 유일한 단점인 사랑스럽고 뒤늦게 사냥을 배운 사냥꾼이지만 말이다. 팝은 메리에게 윤리 의식을 가르쳐 줬지만, 떠나야만 했다. 그녀는 이제 윤리에 대해서는 잘 알았지만, G.C.와 나만 남았고, 둘 다 팝만큼 믿음이 가지 않았다. 그래서 메리는 늘 미뤄왔던 투우를 하려고 다시 나섰다.

음투카는 나에게 고개를 끄덕이며 출발해도 될 만큼 날이 밝았다고 알렸고, 우리는 어제까지는 초록빛이었는데 밤사이 하얀 꽃이 활짝 핀 초원을 출발했다. 왼편에 노랗게 말라 죽은 키 놓은 풀과 숲이 보이자, 음투카는 조심히 차를 세웠다. 음투카는 고개를 돌렸고, 그의 뺨에 있는 화살 모양 상흔과 칼자국이 보였다. 그는 아무 말도 하지 않았고, 난 그의 시선을 따라가 보니, 검은 갈기가 있는 육중한 사자가 메마른 풀 위로 커다란 머리를 내밀고 우리 쪽으로 다가오고 있었다. 뻣뻣하고 키가 큰 누런 풀 위로 머리만 보였다.

난 G.C에게 속삭였다. "조용히 캠프로 돌아갈까?"

"그러는 게 좋겠어요." G.C도 소리죽여 말했다.

우리가 이야기 나누는 모습에 사자를 몸을 돌려 숲으로 향했다. 키큰 풀만이 흔들리고 있었다.

우리는 캠프로 돌아와 아침을 먹었고, 메리는 우리가 그렇게 돌아가기로 한 이유를 이해했고, 옳은 일이고 필요한 일이었다고 동의했다. 하지만 메리가 만반의 준비를 하고 긴장 상태를 유지하고 있을 때 투우가 또다시 취소됐고, 우리는 평판을 잃어버렸다. 난 몸이 좋지 않은 그녀가 안쓰러워 보였기에, 긴장을 풀고 있기를 바랐다. 그 사자가 마침내 실수를 저질렀다고 이야기해봤자 소용이 없었다. G.C.와 나는 이제 그 녀석을 잡았다고 확신했다. 밤에 먹이를 먹지 못해 아침에 미끼를 찾으러 나온 것이었다. 그리고 다시 숲속으로 향했다. 허기져 누워있을 것이고, 방해만 받지 않는다면, 저녁 일찍 나올 것이었다. 꼭 그래야 한다. 만약 나오지 않는다면, 무슨 일이 있어도 G.C.는 내일 떠나야 하기에, 나와 메리가 직접 해결해야 한다. 하지만 그 사자는 이미 자신의 행동 패턴을 깨트리는 커다란 실수를 했기에, 난 더는 걱정하지 않았다. G.C.가 없이 메리와 그 녀석을 사냥하는 게 더 기분 좋을 수도 있지만, 난 G.C.와 함께 사냥하는 것도 좋았고, 메리와 단둘이 사냥하다가 나쁜 일이 일어나기를 바랄 만큼 어리석지도 않았다. G.C.는 그럴 가능성을 너무나 잘 지적해줬다. 난 언제나 메리가 조준한 곳을 정확히 명중시키고, 지금까지 내가 동물들이 죽을 때 봤던 모습과 똑같이 몸을 구를 것이고, 한 마리 사자로서 보여줄 수 있는 모습으로 죽을 거라는 커다란 환상을 품어왔다. 쓰러졌지만 아직 숨이 붙어있다면 난 두 발을 더 쏠 것이고 그것으로 상황이 종료된다. 메리는 자신의 사자를 잡아서 늘 뿌듯해할 것이라고, 난 그 녀석에게 푼틸라puntilla(투우에서 소의 숨통을 끊을 때 쓰는 단검)만 휘두르며, 메리는 그걸 알고 나를 너무 그리고 영원히 사랑할 것이다. 이런 상상을 6개월 동안 했다. 바로 그때, 더 크고 더 빠른 신형 랜드로버 1대가 한 달 전에 흙투성이었고, 1주일 전에는 진흙 바닥이었지만 지금은 하얀 꽃이 만개한 초원을 지나서 캠프로 들어왔다. 얼굴이 불그스름하고 중간 정도의 키에 색이 바랜 카키색 케냐 경찰관 복장의 사람이 운전했다. 차를 몰려서 흙먼지를 뒤집어썼는데, 눈꼬리에 난 주름 부분에만 먼지가 끼지 않아 하얗게 보였다.

"계십니까?" 그 남자는 식당 텐트로 들어와 모자를 벗으며 물었다. 산 쪽으로 향한 텐트 끝을 올려놓고 모슬린 천을 쳐놓았기 때문에 난 그 차가 오는 걸 봤다.

"모두 있어. 잘 지냈어, 해리 군?"

"무척 잘 지냈죠."

"앉아. 뭐 좀 만들어줄게. 하룻밤 자고 갈 거지?"

그는 앉아서 다리를 쭉 뻗고 고양이처럼 즐겁게 어깨를 돌렸다.

"술을 됐어요. 이 시간에는 마시면 안 돼요."

"그럼 뭐 마실래?"

"맥주 나눠 마실까요?"

난 맥주병을 따서 잔에 따랐고, 건배하자 그는 긴장이 풀리면서 무척 피곤한 눈으로 웃었다.

"자네 짐을 아들이 쓰던 텐트로 옮기라고 할게. 저기 녹색 텐트 비어있어."

해리 던은 수줍음이 많고, 격무에 시달렸고, 친절하면서도 냉혹할 때는 냉혹했다. 아프리카인들을 좋아하고 잘 이해했고, 법 집행과 명령 수행으로 돈을 벌었다. 그는 강인하면서도 상냥했고, 복수심도 중오심도 없었고, 아둔하지도 감상적이지도 않았다. 그는 원한이 서린 나라에서 원한을 품지 않았고, 비열하게 구는 모습을 한 번도 보지 못했다. 그는 부패, 증오, 잔혹함, 상당한 히스테리가 만연한 시대에 법을 집행했고, 매일 인간 한계를 뛰어넘는 일을 했는데, 승진이나 출세 때문이 아니라 현재 자신이 하는 일에서 자신의 가치를 알았기 때문이었다. 언젠가 한 번 메리는 그가 걸어 다니는 인간 요새라고 했다.

"여기서 지내는 거 재밌어요?"

"너무 재밌지."

"소식 들었어요. 아기 예수 생일 전까지 표범을 잡아야 한다는 건 뭐예요?"

"잡지에 실린 사진 때문에 그래. 9월에 찍었어. 우리가 만나기 전에 말이야. 사진기자가 와서 수천 장 찍었지. 난 짧은 기사랑 사진 설명을 썼고. 표범 사진이 멋지게 나왔어. 내가 쏴서 잡았지만 내 표범은 아니야."

"어째서요?"

"우리는 아주 영리하고 덩치가 큰 사자를 쫓고 있었어. 마가디 너머의 에와소 응기로Ewaso Ngiro 반대편 급경사면에 있었지."

"내 담당 구역은 아니네요."

"우리는 이 사자를 잡으려고 했었고, 내 친구는 총잡이와 함께 작은 바위 언덕에 올라가서 그 사자가 나타나는지 살폈지. 그 사자는 메리가 잡을 사자였어. 그 친구와 나를 사자 여러 마리를 잡아봤으니까. 그래서 그 친구가 쏜 총소리와 뿌연 흙먼지 속에 뭔가가 쓰러져서 으르렁거리는 소리를 들었을 때, 우리는 무슨 일이 일어난 것인지 몰랐어. 그건 표범이었고, 흙먼지가 너무 심해서 그 녀석이 일어나 계속 으르렁거리는데도, 어느 방향에서 튀어나올지 아무도 알 수가 없었어. 내 친구 마이토가 바위 언덕 위에서 두 번 쐈고, 나는 흙먼지 가운데를 향해 총을 쏜 후에 몸을 숙여 오른쪽으로 이동했어. 자연스럽게 그쪽으로 나올 거 같았거든. 그 녀석은 계속 으르렁거리며 흙먼지 밖으로 머리를 한 번 내밀었고, 그때 난 표범 목에 총을 쐈고, 그제야 흙먼지가 가라앉았지. 마치 미국 서부의 오래된 술집 밖에서 벌어진 결투 같았어. 표범에게는 총이 없었고, 누군가를 물 수 있을 만큼 가까이 있고, 흥분해 있었다는 점만 빼면 말이야. 사진기자는 마이토와 표범, 우리 모두와 표범, 나와 표범 이렇게 사진을 찍었어. 하지만 마이토가 먼저 쐈고 다시 쐈기 때문에 그 표범은 그 친구 거야. 그래서 나와 함께 찍은 표범 사진이 가장 좋았고, 잡지에 싣고 싶다고 했지만, 나 혼자서 멋진 표범을 잡을 때까지는 그 사진 쓸 수 없다고 했어. 그리고 지금까지 난 3번 실패했지.”

“사냥 윤리가 그렇게 엄격하군요.”

“아쉽게도 그래. 그게 법이기도 해. 처음 피를 흘리게 하고 계속 추적하는 사람의 것이라고.”

아라프 메이나와 수렵 감독관이 돌아와서 저 먼 소금 평원 가장자리에서 암사자 2마리와 새끼 사자 한 마리가 죽었다고 전했다. 미끼는 하이에나가 끌어당겨 먹은 거 말고는 그대로였기에 감시원 두 명은 조심스럽게 그 미끼를 정리했다. 주변 나무에는 독수리들이 있었기에 틀림없이 사자의 관심을 끌 수 있겠지만, 독수리들은 남은 얼룩말 고기를 먹지 못했다. 사자를 확실히 유인하기 위해 높이 매달았기 때문이다. 사자는 배가 고프지 않았기에 밤에 먹잇감을 먹거나 잡지 않았다. 그리고 방해만 받지 않는다면 저녁이 돼서 평원에 모습을 드러낼 것이다.

마침내 우리는 점심을 먹었고, 기운을 차리게 된 메리는 우리 모두에게 상냥하게 물었다. 나에게 냉육冷肉을 더 먹겠다고 물어본 거 같았다. 난 배가 불러서 괜찮다고 하니, 메리는 먹는 게 낫고, 술을 많이 마시는 사람은 많이 먹어야 한다고 말했다. 이 말은 아주 오래된 진리일 뿐만 아니라 우리가 모두 읽었던 리더스 다이제스트Reader's Digest 에 실린 기사의 근거였다. 그 다이제스트 잡지는 지금 화장실에 있다. 난 진정한 술꾼의 공약으로 출마하고, 내 선거구민을 기만하지 않기로 했다고 말했다. 믿을지 모르겠지만 처칠은 나보다 두 배 더 마셨고, 노벨 문학상을 받기도 했다. 내가 주량을 늘린다면, 노벨상을 받지 않을까?

G.C.는 처칠도 적어도 부분적으로는 웅변 때문에 상을 받았으니 혼자서 허풍을 잘 떠는 나도 노벨상을 받아야 한다고 했다. G.C.는 노벨상에 대해서는 잘 모르지만, 내가 종교 분야 업적과 원주민들을 신경 써주는 것으로 상 받을 만하다고 말했다. 메리는 내가 뭔가를 쓰려고 노력한다면, 상을 받을 수 있을 거라고 했다. 이 말에 난 깊이 감동했고, 메리가 사자를 잡는다면, 집필에 집중해서 그녀를 기쁘게 해주겠다고 말했다. 그녀는 내가 뭐라고 쓴다면 그것만으로도 분명 기쁠 것이라고 했다. G.C.는 아프리카의 신비에 관해 쓸 계획이 있는지 그

리고 스와힐리어로 쓸 생각이 있는지 물었고, 내게 유용할 것이라며 내륙 지역 스와힐리어에 관한 책을 가져다주겠다고 했다. 메리는 이미 그 책이 이미 있고, 영어로 쓰는 게 더 좋다고 말했다. 그 책을 필사하면 내륙 지방 스와힐리어를 익히는 데 도움이 될 것이라고 말했다. 메리는 내가 스와힐리어로 문장을 정확히 쓰거나 구사도 못 할 것이라고 했고, 난 매우 애석하게도 그건 사실이라고 인정했다.

"팝은 정말 유창하게 스와힐리어를 구사해요, G.C.도 그렇고요. 그런데 당신은 망신살이에요. 당신만큼 외국어를 서툴게 말하는 사람 본 적 없다고요."

한때는, 몇 년 전만 해도 스와힐리어를 꽤 능숙하게 말했었다고 말하고 싶었다. 하지만 바보같이 아프리카에 계속 머물지 않고 미국으로 돌아가서는 다른 방식으로 아프리카에 대한 향수를 달랬었다. 그러다 아프리카로 돌아오기 전에 스페인 내란이 일어났고, 전 세계가 휘말린 전쟁에 좋든 싫든 참전했고, 상황이 정리되고 나서야 마침내 돌아올 수 있었다. 겉보기에는 거미줄처럼 가벼워 보이지만 쇠줄로 고정된 책임감이라는 쇠사슬을 끊고 돌아오는 것을 쉽지 않았다.

모두가 서로 농담하고 놀리면서 즐거운 시간을 보냈고, 나도 우스갯소리를 조금 했지만, 메리의 환심을 되찾고 싶어서 매우 점잖고 잘못을 뉘우치는 듯한 태도를 보였고, 사자가 나타날 경우를 대비해서 메리가 계속 기분이 좋도록 애썼다. 난 최고의 맛이라고 생각하는 벌머 드라이 사과주Bulmer's Dry Cider를 마시고 있었다. G.C.가 카지아도에 있는 상점에서 몇 병 사 온 것이었다. 매우 가볍고 상쾌했고, 사냥하는데 전혀 지장을 주지 않았다. 1리터 용량이었고, 뚜껑은 나사처럼 돌려서 따는 것이었다. 밤에 깨어있을 때는 물 대신 마셨다. 메리의 아주 친절한 사촌이 우리에게 발삼 잎이 들어간 작고 네모반듯한 베개를 줬다. 난 그걸 항상 목에 베고 자거나 옆으로 누울 때는 귀에 베고 잤다. 어린 시절을 보냈던 미시간의 냄새가 났다. 난 베개를 넣을 수 있는 향기 나는 풀 바구니가 있었으면 했는데, 우리가 여행할 때 밤에 침대 모기장 밑에 두고 싶어서였다. 사과주도 미시간의 맛이 났다. 난 사과주 생산 공장이 늘 생각났는데, 공장 문은 걸쇠와 나무핀만 꽂혀 있었고, 사과즙을 낼 때 쓰였던 삼베 자루를 나중에 말리려고 펼쳐놓으면 나중에는 그 향이 깊은 통까지 퍼졌다. 그 깊은 통에는 마차에 실은 사과를 갈려고 온 사람들이 공장 몫으로 두고 간 것이 들어있었다. 사이다 공장의 둑 아래에는 물이 떨어지면서 소용돌이를 일으켰고 다시 둑 아래로 흐르는 깊은 웅덩이가 있었다. 그곳에서 인내심을 갖고 기다리면 늘 송어를 잡을 수 있었는데, 송어를 잡을 때마다 숨을 우선 죽인 후 그늘에 놔둔 커다란 버드나무 통발에 넣고 그 위에 고사리 잎을 얹고는 사과주 공장에 갔고, 벽에 친 못에 걸려 있는 양철 컵을 꺼내서는 통에 있는 무거운 삼베 자루를 치우고, 사과주를 떠서 마시곤 했다. 지금 우리가 마시고 있는 이 사과주는 그때 미시간을 생각나게 했고, 베개를 베고 있으면 더욱 그랬다.

지금 탁자에 앉아 있으면서, 메리의 몸 상태가 좋아진 거 같아서 난 기뻤고, 사자가 늦은 오후에 나타나서 메리가 뱀처럼 단번에 잡아서 계속 기분이 좋기 바랐다. 점심을 다 먹고 모두가 기분이 좋아졌고 낮잠을 자기로 했다. 사자를 찾으러 갈 때가 되면 메리를 깨우겠다고 했다.

메리는 침대에 눕자마자 잠에 빠졌다. 텐트 뒤쪽을 열어놨고, 산에서 불어오는 선선한 바람이 텐트를 통과했다. 평소에는 텐트의 열린 쪽을 바라보고 잤지만, 지금은 반대쪽에 발삼 베개를 겹쳐서 목에 벴고, 부츠와 바지를 벗고 나서 햇살을 받으며 책을 읽었다. 난 제럴드 헨리Gerald Hanley(아일랜드 소설가이자 여행 작가)가 쓴 무척 재미난 책을 읽고 있었다. 그는 해질녘의 영사The Consul at Sunset이라는 또 훌륭한 소설을 쓰기도 했다. 지금 읽고 있는 책은 수많은 문제를 일으키고 소설 속 등장인물들을 거의 다 죽이는 사자 이야기였다. G.C.와 난 아침에 화장실에서 이 책을 읽으면서 고무되기도 했다. 사자에게 목숨을 잃지 않는 등장인물이 몇 명 있지만, 모두가 다른 나쁜 운명에 처하기 때문에, 우리는 개의치 않았다. 헨리는 글솜씨가 좋았고, 그 책은 사자 사냥을 할 때 큰 용기를 주는 훌륭한 책이었다. 한 번은 사자가 빠른 속도로 달려오는 것을 봤는데, 그때 매우 인상적이었고, 지금도 뇌리에 남아있다. 이날 오후에 난 그 책을 아주 천천히 들었는데, 너무나 좋은 책이라서 책장을 덮고 싶지 않았다. 소설 속 사자가 영웅이나 늙은 소장을 죽이기 바랐는데, 두 사람 모두 고결했지만, 난 그 사자가 무척 마음에 들었기에 그 녀석이 상위 계층 인물들을 죽여줬으면 했다. 하지만 그 사자는 너무나 등장인물들 잘 죽였고, 매우 동정심이 강하고 중요한 인물을 막 죽였을 때, 나머지 내용은 아껴보고 싶었기 마음에, 일어나서 바지를 입고 부츠는 신었는데, 부츠 지퍼는 올리지도 않았다. 그리고 G.C.가 일어났는지 보러 갔다. 난 정보원이 언제나 식당 텐트 밖에서 하듯이 그의 텐트 밖에서 헛기침했다.

"들어오세요, 장군님." G.C.가 말했다.

"안 들어갈 거야. 사람한테 집은 성과 같은 곳이잖아A man's home is his castle.(집은 가장 안전하고 편한 곳으로, 사생활을 존중하겠다는 의미). 맹수들과 맞설 준비가 됐어?"

"아직 너무 일러요. 메리 양은 자요?"

"아직 자고 있어. 무슨 책 읽고 있어?"

"린드버그요Charles Augustus Lindbergh.(1927년에 미국 롱아일랜드에서 프랑스 파리를 최초로 무착륙 단독 횡단하는 데 성공했다). 정말 재밌어요. 파파는 뭐 읽어요?"

"사자의 해The Year of the Lion(제럴드 헨리의 작품) 읽고 있었어. 사자를 초조하게 기다리면서 말이야."

"그 책 한 달째 읽고 있네요."

"6주째야. 자네는 어쩌다가 비행의 신비에 빠졌어?"

그해 우리 둘은 뒤늦게 비행의 신비함에 완전히 빠져있었다. 난 1945년에 정비가 안 됐고 낡은 B-17을 타고 고향으로 돌아간 후에 비행의 신비에 관한 관심이 사라졌다.

시간이 됐을 때, 난 메리를 깨웠고, 총잡이들은 침대 밑에서 나와 메리의 총을 꺼냈고, 총탄을 점검했다.

"사자가 왔어요, 여보. 당신이 이제 잡으면 돼요."

"지금은 시간이 늦었어요."

"다른 생각하지 말아요. 얼른 차에 타요."

"부츠 좀 신고요."

난 메리가 부츠 신는 걸 도왔다.

"내 모자 못 봤어요?"

"여기 있어요. 뛰지 말고 걸어서 가장 가까이 있는 랜드로버에 타요. 그 사자를 잡을 생각만 해요."

"그만 좀 떠들어요. 나 좀 내버려둬요."

음투카가 차를 몰고, 메리는 G.C는 앞 좌석에 탔다. 응구이, 차로와 나는 수렵 감시원과 함께 짐칸에 탔다. 난 총열에 있는 탄약통과 30-60 탄창과 내 주머니에 있는 30-60 탄창을 확인하고 이쑤시개로 조준경 후면부에 낀 먼지를 빼냈다. 메리는 총을 똑바로 들고 있어서, 조금 전에 닦는 어두운색의 총열과 조준경을 고정시켜 놓은 스카치테이프와 초라한 모자를 쓴 그녀의 뒷모습이 잘 보였다. 해는 이제 언덕에 걸쳐있었고, 우리는 꽃이 만개한 초원을 숲과 평행을 이루는 오래된 길을 타고 북쪽으로 향했다. 차가 멈췄고, 운전석에 있던 음투카만 남고 모두 차에서 내렸다. 사자 발자국은 오른쪽으로 꺾여서 작은 숲과 덤불 사이로 향했다. 홀로 나무가 서 있는 곳에는 덤불로 미끼를 가려놨지만, 사자는 입도 대지 않았고, 독수리도 먹지 않았다. 독수리들은 모두 나무 위에 있었다. 해 쪽으로 돌아보니 10분도 안 돼서 먼 서쪽 언덕 아래로 해가 완전히 저물 듯했다. 응구이는 개미집에 올라가서 주변을 조심스럽게 살폈다. 그리고 손을 얼굴 가까이 가져가서 방향을 가리킨 후 재빨리 개미집에서 내려왔다.

응구이가 말했다. "히코 후코Hiko huko(저기예요). 음주리 모토카Mzuri

motochah(자동차로 가는 게 좋아요)."

나와 G.C는 다시 해를 바라봤고, G.C.는 음투카에게 오라고 손짓했다. 우리는 차에 올라탔고, G.C.는 음투카에서 가려는 방향을 알렸다.

"그런데 그 사자는 어딨어요?" 메리가 G.C.에게 물었다.

G.C.가 메리에게 답했다. "우리는 여기에 차를 두고 갈 거예요. 사자는 저기 작은 숲과 덤불 속에 있어요. 파파는 왼쪽편을 맡아서 저녀석이 숲으로 도망 못치게 막을 거예요. 메리 양과 저는 정면으로 접근하고요."

해가 아직 언덕 위에 떠있었고, 우리가 사자가 있을 곳으로 향했다. 웅구이는 내 뒤를 따랐고, 오른쪽에 메리는 G.C.보다 앞서 걸었다. 차로는 G.C. 뒤에 있었다. 그들은 나무숲 쪽으로 똑바로 향했다. 이제 사자가 보였고, 난 비스듬히 걸으면서 왼쪽으로 갔다. 그 사자는 우리를 지켜보고 있었고, 지금 자신이 얼마나 불리한 지를 생각하고 있을 것이다. 난 한 걸음 한 걸음 내디디면서, 그 녀석이 여러 번 은신처로 도망쳤던 퇴로를 막았다. 그 녀석이 내 쪽으로 돌진하거나 메리가 G.C.가 있는 쪽으로 가는 것 외에는 선택의 여지가 없었을 뿐더러 상처를 입을 수 밖에 없었다. 도망을 쳐서 빽빽한 숲으로 몸을 숨기려고 해도 북쪽으로 540m를 가야했다. 그리고 그 곳에 가려면 탁 트인 평원을 건너야만 했다.

이제 왼쪽으로 충분히 갔다고 생각한 나는 사자를 향해 움직이기 시작했다. 사자는 넓적다리가 덤불 속에 파묻힌 채 그 자리에 서 있었고, 한 순간에 고개를 돌려 내 쪽을 바라봤다가 또다시 고개를 돌려 메리와 G.C.를 봤다. 사자 머리는 크고 짙은 색이었지만, 움직일 때보니 몸에 비해 머리가 그렇게 큰 것은 아니었다. 사자의 몸은 육중하고 단단하고 길었다. G.C.가 메리에게 사자와 얼마나 가깝게 다가가게 할 지 몰랐다. 난 그들을 보지 않았고, 사자를 응시하면서 총소리가 들리길 기다렸다. 난 이미 필요한 만큼 사자와 가까이 있었고, 만약 내 쪽으로 온다면 총을 쏠 거리가 충분했다. 사자가 상처를 입는다면, 내 뒤쪽에 은신처가 있었기 때문에 나를 향해 달려들 게 분명했다. 메리가 곧 그 녀석에게 총을 쏠 거라고 생각했다. 그녀는 충분히 가까이 접근했다. 하지만 G.C는 조금 더 가까이 가라고 했을 것이다. 나는 고개를 낮춰 사자를 계속 응시한 채 곁눈질로 그 두 사람을 보았다. 메리는 쏘려고 했지만, G.C는 말리고 있었다. 그들을 더 가까이 다가가지 못했는데, 그들이 서 있는 곳에서 메리와 사자 사이에 나뭇가지나 장애물이 있는 듯했다. 태양이 언덕의 첫 번째 봉우리에 걸리면서 사자의 털 색깔이 변했다. 총을 쏘는데 빛이 충분했지만, 빠르게 저물 것이다. 사자는 아주 조금 오른쪽으로 이동하더니 메리와 G.C를 바라봤다. 사자의 눈이 시야에 들어왔다. 아직 메리는 총을 쏘지 않았다. 사지는 다시 아주 조금 움직였고, 그때 메리의 총 발사 소리와 총알이 박히는 메마른 소리가 들렸다. 메리가 사자를 맞췄다. 사자는 덤불 속으로 뛰어 들어가더니 북쪽 은신처로 향했다. 메리는 그 녀석에게 다시 총을 쐈고, 이번에는 명중했다고 확신했다. 그 녀석은 큰 머리를 마구 흔들었다. 난 방아쇠를 당겼고, 그 녀석 뒤에서 흙먼지가 일어났다. 난 그 녀석을 따라가 앞으로 갔다가 뒤로 빠졌다가 하면서 압박했다. G.C.는 잇따라 2발을 쏘자 흙먼지가 피어났다. 난 사자를 향해 다시 쐈고, 이번에는 사자 앞쪽에서 흙이 튀어 올랐다. 이제 점점 몸이 처지는 그 녀석은 필사적으로 달렸는데, 조준경에서 작게 보이기 시작했고, 다시 조준경으로 작고 빠르게 사라져가는 그 녀석을 봤을 때 먼 곳의 은신처에 가까워진 게 분명했기에, 부드럽게 총구를 들려 총을 쐈다. 흙 먼지는 일지 않았으며, 그 녀석은 앞으로 쓰러지더니 머리가 땅에 닿았고 앞발은 움직이고 있었다. 그때 둔탁한 총알 소리가 들렸다. 응구이가 내 등을 치더니 나를 팔로 안았다. 사자는 일어나려고 했지만 G.C.가 쏜 총에 옆으로 쓰러졌다.

난 메리에게 다가가 키스했다. 메리는 기뻐했지만, 무엇인가 잘못된 듯 했다.

"나보다 당신이 먼저 쐈어요." 메리가 말했다.

"그런 말 말아요, 여보. 당신이 저 녀석을 쏴서 맞춘 거라고요. 우리가 그렇게 오래 기다렸는데 내가 어떻게 당신보다 먼저 쏘겠어요?"

"응디오. 멤사히브 피가Ndio. Memsahib piga(맞아요. 멤사히브가 쐈어요)." 차로가 말했다. 메리가 총을 쏠 때 차로는 바로 그녀 뒤에 있었다.

"당연히 당신이 쐈어요. 첫발에 맞췄다고요. 그리고 또 명중시키고요."

"하지만 죽인 건 당신이에요."

"그 녀석이 총에 맞고 나서 빽빽한 숲으로 들어가는 건 막아야 했으니까요."

"하지만 당신이 먼저 쐈어요. 알잖아요."

"안 쐈다니까. G.C.에게 물어봐요."

우리는 모두 사자가 쓰러진 곳으로 향했다. 한참을 걸어야 했지만, 걸어가면 갈수록 사자가 점점 크게 보였고 죽은 게 확실해졌다. 총을 쏘기에는 해는 이미 저물어 버렸다. 나는 속이 답답했고, 지쳤다. 나와 G.C., 두 사람 모두가 땀에 온몸이 젖었다.

G.C가 말했다. "당연히 당신이 맞췄어요, 메리 양. 파파는 그 녀석이 덤불 밖으로 나오기 전에까지는 쏘지 않았어요. 당신이 두 번 쐈어요."

"그 사자가 거기 서서 나를 보고 있을 때, 쏘고 싶었는데, 왜 말렸어요?"

"중간에 나뭇가지가 있어서 총알이 빗나가거나 망가질 수 있었거든요. 그래서 기다리라고 한 거예요."

"그러고 나서 그 사자가 움직였잖아요?"

"그래서 당신이 쏠 수 있었고요."

"하지만 정말 내가 먼저 쐈어요?"

"그럼요. 당신이 쏘기 전에 누가 쏘겠어요?"

"나 기분 좋게 하려고 거짓말하는 건 아니죠?"

차로는 예전에도 이런 모습을 본 적 있었다.

차로는 성질을 내며 말했다. "피가! 피가, 멤사히브. 피!가!"

난 손으로 가볍게 웅구이의 엉덩이를 치고 나서 차로 쪽으로 바라봤고, 웅구이는 그쪽으로 향했다.

응구이는 매몰차게 말했다. "피가. 피가 멤사히브, 피가 빌리Piga bili(두 번 쐈어요)."

G.C.는 내 옆으로 왔고, 난 "왜 그러는데?"라고 물었다.

"조준 높이로 어디 정도 노렸어요?"

"45㎝이었냐. 60cm 정도. 화살을 쏘는 것처럼 봤어."

"걸어서 돌아갈 때 재봐요."

"아무도 안 믿을걸."

"우리가 믿어요. 그게 중요하잖아요."

"가서 메리가 쏜 거라고 이해시켜줘."

"메리는 저 사람들 말 믿고 있어요. 파파가 등을 쐈어요."

"그래."

"총알 명중 소리가 되돌아올 때까지 얼마나 걸렸는지 들었어요?"

"그럼 들었지, 가서 메리한테 말해줘."

랜드로버는 우리 뒤에 멈췄다.

이제 우리는 그곳에 사자와 함께 있었고, 그 녀석이 메리의 사자였으며, 메리도 이제 그 점을 받아들이고 너무나 멋지고 길고 아름다운 녀석의 모습을 바라보았다. 낙타 파리들이 꼬였지만, 녀석의 노란 눈의 안광은 아직 빛났다. 난 사자의 검고 숱이 많은 갈기를 만졌다. 음투가가 랜드로버를 세우고 다가와서는 메리와 악수했다. 메리는 사자 옆에 무릎을 꿇었다.

그때 우리는 트럭이 캠프에서 평원을 가로질러 오는 것을 보았다. 캠프 사람들은 총소리를 들었고, 케이티는 경비원 2명만 캠프에 남기고 모두 데리고 왔다. 사람들은 사자 노래를 부르면서 트럭에서 우르르 내렸고, 메리는 더는 누구의 사자인지 의심하지 않았다. 난 사자가 죽는 것도 사람들이 축하하는 것도 많이 봤다. 하지만 이처럼 멋진 광경은 처음이었다. 난 메리가 마음껏 즐기길 바랐다. 메리가 괜찮아진 것을 보고 난 사자가 도망치려고 했던 빽빽한 숲으로 향했다. 그 녀석은 거의 그 숲에 몸을 숨길 뻔했다. 만약 G.C.와 내가 그 녀석을 몰아내려고 그곳에 들어갔다면 어땠을지 생각해봤다. 더 어두워지기 전에 그곳을 한번 보고 싶었다. 사자가 60m만 더 갔다면 그 숲으로 몸을 피했을 것이고, 우리가 도착할 때쯤에는 어두워졌을 것이다. 큰일이 날 뻔했다고 생각하면서 난 사람들이 축하하고 사진 찍는 곳으로 돌아갔다. 트럭과 랜드로버 헤드라이트가 메리와 사자를 비췄고, G.C.가 사진을 찍고 있었다. 응구이는 랜드로버에 실었던 탄약 주머니에서 지니 플라스크를 꺼내 나에게 가져다줬다. 난 가볍게 한 모금 마신 후에 응구이에게 건넸다. 그는 조금 마셔보더니 고개를 흔들면서 나에게 다시 줬다.

응구이는 "피가."라고 말했고, 우리 두 사람은 웃었다. 난 술을 쭉 들이켰고, 몸이 따뜻해지고 뱀이 허물을 벗든 긴장감이 풀렸다. 그때야 우리가 드디어 그 사자를 잡았다는 게 실감이 났다. 상당히 먼 거리에서 쏜 총알이 명중해서 그 녀석이 쓰러졌을 때와 응구이가 내 등을 쳤을 때 이론적으로는 잡았다는 것을 알았다. 하지만 메리가 걱정하고 화를 내며 쓰러진 사자에게 다가가면서, 공격이 끝나 버린 것처럼 우리는 냉정해지고 초연해졌다. 이제 술을 마시고 사람들끼리 축하를 하면서 사진을 찍었는데, 마음에 들지 않지만 필요한 사진 촬영이었다. 너무 늦은 밤에 찍고 플래시도 없고, 메리의 사자를 불사신으로 보이게 찍는 전문가도 없지만, 자동차 헤드라이트 때문에 빛나는 메리의 기뻐하는 얼굴과 그녀가 들기에는 너무나 무겁고 큰 사자머리를 보면서, 그녀가 자랑스럽고 사자가 딱했지만, 내 마음은 텅 빈 방처럼 공허했다. 케이티는 메리 쪽으로 몸을 숙여 눈으로 보고도 믿기지 않는 사자의 검은 갈기를 만지면서 미소를 지었고, 사람들은 캠버어로 새처럼 조잘거렸고, 각자가 우리의 사자와 우리가 쏟은 힘과 메리의 노력을 자랑스러워했는데, 메리는 몇 개월 동안 사자를 쫓았고 직접 자신의 힘으로 쏴서 맞췄기 때문이다. 메리는 이제 행복해했고, 헤드라이트 불빛을 받아 저승사자가 아니라 작은 천사처럼 빛났고, 모두가 그녀와 우리의 사자를 사랑하자, 비로소 나는 긴장이 풀리고 즐거워졌다.

차로와 응구이는 케이티에게 사자를 잡았던 당시 상황을 말해줬고, 그는 나에게 다가와 악수를 하며 말했다. "음주리 사나 브와나. 우차위 투.Mzuri sana Bwana. Uchawi tu.(대단해요, 브와나. 마술 같아요.)"

"운이 좋았어요." 라고 난 말했다. 신도 아실 것이다.

"운이 아니에요. 음주리 음주리. 우차위 쿠브와 사나.Mzuri. Mzuri. Uchawi kubwa sana.(대단해요. 엄청난 마술이에요.)"라고 케이티가 말했다.

그때 난 사자를 잡는데 오늘 오후를 받쳤던 것과 이제는 다 끝났고 메리가 마침내 해냈다는 것을 떠올렸고, 난 응구이와 음투카와 팝의 총잡이, 우리 종교를 믿는 다른 사람들과 수다를 떨고, 고개를 흔들면서 웃었다. 웅구이는 지니 플라스크에 든 술을 또 마시고 싶다고 했다. 그들은 우리가 캠프에 도착해서 맥주를 마실 때까지 기다리려고 했지만, 지금은 내가 그들과 함께 마시길 원했다. 그 사람들은 지니 플라스크에 입만 가져다 댔다. 사진 촬영을 끝낸 메리는 우리가 마시는 걸 보더니 플라스크를 달라고 했고, 한 모금 마신 후 G.C에게 넘겼다. 사람들은 플라스크를 다시 돌렸고, 나는 그 술을 마시고 나서 사자 옆에 누워서는 스페인어로 아주 다정하게 죽여서 미안하다고 우리를 용서해달라고 말했고, 옆에 누워 있는 동안 사자의 상처를 만졌다. 네 군데에 상처가 났다. 메리가 쏜 총알은 발과 궁둥이에 맞았다. 사자 등을 만지니 척추 부분에 내가 맞춘 총알 자국이 있었고, 어깨 뒤 측면에 G.C가 쏜 총알 때문에 생긴 커다란 구멍이 있었다. 그 녀석을 내내 쓰다듬고 스페인어로 이야기로 하고 있었는데, 사자에 붙어있던 낙타 파리들이 나에게 달려들면서, 난 사자 앞 흙바닥에 집게손가락으로 물고기 그림을 그린 후 손바닥으로 문질러 버렸다.

캠프로 돌아가는 길에 웅구이와 차로와 나는 말이 없었다. 단 한 번 메리가 자신이 쏘기 전에 내가 먼저 쏜 게 정말 아니냐고 G.C.에게 물어보는 소리를 들었고, G.C.가 메리가 사자를 잡았다고 말해주는 소리가 들렸다. G.C.는 메리가 먼저 맞췄고, 이런 일은 항상 생각한 대로 되지 않으며, 짐승이 상처를 입으면 숨통을 끊어놔야 하고, 우리는 운이 좋았고, 메리는 기뻐해도 된다는 것도 말했다. 하지만 6개월 동안 그녀가 바라고 꿈꿨고 걱정하고 기다려왔던 것과는 달랐기에 메리의 기분이 왔다 갔다 했다. 난 그녀가 어떤 감정일지 생각했고, 다른 사람에게는 큰 차이가 아니더라고, 메리에게는 세상 모든 게 바뀌는 변화였다는 걸 알았다. 하지만 만약 다시 그 사냥을 시작한다고 해도, 다르게 흘러갈 거라는 보장이 없다. G.C.가 누구보다 메리가 사자에게 가까이 다가가게 해서 멋진 한 방을 쏠 수 있었지만, 그녀의 목숨이 걸렸다. 만약 메리가 맞춰서 사자가 달려든다면, 그 녀석이 그들을 덮치기 전에 G.C.는 오직 한 발만 쏠 시간적 여유만 있었을 것이다. G.C.의 커다란 총은 사자가 다가오면 치명상을 입힐 수 있을 만큼 성능이 좋지만, 2~300m 거리에서 쏘아야 한다는 결점이 있었다. 우리 두 사람은 그 점을 알았고, 농담으로라도 말하지 않았다. 그 거리에서 사자를 쏘게 되면 메리는 큰 위험에 처하게 된다. 최근 비슷한 거리에 메리가 살아있는 사냥감을 향해 쐈을 때 45cm 정도 빗나갔다는 것도 우리 둘 다 알았다. 지금은 그 얘기를 할 때가 아니었지만 응구이와 차로도 그 일을 알았고 나도 오랫동안 그 일을 생각했다. 그 사자는 사람을 덮치기에는 유리한 장소인 빽빽한 숲에서 싸우려고 마음먹었고, 거의 승리할 뻔했다. 그 녀석은 어리석지도 겁쟁이도 아니었다. 자신에게 유리한 장소에서 싸우려고 했다.

캠프로 돌아온 우리는 모닥불 옆 의자에 앉아서 다리를 쭉 벗고 톨 드링크tall drink(칵테일의 일종)를 마셨다. 팝이 있었으면 했지만, 팝은 그 자리에 없었다. 난 케이티에게 캠프 사람들에게 맥주를 나눠주라고 했고, 뭔가가 시작되길 기다렸다. 갑자기 내린 폭우로 메마른 강에 높은 물보라가 굉음을 내면서 몰아치는 것처럼 그 의식은 갑자기 시작됐다. 누가 메리를 데려올지 결정한 다음, 텐트 뒤에서 모두가 캄바족 춤을 추고 사자 노래를 부르며 나타났다. 덩치가 큰 급사 청년과 트럭 기사를 의자를 가져와 놓고, 케이티가 춤추고 손뼉을 치면서 메리를 데려왔다. 사람들은 그녀를 높이 들고 모닥불 주위를 돌면서 춤추기 시작했고, 텐트촌 주변과 사자 주위를 돌고 나서 요리용 모닥불과 남자들이 있는 모닥불 주변을 돌았고, 장작용 트럭 주위를 왔다 갔다 하면서 춤췄다. 수렵 감시원들은 모두 반바지를 입었는데, 노인들을 제외하고 다른 사람들도 같은 옷차림이었다. 난 메리의 밝은색 머리와 그녀를 들고 다니거나 몸을 웅크리고 발을 구르다가 춤을 추면서 앞으로 나와 그녀에게 손을 뻗는 검고 강인하고 아름다운 육체를 보았다. 아름답고 열광적인 사자춤이었다. 마침내 그들은 메리를 모닥불 옆 캠프 의자에 내려놨고, 그녀와 악수를 하는 것으로 의식은 끝났다. 메리는 행복했고, 우리는 맛있는 저녁을 먹은 후 잠자리에 들었다.

밤에 잠에서 깬 나는 다시 잠들지 못했다. 갑자기 잠에서 깼고, 주위는 정말 고요했다. 곧 메리의 규칙적이고 부드러운 숨소리가 들렸고, 매일 아침 메리와 그 사자와 맞붙지 않아도 된다는 생각에 안도했다. 그리고 메리가 바라고 계획했던 대로 사자가 죽지 않다는 게 안타깝다는 생각이 들었다. 사람들의 축하와 격렬한 춤과 친구들의 사랑과 헌신으로 메리가 느꼈을 실망감이 누그러졌을 것이다. 하지만 아침만 되면 큰 사자를 쫓은 지 100일이 넘었고, 그 실망감이 되살아날 게 뻔했다. 자신이 어떤 위험에 처하게 될지 모른다. G.C.도 나도 메리에게 말하고 싶지 않았는데, 솔직히 말해 아무런 이유 없이 선선한 저녁에 진땀을 흘린 게 아니었다. 사자가 나를 바라보다가 눈을 내리깔고는 메리와 G.C.를 바라봤고 시선을 오래 떼지 않았다는 것을 떠올렸다. 난 침대에 누워 사자가 스탠딩 스타트standing start(육상경기에서 선 자세로 출발하는 방법)로 단 3초만에 100m를 달린다는 것을 생각했다. 그 레이하운드보다 더 낮은 자세로 더 빨리 달리고, 먹잇감에 다다를 때까지 뛰어오르지 않는다. 메리의 사자 체중은 180kg이 넘었고, 높은 가시나무 울타리를 넘어 소를 잡을 만큼 힘이 셌다. 그 녀석은 몇 년간 추적당했지만, 매우 영리했다. 하지만 우리는 그 녀석이 방심하도록 유인했다. 그 녀석이 죽기 전에 높고 둥근 언덕에 누워서는 꼬리를 늘어뜨리고 커다란 발을 편안하게 앞으로 내밀고 푸르른 숲과 커다란 산꼭대기에 내린 하얀 눈을 보던 모습을 떠올리며 난 행복해졌다. G.C.와 나는 메리가 처음 쏜 총에 맞고 죽기를 바랐다. 그렇지 않으면 상처를 입은 채 달려들 것이기 때문이다. 하지만 자신만의 방식대로 했다. 첫 발은 따끔거리기만 했을 것이다. 우리를 끌어들여 싸우려고 했던 울창한 은신처로 뛰었을 때 다리 근육 위쪽을 맞춘 두 번째 발은 상당히 세게 때리는 정도로 느꼈을 것이다. 사자가 갈퀴질을 하고 쓰러지기를 바라면서 내가 먼 거리에서 쏜 총알이 우연히 그 녀석의 척추에 맞았을 때 어떤 고통을 느꼈을지 생각하고 싶지 않았다. 220 그레인 총알이라서 얼마나 고통스러웠을지 생각할 필요가 없었다. 내 척추가 골절된 적이 없었고 알고 싶지도 않았다. G.C.의 멋진 원거리 사격으로 녀석이 한순간에 죽어서 다행이라고 생각했다. 그 사자는 이제 죽었고, 사냥을 안 해도 된다.

자려고 했지만, 사자를 생각했고, 만약 그 울창한 숲에 도달했다면 어떻게 됐을지, 똑같은 상황을 겪은 다른 사람들의 경험을 떠올리다가 이 모든 게 다 무슨 소용인가 싶었다. 그건 G.C와 함께 이야기하고 팝과 할 이야기였다. 메리가 잠에서 깨서 "내 사자를 잡아서 너무 기뻐요."라고 말했으면 좋겠다. 하지만 그건 너무 큰 기대였고, 지금은 새벽 3시였다. 스콧 피츠제럴드Scott Fitzgerald(미국 소설가)가 쓴 '영혼의...은... 새벽 3시였다.'라는 문장이 생각났다. 몇 개월 동안 새벽 3시면, 한 시간 반이나 두 시간 뒤에는 일어나서 옷을 챙겨입고 부츠를 신고 메리의 사자를 사냥하러 갈 시간이라는 의미였다. 난 모기장을 걷어 올리고 사과주 병을 찾았다. 밤이라서 병은 차가웠고, 베개 2개를 겹쳐서 등을 기댔고, 발삼 잎이 든 사각형 베개는 목 밑에 받치고는 영혼에 대해 생각했다. 먼저 피츠제럴드가 쓴 문장을 분명히 해야 했다. 그 문장은 연재 기사에서 나왔는데, 그는 이 세상과 예전에 품었던 싸구려 이상을 버렸으며, 자신을 금이 간 접시라고 언급했었다. 기억을 더듬거려 그 문장을 떠올렸다. "영혼의 진정한 어두운 밤은 항상 새벽 3시다."

아프리카의 밤에 잠에 깨서는 난 영혼에 대해 전혀 모른다고 생각했다. 사람들은 늘 영혼에 대해 말하고 영혼에 관한 글을 쓰지만, 누가 영혼에 대해 아는가? 난 영혼에 대해 아는 사람을 한 명도 몰랐고, 영혼이 있는지도 알 수 없었다. 영혼은 매우 기묘한 믿음으로 내가 영혼에 대해 안다고 하더라도, 응구이와 음투카와 다른 사람들에게 설명하기는 무척 어려웠을 것이다. 잠에서 깨기 전 꿈을 꾸고 있었는데, 꿈에서 난 하체는 말이었고 상체는 인간이었는데 왜 전에는 아무도 이런 모습을 몰랐는지 궁금했다. 무척 논리적인 꿈이었는데, 신체 변화를 겪고 인간이 되는 순간을 꾸었다. 너무 선명했고 좋은 꿈 같아서 사람들에게 이 꿈 이야기를 하면 어떤 반응을 할지 궁금했다. 난 이제 완전히 잠이 깼고, 사과주는 시원하고 상쾌했지만, 꿈속에서 내 몸이 말이었을 때 근육의 감각이 여전히 느껴지는 거 같았다. 이건 영혼에 관한 생각에 도움이 되지 않았지만, 나는 나만의 말로 영혼이 무엇인지 생각하려고 했다. 아마도 가뭄에도 마르지 않고 겨울에도 얼지 않는 맑고 깨끗한 샘물이 사람들이 말하는 영혼을 대신해 우리가 가진 영혼에 가장 가깝지 않을까? 내가 어렸을 때, 시카고 화이트 삭스 야구팀에는 해리 로드Harry Lord라는 3루수가 있었는데, 상대 투수가 지치거나 어두워져 경기가 종료될 때까지 3루 라인 밖으로 파울을 쳤다. 그때 난 너무 어렸고 모든 것이 과장된 기억일 수 있지만, 야구장에 아직 조명 시설이 없을 때라서, 어두워지기 시작하고 해리는 계속 파울을 치면, 관중들이, "로드, 로드, 당신의 영혼을 구하소서Lord, Lord Save Your Soul.('주여'를 뜻하는 Lord와 해리 로드의 성 Load가 철자와 발음이 같다)."라고 소리쳤던 것이 기억난다. 이 일이 내가 영혼을 가장 가깝게 느꼈던 순간이었다. 한 번은 난 내 영혼이 빠져나갔다가 다시 들어왔다고 생각한 적 있었다. 그러나 그 당시 나는 무척 자기중심적이었고, 영혼에 관한 이야기를 너무 많이 듣고 너무 많이 읽었기 때문에 나에게 영혼이 있다고 생각했다. 그러다가 메리나 G.C.나 웅구이나 차로나 내가 사자에게 목숨을 잃는다면, 우리의 영혼은 어디론가 날아갈 것인지 생각했다. 난 그렇지 되지 않을 거라고 생각했고, 우리 모두 그저 죽은 육신이 될 것이고, 어쩌면 사자보다 더 그럴 것이다. 그리고 누구도 사자의 영혼 따위는 걱정하지 않는다. 최악의 상황은 나이로비로 가서 조사받는 것이다. 하지만 메리나 내가 사자에게 공격을 받아 죽었다면, G.C.가 경력에 큰 타격을 입을 건 분명했다. 만약 G.C.가 죽었다면, 불운일 것이다. 내가 죽었다면 내 작품이 악영향을 받을 것이다. 차로도 응구이도 죽는 게 싫었을 것이고, 메리가 죽었다면, 메리 자신이 가장 놀랄 것이다. 그런 일이 일어나서는 안 됐고, 매일 그런 일이 일어날 수 있는 상황에 놓이지 않는 것으로 안심이 됐다.

하지만 "영혼의 진정한 어두운 밤은 항상 새벽 3시다."라는 말과 무슨 관련이 있는가? 메리와 G.C에게 영혼이 있는가? 내가 아는 한 두 사람은 종교를 믿지 않는다. 하지만 사람에게 영혼이 있다면, 두 사람에게도 영혼이 있을 것이다. 차로는 믿음이 믿은 이슬람교 신도이기에, 우리는 그에게 영혼이 있다고 믿어야 한다. 이제 응구이와 나와 사자만 남았다.

지금 이곳은 새벽 3시가 됐고, 난 조금 전에 말 다리였던 다리를 쭉 번은 다음 일어나 밖으로 나가 모닥불 옆에 앉아 나머지 밤과 새벽을 즐기자고 생각했다. 난 모스키토 부츠를 신고 목욕가운을 걸치고 권총 벨트를 찬 후에 모닥불이 있는 곳으로 갔다. G.C.가 의자에 앉아 있었다.

G.C.는 아주 조용히 물었다. "우리는 왜 이 시간에 깼을까요?"

"내가 말인 꿈을 꿨어. 너무 생생했어."

난 G.C.에게 스캇 피츠제럴드와 새벽 3시에 관한 문장을 말해주며,

그의 생각을 물었다.

"잠에서 깨면 어느 시간이든 안 좋은 시간이 될 수 있죠. 왜 그 사람이 3시를 콕 집었는지 모르지만, 상당히 좋은 말인 거 같아요."

"난 두려움과 걱정과 회한이라고 생각했어."

"우리 둘 다 그런 거 충분히 하지 않았어요?"

"그렇지. 장사도 해도 될걸. 하지만 그 사람은 양심이나 절망에 대해 말하고 싶었던 거 같아."

"어니스트, 당신은 절망한 적 없잖아요?"

"아직은 그렇지."

"절망감을 느꼈다면, 진작 느꼈겠죠."

"손에 닿을 만큼 가까이서 보기는 했지만, 항상 거부했지."

"거절이라는 말이 나와서 그런데, 우리 맥주 마실까요?"

"내가 가져올게."

캔버스 물주머니 안에 넣어둔 터스커 맥주병은 차가웠다. 난 컵 두 잔에 맥주를 따르고 병은 탁자 위에 뒀다.

G.C.가 말했다. "전 떠나야 해요. 죄송해요, 어니스트. 메리 양이 정말 아쉬워할까요?"

"그럴걸."

"파파가 잘 해주세요. 잘 견뎌낼 수 있을 거예요."

9

난 메리가 일어났는지 보려고 텐트로 갔지만, 그녀는 아직 곤하게 자고 있었다. 잠깐 깨서 차를 조금 마시고, 다시 잠이 들었다.

난 G.C.에게 말했다. "계속 자게 두자고. 9시 반 넘어야 출발할 테니까. 실컷 자게 해야지."

G.C는 린드버그 책을 읽고 있었지만, 오늘 아침에 난 사자의 해를 읽은 마음이 없어서 새 관련 서적을 읽었다. 프래드Praed와 그랜드Grant가 공동 집필한 신간으로, 사자를 잡는 데에만 온 힘을 쏟고 집중해서, 새를 제대로 관찰하지 못했다. 사냥감이 없었다면, 우리는 새를 관찰하면서 행복하게 지낼 수 있었겠지만, 난 그동안 새를 등한시했다. 메리는 새 관찰을 훨씬 잘했다. 내가 캠프 의자에 앉아 그저 평원을 바라보는 동안, 메리는 내가 알아보지 못하는 새를 늘 알아봤고, 자세히 관찰했다. 새 관련 책을 읽으면서, 내가 얼마나 바보 같이 굴었고 시간을 허비했는지 깨달았다.

고향에서는 연못가 그늘에 앉아 킹버드kingbird(타이란 새의 일종)가 물 위에 내려앉아서 벌레를 잡아먹는 모습과 회색빛 가슴 털이 물에 반사돼 초록색으로 비치는 것을 보는 걸 좋아했다. 비둘기가 나무에 둥지를 뜨는 것도 흉내지빠귀(다른 새들의 소리를 흉내내는 새)가 지저귀는 모습을 보는 것도 무척 좋았다. 봄과 가을에 철새들이 이동하는 모습을 보면서 신이 났고, 작은 알락해오라기가 연못에서 물을 마시고 배수로에서 청개구리를 찾는 모습을 보면 오후가 행복했다. 이곳 아프리카 캠프 주변에는 항상 아름다운 새들이 있었다. 나무에 앉거나 가시나무 덤불 속에 있었고 땅 위를 걸어 다녔다. 나는 큰 관심을 두지 않고 예쁜 색깔의 뭔가가 다닌다고 생각했지만, 메리는 그 새들을 전부 사랑하고 알았다. 내가 어떻게 새에 관해서 그렇게 무신경했는지 생각했고, 몹시 부끄러웠다.

오랫동안 난 오직 포식자들, 썩은 고기를 처리하는 동물들과 먹어도 되는 새와 사냥과 관련된 새한테만 관심을 기울였다. 그러다 내가 아는 새들만으로도 상당히 긴 목록을 만들 수 있다는 것에 그렇게 마음이 조금 놓였지만, 캠프 주변에 새들을 더 관찰하고 내가 모르는 새들을 메리에게 물어보고 지나치지 말고 제대로 관찰하기로 결심했다.

어떤 일이나 사물을 대충 보기만 하고 제대로 살펴보지 않는 것은 큰 죄악이고 누구나 쉽게 빠지는 죄다. 그것은 항상 좋지 않은 일의 시작이었고, 제대로 보지 않는다면 세상을 살 자격이 없다고 생각했다.

캠프 주변의 작은 새들을 보지 않게 된 이유에 대해 생각해 보니, 진지한 사냥에 너무 빠지지 않으려고 책을 너무 많이 읽었고, 사냥을 마치고 들어오면 긴장을 풀려고 술을 마신 것도 분명 한몫 했을 것이다. 아프리카의 모든 것을 기억하려고 술을 거의 마시지 않는 마이토를 존경했다. 하지만 G.C.와 나는 술꾼이었고, 단순한 습관이나 도피 수단이 아니었다. 영화처럼 예민한 감수성을 일부러 둔화시키려고 마셨는데, 감수성을 항상 매일 똑같이 유지한다면 버틸 수 없었기 때문이다. 너무나 숭고한 이유인가? G.C.와 나는 술 마시는 걸 좋아하고 메리도 좋아했기 때문에, 우리는 즐겁게 마시는 것이다. 이제 메리가 일어났는지 보러 가는 게 좋을 듯했다.

텐트에 들어가니 메리는 아직도 자고 있었다. 자는 모습은 언제나 아름다웠다. 메리가 잘 때 얼굴은 행복하지도 불행하지도 않았다. 단순히 존재한다는 느낌이었다. 하지만 오늘따라 얼굴이 더 아름다웠다. 난 메리를 행복하게 해주고 싶었고, 유일한 방법을 계속 자도록 내버려 주는 것이었다.

난 조류도감을 들고 텐트 밖으로 다시 나가서 때까치, 찌르레기, 벌잡이새를 확인했다. 그리고 텐트에서 움직이는 기척이 들려서 들어가 보니, 메리가 침대 끝에서 모카신을 신고 있었다.

"기분 좀 어때요, 여보?"

"끔찍해요. 당신이 먼저 내 사자를 쐈고, 난 당신 안 보고 싶어요."

"잠시 나가 있을게요."

텐트촌에서 케이티는 수렵 감시원들이 정말 대단한 응고마를 계획하고 있다고 말해줬다. 캠프 사람들 모두가 춤을 출 것이라고 샴바 사람들도 전부 올 것이다. 케이티는 맥주와 콜라 부족하다고 했고, 난 음투카와 아라프 메이나 데리고 갈 것이고 마을에서 물건을 사고 싶은 사람도 있으면 데리고 사냥용 차를 타고 라이토키톡에 갔다 오겠다고 했다. 케이티가 옥수수가루도 더 필요하다고 해서 설탕이랑 옥수수가루 한 두 토대를 사기로 했다. 캄바족은 카지아도에서 가져오고 아가 칸을 따르는 인도인 가게에서 파는 옥수수가루를 좋아했다. 다른 인도인이 운영하는 잡화점에서 파는 다른 옥수수가루는 좋아하지 않았다. 난 색깔, 질감, 맛으로 캄바족이 어떤 것을 좋아하는 것을 배웠지만 항상 실수할 수 있었기 때문에 음투카가 확인해줬다. 콜라는 맥주를 마시지 않는 이슬람교도들과 웅고마에 올 여자아이들과 여성들을 위한 것이었다. 난 아라프 메이나를 마사이족 마을에 내려 줬고, 마사이족들에게 사자를 구경해도 된다고 전해 달라고 했다. 그래야 사자가 죽었다는 걸 확실히 믿을 것이기 때문이다. 웅고마는 캄바족을 위한 것이라서, 마사이족은 웅고마에 초대하지 않았다.

우리가 거래하는 가게가 있는 주유소 앞에 차를 세웠고, 케이티는 차에서 내렸다. 팝의 총잡이인 음웬기에게 내 총을 건넸고, 그는 앞좌석 뒤에 만들어놓은 선반에 두었다. 케이티에게 나는 싱 씨 가게에 가서 맥주와 음료를 주문할 것이라고 했고, 음투카에게 기름을 가득 채워서 싱 씨 가게로 몰고 와서 그늘에 주차해두라고 했다. 난 케이티와 함께 큰 잡화점에 가지 않고, 나무 그늘 밑을 걸어서 싱 씨의 가게로 갔다.

가게 안은 시원했고, 안쪽 주방에서는 요리하는 냄새가 났고, 제재소 톱밥 냄새도 났다. 싱 씨는 맥주가 세 상자 밖에 없지만 길 건너 가게에서 두 상자 더 구해줄 수 있다고 했다. 옆에 있는 지저분한 술집에서 마사이족 원로 3명이 나왔다. 우리 모두 친구여서 정중히 인사를 나눴고, 냄새로 그들이 이미 골든 지프 세리주를 마셨다는 걸 알 수 있었다. 정중하면서도 격이 없는게 느껴지는 이유가 설명됐다. 싱 씨에게 차가운 맥주가 6병 밖에 없어서, 원로 3명에게 2병 사주고 나 자신을 위해서 1병 샀다. 그리고 그 사람들에게 메리가 사자가 잡았다는 소식을 전했다. 우리는 서로와 메리와 사자를 위해 건배했고, 안쪽 방에서 싱 씨와 의논한 일이 있다면서 자리를 떴다.

사실 의논할 건 없었다. 싱 씨는 나와 같이 물을 탄 위스키를 마시고 싶다고 했다. 그는 나한테 말해 주고 싶은 게 있었지만 내가 말을 알아듣지 못하니 밖에 나가서 선교 학교출신 남자를 통역으로 데려왔다. 그 젊은이는 흰색 셔츠와 바지를 입었고, 크고 무겁고 앞이 뾰족한 검은색 부츠를 신었는데, 교육과 문화의 상징이었다.

그 젊은이가 말했다. "선생님, 여기 싱 씨는 마사이 추장들이 선생님을 계속 이용해서 맥주를 얻어 마시려 한다고 전해 달라고 하시네요. 그분들이 자칭 찻집이라고 부르는 옆집 맥줏집에 모였다고 선생님이 도착하는 걸 보면, 이용만 해 먹으려고 온다고요."

"난 그 원로 3명 잘 알아. 그리고 그 사람들 추장은 아니야."

그 젊은이가 말했다. "전 유럽과 이야기할 때 추장이라는 명칭을 썼어요. 어쨌든 여기 싱 씨가 하는 말을 맞아요. 그분들은 선생님의 우정을 이용해서 맥주를 마시고 있어요."

싱 씨는 침통한 표정으로 고개를 끄덕였고, 나에게 화이트 헤더 White Heather 위스키병을 건넸다. 그는 젊은이가 말한 두 단어, 우정과 맥주를 알아들었다.

"한 가지 분명히 하지. 난 유럽 사람이 아니야. 미국인이지."

"하지만 그런 구분은 없어요. 선생님은 유럽인으로 분류돼요."

"그 분류법은 고쳐야겠네. 나는 유럽인이 아니고, 싱 씨와 난 형제야."

나는 싱 씨처럼 위스키가 담긴 잔에 물을 부었다. 우리는 서로 건배하고 포옹했다. 그리고 서서 싱 씨의 조상이 양손에 한 마리씩 사자

목을 조르고 있는 유화풍 석판화를 봤다. 우리 두 사람 모두 깊은 감명을 받았다.

"자네는 아기 예수를 믿나?" 난 선교 교육을 받은 차가Chagga족 청년에게 물었다.

"기독교인입니다." 그는 의젓하게 답했다.

싱 씨와 나는 서로를 슬픈 표정으로 바라보면서 고개를 저었다. 그러고 싱 씨는 통역을 맡은 그 젊은이에게 말했다.

"싱 씨는 선생님과 선생님 사람들을 위해 시원한 맥주 3명을 아껴뒀다고 합니다. 마사이족 원로들이 돌아오면 와인을 드리겠다고 합니다."

"아주 좋아. 자네는 내 사람들이 사냥용 차를 타고 왔는지 확인해 주겠어?"

그 젊은이는 나갔고, 싱 씨는 집게손가락으로 자기의 머리를 두드리면서 나에게 네모난 병에 담긴 화이트 헤더 위스키를 주었다. 그는 함께 마실 시간이 없어서 아쉽다고 했다. 난 그에게 밤에는 나가지 말라고 당부했다. 싱 씨는 통역사를 어떻게 생각하는지 물었고, 나는 그는 훌륭하지만, 기독교인이라는 걸 증명하려고 투박한 검은 신발을 신었다고 말했다.

그 통역사가 들어오면서 말했다. "선생님 사람 2명이 트럭을 타고 밖에 왔습니다."

"트럭이 아니고 자동차야." 난 그렇게 말하고 밖에 나가 음투카를 불렀다. 음투카는 체크 셔츠를 입었고, 큰 키에 자세를 구부정하고 입

꼬리는 올라가 있고, 뺨에는 멋진 캄바족 화살 모양 상흔이 있었다. 그는 옷감, 구슬, 의약품과 색다른 물건들이 진열된 계산대 뒤에 있는 싱 부인에게 인사했고, 호감을 보이며 그녀를 바라봤다. 음투카의 할아버지는 식인종이었고 케이티가 아버지로, 그는 적어도 쉰다섯 살이었다. 싱 씨는 그에게 1리터 짜리 차가운 맥주를 줬고, 나에게는 코르크 마개로 막아놨던 맥주를 줬다. 음투카는 맥주 1/3 정도 마시고는 "나머지는 음웽기에게 줄게요."라고 말했다.

"아냐. 음웽기한테 줄 거 있어."

"이거 가지고 나가서 계속 망을 볼게요."

"아직 두 병 남았어." 싱 씨의 말에 음투카가 고개를 끄덕였다.

"통역사에게 오렌지 주스 줘."라고 내가 말했다.

통역사는 음료수를 손에 들고 말했다. "선생님 친구인 마사이족이 돌아오기 전에 몇 가지 물어봐도 될까요, 선생님?"

"무슨 질문인데."

"비행기 몇 대 소유하고 계세요?"

"8대."

"그럼 세계 갑부 중 한 명이시겠네요."

"맞아." 나는 겸손하게 답했다.

"그렇다면 왜 이곳에서 수렵 감독관 일을 하세요?"

"사람들은 왜 메카에 갈까? 왜 사람들은 어디론가 가지? 자네는 왜 로마에 가는데?"

"전 가톨릭 신자가 아닙니다. 로마에 가지 않아요."

"그 신발 보고 가톨릭 신자가 아니라고 생각했어."

"가톨릭과 공통점이 많지만, 우리는 우상을 숭배하지 않아요."

"참 유감이네. 멋진 우상들이 많은데."

"저는 수렵 감시원이 되어서 선생님이나 브와나 감독관과 일하고 싶어요."

마침 그때 마사이 원로들이 두 명의 새로운 친구를 데리고 돌아왔다. 나는 그 사람들을 만난 적이 없지만, 원로들 중 가장 연장자가 자신들이 사는 보마에서 사자가 소뿐만 아니라 수놈, 암놈, 새끼 가릴 거 없이 당나귀에 염소까지 잡아먹어서 골치라고 말했다. 그래서 나와 메리가 와서 이런 무서운 상황에서 구해주기를 원했다. 이때쯤 마사이족들은 전부 상당히 취해 있었고, 한 명은 조금 무례하게 굴었다.

우리는 훌륭한 마사이족, 위대한 마사이족, 때 묻지 않은 마사이족을 많이 알고 있었지만, 캄바족에게 음주는 자연스러운 일인 반면 마사이족에게 술은 낯설었다. 그래서 술을 마시고 망가지는 사람들이 있었다. 일부 원로들은 매독에 걸리고 소를 숭배하는 인류학적인 호기심의 대상이 아니라 전사와 약탈자로서 위대한 지배 부족이었던 시절을 떠올렸다. 이 새로운 원로 친구들은 아침 11시에 만취해서는 무례한 행동을 했다. 그가 내뱉은 첫 번째 질문만 들어봐도 분명 무례했기 때문에, 난 통역사를 이용해서 우리와 그 사람들 사이에 거리를 두기로 했다. 그리고 그 원로 5명은 긴 창을 들고 다녔는데, 그것으로 부족 규율이 망가졌다는 걸 알 수 있었다. 도발적인 말을 하게 되면 그 말을 전한 통역사가 먼저 창에 찔릴 게 거의 분명했다. 잡화점의 작은 공간에서 술에 취한 창을 든 마사이족 다섯 명과 말다툼이 벌어진다면, 누군가는 창에 찔릴 게 확실했다. 하지만 통역사가 있다면, 권총으로 술 취한 친구 1명이나 2명이 아니라 3명을 처리할 기회가 생기는 것이다. 난 권총집을 다리 앞쪽으로 옮겨서 확인하고 새끼손가락으로 버클을 풀고 나서야 안도했다.

"통역사, 정확하게 통역해줘."

"선생님, 여기 계시는 분이 여자들이라고 말했지만, 선생님 아내들 중 한 명이 사자를 잡았다는 소식을 들었다고 합니다. 선생님 부족에서는 사자를 잡는 것이 여자들 일이냐고 궁금해하세요."

"내가 한 번도 만나본 적 없는 추장에게 전해달라고 해. 우리 부족은 종종 여자들에게 사자 잡는 일을 맡긴다고. 저 사람 부족은 젊은 전사들에게 골든 지프 세리주를 마시게 하는 것처럼 말이지. 술 마시는 데 시간을 탕진해서 사자 한 마리도 못 잡는 젊은 천사들도 있다는 것도."

통역사는 이 순간에 진땀을 흘렸고, 상황은 나아지지 않았다. 내 나이 또래거나 조금 더 많아 보이는, 잘생긴 마사이족 한 명이 뭐라고 입을 열었고, 통역사가 말했다. "선생님, 이분 말로는, 만약 선생님이 예의를 갖추고 추장 대 추장으로 이야기를 하고 싶다면, 선생님이 자기네 말을 배우라고 합니다. 그러면 남자 대 남자로서 선생님과 추장이 이야기할 수 있다고요."

이제 상황은 끝나고 시시해졌기 때문에 난 이렇게 말했다. "지금까지 모르고 지냈던 이 추장에게 내가 상대 부족 말을 제대로 배우지 못한 것 부끄럽다고 전해줘. 내 임무는 사자를 잡는 거야. 내가 이곳으로 데려온 아내의 임무도 사자 사냥이야. 아내는 어제 사자를 잡아 죽였고, 내 사람들한테 주려고 아껴둔 차가운 맥주 2병이 여기에 있는데, 나는 이 추장과 한 병은 나눠 마실 것이고, 싱 씨가 나머지 사람들에게 와인을 줄 거야."

통역사는 이 말을 전했고, 그 마사이족은 앞으로 나와 악수했다. 난 권총집 안전장치를 잠그고 원래 위치인 허벅지 쪽으로 돌려놨다.

난 싱 씨에게 말했다. "통역 친구에게 오렌지 주스를 줘."

통역사는 오렌지 주스를 받았지만, 소란을 피우려고 했던 마사이족이 그에게 진지하고 비밀스러운 말을 했다. 통역사는 주스를 한 모금 마시면서 목을 가다듬은 후 나에게 말했다. "여기 추장이 사자를 죽인 부인에게 선생님이 얼마나 지불했는지 살짝 가르쳐 달라고 합니다. 자손을 이루는데 이런 아내는 큰 황소 한 마리 가치는 될 수 있다고 합니다."

"똑똑해 보이는 그 추장에게 전해. 난 아내에게 소형 비행기 2대와 대형 비행기 1대, 소 백 마리를 줬다고."

마사이족 원로와 난 함께 맥주를 마셨고, 그는 다시 나에게 진지하고 빠른 말로 말했다. "이분 말로는 아내를 위해 큰 대가를 지불했다고, 어떤 여자도 그만한 가치가 있지 않다고 합니다. 선생님이 소 이야기도 하셨는데, 암소인지 아니면 황소도 있는지 물었습니다."

난 비행기는 새 비행기가 아니라 전쟁 때 썼던 것이고, 소는 전부 암소였다고 설명해졌다.

그 늙은 마사이족은 이 말을 듣고 이해는 되는지만, 어떤 여자도 그만큼의 가치가 있을 수 없다고 했다.

난 큰돈이지만 그럴만한 가치가 했다고. 이제 난 캠프로 돌아가야 한다고 했다. 난 다시 와인을 주문하고, 마시다가 남은 큰 맥주병은 그 원로에게 줬다. 그는 맥주잔에 따라 마셨기 때문에 나는 내 잔을 계산대에 엎어 놨다. 나에게 한 잔 더 마시라고 했고, 난 반 정도만 따라서 쭉 들이켰다. 우리는 악수를 했고, 가죽, 연기, 마른 똥과 땀 냄새를 맡았지만 그렇게 불쾌하지는 않았다. 난 강한 빛이 비치는 도로로 나왔고, 사냥용 차는 나뭇잎으로 반쯤 그늘져 있었다. 싱 씨는 차 뒤쪽에 맥주 5상자를 실었고, 그의 아들은 마지막 남은 차가운 맥주병을 신문지로 싸서 가져왔다. 그 아이가 마사이족이 마신 맥주와 와인 값을 적은 종이를 보여줬고, 난 그에게 값을 지불하고 통역사에게는 5실링 지폐를 줬다.

"선생님. 저는 일자리를 원합니다."

"난 통역사가 아니면 고용할 수 없어. 이게 그 통역비야."

"통역사로서 선생님과 함께 가고 싶습니다."

"나랑 동물 사이를 통역할 수 있겠어?"

"배우면 됩니다, 선생님. 전 영어는 물론 스와힐리어, 마사이어, 차가어를 할 줄 압니다."

"캄바어는?"

"그건 못합니다, 선생님"

"우리는 캄바어로 말해."

"그 말도 배우겠습니다. 선생님이 정확한 스와힐리어를 구사하도록 가르쳐드리겠습니다. 선생님은 저에게 사냥과 동물의 언어를 가르쳐 주세요. 전 기독교인이기 때문에 저에 대한 편견을 갖지 말아 주세요. 부모님이 선교학교에 보내신 거니까요."

"선교학교 안 좋아했어? 신이 듣고 계신다는 거 알지? 자네가 하는 한마디 한마디 전부."

"네, 선교학교 안 좋아했어요. 부모님의 강요와 그리고 제가 잘 몰라서 기독교인이 된 겁니다."

"사냥할 때 자네를 데려가지. 하지만 그때는 맨발에 반바지를 입고 와야 해."

"제 구두가 싫어요. 브와나 맥크레아 때문에 신는 거예요. 만약 구두를 신지 않거나 선생님과 싱 씨 가게에 있었다는 게 브와나 맥크레아게 알려지면, 벌을 받을 겁니다. 콜라만 마셔도 벌을 받아요. 콜라가 타락의 첫걸음이라면서요."

"언젠가 자네를 사냥에 데려갈게. 하지만 자네는 사냥하는 부족 출신이 아니잖아? 그게 무슨 소용이겠어? 무섭고 기분이 나빠질 텐데."

"선생님이 절 기억해 주신다면, 저를 증명해 보이겠습니다. 5실링으로 벤지 가게에 가서 창을 하나 살게요. 밤에 맨발로 걸어서 사냥꾼처럼 제 발을 단련시키겠습니다. 선생님이 증명하라면, 증명해 보일게요."

"자네는 멋진 청년이지만, 자네 종교에 간섭하고 싶지 않아. 그리고 난 자네한테 줄 게 없어요."

"증명해 보이겠습니다."

"크위샤Kwisha(이야기는 끝났어)."라고 난 말했다. 그러고 음투카에게 말했다. "크웬다 나 두카wenda na duka(가게로 가자)."

가게에는 물건을 사려는 마사이족과 그걸 구경하는 사람들로 붐볐다. 여자들은 대놓고 머리끝부터 발끝까지 사람을 훑어봤고 짙은 황토색 양 갈래머리와 앞머리를 한 젊은 전사들은 오만하고 쾌활했다. 마사이족한테서 좋은 냄새가 났고, 여자들 손은 차가워서, 손을 잡게 되면 손을 절대 놓지 않고 상대방의 따뜻한 손바닥 온기를 느끼며 즐거워한다. 벤지네 가게는 토요일 오후나 월급날에 고향에 있는 인디언 교역소처럼 활기차고 분주했다. 케이티는 품질 좋은 옥수수가루, 콜라와 음료수, 응고마에 필요한 물건을 찾았고, 높은 선반에 있는 필요 없는 물건도 몇 가지 주문하고 있었다. 그래서 그는 사랑스럽고 똑똑한 인도 점원 아가씨가 그 물건들을 보여주려고 가져 내려오는 모습을 지켜볼 수 있었다. 그녀는 G.C.를 남몰래 사랑하고 있었는데, 우리 모두 그녀를 좋아했고, 할 수만 있었다면 사랑에 빠졌을 것이다. 케이티가 그 아가씨를 보면서 좋아하는 모습을 본 게 이번에 처음이라서 나는 그에 대한 작은 약점을 알게 돼서 기분이 좋았다. 그녀는 사랑스러운 목소리로 나에게 말을 걸었고 메리의 안부를 물었고, 사자를 잡았다는 소식에 너무 기뻤다고 말해줬다. 그 아가씨의 얼굴을 보고 목소리를 듣고 악수를 할 때 나도 너무 즐거웠고, 난 케이티의 마음이 얼마나 진심인지 확인하고 싶었다. 그때야 난 케이티가 말쑥하고 깨끗하고 잘 다림질한 옷을 입었고 최고 좋은 사파리 유니폼에 멋진 터번을 쓰고 있다는 걸 알았다.

가게 점원들은 음투카의 도움을 받아서 옥수수가루 포대와 음료수 상자를 옮기기 시작했고, 나는 계산을 하고 응고마에 쓸 호루라기 6개를 샀다. 그리고 가게에 일손이 부족했기 때문에, 케이티에게도 상자 옮기는 것을 거들라고 했고, 나는 총을 살피러 갔다. 나도 짐 옮기는 걸 도와주고 싶었지만, 나에게 맞는 일이 아니라고 생각됐다. 우리끼리 사냥을 나갈 때는 항상 함께 힘을 합쳐서 하는 것이지만, 시내와 공적인 곳에서는 오해를 받을 수 있기에, 나는 다리 사이에 총을 끼우고 앞 좌석에 앉아서는, 산에서 내려가야 하니 차를 태워달라고 마사이족이 조르는 것을 들었다. 사냥용 차체는 쉐보레 트럭이라서 제동력이 좋았지만, 짐을 싣고 있어서 6명만 탈 수 있었다. 10명 이상 타는 것도 여러 번 봤지만, 마사이족 여자들은 종종 멀미하는 급경사 길에서는 무척 위험했다. 산길을 올라갈 때는 마사이족 전사들을 태워줬지만, 내려갈 때는 절대 태워주지 않았다. 처음에는 이에 대해 불만이 좀 있었지만, 이제는 당연한 것으로 받아들여졌고, 차를 타고 산길을 올라가 본 사람들이 다른 사람들에게 설명해줬다.

마침내 모든 짐을 다 실었고, 가방과 짐 보따리와 호리병 박 같은 것을 든 여자 4명은 뒷줄에, 두 번째 줄에는 여자 3명이 더 탔고 그 옆에 케이티가 탔으며, 나와 음웽기와 음투카는 앞줄에 탔다. 마사이족들이 손을 흔들었고 우리는 차를 출발시켰다. 난 신문지로 싸서 아직 차가운 맥주병을 따서 음웽기에게 줬다. 그는 나에게 술을 마시라고 손짓하고는 케이티에게 보이지 않도록 몸을 더 숙였다. 음웽기는 다시 나에게 맥주병을 줬고, 난 음투카에게 권했다.

"나중에요." 라고 음투카가 말했다.

"여자가 차멀미할 때요."라고 음웽기가 말했다.

음투카는 가파른 내리막길에서 짐을 떨어지지 않도록 무척 조심스럽게 운전했다. 평소에는 마사이족 여자 한 명이 음투카와 나 사이에 앉는데, 멀미는 하지 않았다. 두 번째 줄에는 응구이와 음웽기 사이에는 여자 2명이 앉아 멀미하는지 안 하는지 시험했었다. 현재 우리는 모두 케이티가 여자 3명을 독차지한 느낌을 받았다. 그중 한 명은 빼어난 미인으로 나만큼 키가 크고, 멋진 몸매에 아는 한 손이 가장 차가웠고 집요했다. 보통 앞 좌석에서 음투카와 나 사이에 앉았는데, 우리를 보면서 한 손으로 내 손을 다른 손으로 음투카에게 가볍게 만지면 환심을 사려고 했고, 우리가 그녀의 구애에 반응을 보이면 웃었다. 그녀는 아름다운 피부를 가졌고 무척 고전적인 미인이었고, 꽤 뻔뻔했다. 응구이와 음투카는 그녀에게 호의를 베풀었다. 그녀는 나에게 호기심이 많았고 눈에 보이는 반응을 끌어내는 것을 좋아했다. 우리가 그녀가 사는 마을에 내려주면, 거의 항상 누군가가 내려서 데려다줬고, 나중에 걸어서 캠프로 돌아왔다.

하지만 오늘은 우리는 평원을 바라보며 도로를 달리고 있었고, 음투카는 자기 아버지 케이티가 바로 뒤에 앉아 있어서 맥주에 입도 대지 못했고, 나는 도덕에 대해 생각하면서 음웽기와 함께 맥주를 마시고 있었다. 우리는 맥주병을 싼 신문지에 표시해서, 음투카 몫으로 남겨뒀다. 기본적인 도덕에 따르면 나의 친한 친구 두 명이 마사이족 여성과 함께 가는 것은 아무 문제가 되지 않지만, 캄바족 사람이 되려고 하고 데바와 진지한 관계일 때, 그렇게 한다면, 나는 무책임하고 방탕하며 불성실한 남자라는 것을 증명하는 꼴이 될 것이다. 반면 원치 않은 접촉이나 자극을 받았을 때 반응을 보이지 않으면, 무척 난감한 분위기가 될 수 있다. 우리 부족 풍습에 대해 단순한 고찰로 라이토키톡에 가는 길은 언제나 즐거웠고 유익했지만, 풍습을 잘 모른다면, 종종 실망스럽고 당혹스러울 것이다. 훌륭한 캄바족이 되고 싶다면, 전혀 좌절하지 말아야 하고, 당황스러워한다는 것을 드러내면 안 된다.

마침내 차 뒤에서 한 여성이 멀미가 난다고 외쳤고 난 음투카에게 차를 세우라고 했다. 우리는 케이티가 이 틈을 타서 풀숲에 들어가서 볼일을 볼 거라는 것 알았다. 그래서 그가 당당하게 그리고 태평스럽게 자리를 뜬 사이에, 나는 음투카에서 맥주병을 건넸고, 그는 자기 몫을 빨리 마시고는 음웽기와 나에게 줬다.

"미지근해지기 전에 마셔요."

다시 차에 짐을 싣고 3번 차를 세워서 여자들을 내려준 후에 우리는 개울을 건너 보호구역을 지나 캠프로 향했다. 우리는 임팔라 무리가 숲을 가로질러 가는 것을 보았고 나는 녀석들을 다른 곳으로 가게 하려고 케이티와 함께 차에서 내렸다. 임팔라는 짙은 녹색에 대비돼서 빨갛게 보였고, 내가 조용히 휘파람을 불자 어린 수컷 임팔라가 뒤돌아봤다. 나는 숨을 죽인 채 방아쇠를 조심히 잡아당겼고, 임팔라 목이 부러졌다. 케이티는 할랄 의식을 올리려고 그 녀석에게 달려갔고, 다른 임팔라들은 껑충껑충 뛰어 몸을 숨겼다.

난 할랄 의식을 치르는 케이티를 뒤따라가지 않았다. 그 의식은 그의 양심이었고, 그 양심이 차로의 양심과는 다르다는 걸 알았다. 하지만 먹을 고기를 마련하기 위해 쏘고 싶었던 만큼 이슬람교도 때문에 수컷을 잃고 싶지 않았기에, 탄력 있는 풀밭 위를 천천히 걸어갔고, 그는 임팔라 목을 베면서 웃고 있었다.

"피가 음주리Piga mzuri(잘 맞췄어요)."

"왜 안 그렇겠어. 우차위Uchawi(주술)를 부렸는데."

"하파나 우차위. 피가 음주리 사나Hapana uchawi. Piga mzuri sana.(주술이 아니에요. 정말 잘 맞췄어요)."

10

나무 아래와 텐트촌 뒤에 사람들이 모두 모여 있었다. 아름다운 갈색 머리와 갈색 피부의 여자들은 화려한 색깔의 옷과 멋지고 큰 구슬로 된 목걸이와 팔찌를 했다. 샴바에서 큰 북을 옮겨왔고, 수렵 감시원들은 북 3개를 가져왔다. 아직 이른 시간이지만, 응고마가 시작됐다. 우리는 준비하는 사람들을 지나서 나무 그늘에 차를 세웠고, 사냥감들을 내리는 걸 보려고 여자들이 나오고 아이들이 몰려들었다. 난 응구이에게 총을 닦으라고 준 후 식당 텐트로 갔다. 산에서 불어오는 바람은 제법 세서, 텐트는 시원했고 기분이 좋아졌다.

"차가운 맥주 다 가져갔네요." 메리가 말했다. 그녀는 훨씬 기분이 좋아 보였고 훨씬 더 기운차 보였다.

"한 병 가져왔는데, 가방에 있어요. 좀 어때요, 여보?"

"나도 G.C.도 훨씬 괜찮아졌어요. 당신이 쏜 총알은 못 찾았어요. G.C. 총알만 찾았어요. 내 사자는 가죽을 벗겨서 하얗게 되니 매우 고귀하고 아름다워 보여요. 살아있을 때처럼 위엄이 느껴져요. 라이토 키톡은 재미있었어요?"

"그럼요. 심부름도 다 했고요."

G.C.가 말했다. "메리 양, 파파를 따뜻하게 맞이해 줘요. 주변도 보여주고 편안하게 지내게 해주고요. 파파는 전에 응고마 본 적 있죠?"

"그럼. 우리나라에도 있고, 전부 응고마를 좋아해."

"미국에서 야구라고 불리는 거요? 난 그게 늘 라운더스rounders(영국에서 하는 야구 비슷한 경기) 같은 거라고 생각했어요."

"미국에서는 추수감사절이 응고마와 같은 거야. 민속춤을 추지. 야구는 크리켓 같은 것이고."

"그렇군요. 이번 응고마는 원주민들만 춤을 춰서 뭔가 새로울 거예요."

"재밌겠네. 내가 메리를, 그러니까 매력적인 젊은 부인을 응고마에 데려가도 될까?"

"이미 초대받았어요. 난 수렵 감시국의 충고 씨와 함께 응고마에 갈 거예요."

"무슨 소리예요, 메리 양." G.C.가 말했다. "충고 씨라면, 콧수염을 기르고 반바지를 입고 타조 깃털을 머리에 달고 다니는 잘생긴 그 청년요?"

"아주 좋은 사람 같던데. 수렵 관리국의 동료야? 훌륭한 인재들이 많네."

메리가 말했다. "난 충고 씨가 참 좋아요. 내 영웅이에요. 그 사람 말로는 당신은 거짓말쟁이고 한 번도 사자를 잡을 적이 없다고 했어요. 모두가 당신이 거짓말쟁이라는 걸 알고, 응구이와 다른 몇 사람들은 당신이 늘 사람들에게 선물을 주고 별로 훈계를 안 하니까 친구인 척하는 거라고 했어요. 당신이 파리에서 술에 취해서 비싸게 주고 샀던 고급 나이프를 응구이가 부러트렸는데 어땠는지 보라면서요."

"그래요, 파리에서 충고를 만난 적이 있었네요. 기억나요."

G.C.는 건성으로 말했다. "아뇨. 충고 씨는 수렵 관리국 사람이 아니에요."

"아냐. 맞을걸."

"충고 씨가 다른 재미있는 것도 알려줬어요. 응구이한테 캄바족 화살에 바르는 독을 당신의 총알에 바르게 하고, 그 화살 독 때문에 당신이 사냥감을 한 방에 잡는다고 했어요. 그 화살 독이 얼마나 빠르게 퍼지는지 자기 다리로 보여주겠다고 했다니까요."

"이런. 메리가 응고마에 자네 동료랑 가는 게 최선이라고 생각해? 그럼 아주 좋겠지만, 메리는 멤사히브야. 백인의 책임과 보호를 받아야 한다고."

G.C.가 말했다. "메리 양은 응고마에 저랑 갈 거예요. 메리 양, 마실 것 좀 만들어줄래요? 아니면 제가 할게요."

메리가 말했다. "내가 할 수 있어요. 두 사람 다 그렇게 험악한 표정 짓지 말아요. 충고 씨 이야기는 내가 다 지어낸 거니까. 여기서 누군가는 가끔 파파와 이교도 친구, 당신과 파파, 그리고 당신들이 밤에 난리 치는 모습에 농담도 하고 장난을 쳐줘야죠. 오늘 아침에 두 사람 몇 시에 일어났어요?"

"그렇게 일찍 일어나지 않았죠. 아직 같은 날은 맞죠?"

메리가 말했다. "나날들이 서로 부딪히고 또 서로 부딪히고 또 서로 부딪힌다. 내가 아프리카에 관해 쓴 시에요."

메리는 아프리카를 소재로 시를 멋지게 썼지만, 머릿속에서 지은 시를 글로 적어두는 것을 잊어버려서 꿈처럼 사라지고 했었다. 몇 구절 적어놓기는 하지만 누구에게도 보여주지 않았다. 우리는 모두 아프리카를 주제로 한 메리의 시를 좋아했고, 지금도 난 그녀가 글로 적었다면 더 좋았을 거라고 생각한다. 우리는 C.데이 루이스가 번역한 베르길리우스Vergilius(고대 로마 시인)의 *게오르기카*Georgics(농경시)를 읽고 있었다. 책 두 권이 있었는데 늘 잊어버리거나 엉뚱한 곳에 뒀고, 이처럼 잘 읽지 못하는 책은 처음이었다. 이탈리아 만토바 출신의 위대한 시인의 유일한 단점은 보편적인 사람도 훌륭한 시를 쓸 수 있다고 생각하게 만든 것이다. 단테의 시를 읽으면 미친 사람만이 훌륭한 시를 쓸 수 있었다. 물론 그것은 사실이 아니었고, 특히 아프리카에서 더 사실이라고 할 것이 거의 없었다. 아프리카에서는 새벽에는 진실이었다가 정오가 되면 거짓이 돼서, 태양 빛에 타는 소금 평원 너머로 보이는 잡초가 무성한 아름다운 호수에 대해 더는 감탄하지 않는 것과 같다. 아침에 그 평원을 걸으면, 그곳에 호수가 없다는 걸 알게 된다. 하지만 지금은 그곳에 호수가 있다는 것이 절대적인 진실이고, 아름답고, 믿을 수 있는 진실이다.

난 메리에게 물었다. "그런 구절이 당신 시에 있어요?"

"그럼요."

"그러면 교통사고 같은 게 일어나기 전에 적어둬요."

"다른 사자를 쏘는 것처럼 다른 사람 시를 망치지 말아요."

G.C.는 나를 피곤한 남학생처럼 쳐다봤고 난 이렇게 말했다. "게오르니카를 읽고 싶으면 내 책을 읽어. 루이스 블룸필드Louis Bromfield(미국 작가)가 쓴 서문이 없으면 내거야."

"내 책에는 내 이름이 적혀 있어요."

"루이스 블룸필드의 서문도 있고요."

G.C.가 물었다. "블룸필드라는 사람 누군데요? 그렇게 격렬히 논의할 사람이에요?"

"글 쓰는 사람인데, 미국 오하이오주에 유명한 농장도 가지고 있어. 농장에 대해 잘 아니까, 옥스퍼드 대학교에서 서문을 써달라고 했지. 그 사람은 페이지를 넘기면 베르길리우스의 농장과 베르길리우스의 가축들, 베르길리우스의 사람들, 심지어는 베르길리우스의 엄격하고 거친 모습이 떠오른다는 거야. 농부면 거친 사람이겠지. 어쨌든 루이스는 베르길리우스의 모습을 알 수 있고, 모든 독자에게 훌륭하고 끊임없이 언급될 시가 될 거라고 했어."

G.C.가 말했다. "저한테 블룸필드 서문이 없는 책이 있는데요. 파

파가 카지아도에 두고 간 거 아닐까요?"

"내 책에는 내 이름을 적어 놨어요." 메리가 말했다.

"알아요. 그리고 내류 스와힐리어 책에도 당신 이름이 적혀 있죠. 그리고 그 책은 지금 내 뒷주머니에 땀에 젖어서 붙어버렸어요. 내 책 가져가요. 당신 이름을 적어도 돼요."

"당신 건 필요 없어요. 내 책이 좋아요. 어쩌다 땀을 흘려서 내 책을 망가트렸어요?"

"몰라요. 아프리카를 망치려는 내 계획의 일부였겠죠. 여기 있어요. 당신이 깨끗한 책을 가졌으면 좋겠는데."

"내가 직접 적은 메모도 있고 주석도 있다고요."

"미안해요. 어두운 새벽에 실수로 주머니에 넣었나 봐요."

"당신은 절대 실수 같은 거 안 해요. 그거 아는 사람은 다 알아요. 그리고 항상 못 알아듣는 말을 하고 프랑스어 책만 읽는 대신 스와힐리어를 공부했다면 훨씬 좋았을 텐데 말이죠. 당신이 프랑스어 할 줄 아는 거 알지만, 아프리카까지 와서 프랑스어 책을 읽어야 해요?"

"모르겠어요. 심농 책을 전권을 구한 건 이번에 처음이었는데, 리츠 호텔에 있는 서점에 있는 아가씨가 친절하게도 그 책들을 다 보내 줬어요."

"그리고 몇 권 빼고 탕가니카에 있는 패트릭 집에 다 두고 왔잖아요. 패트릭이 그걸 읽을까요?"

"모르죠. 패트릭도 나처럼 미스터리한 구석이 있으니. 읽을 수도 있고 안 읽을 수도 있어요. 아니면 옆집에 사는 부인이 프랑스 여자라서 빌려줄지도 몰라요. 아냐, 패트릭은 읽을 거예요."

"문법에 맞게 프랑스어 구사하는 거 배우기는 했어요?"

"아뇨."

"당신은 구제불능이에요."

G.C.는 나를 보고 얼굴을 찌푸렸다.

"그렇지는 않아요. 아직 희망을 버리지 않으니까, 구제불능은 아니에요. 내가 희망을 버리게 되면, 당신은 금방 알게 될 걸요."

"무슨 희망이요? 정신적으로 철이 덜 든거요? 다른 사람 책 가져가는 거요? 사자에 대해서 거짓말하는 거요Lying about the lion?"

"일종의 두운법이군요. 그냥 누웠다고 말하죠."Just say lying(거짓말 lie와 눕다 lie에서 첫 음 '라이'가 발음이 같고 동명사 철자도 같다.)

"이제 난 누워(lie) 잔다.

동사 '눕다(lie)'를 활용하고, 동침 상대를 바꿔보자.

참으로 멋지리라.

매일 아침 매일 밤 나를 변화시켜라.

불, 진눈깨비, 촛불도 필요치 않다.

당신이 자는 동안 저 산은 춥고 가까이 있으리.

나무의 검은 띠는 주목 나무가 아니다.

하지만 눈은 여전히 눈이다.

나를 한 번 눈으로 변화시켜라.

그러면 산은 더 가까워지리라.

그리고 더 멀어지리라.

날 변화시켜라, 변덕스러운 사랑이여.

어떤 옥수수를 가지고 올 것인가?"

특히 베르길리우스를 마음에 둔 사람과 이런 식으로 이야기하는
것은 좋은 방법이 아니었지만, 마침 점심 때가 됐고 항상 점심 식사를
하면서 모든 오해는 잠시 휴전을 갖는다. 점심을 먹는 사람들과 훌륭
한 점심은 일단 악인들이 자신들을 쫓는 법망을 피해 교회에 있는 것
만큼 안전했다. 난 교회에 대한 믿음이 전혀 없지만 말이다. 그래서
우리는 깨끗하게 점심을 먹으면서 모든 오해를 잊었다. 메리는 점심
을 먹고 낮잠을 자러 갔고 난 응고마를 구경하러 갔다.

다른 응고마와 별다른 게 없었지만, 매우 유쾌하고 좋았고, 수렵 감
시원들이 대단한 활약을 했다. 그들은 반바지 차림에 머리에는 타조
깃털 네 개씩 꽂고 춤을 췄다. 깃털 중 두 개는 흰색이고 나머지 두 개
는 분홍색으로 염색했고, 가죽 끈으로 머리에 묶거나 이어붙었다. 방
울이 달린 발찌를 차고 춤을 췄고, 아름답고 절제된 춤사위를 선보였
다. 큰 북 3개가 있었는데, 누구는 깡통을 두드리고 또 누구는 빈 드럼
통을 두드렸다. 4가지 고전 춤과 서너 가지 즉흥 춤을 췄다. 젊은 아가
씨들과 아이들은 마지막 춤이 끝나고서야 춤을 출 수 있었다. 모두가

춤을 췄지만 앞으로 나가 2줄로 서서 함께 춤추는 모습은 오후 늦게야 볼 수 있다. 그러나 아이들과 아가씨들이 춤추는 모습에서 삼바보다 응고마에서 더 격렬하게 춘다는 걸 알 수 있었다.

메리와 G.C.는 나와서 사진을 찍었고, 메리는 모든 사람의 축하를 받으며 악수를 했다. 수렵 감시원들은 민첩한 묘기를 선보였다. 한 명은 땅에 반쯤 묻힌 동전 위로 재주를 넘었고, 물구나무를 서더니 팔을 굽혀서 이빨로 동전을 물고는 공중제비로 한 바퀴를 돌았다. 매우 어려운 묘기였고, 수렵 감시원 중 가장 힘이 세고 가장 민첩하고 친절하며 상냥한 덴지가 멋지게 해냈다.

난 대부분 그늘에 앉아서 손바닥으로 빈 드럼통을 기본 박자로 치면서 춤을 구경했다. 모조품인 페이즐리 숄을 걸치고 중절모를 쓴 정보원이 다가서 내 옆에 쪼그리고 앉았다.

"왜 슬퍼하고 있습니까, 형제님?"

"슬퍼하는 거 아냐."

"모두가 형제님이 슬퍼하는 거 알아요. 기운 내세요. 형제님 약혼녀를 보세요. 응고마의 여왕입니다."

"내 드럼통에서 손 치워. 소리가 죽잖아."

"북을 잘 칩니다, 형제님."

"이런. 난 북을 치는 거 아냐. 그냥 방해하지 않는 거라고. 자네는 왜 슬픈데?"

"브나와 감독관이 심한 소리를 했고 날 내보냈습니다. 우리 모두 대단한 일을 했는데, 전 여기서 아무것도 안 하니까 제가 쉽게 죽을 수 있는 곳으로 보낸다고 했어요."

"자네는 어디서든 죽을 수 있어."

"알아요. 하지만 여기서는 전 형제님에게 큰 도움이 되니 기쁜 마음으로 죽을 수 있어요."

춤은 점점 격렬해졌다. 데바의 춤추는 모습을 보는 게 좋으면서도 그렇지 않기도 했다. 춤이 단조롭기도 했고, 이런 종류의 춤을 따라추는 사람들도 단조로웠다. 나에게 보여주려고 춤을 췄다. 드럼통 북 소리에 맞춰 춤을 췄기 때문에 나에게 보여주려고 추는 것이었다.

정보원이 말했다. "정말 아름다운 아가씨네요. 응고마의 여왕입니다."

난 춤이 끝날 때까지 계속 드럼통을 두드리다가 일어나서 녹색옷을 입은 응구일리를 찾아 아가씨들에게 콜라를 나눠주라고 했다.

난 정보원에게 말했다. "텐트로 와. 자네 아프잖아."

"형제님, 사실 열이 나요. 체온을 재고 봐주세요."

"아타브린Atabrine(말라리아 예방약 상표명)을 좀 줄게."

메리는 여전히 사진을 찍고 있었는데, 아가씨들은 식탁보처럼 보이는 스카프 사이로 가슴을 드러낸 채 뻣뻣한 자세로 서 있었다. 음투카가 아가씨들 몇 명을 모아놓고서는 데바가 사진을 잘 찍히도록 했다. 나는 그 아가씨를 바라봤고, 데바가 무척 수줍어하며 눈을 내리뜨고 꼿꼿이 서 있는 모습을 보았다. 나에게는 뻔뻔하게 굴었던 자세는 전혀 없었고, 군인처럼 차렷 자세로 서 있었다.

정보원의 혀는 분필처럼 하얗고, 숟가락 손잡이로 그의 혀를 눌렀

을 때 그의 목 뒤쪽에 있는 노란색 부분과 희끄무레한 부분을 확인할
수 있었다. 혓바닥 밑에 체온계로 넣으니, 섭씨 39도였다.

"자네 상태가 안 좋아. 페니실린 주사와 먹는 약 챙겨줄게. 그리고
사냥용 차로 집까지 데려다주지."

"난 아프다고 말했어요, 형제님. 그런데 아무도 신경을 안 써줘요.
한 잔 마셔도 될까요?"

"나는 페니실린 먹고 한잔했는데도 괜찮았어. 자네 목에 좋을지도
모르지."

"분명 그럴 거예요, 형제님. 브와나 감독관은 내가 여기에서 형제
님을 위해 일하는 걸 허락할까요? 내가 아프다는 걸 형제님이 확인해
주면요."

"아프면 그렇게 일할 힘도 없어. 카지아도에 있는 병원에 가야 할
지도 몰라."

"싫어요, 형제님. 여기서 날 치료해주세요. 긴급할 때 내가 쓸모가
있을 것이고 당신의 눈과 귀가 될 것이고 전투에서는 오른팔이 되겠
습니다."

주여, 우리를 구하소서. 하지만 그는 술도 약도 하지 않았고, 목구
멍이 부어 후두염일 수도 있는데도 그런 생각을 하고 있었다. 말뿐이
더라도 의욕만큼은 대단했다.

나는 목의 통증을 가라앉게 하려고 로즈 라임 주스와 위스키를 반
반 섞어서 줬다. 그에게 주사를 놔주고 약을 챙겨준 다음 내가 직접
차로 집까지 데려다줄 것이다.

그 술로 통증은 많이 가라앉았고, 그 술 덕분에 의욕이 더 충만해졌다.

"형제님, 전 마사이족입니다. 죽음이 두렵지 않아요. 죽음은 아무것도 아니에요. 브와나들과 소말리아 여자 때문에 내 인생은 망가졌습니다. 그 여자가 모두 다 뺏어갔어요. 내 재산, 내 아이들, 내 명예를요."

"전에 말해줬어."

"그랬죠. 하지만 형제님이 저에게 창을 사준 후에 난 인생을 다시 살기 시작했습니다. 젊음을 되찾아주는 약을 주신 건가요?"

"그건 나중에 줄 거야. 하지만 자네에게 젊음이 남아있어야 그걸 되찾을 수 있어."

"당연히 남아있죠, 형제님. 넘쳐흐른다고요."

"그건 술기운 때문이고."

"그럴지도 모르죠. 하지만 젊음도 느낄 수 있습니다."

"약 챙겨주고 자네를 집에 데려다줄게."

"괜찮아요, 형제님. 미망인과 함께 왔고, 미망인은 나와 함께 가야 합니다. 아직 가기에는 이릅니다. 저번 응고마 때 미망인이 3일 동안 사라졌지요. 기다렸다가 트럭이 출발하면 미망인과 함께 갈 것입니다."

"자네는 좀 누워 있어야 해."

"미망인을 기다려야 합니다. 형제님은 응고마가 여자들에게 위험하다는 거 모릅니다."

나는 그 위험이 뭔지 어느 정도 알았고, 목이 아픈 그 정보원과 이야기하고 나누고 싶지 않았지만, 그가 물었다. "약 먹기 전에 한 잔 더 마셔도 될까요?"

"그럼. 괜찮아, 약이니까."

이번에는 큰 잔에 로즈 라임 주스를 붓고 설탕을 넣어서 만들어줬다. 미망인을 기다려야 한다면, 오래 기다려야 할 것이고, 곧 해가 저물면 추울 것이다.

정보원이 말했다. "우리 둘이 함께 큰일을 할 수 있을 겁니다."

"글쎄. 각자가 큰일을 해야 하지 않을까?"

"지시하시면 뭐든 하겠습니다"

"자네 목이 나으면 생각해 볼게. 난 지금 혼자서 할 일이 많아."

"도와드릴까요, 형제님?"

"아냐. 나 혼자 해야 해."

"형제님, 우리가 함께 큰일을 한다면, 메카에 데려다주시겠어요?"

"올해는 메카 안 갈 거야."

"내년에는요?"

"알라의 뜻이라면."

"형제님, 브와나 블릭센Blixen를 기억하시나요?"

"너무나 잘 기억하지."

"형제님. 많은 사람이 브와나 블렉신이 돌아가신 게 사실이 아니라고 합니다. 빚쟁이들이 죽을 때까지 몸을 숨겼다고, 아기 예수처럼 다시 나타날 거라고 합니다. 아기 예수의 이론이라면서. 그분이 진짜 아기 예수로 나타난다는 거 아닙니다. 이 말이 사실인가요?"

"거짓말이야. 브와나 블릭센은 정말 죽었어. 그 사람이 머리를 다친 채 눈 속에 죽어있는 걸 내 친구들이 목격했어."

"훌륭한 분들이 너무 많이 돌아가셨어요. 몇 명만 남았어요. 형제님, 내가 들었던 당신의 믿음에 관해 이야기해 주세요. 당신의 믿음을 이끄는 위대한 신은 누구입니까?"

"우리는 그분을 전능하신 기치 마니토우Gitchi Manitou the Mighty라고 불러. 본명은 아니야."

"그렇군요. 그분은 메카에 간 적 있나요?"

"자네나 내가 시장이나 상점에 다니는 것처럼 메카에 가시지."

"제가 들은 대로 형제님은 그분을 직접 대변하시나요?"

"내가 덕망이 있다면 그렇겠지."

"그분의 권위도 가지고 있나요?"

"그런 건 물어보는 게 아니야."

"형제님, 저의 무지함을 용서하세요. 하지만 그분은 형제님 입을 통해 말씀을 전하시나요?"

"그러고 싶으시면 그렇게 하시지."

"믿음이 없는 사람도…."

"물어보지 마."

"그러니까…."

"페니실린 줄 테니까 이만 가봐. 식사 텐트에서 종교 이야기를 하는 건 어울리지 않아."

그 정보원은 경구용 페니실린 약에 내가 큰일을 할 잠재적인 사람에게 바랐던 믿음을 보여주지 않았는데, 큰 주삿바늘 앞에서 자신의 용맹함을 못 보여줘서 실망한 것인지도 모른다. 하지만 약 맛이 좋았는지 두 숟가락을 퍼먹었고, 나도 한 숟가락 먹었는데, 그가 어디에 감염됐을 수도 있고 웅고마에서 무슨 일이 일어날지 아무도 모르기 때문이었다.

"맛이 아주 좋습니다. 효과가 좋다는 거겠죠?"

"위대하신 마니토우도 이 약을 드셔."

"알라의 뜻에 따라 나머지 약은 언제 먹어야 합니까?"

"아침에 일어나서 먹어. 밤에 잠에서 깨면 먹고."

"벌써 좋아졌습니다. 형제님."

"이제 가서 미망인을 보살펴."

"가겠습니다."

그동안에도 북 치는 소리와 발목에 단 방울이 흔들리는 소리와 교통정리용 호루라기를 부는 소리가 들렸다. 난 아직 축제를 즐기거나 춤추고 싶은 기분이 들지 않았기에, 정보원이 나간 후 나는 고든 진과 캄파리를 섞고, 사이펀에서 소다수를 넣었다. 이것을 아까 먹은 약과 잘 섞으면, 순수과학 영역에서 보면 아니겠지만, 어떤 효과가 있는 거 같았다. 골고루 잘 섞였고, 북소리가 더 선명하게 들렸다. 호루라기 소리가 더 크게 들리는지 귀를 기울였지만 그대로였다. 좋은 징조라고 생각하고, 물이 떨어지는 캔버스 물주머니에서 시원한 맥주병을 한 병 꺼내서 웅고마로 돌아갔다. 누군가 내 드럼통을 치고 있어서 나는 앉아서 등을 기댈 수 있는 나무를 찾았고, 내 친구 토니가 왔다.

토니는 성품이 좋았고, 나의 친한 친구 중 한 명이었다. 마사이족으로, 탱크 부대에서 하사로 복무했으면, 아주 용맹하고 유능한 군인이었다. 영국군에서 유일한 마사이족 군인이자 마사이족 출신 하사로도 유일했다. 수렵 관리국에서 G.C. 밑에서 일했는데, 그런 부하를 든 G.C가 난 늘 부러웠다. 토니는 솜씨 좋은 기계공이고, 충성심 높고 헌신적이었고, 늘 쾌활했으면, 영어도 잘 구사했고, 마사이어는 물론 스와힐리어도 완벽했으며, 차가어와 캄바어 조금 말할 줄 알았다. 마사이족이지만 체격은 남들과 달랐는데, 다리는 짧고 다소 구부러졌고, 가슴과 팔과 목 부분이 발달했다. 난 토니에게 권투를 가르쳤고, 우리 둘이 종종 스파링을 자주 했고, 아주 친한 벗이자 동료가 되었다.

토니가 말했다. "정말 대단한 응고마네요."

"그러게. 너는 왜 춤을 안 춰, 토니?"

"캄바족 응고마잖아요."

사람들은 이제 매우 복잡한 춤을 추고 있었고, 젊은 아가씨들도 짝을 지어 매우 열정적으로 춤을 췄다.

"정말 귀여운 아가씨들이 몇몇 보이는데, 토니는 누가 가장 마음에 들어?"

"당신은요?"

"결정 못 하겠는데. 4명이 정말 미모가 빼어나.'"

"그중에 한 명 있어요. 누구 말하는지 알아요?"

"매력적인 아가씨네, 토니. 어디 출신이지?"

"캄바 샴바요."

정말 최고의 미녀였다. 우리 두 사람은 그 아가씨에게 눈길을 떼지 못했다.

"메리와 수렵감독관 만났어?"

"네. 조금 전에 두 분이 여기 계셨거든요. 메리 양이 사자를 잡아서 정말 좋아요. 처음에 그 사자가 젊은 마사이족을 덮쳤던 일 기억나세요? 무화과나무가 있던 캠프는요? 메리 양이 그 사자를 잡는데 참 오래 걸렸네요. 오늘 아침에 메리 양에게 마사이족 속담을 말해줬는데. 메리 양이 말하던가요?"

"아니, 말 안 해 줬어."

"'커다란 수컷이 죽으면 항상 고요해진다'라는 속담이었어요."

"정말 맞는 말이네. 응고마로 큰 소리가 나는데도 참 고요해."

"당신도 눈치챘어요?"

"그럼. 온종일 마음은 고요했어. 맥주 마실래?"

"괜찮아요. 오늘 권투 하실래요?"

"하고 싶어?"

"당신이 괜찮다면요. 하지만 오늘 권투 하려는 청년들이 많아요. 응고마 끝나고, 내일 해도 괜찮아요."

"오늘밤에 해도 돼."

"내일 하는 게 나겠어요. 한 청년은 아주 질이 좋지 않아요. 나쁜 사람은 아닌데 불친절해요. 그런 사람 아시잖아요."

"마을 청년이야?"

"네."

"권투는 할 줄 알고?"

"그렇지는 않은데, 빨라요."

"주먹이?"

"네."

"지금 저 춤은 뭐지?"

"새로운 권투 춤이에요. 당신이 가르쳐 준 대로 인파이트와 레프트 훅을 하고 있네요."

"내가 가르쳐 준 것보다 더 잘하는데."

"내일 해요."

"하지만 자네 내일 가잖아.'"

"잊고 있었네요. 죄송해요. 그 커다란 짐승이 죽은 후로는 건망증이 심해졌어요. 그럼 돌아왔을 때 해요. 지금은 트럭 점검을 하러 가야 해요."

난 케이티를 찾아다녔는데, 춤판이 열리는 곳 밖에 찾았다. 그는 무척 즐거워 보였다.

"해가 지면 트럭으로 사람들 데려다줘요. 음투카도 사냥용 차로 여러 번 왔다 갔다 할 거예요. 멤사히브는 피곤해하니까, 우리는 일찍 저녁 먹고 자러 갈게요."

"응디오."

난 응구이를 찾았다. 그는 황혼빛을 받으며 냉담하게 말했다. "잠보, 브나와."

"잠보, 투. 왜 춤을 안 췄어?"

"규칙이 너무 많았어요. 오늘 내가 춤추는 날도 아니에요."

"나도 그래."

그날 밤 우리는 즐거운 저녁 식사를 했다. 요리사는 음베비아가 사자 안심으로 빵가루를 묻혀 커틀렛을 만들었는데 맛이 일품이었다. 9월에 처음 사자 커틀렛을 먹었을 때는, 논쟁이 일었고, 기이하거나 야만적인 것으로 여겨졌다. 지금은 모두가 그걸 먹었고 별미로 여겼다. 사자 고기는 송아지 고기처럼 하얗고, 부드럽고 맛있었다. 특유의 고기 냄새도 전혀 안 났다.

메리가 말했다. "정말 맛있는 이탈리아 식당에서 나오는 밀라네사 Milanesa(빵가루를 입힌 고기 튀김 종류)랑 별 차이가 안 나요. 육질이 더 좋아요."

가죽이 벗겨진 사자를 처음 봤을 때, 맛있는 고기라는 확신이 들었다. 그 당시 내 총잡이였던 음콜라가 안심이 최고라고 말했다. 하지만 우리는 팝에게 엄한 훈육을 받았고, 나를 적어도 진정한 백인으로 대하려고 했기 때문에, 난 요리사에게 안심 요리를 부탁할 용기가 없었다. 하지만 올해는 우리가 처음으로 사자를 잡았을 때, 난 응구이에게 안심살을 잘라 달라고 했다. 팝은 그건 야만적이고 아무도 사자 고기를 먹지 않는다고 했다. 이번이 우리가 함께하는 마지막 사파리인 게 거의 확실했고, 우리가 한 일보다 하지 못한 일에 후회하고 있던 참이어서 그는 형식적으로만 반대했다. 메리가 음베비아에게 커틀렛 요리법을 가르쳐 줄 때 맛있는 냄새가 났고, 송아지 고기처럼 잘 잘리고 우리가 맛있게 먹는 모습을 보더니, 팝도 조금 먹었고 마음에 들어 했다.

내가 말했다. "미국 로키산맥에서 사냥할 때 곰 고기 먹었잖아요.

돼지고기와 비슷한데 훨씬 기름져요. 돼지고기는 먹잖아요. 식용돼
지는 곰이나 사자보다 더 더러운 걸 먹을걸요."

팝이 말했다. "그만 놀려. 지금 먹고 있잖아."

"맛있죠?"

"젠장, 맛있기는 하네. 하지만 나한테 뭐라고 하지 마."

메리가 말했다. "더 드세요, 미스터 P. 조금 더요."

팝은 목소리를 높여 투덜거리며 말했다. "알았어. 더 먹을 테니까.
내가 먹는 동안 그렇게 쳐다보지는 마."

메리와 내가 사랑하고, 누구보다 내가 좋아하는 팝 이야기를 하는
건 즐거웠다. 우리는 그레이트 루아하 강Great Ruara river(탄자니아 중남부에
있는 강) 유역과 보호로Bohoro 평원으로 사냥하러 갔을 때, 메리는 팝과
함께 탕가니카를 종단하면서 오래 차를 탔는데, 그때 팝이 들려준 몇
가지 이야기를 나에게 말해줬다. 이 이야기를 들으면서 팝이 해주지
않았던 이야기를 상상하니, 팝이 그 자리에 있는 거 같았고, 그가 없
더라고, 어려운 일들을 해결해 줄 거 같았다. 사자 고기를 먹으니 사
자가 친근하게 느껴졌고, 마지막까지 먹을 수 있어서 좋았고 아주 맛
있었다.

그날 밤 메리는 무척 피곤하다면서 자기 침대로 자러 갔다. 난 잠
시 있다가 밖으로 나가 모닥불 옆에 앉았다. 의자에 앉아 모닥불을 바
라보면서 팝을 생각했다. 팝이 영원히 살 수 없어서 얼마나 슬픈 일인
지, 팝이 우리와 함께해서 내가 얼마나 행복했는지, 그리고 함께 있고
이야기하고, 농담 주고받는 행복과 더불어 옛날처럼 우리가 몇 가지

일을 함께 해서 얼마나 다행인지 생각하면서 잠이 들었다.

11

이른 아침에 가벼운 발걸음으로 풀밭은 걷는 웅구이를 보면서 어떻게 우리가 의형제가 됐는지 생각하니 아프리카에서 백인이 어리석은 존재처럼 보였다. 그리고 20년 전에 검은 피부의 장점과 백인의 피부 착색의 단점을 설명하는 이슬람교 전도사의 말을 들으러 갔던 일이 기억났다. 지금 내 피부는 혼혈로 보일 정도로 검게 탔다.

그 전도사가 말했다. "백인을 보세요. 백인은 태양 밑에서 걷다가는 죽어요. 햇빛에 몸이 노출되면, 화상을 입고 물집이 생기고 썩어버리죠. 그 불쌍한 백인들은 그늘 밑에만 있어야 하고 술이나 마시면서 스스로 몸을 망쳐요. 내일의 태양이 뜬다는 두려움을 견딜 수 없거든요. 백인 남자와 그 남자 부인을 보세요. 여자는 햇빛을 쬐면 한센병의 전조 증상처럼 온몸에 갈색 반점이 생기죠. 그렇게 계속 햇빛을 노출되면, 피부는 불구덩이를 지나간 사람처럼 벗겨져요."

이렇게 멋진 아침에 더는 백인을 비난하는 그 설교를 떠올리지 않으려고 했다. 오래 전 일이었고, 더 강렬했던 내용은 대부분 잊었지만, 백인의 천국 이야기와 천국에 대한 그 믿음이 어떻게 보이는지에 대해 말한 부분은 잊혀지지 않았는데, 백인은 작고 하얀 공을 막대기로 치거나, 물고기를 잡을 때 쓰는 그물망을 두고 조금 더 큰 공을 앞

뒤로 넘기다가, 햇살이 그들을 압도할 때가 되면 클럽으로 가서 술을 마시며 몸을 망치고, 아내가 없으면 아기 예수를 저주한다고 했다. 응구이와 나는 코브라가 자기 집 구멍을 파놓은 다른 풀밭을 지나갔다. 코브라는 아직 외출 중이거나 행선지도 알리지 않고 다른 곳에 간 거 같았다. 우리 둘 다 뱀 사냥에는 형편없었다. 뱀을 잡는 건 백인의 집 착이면서 필요한 일이었는데, 뱀은 밝으면 소와 말을 물어버리기 때 문에 팝 농장에서는 코브라나 큰 독사를 잡으면 보상금으로 몇 실링 을 줬다. 돈벌이로 뱀을 사냥하는 것은 질 낮은 사람이 하는 것이다. 우리는 코브라가 너무 작아서 들어갈 수 없을 것 같은 구멍을 찾는 빠 르고 유연하게 움직이는 생물이라는 걸 알았고, 이것으로 농담을 했 다. 맘바mamba(아프리카에서 사는 가장 위험한 독사)가 꼬리로 몸을 높이 쳐들어 서 말을 탄 잔인한 식민지 개척자들과 용맹한 수렵 감독관을 쫓아냈 다는 이야기가 있지만, 우리는 이런 이야기에 무관심해졌다. 이 이야 기는 남부 지방에서 전해 지는 데 각각 이름이 있는 하마들이 마실 물 을 찾으려고 몇백 킬로미터의 메마른 땅을 헤매고 뱀이 성경에 나올 만한 묘기를 부렸다고 한다. 이런 이야기들은 고귀한 사람들이 썼기 때문에 사실이라는 걸 알지만, 그 뱀들은 우리의 뱀과 다르고, 아프리 카에서 중요한 건 눈앞에 보이는 뱀뿐이었다.

우리의 뱀은 부끄럽거나 멍청하거나 신비롭거나 힘이 강력했다. 나는 뱀 사냥에 빠진 척을 했는데, 메리 빼고는 누구도 속지 않았고, 코브라가 한 번은 G.C.에게 독을 뱉은 적이 있어서 우리는 모두 뱀을 경계했다. 오늘 아침에 코브라가 구멍으로 돌아오지 않자 나는 응구이에게 그 뱀이 어쩌면 토니의 할아버지일지도 모르니 공경해야 한다고 말했다.

뱀은 마사이족의 선조였기 때문에 응구이는 이 말을 듣고 기뻐했다. 뱀은 마사이 마을의 응구이 연인의 조상일지도 모른다고 했다. 그녀는 키가 크고 사랑스러운 아가씨였고, 뱀과 비슷한 모습이 있었다. 응구이는 기분이 좋으면서도 부족법을 어길 수 있는 사랑하는 이의 조상이 뱀일 수 있다는 것에 대해 조금 섬뜩해하는 거 같았다. 마사이족 여성의 손이 차갑고 가끔 다른 신체 부위가 차가워지는 게 뱀의 피 때문이라고 생각하는지 그에게 물었다. 처음에 그는 마사이족은 늘 그렇게 몸이 차가웠다면서 그럴 일이 없다고 했다. 그리고 우리는 함께 나란히 걸으면서 캠프의 높다란 숲으로 향했는데, 갈색 산기슭과 높은 곳에 쌓인 눈을 배경으로 노란색과 녹색 숲이 펼쳐졌다. 캠프는 보이지 않았지만, 우뚝 솟은 나무로 캠프 위치를 알 수 있었다. 응구이는 내 말이 맞을지도 모른다고 말했다. 이탈리아 여자들은 차가우면서 따뜻한 손을 가졌다. 손이 차가웠다가 온천처럼 따뜻하기도 했고 누군가에게는 뜨겁기도 했다. 마사이족처럼 관계를 맺는다고 부보 bubo(사타구니나 겨드랑이의 림프절이 붓는 병)에 걸리지 않았다. 어쩌면 마사이족에게 뱀의 피가 흐를 수 있다고 했다. 난 다음에 뱀을 잡으면 피를 확인해 보자고 했다. 난 원래부터 뱀이 싫었고 응구이도 그랬기 때문에, 뱀 피를 만져본 적이 없었다. 하지만 우리는 피를 만져보기로 했고, 다른 사람들도 혐오감을 느끼지 않는다면 만져보게 하자고 했다. 이 모든 것은 우리가 매일 탐구하는 인류학적 연구의 관심에서 비롯

됐고, 우리는 계속 걸으면서 이런 문제를 생각했고, 인류학적 관심사에 개인의 사소한 문제를 결부시켜 생각에 잠겼는데, 어느새 캠프 텐트가 보였다. 노랗고 푸른 숲은 햇살을 받아 짙은 녹색으로 변했다가 금빛으로 빛났고, 캠프 모닥불에서 피어나는 하얀 연기도 보였다. 수렵 감시원들은 텐트를 정리했고, 잎이 무성한 나무 아래 새로운 햇살이 비치는 우리 텐트 앞 모닥불 쪽에 앉아 있었다. G.C.는 나무 탁자 옆 캠프용 의자에 앉아서 한 손에 맥주를 들고 책을 읽고 있었다.

응구이는 소총을 받아서 낡은 산탄총과 함께 어깨에 멨고, 나는 모닥불 쪽으로 갔다.

G.C.가 말했다. "안녕하세요, 장군님. 일찍 일어나셨네요."

"우리 사냥꾼들이 그래. 두 발로 사냥을 하면서 탄피를 떨어트리거든."

"언젠가는 누군가 그 탄피를 주워야 하는군요. 두 발로 밟을 수 있으니까요. 맥주 마시세요."

그는 병에 든 맥주를 잔에 조심스럽게 따랐는데 거품이 가라앉을 때까지 기다렸다 하면서 잔을 가득 채웠다.

"할 일 없는 사람들이 나쁜 짓을 하지Satan will find work for idle hands to do." 난 그렇게 말하고 맥주잔을 들었는데, 눈사태가 일어난 곳의 가장자리처럼 호박색 맥주 거품이 잔 끝부분까지 가득 찼고, 나는 거품이 흐르지 않도록 잔을 천천히 들어서 윗입술부터 축였다.

G.C.가 말했다. "실패한 사냥꾼치고는 괜찮은데요. 그렇게 손이 부지런하고 눈이 충혈되도록 일한 사람이 위대한 영국을 만들었으니

까요."

"뒤틀린 파편과 사철砂鐵, iron sand 밑에서 신의 계시에 따라 우리는 술을 마시지. 대서양을 건너본 적 있어?"

"아일랜드 상공을 지났었죠. 무서울 정도로 푸르렀고, 르 부르제Le Bourget(프랑스 파리 공항, 1927년 찰스 린드버그가 대서양을 횡단해 착륙했던 곳) 불빛만 보였어요. 비행기 조종법을 배워 보려고요, 장군님."

"전에도 많은 사람들이 그리 말했었지. 어떻게 비행하는가가 문제지."

"몸을 똑바로 펴서 똑바로 날아야죠."

"두 발 밑에 탄피들이 있는데?"

"아뇨. 비행기 타고요."

"비행기를 타겠다니 부지런하네. 인생도 그렇게 살 생각이지?"

"맥주나 드세요. 빌리 그래햄 씨Billy Graham(미국 유명 목사). 저 떠나면 어떻게 하실 거예요, 장군님? 신경 쇠약은 없으시죠? 트라우마도요? 측면flank 부대 역할을 마다해도 늦게 않았어요."

"무슨 측면?"

"어떤 측면이든요. 내가 기억하고 있는 몇 개 안 되는 군사 용어 중 하나에요. 난 늘 측면부대를 거절하고 싶었어요. 실제 생활에는 항상 방어 측면을 만들어서 어딘가에 고정시켜놔야 해요. 그렇지 않으면 허를 찌르게 되죠."

나는 그 말을 잘 기억하며 프랑스어로 말했다. "Mon flanc gauche est protégé par une colline. J'ai les mittrailleuses bien placés. Je me trouve très bien ici et je reste. (내 왼쪽 측면은 언덕으로 방어되고 있어. 내 기관총은 잘

됐고. 여기가 좋고 여기 있을 거야.)"

"외국어로 말하면서 회피하려고 하시네요. 한 잔 더 마시고 나가서

거리를 재봐요. 나의 악당들이 오늘 아침에 마을에서 하고 싶은 일을

하는 동안에요."

"셰익스피어 하사Sergeant Shakespeare 읽어봤어?"

"아뇨."

"빌려줄게. 더프 쿠퍼Duff Cooper가 나에게 준 거야. 그 사람 작품이야.

"회고록인가요?"

"아니."

우리는 회고록을 읽고 있었는데, 엔테베Entebbe(우간다 도시)에 착륙한

코멧Comet(세계 최초 제트여객기)으로 나이로비로 수송된 얇은 종이로 된 항

공판 신문에 연재 중이던 작품이었다. 나는 신문에 연재되는 작품들

을 좋아하지 않았다. 하지만 셰익스피어 하사는 무척 좋아했고, 부인

이 없는 더프 쿠퍼가 좋았다. 하지만 그의 회고록에는 부인이 너무 많

이 등장해서 G.C.와 나는 포기했었다.

"G.C, 자네는 언제 회고록을 쓸 거야? 나이가 들면 많은 걸 잊어버

려."

"그렇게 쓰고 싶지 않은데요."

"써 보도록 해. 옛날이야기를 아는 사람이 얼마 없어. 지금은 초반

부를 써보는 거야. '아주 먼 옛날 아비시니아에서'라고 시작하는 거지.

영국 런던의 대학교 시설과 보헤미안 시절과 유럽 생활도 건너뛰고

'원주민들과 함께 한 젊은이'로 수렵 감독관 생활을 시작했던 시절을 쓰는 거야. 아직 생각날 때 말이지."

"이탈리아 전선의 미혼모Unwed Mother on the Italian Front에서 호두 막대기를 깎아 낸 건 같은 장군님의 독특한 스타일을 이용해도 될까요? 두 개의 깃발 아래Under Two Flags 빼고 그 작품이 가장 마음에 들었어요. 장군님 작품 맞죠?"

"아니, 근위병의 죽음The Death of a Guardsman이 내 작품이야."

"그것도 훌륭한 작품이죠. 말하지는 않았지만, 그 책이 내 인생의 귀감이 되었어요. 어머니가 학교에 갈 때 선물로 주셨어요."

"그런데 자네 정말 밖에 가서 거리를 측정하지는 않겠지?"

"그럴건데요?"

"증인들을 데려갈 거야?"

"필요 없어요. 우리끼리 해요."

"그럼, 가자고. 난 메리가 아직 자고 있는지 보고 올게."

메리는 자는 중이었다. 차를 마셨고, 앞으로 2시간은 더 잘 것이다. 입술을 꼭 다물고 있었고, 베개에 담은 얼굴은 상아처럼 매끄러웠다. 편하게 숨을 쉬었고, 꿈을 꾸는지 머리를 움직였다.

난 응구이가 나무에 걸어둔 총을 집었들어 랜드로버에 올라타서는 G.C. 옆에 앉았다. 우리는 마침내 옛 흔적을 따라가서 메리가 사자를 쏜 곳을 찾았다. 항상 그렇듯이 오래된 전장은 많은 것이 바뀌었지만, 우리는 메리와 G.C.의 빈 탄피를 찾았고, 왼쪽 편에서 내 빈 탄피를 찾았다. 난 그걸 내 주머니에 넣었다.

"이제 사자가 죽은 곳까지 차를 몰고 갈 거니까 장군님은 직선으로 걸어보세요."

난 G.C.가 차를 타고 가는 것을 보았다. 그의 갈색 머리는 이른 아침 햇살을 받아 빛났고, 커다란 개가 차 뒤쪽에서 나를 돌아보다가 다시 앞쪽을 똑바로 봤다. 랜드로버가 커브를 돌아 나무와 덤불이 무성한 곳에 멈췄을 때, 나는 떨어진 탄피들 중 가장 왼쪽, 즉 서쪽에 서서 차 쪽으로 걸어가면서 발걸음을 세기 시작했다. 어깨에 총을 메고 오른손으로는 총신을 잡고 걷기 시작했을 때, 랜드로버는 매우 작아 보였다. 커다란 개가 차에서 내렸고, G.C.는 주변을 걷기 시작했다. 그들도 작게 보였고, 종종 개의 머리와 목만 보였다. 랜드로버가 있는 곳에 도착한 나는 발걸음을 멈췄고, 사자가 처음 쓰러졌던 곳의 풀은 뉘어져 있었다.

"몇 걸음이었어요?" G.C.가 물어서 내가 답하니, 그는 고개를 흔들었다. "지니 플라스크 들고 오셨어요?"

"그럼."

우리는 플라스크에 든 술을 마쳤다.

G.C.가 말했다. "절대로 다른 사람들에게 사정거리가 얼마였는지 말하지 말자고요. 취했든 맨정신이든, 괜찮은 사람이든 아니든."

"절대 말 안 해."

"이번에는 속도계로 재봐요. 장군님이 직선으로 차를 몰고 가세요. 내가 걸어갈게요."

우리는 걸음 속도가 달랐기 때문에, 속도계와 보폭으로 잰 수치 사이에는 차이가 있었기 때문에 우리는 전체에서 4걸음을 빼기로 했다. 그런 다음 우리는 크리스마스가 되기 전까지는 같이 사냥할 수 없다는 사실에 아쉬워하며 산을 바라보며 차를 타고 캠프로 돌아갔다.

G.C.와 그의 사람들이 떠난 후에, 나는 메리의 슬픔을 혼자 감당해야 했다. 메리도 있고 캠프와 우리 사람들도 있고 사람들이 키보라고 부르는 킬리만자로산도 있고, 동물들과 새들도 있고, 새로 꽃이 핀 들판과 땅에서 부화해서 꽃을 먹는 벌레들도 있었다. 벌레를 잡아먹는 갈색 독수리들은 닭처럼 흔하게 볼 수 있었고, 깃털로 된 기다란 하얀 바지를 입은 듯한 독수리들과 머리가 흰 독수리들이 뿔닭과 함께 걸어 다니며 분주하게 벌레를 먹었다. 벌레 때문에 모든 새는 휴전을 맺은 것처럼 함께 걸어 다녔다. 유럽 황새 떼가 벌레를 먹으러 왔고, 키가 큰 하얀 꽃이 만발한 수천 에이커에 이르는 평원 위로 황새 떼가 이동했다. 독수리가 메리에게는 별 의미가 없었기 때문에 메리의 슬픔은 그대로였다.

메리는 산 고갯길의 수목한계선에 있는 향나무 수풀에 누워서 22구경을 총을 겨누고 곰의 미끼였던 말 사체를 먹으러 오는 독수리를 겨눠본 적이 없었다. 말 사체는 지금은 독수리 미끼였다가 나중에 다시 곰 미끼가 될 것이다. 독수리를 처음 보았을 때 매우 높이 날고 있었다. 아직 날이 어두울 때 덤불 밑으로 기어서 반대편 봉우리를 지났을 때 독수리가 햇살을 받으며 나는 모습을 봤다. 이 산봉우리는 풀밭이 있는 정상으로 꼭대기에는 바위가 튀어나와 있고 경사면에는 향나무 수풀이 여기저기 흩어져 있었다. 이곳은 고도는 높았지만, 일단 올라오면 이동하기 편했고, 수풀에 엎드려 있지 않고 일어나 있으면, 독수리들이 멀리서부터 눈이 덮인 산으로 날아오르는 것을 볼 수 있다. 독수리 3마리가 원을 그리면서 날아올라 바람을 타는 모습을 지켜보다가 태양 때문에 눈이 부셨다. 그래서 눈을 감았지만, 태양은 아직 그 자리에 있었다. 눈을 떠서 태양이 가려진 쪽을 바라보면 펼쳐진 날개 끝부분과 활짝 펼쳐진 꼬리가 보였기에 머리가 큰 독수리가 지켜보고 있다는 걸 느낄 수 있다. 이른 아침은 추웠고, 말 사체를 확인해보니, 말이 너무 늙었고, 항상 입술을 들어야 확인할 수 있었던 이빨이 지금은 튀어나와 있었다. 말은 부드럽고 고무 같은 입술이었고, 사람이 말을 죽이려고 이 장소로 끌고 와서 고삐를 내려놓으면, 말을 훈련을 받은 대로 그 자리에 섰다. 회색 머리칼이 보이는 검은 머리를 쓰다듬으면, 그는 고개를 아래로 숙여 입술로 사람의 목을 살짝 물었다. 숲 가장자리에 두고 온 안장을 얹은 말을 내려다보면 그 말은 자기가 여기서 무엇을 하고 새로운 게임이 무엇인지 궁금해하는 듯 보였다. 말이 항상 어둠 속에서 멋지게 보였고, 너무 어두워 길이 보이지 않고, 길이 나무 사이로 벼랑 끝 바위를 따라 길이 났을 때 안장에 곰 가죽을 얹고 말의 꼬리를 붙들고 길을 내려온 적이 있었다. 그 말을 항상 할 일을 잘 했고, 새로운 게임을 전부 이해했다.

누군가는 해야 했기에, 나는 5일 전에 이곳으로 말을 데려왔고, 다정하게는 못해도 고통 없이 죽일 수 있었지만, 나중에 일어난 일은 그대로였다. 한 가지 문제라면, 마지막에 그 말은 이게 새로운 게임으로 생각하고 배우려고 한다는 것이다. 말은 나에게 고무처럼 매끄러운 입술로 나에게 키스하고 다른 말의 위치를 확인했다. 자신의 발굽이 갈라져서 사람이 탈 수 없다는 것을 알았고, 지금 새로운 상황이라서 배우려고 했다.

"잘 가, 카이트" 나는 말의 오른쪽 귀 아래쪽으로 쓰다듬었다. "너도 나에게 이렇게 했을 거야."

그 말은 물론 이 말을 이해하지 못했고, 모든 게 괜찮다고 말해주려는 듯 나에게 또다시 키스하려다가 총을 보았다. 못 보게 하려고 했지만 카이트는 보고 말았고, 모든 것을 알았다는 눈빛으로 몸을 무척 떨었다. 나는 양쪽 눈과 양쪽 귀로 이어지는 선이 십자선으로 교차하는 부분을 노려서 쐈고, 그는 곧장 쓰러져서 곰의 미끼가 되었다.

향나무 숲에 누워서 나는 내 슬픔을 곱씹었다. 평생 늙은 카이트에 대해 마음은 변하지 않을 것이라고 스스로 다짐했다. 하지만 말의 입술은 독수리가 먹어치웠고, 눈 부분도 없어졌고, 내가 곰을 잡기 전에 그 곰이 와서 여기저기 헤집어놔서 몸이 움푹 파여 있었다. 나는 독수리가 내려오기를 기다렸다.

마침내 독수리 한 마리가 포탄이 날아오는 듯한 소리를 내며 하강했고, 양 날개를 펄럭이며 깃털이 난 다리를 뻗어 갈고리로 늙은 카이트를 죽이려는 듯이 가격했다. 그러고 나서 거드름 피우면 주위를 걸어다니며 구멍이 난 곳을 노리기 시작했다. 다른 독수리들보다 천천히 내려왔는데, 기다란 날개와 두툼한 목, 큰 머리와 무서운 부리와 황금빛 눈은 똑같았다.

　나는 그곳에 엎으려 내 손으로 직접 죽인 내 친구이자 동반자의 사체를 독수리가 뜯어먹는 모습을 보았고, 독수리들이 하늘을 날고 있을 때 더 멋지다고 생각했다. 독수리들은 어차피 죽을 목숨이기에 마음껏 뜯어먹고 싸우고 내장을 물고 돌아다니도록 내버려 뒀다. 엽총이 있었으면 했지만 없었다. 그래서 마침내 22구경 윈체스터 총을 꺼내 한 마리는 머리에 한 발, 다른 한 마리에는 몸에 두 발을 조준해서 쐈다. 독수리는 날려고 했지만 날 수가 없었고, 날개를 펼친 채 땅에 떨어졌다. 나는 독수리를 쫓아 높은 경사면을 올라갔다. 다른 새나 짐승들은 다치면 대부분 아래쪽으로 도망친다. 하지만 독수리는 위로 도망치기 때문에, 내가 독수리 쪽으로 달려가서 다리를 잡아 갈고리 부분을 붙잡고 모카신 신은 발로 녀석의 목을 누르고 나서 양쪽 날개를 함께 잡아서 잡자, 녀석은 나를 증오와 반항심으로 가득한 눈으로 바라봤다. 다른 짐승이나 새가 이런 눈빛으로 쳐다본 적이 한 번도 없었다. 녀석은 검독수리였고 다 큰 성체로 큰 뿔이 달린 새끼 양을 잡을 수 있을 정도였다. 독수리들이 뿔닭들과 걸어 다는 모습을 보니 혼자서 다녔던 이 독수리들이 떠올랐고, 메리의 슬픔이 너무 안타까웠다. 하지만 독수리가 내게 어떤 의미였는지, 이 독수리 두 마리를 죽인 이유와 그중 한 마리는 나무 밑 등에 머리를 내리쳐서 죽였다는 것과 레임 디어Lame Deer 보호구역에서 독수리 가죽을 처분해서 무엇을 샀는지 말할 수 없었다.

　우리가 사냥용 차를 타고 가면서 독수리와 뿔닭이 함께 있는 것을 봤는데, 올해 초 코끼리 200마리 이상 지나가면서 수많은 나무가 쓰러지고 뿌리가 뽑혀 심하게 망가진 숲의 공터에 있었다. 우리는 버펄로 무리를 확인하러 나섰고, 어쩌면 파피루스 늪 근처에 있는 큰 나무에서 사는 표범을 마주 칠 수도 있었다. 하지만 우리는 넘쳐나는 애벌레들과 새들 사이의 기묘한 휴전 상태만 봤다. 메리는 크리스마스 트리로 쓸만한 나무 몇 그루를 찾았고, 나는 독수리와 옛날 일을 또다시 떠올렸다. 옛날이 더 단순한 거 같았는데, 더 거칠기만 했다. 보호구역은 샴바보다 더 거칠었다. 아닐 수도 있었다. 잘은 모르지만, 백인들이 항상 다른 사람들의 땅을 빼앗아 그 땅에 살고 있던 사람들을 보호구역으로 내몰았다는 건 알았다. 보호구역은 강제수용소처럼 지옥 같았고 사람들의 삶은 피폐해졌다. 이곳에서는 백인들은 보호구역을 수렵 금지구역이라고 불렀고, 원주민들을 아프리카인으로 부르면서 선심을 베푸는 듯 관리했다. 하지만 사냥꾼들은 사냥이 금지됐고, 전사들은 전쟁이 금지됐다. G.C.는 밀렵꾼을 증오했는데, 무엇이가를 믿어야 했고, 그래서 자신의 직업을 믿었기 때문이다. 물론 자신의 직업에 대한 믿음이 없었다면 결코 이 일을 하지 않았을 거라고 주장할 것이고, 그 주장도 맞았다. 사파리로 가장 부정하게 돈벌이하는 팝조차도 아주 엄격한 윤리적 기준이 있었다. 사파리 손님들은 마지막 1센트까지 탈탈 털렸지만, 성과는 있었다. 모든 훌륭한 백인 사냥꾼들은 사냥감을 아끼고 함부로 죽이는 걸 싫어했는데 그 이유는 다른 손님을 위해 사냥감을 남겨 놓기 위해서다. 그들은 불필요한 총격으로 사냥감에게 겁주고 싶지 않았고, 다른 손님과 아내 또는 다른 부부를 데려올 수 있도록 이 지역에 사냥감들이 남아있기를 바랐고, 때 묻지 않고 총격을 남발하지 않고 원시적 아프리카로 보인다면, 사파리 손님들이 넘쳐나면서 최고의 성과를 낼 수 있다.

팝은 몇 년 전에 이 모든 것을 한 번 나에게 말해줬는데, 사파리가 끝날 무렵 해안가에서 낚시를 할 때 이렇게 말했다. "양심이 있으면 사람들에게 이런 걸 두 번 시키지 않아. 그 사람들을 좋아한다면 말이야. 다음번에 올 때는 직접 차를 가져와. 그럼 내가 일할 사람을 구해주고 어디든 사냥할 수 있게 해줄게. 새로운 장소를 찾을 수도 있고. 고향에서 사냥하는 거랑 비용이 별 차이 안 날걸."

하지만 부자들은 비용이 얼마나 들어도 좋아했고, 몇 번이고 다시 찾았고 그때마다 비용은 늘 올라갔고, 다른 사람들은 엄두도 못 내는 일이 되면서 더욱 매력적으로 다가왔다. 나이 든 부자들은 죽었고, 주식 시장이 상승하면서 새로운 부자들이 생기고 사냥감들은 줄어들었다. 식민지에서 사파리가 큰 수입원이 되면서 사파리 종사자들을 관리하는 수렵관리국은 새로운 윤리 규범을 만들고 거의 모든 것을 관리했다.

지금은 윤리에 대해 생각할 때가 아니었고, 레임 디어에 대해 생각할 때는 더 아니었다. 티피teepee(북미 원주민의 원뿔형 천막) 앞에 물 사슴 가죽에 위에 앉아서는 독수리 두 마리의 꼬리를 펼쳐서 멋진 하얀 끝부분과 부드러운 깃털이 잘 보이게 뒤집어 놨다. 그리고 사람들이 구경하고 가격흥정을 해와도 입을 꼭 다물고 있었다. 샤이엔족Cheyenne(아메리칸 인디언) 남자는 꼬리 깃털에만 관심을 보였다. 다른 것에는 초월한 상태 같았다. 그에게 보호구역에 있는 독수리는 하늘을 높이 날고 회색 바위에 앉아 땅을 바라볼 때도 다가갈 수 없는 존재였다. 때때로 독수리가 눈보라를 피하려고 바위 뒤에 앉아 있다가 발견돼서 잡힐 때도 있었지만, 사람도 눈보라를 견딜 수 없었다. 젊은이들만이 버틸 수 있었지만, 그들은 사라졌다.

나는 앉아서 말은 전혀 하지 않고, 이따금 손을 뻗어 꼬리 부분과 깃털을 아주 가볍게 쓰다듬기만 했다. 나는 말을 생각했고, 독수리를 죽이고 나서 그 말이 아직 곰을 유인하기 위한 미끼였을 때 고개를 넘어 온 두 번째 곰에 대해 생각했다. 그 곰에게 총을 쐈지만, 어두워서 너무 낮게 맞춰버렸다. 풍향이 좋은 숲 가장자리에서 그 녀석은 한 바퀴 돌더니 몸을 일으켜서 울부짖으면서 마치 자신을 물고 있는 것을 죽으려는 듯이 양쪽 앞발을 모았고, 그러다가 네 발로 땅을 내딛고는 트럭처럼 몸을 펄쩍거리면서 고속도로 쪽으로 내려갔다. 곰이 언덕길을 내려갔을 때 나는 두 번을 더 쐈고, 마지막 발에 모피가 타는 듯한 냄새가 났다. 나는 그 두 번째 곰과 첫 번째 곰을 생각했다. 가죽은 부드러웠고, 나는 잘 다듬어진 기다란 회색곰 발톱을 셔츠 주머니에서 꺼내 독수리 꼬리 뒤에 두었다. 그리고 조용히 거래가 시작됐다. 몇 년 동안 곰 발톱이 시장에 나온 적이 없었기에 거래는 훌륭히 성사됐다.

오늘 아침에는 장사가 잘 안됐고, 가장 좋은 상품은 황새 정도였다. 메리는 황새를 스페인에서 겨우 두 번 보았다. 첫 번째는 카스티야Castile에 있는 작은 마을로, 고지대를 지나 세고비아로 가는 길에 있었다. 이 마을에는 매우 아름다운 광장이 있었고, 우리는 한낮의 더

위와 눈 부신 햇살을 피해 시원한 여관으로 갔고, 포도주를 담는 가죽 부대wineskin를 가득 채워달라고 했다. 여관은 무척 시원하고 쾌적했으며, 맥주도 시원했다. 이 마을의 아름다운 광장에서는 1년에 한 번씩 투우가 무료로 펼쳐졌는데, 원하는 사람은 누구나 나와서 우리에서 나온 황소와 세 번 싸울 수 있었다. 매년 열리는 큰 행사로 사람들은 다치거나 죽기 일쑤였다.

카스티야에서도 유난히 더운 날에 메리는 투우 도중에 일어났는 수많은 사고를 내려가 보다가 교회 첨탑에 둥지를 튼 황새들을 발견했다. 여관 주인의 아내는 메리가 사진을 찍을 수 있게 위층에 있는 방으로 데려갔고, 나는 술집에서 지역 운수와 트럭 회사 사장과 이야기를 나눴다. 우리는 다른 카스티야 마을에 대해 이야기를 나눴는데, 마을 교회마다 황새 둥지가 있고, 그 남자한테서 어느 때보다 다채로운 이야기를 들을 수 있었다. 스페인에서는 누구도 황새를 괴롭히지 않았다. 모두가 소중히 아끼는 몇 안 되는 새 중 하나였고, 자연스럽게 마을의 길조가 되었다.

여관 주인은 나에게 영어를 쓰는 동포가 있다고 말해줬다. 마을 사람들은 그가 캐나다인이라고 생각했는데, 오토바이가 고장 났고 돈도 없어서 잠시 마을에 머무는 듯 했다. 그는 곧 송금받을 것이라고 했고 오토바이 수리에 필요한 부품을 마드리드에 주문했지만, 부품이 아직 도착하지 않았다. 마을 사람들 모두가 그를 좋아했고, 그가 마을에 있어 주기를 바랐고, 그래서 여관 주인은 내가 동료일 수도 있는 그 동포를 만났으면 한다고 했다. 어딘가에 그림을 그리러 갔지만, 사람을 보내 찾아서 데려오겠다고 했다. 재미난 점은 이 동포라는 사람이 '호 델joder(섹스)'라는 단어 외에는 스페인어를 전혀 할 줄 모른다는 것이었 다. 미스터 호델Mr.Joder이라는 남자에게 무슨 할 말이 있으면, 여관 주 인에게 말하면 된다고 했다. 그렇게 눈에 띄는 별명을 가진 이 동포에 는 어떤 말을 남길까 하다가, 난 스페인에서 옛 여행자들에게 익숙한 방식으로 50페세타peseta(스페인 옛 화폐 단위) 지폐를 접어서 뒀다. 모두가 그 모습에 즐거워하면, 미스터 호델은 분명 그날 밤에 술집에서 5두로 duro(5페세타짜리 동전)를 탕진할게 뻔하지만, 여관 주인 부부는 그가 뭐라 고 먹을 수 있게 하겠다고 했다.

나는 사람들에게 미스터 호델의 그림 실력이 어떤지 물었고, 운수 회사 사장이 말했다. "그 사람은 벨라스케스도 고야도 마르티네스 데 리온도 아닌 건 분명해요. 하지만 시대는 변하고 있고, 우리가 누구를 평가하겠소?" 메리 양은 사진을 찍고 위층 방에서 내려왔는데, 황새의 사진을 잘 찍었지만 망원 렌즈가 없어서 사진이 보잘것 없을 거라고 했다. 우리는 돈을 내고 시원한 맥주를 마신 후 작별 인사를 하고 차 를 몰고 마을 광장에서 몰고 나와 햇살이 눈부시게 비추는 가파른 오 르막길을 달려 고원으로 지나 세고비아로 향했다. 마을이 내려다보이 는 곳에 차를 세워 뒤를 돌아보니 수컷 황새가 교회 첨탑에 있는 둥지 로 멋지게 날아가는 모습이 보였다. 여자들이 빨래하던 강가 쪽에 있 었던 황새였다. 그 뒤 우리는 길을 건너는 자고새 떼와 마주쳤고, 또 그 뒤로 양치식물이 홀로 피어난 곳에서 늑대와 마주쳤다. 우리가 아 프리카에 가는 길에 스페인에 들렀던 것은 올해였는데, 우리가 고지대를 지나 세고비아로 향했을 같은 시기에 코끼리가 황폐화시킨 그 황녹색 숲에 지금 우리가 있는 것이다. 이럴 일이 일어나는 세상에서 나는 슬퍼할 겨를이 없었다. 난 스페인이 다시 찾을 일이 없을 것이라고 생각했는데, 메리에게 프라도 미술관을 보여주러 다시 오게 됐다. 마치 내가 그 작품을 소장하고 있는 것처럼, 미술관에 전시된 그림들이 정말 마음에 들었고 모두 기억했기 때문에, 죽기 전에는 다시 볼 필요가 없었다. 하지만 타협이나 모욕감 없이 즐길 수 있다면 메리와 함께 관람하는 것은 매우 유의미했다. 또한 나바라Navarre(스페인 자치구)와 카스티야 두 곳을 보여주고 싶었고, 고지대에 사는 늑대와 마을에 둥지를 튼 황새를 보여주고 싶었다. 바르코 데 아빌라에 있는 교회 문에 못 박힌 곰 발톱을 보여주고 싶었지만, 아직 그대로 있을 거라고 기대하는 건 무리였다. 하지만 우리는 황새를 쉽게 발견했고, 더 많이 볼 수도 있었다. 늑대를 보았고, 근처 적당히 높은 곳에 관광객들이 오지 않지만, 나그네들이 자연스럽게 거니는 길에서 세고비아를 내려다보았다. 톨레도 주변에는 더 이상 그런 길이 없지만, 고지에 오르면 세고비아를 여전히 볼 수 있었다. 그리고 우리는 마을이 그곳에 있다는 것을 전혀 몰랐지만, 항상 그 풍경을 보려고 살아온 사람들이 처음 보는 것처럼 마을을 바라봤다.

이론적으로 아름다운 도시나 훌륭한 작품을 처음 보고 신선함을 느끼는 것은 한 번 뿐이다. 이것은 이론일 뿐이고 난 그렇지 않다고 생각했다. 내가 사랑하는 도시와 작품들은 매번 새롭게 느껴지고, 다른 사람을 데려오는 것은 즐거우며, 외로움을 달랠 수 있다. 메리는 스페인과 아프리카를 좋아했고, 자신도 모르게 자연스럽게 비밀스러운 것을 배웠다. 난 한 번도 메리에게 비밀스러운 것을 설명해준 적이 없었고, 기술적인 면과 익살스러운 부분만 설명했고, 메리가 스스로 알아내는 모습에 난 큰 즐거움을 느꼈다. 자신이 사랑하는 여자가 자신이 좋아하는 모든 것을 좋아해 주길 기대하거나 바라는 것은 어리석다. 하지만 메리는 바다를 사랑했고, 작은 배에서 낚시하는 걸 좋아했다. 그림을 좋아했고, 우리가 처음 함께 갔던 미국 서부 지역도 좋아했다. 메리는 어떤 것도 흉내를 내지 않았다. 모든 것을 흉내내려는 사람과 교제했던 적이 있었던 나에게는 그 점은 커다란 선물이었다. 모든 것을 흉내 내는 사람과 함께 지내면 많은 일에서 흥미가 사라지고, 뭔가를 공유하기 보다는 차라리 외로움을 택하는 게 나았다.

날씨가 더워지고, 산에서 시원한 바람도 불지 않는 오늘 아침에, 우리는 코끼리가 망가트린 숲에서 새로운 길을 내고 있었다. 여러 번 힘든 구간을 지나 넓은 초원으로 나오고 나서, 우리가 처음 본 풍경은 황새 떼가 먹이를 먹는 것이었다. 다리가 붉고 날개는 검고 희어서 확실히 유럽 황새였고, 독일 황새처럼 애벌레를 먹고 있었다. 메리 양은 그 모습을 보고 좋아했는데, 우리 둘 다 황새가 멸종되고 있다는 기사를 읽고 걱정했기 때문에 그녀에게 의미가 컸다. 우리처럼 황새들도 아프리카로 올만큼 지각이 뛰어나다는 걸 이제 알 수 있었다. 그렇다고 해서 메리의 슬픔은 사라진 것은 아니어서 우리는 캠프로 향했다. 메리의 슬픔을 어떻게 달래야 할지 몰랐다. 독수리를 봐도 황새를 봐도 내가 어떻게 해도 슬픔은 그대로였고, 그러다가 나는 메리가 얼마나 크게 슬픈지를 점차 깨닫기 시작했다.

"평소와 달리 무척 조용하네요. 아침 내내 무슨 생각을 하고 있어요?"

"새와 여러 장소와 당신이 얼마나 좋은 사람인지 생각했죠."

"당신은 정말 친절하네요."

"정신 수양으로 그러는 거 아니에요."

"난 괜찮을 거예요. 사람들은 쉽게 밑 빠진 구멍에 들어갔다가 나오는 게 아니니까요."

"다음 올림픽 종목이 될 수 있겠네요."

"그럼 당신이 메달을 따겠죠."

"후원자도 있어요."

"당신 후원자들은 내 사자처럼 전부 죽었잖아요. 당신이 유달리 기분 좋은 어느 날에 후원자들을 전부 쏴 죽였겠죠."

"저기 또 황새들이 있어요."

캠프에 단둘이 있고, 저녁 6시가 돼서 어두워지면 오랫동안 큰 슬픔을 느끼기에는 아프리카는 위험한 곳이다. 우리는 더이상 사자 이야기를 하거나 생각하지 않았고 메리의 슬픔이 차지하고 있던 공허한 마음은 이제 일상과 낯설지만 즐거운 생활과 함께 밤이 다가오면서 다시 채워졌다. 모닥불이 꺼지려고 하자, 나는 오후에 트럭에 싣고 온 말라 죽은 나뭇가지 중에 단단한 것을 들고 와서 넣었고, 우리는 의자에 앉아서 밤바람이 부니 불길이 일어나 나무가 불타는 것을 보았다. 밤바람은 눈 덮인 산에서 불어왔다. 바람이 너무 약해서 모닥불이 타오르는 모습으로만 바람을 느낄 수 있었다. 바람은 여러 가지 방법으로 느낄 수 있었는데, 가장 아름답게 느낄 수 있는 건 밤에 모닥불이 밝게 타다가 사그라들었다가 다시 불길이 일 때였다.

메리가 말했다. "모닥불이 있으니까 단둘이 있다는 느낌이 안 드네요. 모닥불과 우리만 있어서 참 좋아요. 아침까지 장작이 탈까요?"

"그럴 거예요. 바람이 세게 안 불면요."

"아침에 나가 쫓아다닐 사자가 없다는 거 이상해요. 당신도 이제 걱정 근심이 없죠?"

"없어요. 이제 모든 게 평온해요."

"당신과 G.C.가 고민했던 때가 그리워요?"

"아뇨."

"이제 우리는 정말 멋진 버펄로와 다른 컬러 사진을 멋지게 찍을 수 있겠어요. 버펄로는 어디로 갔을까요?"

"줄루 고원 쪽으로 갔을 거 같아요. 윌리가 세스나를 타고 오면 보러 갈 수 있을 거예요."

"수백 년 전에 산이 분화해서 사람들 접근을 막은 곳을 자동차를 타고 다니기 시작 후에도 갈 수 없다는 거 참 이상하지 않아요?"

"이제 사람은 자동차가 없으면 속수무책이 되어버렸어요. 지역 토박이들도 짐꾼처럼 짐을 지고 다니지 않고, 파리가 동물들을 죽이죠. 아프리카에서 유일하게 손길이 닿지 않는 곳은 사막과 파리가 보호하는 곳이요. 체체파리가 동물의 가장 최고의 친구예요. 외래종 동물과 침입자들만 노려서 죽이니까."

"우리가 그렇게 동물을 사랑하는데, 먹기 위해서 거의 매일 동물들을 잡아야 한다는 거 참 이상하지 않아요?"

"닭을 아끼면서 아침 식사에 계란을 먹고, 먹고 싶을 때 햇병아리를 잡아먹는 것과 같은 거죠."

"그건 달라요."

"물론 다르죠. 하지만 이치는 같아요. 새로운 풀이 자라면 사냥감들이 더 많이 올 것이고, 그럼 한동안은 사자들 때문에 괴로워하지 않아도 돼요. 사냥감들이 늘어나서 마사이족을 괴롭힐 이유가 없어졌으니까."

"마사이족은 소를 너무 많이 길러요."

"맞아요."

"가끔 우리는 마사이족 가축을 지켜주는 바보 같다는 생각이 들어요."

"아프리카에서 많은 시간을 보내면서 바보 같다는 생각이 들지 않으면, 그거야말로 어리석은 거죠." 나는 다소 거만한 자세로 말했다는 생각이 들었다. 하지만 어떤 별은 늘 밝게 빛나고 어떤 별은 그렇지 않은 것처럼 늦은 밤이 되면 대충 말을 하게 된다.

내가 물었다. "이제 자러 갈까요?"

"자러 가요. 그리고 안 좋았던 일을 잊어버려요. 잠자리에 들면 밤의 소리에 귀 기울여요."

그래서 우리는 침대에 누워 행복해했고, 아무런 슬픔 없이 서로 사랑을 나눴고, 밤의 소리를 들었다. 우리가 모닥불 가를 떠난 후에 하이에나 한 마리가 텐트에 가까이 왔고, 나는 모기장으로 들어가 침대

시트와 이불 사이로 기어가서는 캔버스로 된 텐트 벽에 등을 기대어 누워서 메리가 침대에서 편안하게 잘 수 있도록 했다. 하이에나는 몇 번 이상한 소리를 내더니, 다른 하이에나가 답하는 소리를 냈고, 녀석들은 캠프를 지나 텐트촌으로 갔다. 바람이 불어와 모닥불이 반짝거렸고, 메리가 말했다. "우리는 아프리카에서 헌신적인 모닥불과 밤을 보내는 짐승들과 함께 지내네요. 당신은 정말 날 사랑해요?"

"당신 생각은 어떤데요?"

"날 사랑한다고 생각해요."

"잘 알고 있네요."

"맞아요. 알고 있죠."

잠시 후 우리는 사냥을 하는 사자 두 마리가 으르렁 소리를 들었고, 하이에나는 조용해졌다. 그리고 먼 북쪽 게레누크 영역 너머 바위로 가득한 숲 가장자리에서 사자가 포효하는 소리가 들렸다. 커다란 사자의 포효 소리에 공기가 크게 진동했고, 나는 메리를 꼭 껴안았다. 나중에 사자는 으르렁거리는 소리를 냈다.

"새로운 사자네요." 메리가 속삭였다.

"그렇네요. 우리는 저 녀석에 대해 아는 게 없어요. 저 녀석에 대해 안 좋은 이야기는 하는 마사이족을 조심해야겠어요."

"우리가 저 사자 아껴줘요. 그럼 모닥불이 우리의 모닥불이 된 것처럼, 저 사자도 우리의 사자가 될 거예요."

메리는 곧 잠들었다. 잠시 후에 나도 잠들었가 잠에서 깼을 때 사자 소리가 다시 들렸고, 메리가 자기 침대에서 부드럽게 숨을 내쉬는 소리도 들렸다.

12

"멤사히브 아픈가요?" 음윈디는 베개를 똑바로 정리해서 메리가 텐트가 넓게 열린 쪽으로 머리를 두고 잘 수 있게 하고, 간이침대 에어매트리스를 손바닥으로 확인해보고 시트를 반듯하게 펴서 끝부분을 매트리스 밑으로 꼼꼼하게 집어넣으면서 물었다.

"응, 조금 아파."

"사자 고기를 먹어서 그럴 거예요."

"아냐. 사자를 잡기 전부터 아팠어."

"사자가 너무 멀리 너무 빨리 도망갔어요. 사자는 너무 화가 났고 죽을 때 너무 슬퍼서 독을 만들어 냈을 거예요."

"불시트bullshit(헛소리)."

음윈디는 진지하게 말했다. "하파나 불시트Hapana bullshit(헛소리 아니에요). 브와나 수렵관리국 대장도 사자 고기를 먹었어요. 그 사람도 아파요."

"그 사람은 살렝가이Salengai(케냐 리프트 밸리주 정착촌)에 있을 때부터 아팠어."

"살렝가이 사자도 먹은 거예요."

"밍기 불시트Mingi bullshit(정말 헛소리야). 그 사람은 내가 사자를 잡기도 전에 아팠고, 살렝가이에서 사자 고기 먹지도 않았어. 살렝가이 사파리가 끝나고 여기서 사자 고기를 먹었지. 살렝가이에서는 사자 가죽을 벗긴 전두 토막을 내서 전부 상자에 넣어둬서 그날 아침에 아무도 못 먹었어. 자네가 착각하는 거야."

긴 녹색 가운을 입은 음윈디는 어깨를 으쓱했다. "사자 고기를 먹어서 브와나 수렵관리국 대장이 아파요. 멤사히브도 아프고요."

"사자 고기를 먹어도 멀쩡한 사람이 누구게? 바로 나야."

"사이타니Shaitani(초자연적 힘이에요). 브와나가 전에 죽을 만큼 아픈 걸 봤어요. 오래전에 젊었을 때 사자를 죽이고 나서 죽을 만큼 아팠어요. 모두가 다 알아요. 은데게ndege(비행기, 여기서는 윌리를 의미한다.)가 알아요. 브와나도 알고, 멤사히브도 알아요. 모두가 당신이 죽은 뻔한 거 알아요."

"내가 그때 사자 고기 먹었어?"

"아뇨."

"내가 사자를 죽이기 전에 아팠어?"

음윈디는 마지못해 말했다. "응디오. 무척 아팠어요."

"우리 말을 너무 많이 한 거 같아."

"우리는 음지예요. 하고 싶은 말 있으면 해도 돼요."

"크위샤 토크Kwisha talke(이야기 그만 해)."

난 피진 영어pidgin English(영어를 잘못하는 사람이 말하거나 그 언어를 잘못하는 사람에게 말을 할 때 사용하는 단순화된 형태의 영어)에 피곤했고, 그런 말에 대해 별로 생각하고 싶지 않았다.

"멤사히브는 내일 비행기를 타고 나이로비에 갈 거야. 나이로비에 있는 의사한테 치료받고 돌아오면 괜찮을 거야. 크위샤." 내 말은 이게 끝이라는 의미로 말했다.

음윈디가 말했다. "음주리 사나, 필요한 물건은 제가 챙길게요."

텐트 밖으로 나가니 응구이가 내 엽총을 들고 큰 나무 밑에서 기다리고 있었다.

"콸리kwali 두 마리가 있는 곳을 알아요. 메리 양을 위해서 잡아요."

메리는 아직 돌아오지 않았고, 우리는 큰 피버 트리fever tree(해열제용 나무) 숲 가장자리에 메마른 땅 위에 새 2마리가 모래 목욕을 하는 모습을 보았다. 그 두 마리는 작고 다부진 몸에 무척 아름다웠다. 나는 녀석들을 향해 손을 흔들었고 그 녀석들을 몸을 웅크린 채 수풀로 달려갔다. 나는 아직 땅에서 달리고 있는 녀석에게 한 발, 다른 녀석을 날아오르려고 할 때 총을 쐈다.

"새가 또 있어?"

"두 마리밖에 없어요."

나는 응구이에게 총을 건넸고, 캠프로 돌아가기 시작했다. 나는 손에 잡은 새 두 마리를 들고 있었는데, 살이 포동포동하고 아직 따뜻하고 눈이 맑고 산들바람에 부드러운 털이 날렸다. 메리에게 조류도감에서 이 녀석들이 무슨 새인지 찾아봐달라고 할 것이다. 처음 보는 새였고, 킬리만자로에 사는 종일 것이다. 한 마리는 수프용으로 좋을 것이고, 메리가 속이 든든한 음식을 먹고 싶다면 나머지 한 마리로 요리를 하면 될 것이다. 메리에게 테라마이신Terrymycin(항생제 상표명)과 클로로다인chlorodyne(클로로포름 등을 함유하는 마취 진통제)를 챙겨줄 것이다. 테라

마이신 효과에 확신이 없지만, 부작용은 없는 듯했다.

시원한 식당 텐트 앞에 있는 편안한 의자에 앉아있을 때, 메리가 우리 텐트로 가는 게 보였다. 메리는 세수를 하고 와서 식당 텐트로 들어와 앉았다.

메리가 말했다. "아, 이런 말은 안 하는 게 좋겠죠?"

"사냥용 차로 데려다줄 수 있어요."

"싫어요. 그건 장의차처럼 너무 커요."

"괜찮으면, 이것 좀 마셔봐요."

"기운 차리자고 김렛gimlet(진과 라임 주스를 넣은 칵테일)을 마시라고요?"

"아플 때 술을 마시면 안 되기는 하지만, 난 늘 마셨고, 이렇게 멀쩡하잖아요."

"난 지금 멀쩡한 건지 아닌지도 모르겠어요. 알 수 있으면 좋을 텐데."

"알게 될 거예요."

난 김렛을 만들어줬고, 급할 거 없으니 약을 먹고 침대에 누워서 쉬라고 했다. 책을 읽고 싶으면 읽고, 원한다면 내가 책을 읽어주겠다고 했다.

"뭘 잡았어요?"

"아주 작은 새 2마리요. 작은 자고새 같아요. 좀 있다가 보여줄게요. 당신이 먹을 저녁 식사가 될 거예요."

"점심은요?"

"톰슨가젤 수프와 으깬 감자를 먹으려고요. 당신은 곧 괜찮아질 거고, 못 먹을 만큼 몸이 그렇게 나쁜 것도 아니에요. 옛날에 테라마이신이 야트렌Yatren보다 더 효과가 좋다고 했어요. 하지만 야트렌이 있으면 좋았을 텐데. 약상자에 분명 있을 거예요."

"난 항상 목이 말라요."

"알죠. 음베비아에게 미음 만드는 법을 알려줄 테니 물병에 담아 시원하게 해서 줄게요. 마시고 싶을 때 마셔요. 갈증 해소에도 좋고 힘도 날 거예요."

"어째서 병에 걸렸는지 모르겠어요. 우리 참 건강했잖아요."

"여보, 자기는 그냥 열이 나는 것뿐이에요."

"말라리아약을 매일 밤 먹고 당신이 약 먹는 거 잊어버리면 내가 늘 챙겨줬잖아요. 저녁에 모닥불 옆에 앉을 때는 꼭 모스키토 부츠를 신고요."

"그랬죠. 하지만 버펄로를 쫓다가 모기한테 수백 번 물렸죠."

"아니에요.. 수십 번이지."

"나는 수백 번 물렸어요."

"당신이 몸집이 작잖아요. 날 꼭 안아줘요."

"우리는 운이 좋은 거예요. 열병이 심한 나라에 가는 사람들은 누구나 감염이 되는데, 우리는 그런 나라는 두 곳이나 갔잖아요."

"하지만 나는 약을 꼭 먹었고, 당신도 꼭 먹으라고 했었죠."

"그래서 우리가 열병에 안 걸렸잖아요. 하지만 우리는 수면병(체체 파리를 매개로 전염되는 열대 풍토병)이 심한 나라에도 갔었잖아요. 체체파리가 얼마나 극성이었는지."

"에와소 응기로Ewaso Ngiro(케냐에 있는 강) 근처 파리가 정말 많았어요. 그날 저녁에 집으로 돌아오면 빨갛게 달군 눈썹 족집게로 뽑는 것처럼 물어 됐어요."

"난 그렇게 달군 족집게 본 적이 없는데요."

"나도 못 봤어요. 하지만 코뿔소가 사는 깊은 숲에서 물렸을 때 그런 느낌이었다고요. G.C.와 그 사람이 기리는 개 키보가 파리를 피하려고 강물에 뛰어들었잖아요. 하지만 그때 캠프 생활 참 좋았고, 우리끼리 사냥을 시작했을 때라서 정말 재밌었어요. 누군가를 데리고 하는 것보다 20배를 더 재미있었고, 나는 아주 착하고 순하게 굴었잖아요, 기억나죠?"

"그리고 크고 푸르른 속에서 우리는 모든 것과 가까워졌고, 마치 그곳에 우리가 처음 온 사람인 거 같은 기분도 들었죠."

"그 숲은 이끼랑 나무가 너무 높고 무성하게 자라서 햇빛도 거의 들지 않았어요. 인디언들보다 더 조심스럽게 걸어서 당신이 날 임팔라에 너무 가까이 데려갔는데도 그 녀석은 우리가 있다는 걸 전혀 몰랐죠. 캠프에서는 작은 강 건너편에서 버펄로 때도 봤잖아요? 정말 대단한 캠프였는데. 표범이 밤마다 캠프에 들어왔던 거 기억나요? 밤마다 집 농장 주변을 도는 보이즈Boise나 윌리 씨처럼 말이에요."

"기억나죠, 여보, 테라마이신이 오늘 밤이나 내일 아침에는 효과가 나타날 거고, 지금은 그렇게 아프지 않을 거예요."

"벌써 효과가 있는 거 같은데요."

"쿠쿠가 야트렌과 카브소네Carbsone보다 효과가 좋다고 하더니 진짜인가 보네요. 특효약은 효과가 나타날 때까지 으스스한 기분이 들 수 있어요. 하지만 야트렌은 특효약이었고 그 당시 효과도 좋았어요."

"나 기발한 생각이 났어요."

"뭔데요, 여보?"

"해리에게 세스나를 타고 오라고 해서 당신이랑 그 사람이 모든 짐 승과 문제를 살피는 거예요. 그리고 난 해리와 함께 나이로비로 가서 실력 좋은 의사에게 이질인지 뭔지를 치료받고 올게요. 사람들에게 줄 크리스마스 선물도 사고 필요한 것도 사고요."

"우리는 그날을 아기 예수 생일이라고 불러요."

"난 계속 크리스마스하고 할 거예요. 그리고 필요한 게 많아요. 너무 낭비하는 걸까요?"

"좋은 생각인데요. 응구이한테 무전을 보내라고 할게요. 언제 비행기 오라고 할까요?"

"모레 어때요?"

"모레는 아주 멋진 날이죠. 내일 다음이니까."

"이제 잠깐 누워서 눈 덮인 산에서 불어오는 바람을 느낄래요. 당신은 마시고 싶은 거 마시면서 책 읽고 편안하게 있으세요."

"음베이바에서 미음 만드는 법을 가르쳐 줘야죠."

메리는 정오에 훨씬 몸이 좋아졌고, 오후에 다시 잠들었다가 저녁에 상당히 기운을 차리고 식욕도 느꼈다. 테라마이신 효과가 좋고 메리에게 별 부작용이 없자 기뻤다. 나는 총 개머리판의 나무 부분을 문지르면서, 효과 좋은 비밀의 약으로 메리가 좋아졌지만, 유럽 의사에게 내 치료가 제대로 됐는지 확인시키려고 메리는 내일 비행기를 타고 나이로비로 갈 것이라고 음윈디에게 말했다.

"음주리."라고 음윈디가 답했다.

그날 밤 우리는 가벼운 식사를 즐겁게 했고, 다시 캠프 분위기가 밝아졌으며, 아침에 질병과 불행이 사자 고기를 먹어서라고 강력하게 주장했던 사람들이 마치 그런 주제를 전혀 언급한 적 없는 것처럼 사라졌다. 불행한 일을 이론적으로 설명하려는 사람들이 있는데, 가장 중요한 것은 누구 때문인지와 무엇 때문인지였다. 메리는 말로는 예사롭지 않고 말로 다 표현할 수 없는 불운을 겪고 있지만, 속죄의 과정에 있으며, 그녀는 또한 다른 사람들에게 큰 행운은 가져다 주는 존재이기도 했다. 그녀는 또한 많은 사랑을 받았다. 아라프 메이나는 메리는 숭배했고, G.C.의 밑에서 일하는 감시원 충고는 그녀를 아꼈다. 아라프 메이나의 자신이 믿는 종교가 절망적으로 혼란스러워지면서 메리를 숭배하기 시작했는데, 종종 그 정도가 황홀경에 이르러서 폭력에 가까웠다. 그는 G.C.도 사랑했지만, 헌신적 사랑과 어린애 같은 동경이 뒤섞인 것이었다. 그가 나를 좋아하면서 점점 애정표현을 하자 나는 그에게 남자보다 여자를 사랑한다고 설명했고, 깊고 오랜 우정을 이어가자고 했다. 하지만 그는 킬리만자로 한 구역 전체에 성실과 보답으로 자신의 사랑과 헌신을 받쳤는데, 남녀노소 상관없이 모든 사람에게 모든 종류의 술과 효과 좋은 약초를 나눠줬고, 지금은 그 위대한 애정의 재능을 메리에게 쏟고 있었다.

아라프 메이나는 그렇게 외모가 빼어나지는 않았지만, 제복을 입어 고상하고 씩씩해 보였고, 모자 귀 덮개를 항상 귀 위쪽으로 깔끔하게 정리를 해서 프시케 머리 모양을 변형시킨 그리스 여신의 머리 모양 같았다. 하지만 옛날 코끼리 밀렵꾼 시절에 누구도 비난할 수 없을 정도로 너무나 성실했고, 그 성실함이 순결인 것처럼 메리에게 바쳤다. 캄바족은 동성애를 하지 않았다. 아라프 메이나가 내가 유일하게 하는 룸바족이었기 때문에 룸바족도 그런지는 잘 몰랐다. 하지만 아라프 메이나는 남녀 모두에게 강하게 끌렸는데, 메리는 아프리카인처럼 짧은 머리에 햄족 소년 같은 얼굴에 젊은 마사이족 아내처럼 여성스러운 모습 때문에 아라프 메이나의 헌신이 숭배에 이르렀다. 그는 메리를 아프리카에서 일반적으로 기혼 백인 여성을 뜻하는 마마Mama로 절대 부르지 않았고, 멤하시브라고 부르고 싶지 않을 때는 늘 머미Mummy라고 불렀다. 메리는 누구한테도 머미라고 불린 적이 없었기 때문에 아라프 메이나에게 그렇게 부르지 말라고 했다. 하지만 그가 아는 영어에서 가장 최고의 칭호였기 때문에, 그는 메리는 '머미 미스 메리' 또는 '미스 메리 머미'라고 불렀는데, 그가 마약 효과가 있는 약초가 나무껍질을 썼느냐 또는 오래 친구인 술을 마셨느냐에 따라 부르는게 달랐다.

우리는 저녁을 먹고 모닥불 옆에 앉아서 아라프 메이나의 메리에 대한 헌신에 관해 이야기했고, 내가 오늘 왜 그가 안 보이는지 걱정하자 메리가 말했다.

"모든 사람이 아프리카 사람들처럼 다른 사람들을 그렇게 사랑한다면 좋지 않을까요?"

"그러면 좋죠."

"하지만 끔찍한 일이 불쑥 일어나지 않을까요?"

"그런 일은 유럽인들과 있는 곳에서도 늘 일어나잖아요. 만취해서는 서로 뒤엉키다가 고도 탓을 하죠."

"하지만 고도와도 관계있는걸요. 적도 지역에서는요. 아무것도 넣지 않은 진이 꼭 물처럼 느껴진 게 여기가 처음이었거든요. 분명 고도나 다른 뭔가와 상관있는 게 분명해요."

"분명 뭔가가 있겠죠. 하지만 우리는 열심히 걸어서 사냥했고 땀으로 우리가 마신 술을 다 배출하면서 험난한 경사면을 올라가고 이 산 주변을 오르니까 술을 마셔도 괜찮아요. 땀구멍으로 다 배출되니까. 당신은 아프리카 사파리 여행을 하러 온 여자 중에 가장 많이 화장실을 들락날락하잖아요?"

"화장실은 이야기도 하지 말아요. 지금은 화장실 가는 길고 멋지고, 읽을거리도 쌓여있잖아요. 사자 책은 다 읽었어요?"

"아뇨. 당신이 자리 비울 때 읽으려고요."

"내가 없는 동안 하려고 많이 일을 남겨 두지 말아요."

"그 책뿐이에요."

"그 책을 읽고 조심성 있고 착한 사람이 됐으면 좋겠어요."

"난 지금도 그래요."

"아니거든요. 당신과 C.G.는 가끔 미친 짓을 하잖아요. 훌륭한 작가고 소중한 남자고 내 남편인데 왜 G.C.와는 밤에 짓궂을 짓을 하는지."

"밤에는 동물을 연구해야죠."

"아니잖아요. 지독한 일을 했다는 걸 서로가 자랑하기 바쁘지."

"그렇지 않아요. 우리는 재밌으려고 그러는 거예요. 재미가 없으면 산 송장이나 마찬가지니까."

"죽을 수도 있는 그런 일을 할 필요는 없죠. 랜드로버를 말로 생각하고 경마 대회에 출전한 것처럼 차를 몰잖아요. 두 사람 모두 에인트리Aintrre 경마장에서 탈 실력도 안 되면서 말이에요."

"그건 사실이지만 그래서 랜드로버를 모는 거죠. 나와 G.C.는 정직한 시골 남자로서 단순한 스포츠를 즐기는 거라고요."

"두 사람은 내가 아는 가장 부정직하고 위험한 시골 남자들이에요. 희망이 없다는 걸 아니까 훈계도 안 하잖아요."

"우리를 떠나면서 그렇게 나쁜 말은 하지 말아줘요."

"그런 게 아니에요. 두 사람과 두 사람이 생각하는 재미에 대해 생각하니 그저 겁이 나서 그래요. 어쨌든 G.C.가 여기 없고 당신이 혼자 남아서 다행이에요."

"나이로비에 가서 좋은 시간 보내고 의사한테 진찰 잘 받고, 사고 싶은 거 다 사요. 여기는 걱정하지 말고. 여기는 질서 있게 잘 돌아갈 거고, 깨끗하게 할 거고, 당신이 없는 동안 쓸데없이 위험한 일 안 할게요. 당신이 날 자랑스러워하도록 할게요."

"글을 써 보는 건 어때요? 그럼 정말 자랑스러울 거 같은데."

"쓰게 되겠죠. 누가 알아요?"

"난 당신 약혼녀는 신경 안 써요. 당신이 나를 더 사랑하니까요, 그렇죠?"

"난 당신을 더 많이 사랑하고 당신이 돌아올 때도 여전히 당신을 더 사랑할 거예요."

"당신도 가면 좋을 텐데."

"나이로비는 싫어요."

"나는 그곳이 늘 새로워서 배우고 싶은데 말이죠. 사람들도 좋고요."

"가서 잘 즐기고 돌아와요."

"지금 안 가면 좋을텐데. 하지만 윌리랑 비행기를 타고 갔다가, 비행기를 타고 내 남편에게 돌아와서 선물을 주는 것도 재미있겠죠. 표범 잡는 거 잊지 말아요? 크리스마스 전에는 잡겠다고 빌에게 약속했잖아요."

"안 잊었어요. 잊어버렸으면 걱정도 안 하죠."

"당신이 잊지 않았다는 거 확인하고 싶은 거예요."

"잊지 않았어요. 양치도 잘 할 거고 밤에 별빛도 모두 꺼버리고 하이에나도 밖으로 쫓아낼 거예요."

"놀리지 말아요. 나 가는데."

"알겠어요. 그리고 농담 아니에요."

"돌아와서 깜짝 선물해줄게요."

"가장 크고 최고의 선물은 언제나 당신을 보는 거예요."

"우리 비행기 안에서 보면 더 좋은데, 멋지고 특별한 깜짝 선물인데 아직은 비밀이에요."

"침대에 가서 누워요. 지금은 괜찮아졌다고 해도, 푹 쉬어야 해요."

"그럼 날 안아서 침대로 데려다줘요. 오늘 아침에 내가 죽을지도 모른다고 생각이 들었을 때 당신이 그래 줬으면 했어요."

그래서 난 메리는 안아 들었고, 사랑하는 여자의 체중이 어느 정도인지 알 수 있었다. 그녀는 키가 크지도 작지도 않았고, 키 큰 미국 미인들처럼 긴 다리를 흔들지도 않았다. 쉽게 안아 데려다줄 수 있었고, 메리는 진수된 배가 매끄럽게 물길을 타는 것처럼 침대에 누웠다.

"침대는 참 멋진 공간이에요."

"침대가 우리의 조국Fatherland이죠."

"누가 그런 말 했어요?"

난 자랑스럽게 말했다. "내가요. 독일어로 하면 더 멋지게 들려요."

"우리가 독일어를 안 해도 되니 다행인데요?"

"그렇네요. 특히 우리는 독일어를 못하니까요."

"탕가니카나 코르티나에서 독일어 하는 당신 모습 참 인상적이었는데."

"그런 척 한 거예요. 그래서 인상적으로 들렸던 거고."

"난 영어로 말하는 당신을 너무 사랑해요."

"나도 당신을 사랑해요. 잘 자요. 그래야 내일 여행을 잘하죠. 우리 둘 다 순한 새끼 고양이들처럼 자고 기분 좋게 자면 당신 몸 괜찮아질 거예요."

월리가 비행기로 몰고 캠프로 왔고, 우리는 껍질이 벗겨진 나무 장대에 바람 자루가 매달려 있는 곳으로 달려가서는, 트럭으로 밀어 평평하고 으스러진 꽃밭 위로 비행기가 멋지게 착륙하는 모습을 지켜봤다. 우리는 비행기에서 짐을 내려 사냥용 차에 실었고, 메리와 월리가 차 앞 좌석에서 이야기하는 동안 나는 우편물과 전보를 훑어봤다. 메리 편지와 내 편지를 분류하고, 두 사람에게 온 것은 메리 쪽에 놓고 나서, 나는 전보를 뜯었다. 특별히 나쁜 소식은 없었고, 전보 2통은 고무적인 내용이었다.

식당 텐트에서 메리가 식탁에서 우편물을 챙겼고, 나는 월리와 맥주를 나눠 마시면서 기분 나빠 보이는 편지들을 읽었다. 답장하지 않아도 되는 내용이었다.

"전쟁은 어때, 월리?"

"아직 총독 관저를 점령하고 있어요."

"토르는?"

"물론 우리 손에 있죠."

"뉴스탠리는?"

"암흑에 유혈의 그 땅이요? C.G.가 항공사 승무원들을 보내 그릴까지 순찰한다고 들었어요. 잭 블록이라는 녀석이 장악하고 있는 거 같아요. 여자들에게 무척 정중하게 군다고 하더라고요."

"수렵관리국은?"

"별로 말하고 싶지 않은데. 최근에 들은 바로는 양쪽 세력이 막상막하nip and tuck인가 봐요."

"니프nip는 알겠고, 턱tuck은 누구야?"

"새로 온 사람 같아요. 메리 양이 멋지고 커다란 사자를 잡았다면 서요. 그 녀석도 가져갈 건가요, 메리 양?"

"물론이죠. 윌리."

윌리 말대로 오후에 비가 그쳤고, 두 사람이 비행기 타고 떠난 후 나는 무척 외로웠다. 시내에 가고 싶지 않았다. 나는 혼자 남아서 내가 좋아하는 곳에서 여러 문제를 생각하며 내가 아끼는 사람들과 있는 게 얼마나 행복한지 알았지만, 메리가 없으니 외로웠다.

비 내린 뒤에는 항상 쓸쓸해졌다. 받았을 때는 별 의미가 없었던 편지라도 있어서 다행이었다. 편지를 순서대로 다시 정리했고 신문도 날짜순으로 다시 정리했다. 이스트 아프리카 스탠다드East African Standard, 타임즈Times 항공판과 종이가 양파 껍질처럼 얇은 텔레그라프 Telegraph, 타임즈 리터러리 서플먼트Times Literary Supplement와 타임Time지 항공판이 있었다. 편지 내용은 지루해서 내가 아프리카에 있어서 다행이라고 생각했다.

출판사가 비싼 비용을 들여 항공우편으로 보낸 편지 한 통이 있었는데, 아이오와에 사는 여성이 보낸 편지였다.

아이오와주 거스리 센터

1953년 7월 27일

쿠바 아바나에 계시는 어니스트 헤밍웨이 선생님께

몇 년 전 난 코스모폴리탄지에 연재됐던 선생님의 작품 "강 건너 숲속으로*Across the River and Into the Trees*"를 읽었어요. 베니스를 아름답게 묘사하며 이야기가 시작돼서, 책 내용이 그렇게 계속 전개될 것이라고 기대했지만, 무척 실망했습니다. 전쟁을 일어나게 만드는 부패 문제를 폭로하고 군 조직 자체의 위선을 지적할 기회가 분명히 있었어요. 주인공인 장교는 부하 2명을 잃어서 그 결과 진급을 하지 못한 개인적 불운에 대해서만 주로 불평하더군요. 목숨을 잃은 젊은이들에 대한 슬픔은 조금도, 전혀 찾아볼 수 없었어요. 책 내용 대부분이 어떤 한 노인이 젊고 아름답고 부유하기까지 한 여성이 재산이나 높은 지위 때문이 아니라 한 남자로서 노인을 사랑할 것이라고 자신과 다른 노인들에게 확신시키려는 허망한 노력이더군요.

후에 노인과 바다*Old man of the sea*가 출간됐을 때, 제LL차 세계대전 때 4년 6개월 동안 군 복무했던 성숙한 오빠에게 그 책 내용이 강 건너 숲속으로보다 내용이 정서적으로 더 성숙해졌는지 물었는데, 오빠는 얼굴을 찡그리며 그렇지 않다고 했어요.

당신이 퓰리처상을 받았다는 게 참 놀라워요. 적어도 모두가 동의하지는 않아요.

절취해서 동봉한 기사는 디모인 레지스터 앤드 트리뷴*The Des Moines Register and Tribune*지에 실렸던 핼런 밀러의 "커피를 마시며"라는 칼럼이에요. 언젠가 꼭 보내주고 싶었어요. 헤밍웨이는 미성숙하고 너무나도 따분하다고 덧붙인다면, 그 비평은 완벽해져요. 4번의 결혼을 했는데도, 덕을 갖추지 못했다면, 적어도 과거 실수에서 상식을 조금이라도 배워야 할 거 같네요. 죽기 전에 가치 있는 글을 써보시죠?

G.S.헬드 부인 씀

이 여자는 어쨌든 그 책이 마음에 들지 않았고, 그건 그 여자의 자유다. 내가 아이오와에 있었다면 그 여자의 유창한 글솜씨와 LL차 전쟁 언급에 대한 보상으로 환불을 해줬을 것이다. 나는 LL이 길고 지겨운Long and Lousy이라는 의미도 있지만, 숫자 2라고 생각했다. 나는 동봉된 기사를 읽었다.

내가 헤밍웨이에게 조금은 고루하게 구는 건지도 모른다. 그는 우리 시대에 가장 과대평가된 작가이자 여전히 훌륭한 작가다. 그의 주요 결점은 이렇다. (1) 유머 감각 부족, (2)미숙한 현실주의, (3)빈약한 이상주의 또는 결여 (4)남자라고 티 내고 싶은 호언장담.

난 혼자서 텅 빈 식당 텐트에 편지를 읽으면서, 정서적으로 성숙한 오빠가 주방에서 냉장고에서 꺼낸 간식을 먹거나 TV 앞에 앉아서 메리 마틴이 연기하는 피터 팬을 보면서 얼굴을 찌푸리는 모습을 상상하니 즐거웠다. 아이오와 사는 이 여성이 나에게 편지를 보내서 얼마나 친절한지 정서적으로 성숙한 오빠가 지금 이곳에서 고개를 흔든다면 얼마나 즐거운지를 생각해 봤다.
나는 스스로 철학적으로 '모든 것을 다 가질 수 없어, 늙은 작가야.'

라고 말했다. 둘러치나 메치나 매한가지라는 말이 있다. 정서적으로 성숙한 오빠를 그냥 단념해야 한다고. 그런 사람을 단념하고 갈 길을 가자. 그래서 난 그 사람을 잊어버리고 아이오와 여자가 쓴 편지를 계속 읽었다. 나는 스페인어로 그 여자를 누에스트라 세뇨라 데 로스 아플레 노케르스Nuestra Senora de los Apple Knockers(애플 녹커스의 성모 마리아)라고 생각했고, 그런 훌륭한 이름이 떠오르자 경건함이 느껴지고 월터 휘트먼Walter Whitman(19세기 미국 시인)처럼 마음이 훈훈해졌다. 하지만 이런 생각은 아이오와 여자를 위한 것이라고 자신에게 경고했다. 인상 찌푸리는 사람은 무시하라.

총명하고 젊은 칼럼니스트의 헌사를 읽는 것도 흥미로웠다. 헌사 내용은 단순했지만 에드먼드 윌슨Edmund Wilson(미국 작가이자 문학 평론가)이 '인식의 충격'이라고 부르는 순간적인 카타르시스가 느껴졌다. 역량이 뛰어난 이 젊은 칼럼니스트가 대영제국에서 태어나 취업허가증이 있었다면 이스트 아프리칸 스탠다드의 미래는 밝았을 것으로 생각했다. 나는 벼랑 끝에 걷는 사람처럼 얼굴을 찡그리는 아이오와 여성의 오빠의 사랑스러운 얼굴을 다시 떠올렸지만, 이제는 그 사람에 대한 감정이 변해 더는 그에게 끌리지 않았고, 그가 옥수수밭에 앉아서 밤에 옥수수 자라는 소리를 들으면 손을 주체하지 못하는 모습이 떠올랐다. 샴바에서도 미국 중서부 지역 옥수수처럼 옥수수가 높이 자란다. 하지만 밤에는 날씨가 춥고 옥수수가 오후에 자라서 밤에 누구도 옥수수 자라는 소리를 듣지 못한다. 밤에 자란다고 해도, 먹잇감을 찾아 나서는 하이에나, 자칼과 사자 소리와 표범이 내는 소리 때문에 들을 수가 없다.

이 바보 같은 아이오와 여자가 모르는 사람들에게 자신이 잘 모르는 일에 대해서 편지를 쓴 게 너무 짜증이 났고, 하루빨리 행복한 죽음을 맞이하길 바랐지만, 그녀가 쓴 마지막 문장이 떠올랐다. "죽기 전에 가치 있는 글을 써보시죠?" 무지한 아이오와 여자다. 난 이미 그런 글을 썼고, 앞으로도 계속 쓸 것이다.

브랜슨이 잘 지내고 있다고 해서 기뻤다. 시칠리아에 있는데, 자신이 하는 일에 대해 나보다 더 잘 알기 때문에 난 괜한 걱정을 하고 있었다. 마를렌은 여러 문제가 있지만, 라스베이거스에서 크게 성공했고, 여러 신문 기사를 동봉했다. 편지도 신문 기사도 모두 감동적이라고. 쿠바의 집은 괜찮았지만, 비용이 많이 들었다. 반려동물들도 잘 있었다. 뉴욕 은행에는 아직 돈이 있었다. 파리 은행도 돈이 있었지만 별로 남지는 않았다. 베네치아에 있는 사람들도 양로원에 있거나 불치병으로 죽어가는 사람들 빼고는 모두 잘 있었다. 한 친구가 교통사고로 심하게 다쳤는데, 이른 아침 해안을 따라 운전할 때 갑자기 안개가 짙게 껴서 헤드라이트 빛도 보이지 않았던 일이 갑자기 떠올랐다. 여러 가지 골절을 입었다는 글에서 무엇보다 사냥을 좋아하는 친구가 다시 총을 쏠 수 있을지 걱정이 되었다. 내가 존경하고 사랑했던 한 여성은 암에 걸렸고 3개월의 시한부 인생을 선고받았다고 했다. 열여덟 살 때 처음 알고 18년 동안 알고 지내면서 사랑했고 친구로 지내고 있는 또 다른 여자는 두 번 결혼했고 자신의 능력으로 4배로 불린 재산을 지키려고 애쓰고 있었는데, 살면서 만질 수 있고 셀 수 있고 입을 수 있고 보관할 수 있고 저당 잡힐 만한 재산을 빼고 모든 것을 잊어버렸다. 그녀의 편지에는 뉴스와 가십과 가슴 아픈 소식으로 가득 차 있었다. 뉴스는 진짜였고, 슬픔은 거짓이 아니었고, 모든 여자가 하는 불평도 편지에 담겼다. 이제 그녀가 아프리카로 올 수 없다는 내용에 가장 슬픈 편지가 되었다. 단 2주 만이라도 아프리카에 있어도 즐겁게 지낼 수 있었을지도 모른다. 그녀가 오지 못한다면, 그녀 남편이 사업상 일로 나에게 보내지 않는 한 그녀를 다시 볼 수 없을 것이다. 그녀는 내가 항상 그녀를 데려가겠다고 약속했던 모든 장소에 가지만, 나는 가지 못한다. 그녀는 남편과 함께 갈 수 있었고 함께 초조한 마음으로 있을 수 있었다. 그는 늘 장거리 통화를 했는데, 내가 일출을 보고 메리는 별을 보는 게 필요한 것처럼 그에게는 장거리 통화가 필요했다. 그녀는 돈을 마음껏 쓰면서 갖고 싶은 물건을 사고 재산을 축적하고 아주 값비싼 레스토랑에서 식사를 할 수 있었고, 한때 우리가 함께 가기로 했던 모든 도시에 콘래드 힐튼 호텔을 남편을 위해서 열거나 마무리 짓거나 계획할 것이다. 그녀는 현재 아무런 걱정이 없었다. 방황하는 듯한 표정을 짓는 그녀는 콘래드 힐튼 호텔에서 편안한 호텔에 누울 수 있고, 팔을 뻗으면 닿을 곳에 장거리 전화가 있다. 밤에 깨면, 허무함이 무엇인지 알고 오늘밤 어떤 가치가 있는지 제대로 알 수 있고, 돈을 세다가 잠이 들었다가 늦게 잠에서 깨서는 또 다른 하루의 시작을 늦게 마주한다. 라이토키톡에 콘래드 호텔을 열지도 모른다. 그럼 그녀가 이곳에 와서 산을 보고, 호텔 안내를 받아 싱 씨와 브라운과 벤지를 만날 것이고, 옛 경찰서 자리에 기념 현판을 걸고, 영국계 마사이족 가게에서 기념품으로 창을 살 수도 있다. 방마다 차가운 물과 따뜻한 물이 나오는 세면대가 있고, 모자 주위에 표범 가죽 밴드를 한 백인 사냥꾼들이 있을 것이고, 기디온 성경책Gideon Bibles(국제 기드온 협회 기증의 성서) 대신 장거리 전화기와 *백인 사냥꾼 검은 심장White Hunter, Black Heart*과 *가치 있는 것Something of Value*이라는 책이 놓여 있을 것이다. 그 책들은 특별히 제작된 다목적 종이에 인쇄돼서, 책 표지 뒷면에는 있는 작가 초상화가 어둠 속에서 빛이 난다.

이 호텔을 어떻게 꾸미고 어떤 프로젝트를 운영할지 생각을 해 봤다. 24시간 사파리를 운영하며 모든 동물을 볼 수 있게 하며, 케이블 TV와 룸서비스 메뉴가 갖춰진 객실에서 매일 밤 잠이 들고 룸서비스 메뉴가 있고, 데스크 직원은 모두가 반–마우마우단이거나 실력이 뛰어난 백인 사냥꾼들이며, 투숙객들에게 우대 서비스가 제공되는데, 투숙 첫날 저녁때 접시 옆에 명예 수렵 감독관 위촉장이 놓여 있다. 대부분 마지막 날이 될 두 번째 밤에는 동아프리카 전문사냥꾼 협회의 명예 회원증을 주는 것이다. 이런 생각을 하니 즐거웠지만, 메리와 G.C.와 윌리와 다 함께 생각하고 싶었다. 기자 생활도 했었던 메리는 이야기를 지어내는 실력이 뛰어났다. 난 메리가 한 가지 이야기를 두 번 똑같이 말하는 걸 들어본 적이 없었는데, 이야기를 새로 지어냈기 때문이다. 팝도 필요했는데, 그가 죽을 때를 대비해 그의 전신상을 호텔 로비에 전시할 수 있도록 허락을 받고 싶었다. 가족들의 반대가 있을 수 있지만, 프로젝트 전반을 설명하면 원만한 결정을 내릴 수 있을 것이다. 팝은 라이토키톡을 죄악의 덫으로 여겨 그곳에 대한 애정을 나타낸 적이 결코 없었고, 고향의 높은 언덕에 묻히기를 원할 것이다. 하지만 적어도 의논은 해볼 수 있다. 최악의 결과에 대해 농담하고 비웃고 무시를 하면, 외로움을 가장 잘 잊을 수 있다. 심각한 상황에 빈정거리는 유머는 순간적이고 종종 오해받을 수 있어서 오래 가지는 못하더라고, 가장 효과가 있다는 걸 깨달은 나는 슬픈 편지를 읽으면서 웃었고 새 라이토키톡 힐튼 호텔에 대해 생각하며 웃었다.

해가 거의 저물었고, 지금쯤 메리는 뉴스탠리에 도착해서 목욕하고 있을 것이다. 목욕하는 모습을 생각하는 건 즐거웠고, 그녀가 오늘밤 시내에서 즐거운 시간을 보내기를 바랐다. 그녀는 내가 자주 찾는 싸구려 술집을 좋아하지 않았다. 아마 여행자 클럽 같은 곳에 갔을 것이고, 그런 즐거움을 즐기는 것이 내가 아니고 그녀라서 기뻤다.

나는 메리 생각을 그만두고 데바 생각을 했는데, 데바와 미망인에게 아기 예수 생일 축하할 때 입을 옷을 만든 옷감을 사러 갈 때 데려다주겠다고 약속했다. 40~60명의 마사이족 여성과 전사들이 지켜보는 가운데 내 약혼녀가 옷감을 고르고 내가 돈을 내는 이런 행사는 라이토키톡에서 이번 사교 시즌이나 다른 어떤 때보다도 공식적이고 결정적인 일이었다. 불명예스럽기도 하지만 때로는 위안이 되기도 하는 작가로서, 잠이 들지 못한 나는 헨리 제임스가 이 상황을 어떻게 했을지 궁금해졌다. 헨리 제임스는 베네치아 호텔 발코니에 서서 고급 시가를 피우며 어떤 문제에 휘말리는 것보다 벗어나기는 힘든 그 마을에서 어떤 일이 일어나는지 궁금해했을 것이다. 잠에 들지 못할 때는 난 언제나 헨리 제임스가 자신의 호텔 발코니에 서서 시내를 내려다보고 지나가는 사람들을 보는 모습을 상상하면서 큰 위안을 얻고 했다. 그 사람들은 각자의 필요성과 의무와 문제를 안고 있으며, 집 안 경제와 지역의 안녕을 이끌면서 운하로 둘러싸인 곳에서 건전하 고 잘 정돈된 생활을 살아간다. 어디 갈 곳도 모르는 제임스는 발코 니에 계속 서서 담배를 폈다. 잠이 들 수도 안 들 수도 있는 행복한 밤 에 데바와 제임스 두 사람을 생각했고, 제임스가 마음을 달래려고 입 에 물고 있는 시가를 데바에게 건네면 어떨까 생각했다. 데바는 그 시 가를 귀 뒤에 꽂거나 응구이에게 건넬 것이다. 응구이는 아비시니아 에서 K.A.R.의 소총수로 있으면서 시가 피우는 걸 배웠고, 종종 백인 군대와 그 추종자들과 맞서 싸우며 다른 것도 많이 배웠다. 그러고 나 는 헨리 제임스와 그의 마음을 달래주는 시가 생각을 그만두고, 조류 의 흐름과 반대로 배를 몰아야 하는 내 친구들과 형제들이 순풍을 맞 는 모습을 상상하며 아름다운 운하에 대해서도 생각하는 것도 그만뒀 다. 대머리에 뚱뚱한 남자가 당당하게 걷는 모습과 출발 문제도 더는 신경 쓰지 않았다. 데바와 커다란 집에 모피로 덮여 있고, 연기 냄새 도 나고 깨끗한 냄새가 나는 나무 침대와 내가 좋은 뜻에서 돈을 주고 산 의식용 맥주 네 병을 생각했는데, 그 맥주에는 부족이 정한 이름이 있었다. 의식용 맥주로 여러 가지가 있는데, 이것은 장모님 침대에서 잘 때 마시는 맥주The Beer For Sleeping In The Bed Of The Mother-in-Law로 알 려졌다. 그런 모임이 남아있다면 그것은 존 오하라John O'Hara(미국 소설 가) 모임의 회원으로 캐딜락을 소유하고 있는 것과 같았다. 나는 그런 모임이 남아있기를 간절히 바랐고, 콜리어스Collier's라는 잡지를 수송

하는 배를 통째로 삼킨 보아 뱀처럼 뚱뚱한 오하라를 생각했고, 체체 파리에 물린 줄도 모른 채 터벅터벅 걷는 노새 같은 오하라를 생각했다. 나는 오하라가 뉴욕에서 열린 사교계 데뷔 파티에서 착용했던 흰 테두리를 두른 이브닝 넥타이와 그를 소개할 때의 파티 여주인의 초조함, 그리고 그가 무너지지 않기를 바라는 그녀의 바람을 유쾌하게 떠올리면서 그에게 모든 행운과 행복이 있기를 바랐다. 아무리 상황이 잘 풀리지 않아도, 오하라의 전성기를 떠올리면 기분이 좋아졌다.

나는 우리의 크리스마스 계획에 대해 생각했는데, 나는 크리스마스가 늘 좋았고 여러 나라에서 지낸 크리스마스가 기억났다. 마사이족과 캄바족 모두를 초대하기로 했기 때문에 이번 크리스마스는 최고로 멋지거나 정말 끔찍할 것이다. 제대로 되지 않으면 응고마가 그대로 끝나 버릴 수도 있다. 메리의 마법 나무도 세우기로 했는데, 마사이족은 그 나무를 알지만, 메리는 몰랐다. 메리가 고른 나무가 강력한 종류의 마리화나 효과가 있다는 것 메리에게 말해줘야 하는지 결정하지 못했다. 그 문제에 대한 시각이 다양했기 때문이다. 무엇보다도 메리는 꼭 이 나무를 써야 한다고 고집했고, 캄바족은 메리가 사자를 꼭 죽여야 하는 이유와 더불어 그녀만의 이유나 시프 리버 폴스Thief River Falls(미국 미네소타주 페닝턴카운티에 있는 도시) 부족의 관습으로 여겼다. 아라프 메이나는 이 나무로 몇 개월 동안 취한 상태로 있을 수 있으며, 코끼리가 메리가 고른 이 나무로 며칠 동안 취하게 됐다고 털어났다.

메리는 나이로비에서 분명 즐거운 저녁 시간을 보낼 것이다. 메리는 똑똑했고, 나이로비는 이곳에서 유일한 도시였고, 뉴 스탠리 호텔에는 신선한 훈제 요리가 나오고, 너그러운 수석 웨이터가 있었다. 하지만 큰 호수에서 잡은 생선, 이름 모르는 생선 요리도 맛날 것이고 카레도 있을 것이다. 하지만 이질에 걸린 직후라서 그런 요리를 먹지 않는 게 좋다. 그러나 메리는 분명 저녁을 잘 먹었을 것이고 지금쯤 분위기 좋은 나이트클럽에 있을 것이다. 난 데바 생각을 했는데, 우리는 옷감을 사러 갈 것이고, 데바가 자랑스러워하면서 수줍게 내밀고 다니는 두 개의 사랑스러운 가슴 봉우리를 어떻게 돋보이게 할지는 그녀가 잘 알 것이고 다양한 옷감 무늬들을 볼 것이다. 파리가 날리는 곳에서 긴 치마를 입은 마사이족 여자들과 제정신이 아니고 멋진 척하는 남편들은 매독으로 손이 차가운 상태에서 불만스러운 눈빛으로 우리를 지켜볼 것이다. 캄바족인 우리는 귀를 뚫지 않았지만, 마사이족이 모르는 것을 많이 알고 있어서 건방지기보다는 거만한 태도로 가게에서 물건을 살피고 옷감 무늬를 구경하고 중요한 물건들을 살 것이다.

13

음원디가 아침에 차를 들고 왔을 때, 나는 일어나서 스웨터 2벌과 울 재킷을 챙겨 입고 재가 된 모닥불 옆에 앉아있었다. 밤사이에 날씨가 너무 추워져서 오늘 날씨는 어쩔지 궁금해졌다.

"모닥불 피울까요?"

"한 사람용으로 작게 피워줘."

"그럴게요. 식사 좀 하세요. 멤사히브가 떠나고 다시 식사하는 거 잊어버리신거 같아요."

"사냥 전에는 별로 먹고 싶지 않아."

"사냥이 길어질 수도 있어요. 지금 좀 드세요."

"음베이아는 아직 자고 있겠지?"

"나이 먹은 사람들은 다 일어났어요. 젊은 사람들만 자고 있죠. 케이티가 꼭 식사하셔야 한다고 했어요."

"알았어, 먹을게."

"무엇을 드시고 싶으세요?"

"대구볼이랑 해쉬 브라운 감자가 먹고 싶어."

"톰슨가젤 간이랑 베이컨이군요. 케이티 말로는 멤사히브가 당신에게 열병약 챙겨 먹으라고 했어요."

"약이 어딨지?"

음윈디가 약병을 꺼냈다. "여기요. 케이티가 저더러 당신이 약을 먹는지 확인하라고 했어요."

"알았다고. 약 먹었어."

"무엇을 입으실래요?"

"출발할 때는 쇼트 부츠에 따뜻한 재킷을 입고, 날씨가 더워지면 스킨 셔츠를 입을 거야."

"다른 사람들에게 준비하라고 할게요. 오늘 정말 좋은 날이 될 거에요."

"그래?"

"모두가 그렇게 생각해요. 차로도요."

"좋아. 나도 그렇게 생각해."

"꿈은 안 꾸셨어요?"

"안 꿨어. 정말로."

"음주리. 케이티한테 전할게요."

아침을 먹고 우리는 게네루크 영역을 지나 북쪽으로 가서 곧장 출루 고원으로 향했다. 옛 마냐타에서 고원으로 이어지는 길은 지금쯤 습지에서 돌아온 버펄로들이 있어서 진흙 때문에 길이 잿빛이었고 미끄러지기 쉬웠다. 하지만 우리는 차로 갈 수 있는 곳까지 타고 갔고, 그런 다음 음투카를 두고 걸어갔다. 햇빛에 진흙이 마를 것이기 때문이다. 태양은 이제 평원을 태우고 있었고, 우리는 그곳을 떠나 용암 바위로 뒤덮이고 작고 가파르고 길이 울퉁불퉁한 언덕으로 올라갔는데, 풀이 빽빽하게 새로 자랐고 비에 젖어 있었다. 버펄로를 죽일 마음은 없지만, 언덕에는 코뿔소가 있었고 전날 비행기에서 코뿔소 3마리를 보았기 때문에 총 두 자루를 챙겼다. 버펄로는 파피루스 습지 가장자리에서 새로운 먹잇감이 풍족한 곳으로 이동하고 있을 것이다. 난 버펄로 개체 수를 확인하고 가능하다면 사진을 찍어서, 우리가 3개월 이상 보지 못한 멋들어진 뿔을 가진 크고 늙은 버펄로 수놈이 어디에 있는지 알고 싶었다. 녀석들을 겁주거나 녀석들을 쫓아가는 게 아니고 그저 확인만 하고 사진을 잘 찍어서 메리가 돌아오면 보여 주고 싶었다.

우리는 버펄로 떼를 따라잡았고, 녀석들을 우리 밑으로 이동하고 있었다. 당당한 수놈, 덩치가 크고 늙은 암놈, 어린 수놈과 젊은 암놈과 새끼들이 있었다. 나는 주름이 가득한 구부러진 뿔, 진흙이 마르면서 칙칙해진 몸과 무거운 발걸음으로 이동하고 검은 무리와 거대한 회색빛 무리, 찌르레기처럼 작고 예리한 부리를 가진 새가 잔디밭에 분주히 돌아다니는 것을 보았다. 버펄로는 먹이를 먹으면서 천천히 이동했다. 녀석들이 지나간 자리에는 풀이 없어졌고, 짙은 소 냄새를 맡고 파리들이 모여들었다. 나는 셔츠를 머리 위로 당겨 쓰고는 버펄로 124마리까지 세었다. 바람 방향 때문에 녀석들은 우리 사람 냄새를 맡지 못했다. 우리가 더 높은 곳에 있어서, 새들도 우리를 보지 못했다, 파리만이 우리를 발견했지만, 분명 우리가 있다는 이야기를 버펄로와 새들에게 전하지 않았다.

정오가 가까워지고 무척 무더웠지만, 우리 앞에는 행운이 기다리고 있다. 우리는 차를 타고 공원 구역을 다니면서 나무들을 살폈다. 우리가 쫓는 표범은 문제를 일으킨 표범으로 그 녀석이 염소 16마리를 잡았던 샴바 주민들이 나에게 잡아달라고 했다. 그래서 수렵관리국을 대신해서 녀석을 쫓고 있었고 차를 타고 쫓아도 됐다. 표범은 한때 해를 끼치는 동물로 공식 지정됐지만, 지금은 왕실 지정 보호 동물이 됐다. 그 표범이 자신의 승진이나 재지정 소식을 들었다면 염소 16마리를 죽여서 수배를 받고 원래 자리로 돌아가는 짓은 절대 저지르지 않았을 것이다. 기껏 한 마리만 잡아먹을 수 있었을 텐데, 하룻밤에 염소 16마리를 죽이다니, 너무 심했다. 그리고 그중 8마리는 데바가족의 염소였다.

우리는 아름다운 숲 공터에 들어섰고, 우리 왼쪽에는 키 큰 나무가 한 그루 있었는데, 높은 나뭇가지 중 하나는 지면과 평행을 이루며 왼쪽으로 쭉 뻗었고, 그늘이 진 다른 나뭇가지 하나는 오른쪽으로 쭉 뻗어있었다. 잎이 무성한 푸르른 나무로 꼭대기 부분은 잎이 더 무성했다.

나는 응구이에게 말했다. "표범에게 완벽한 나무군."

응구이는 아주 조용히 말했다. "응디오. 표범은 저 나무에 있어요."

음투카는 우리가 하는 말을 들을 수도 없고 그가 있는 자리에서는 표범을 볼 수 없었지만, 우리 모습을 보더니 차를 세웠다. 나는 내 무릎 위에 올려뒀던 낡은 스프링필드 총을 들고 차에서 내렸고, 땅에 발을 딛자, 오른쪽 높은 나뭇가지에 길고 탄탄한 표범이 뻗어있는 모습을 보았다. 바람에 흔들리는 나뭇잎 그림자가 그의 점박이 무늬를 가렸다. 녀석은 18m 높이에 있었는데, 이렇게 좋은 날에 자리 잡고 있기에 딱 좋은 곳이었고, 쓸데없이 염소 16마리를 죽였을 때보다 더 큰 실수를 저질렀다.

나는 숨을 들이쉬며 소총을 한 번 들어 올렸다가 내쉬면서 표범 귀 뒤쪽 목이 튀어나온 부분을 신중하게 겨냥해 쐈다. 높아서 완전히 빗나가 버렸고, 길고 육중한 표범은 나뭇가지에 바짝 엎드렸고, 나는 탄약통을 재빨리 벗겨 이번에는 녀석의 어깨를 겨냥했다. 둔탁한 소리가 났고, 녀석은 반원을 그리며 떨어졌다. 꼬리와 머리는 위를 향했고 등은 아래로 향했다. 초승달처럼 몸이 휘어져서 땅에 떨어졌고, 쿵 하는 소리가 났다.

웅구이와 음투카는 내 등을 두드렸고, 차로는 악수를 청했다. 팝의 총잡이는 나와 악수를 하면서 울었는데, 표범이 떨어지는 모습이 감격스러웠기 때문이었다. 그는 나에게 몇 번이고 캄바족 방식으로 손을 잡고 흔들었다. 곧 나는 자유로운 손으로 탄환을 재장전하고, 흥분 상태인 웅구이는 엽총 대신 .577 총을 들고 예비 장인의 염소들을 죽인 녀석의 사체를 확인하려고 조심히 앞으로 나아갔다. 그곳에 표범 사체가 없었다.

녀석이 떨어진 곳에 땅이 움푹 파였고, 상당량의 핏자국이 왼쪽 숲으로 이어져 있었다. 그곳은 맹그로브 습지 뿌리로 빽빽했고, 지금은 누구도 캄바족 방식으로 내 손을 잡지 않았다.

난 스페인어로 말했다. "이봐, 상황이 급변했어." 사실 그랬다. 팝에게 사냥법을 배웠지만, 다친 표범이 빽빽한 숲에 숨어들면 새로운 상황이 되는 것이었다. 녀석들은 어떻게 행동할지는 다르지만, 늘 맞서는 것은 똑같았다. 그래서 처음에 머리와 목을 노렸다. 하지만 지금 빗나간 것을 후회하기에는 늦었다.

제일 큰 문제는 차로였다. 차로는 표범에게 두 번 물린 적이 있었고, 정확한 나이를 알 수 없지만, 나이를 많이 먹었고, 내 아버지 연세 정도 되는 건 분명했다. 사냥개처럼 흥분한 상태로 사냥을 하려고 한다.

"여기에 있지 말고 차에 가 있어."

"하파나, 브와나."

"응디오. 너무 위험해, 응디오."

"웅디오."

차로가 '웅디오 브와나'가 아니고 '웅디오'라고 말하는 것은 우리를 모욕하는 방식이었다. 응구이는 윈체스터 12구경 펌프식 연발총에 사슴 사냥용 산탄인 SSG를 장전했다. 우리는 SSG로 총을 쏜 본 적이 한 번도 없었고, 총알이 걸리는 걸 원치 않았기 때문에 발사기 부분을 돌려서, 상자에서 새로 꺼낸 새 사냥용 산탄 8호로 탄창을 채우고 나머지는 주머니에 넣었다. 근거리에서 쏜 산탄은 공처럼 단단해서 몸에 맞았을 때 가죽 재킷 뒷면에 작은 구멍들이 생기고 구멍 주위에는 검붉은 피가 맺히고 흉부 쪽에 산탄이 박히는 모습이 떠올랐다.

"크웬다." 나는 응구이에게 말했고, 우리는 핏자국을 따라가기 시작했고, 나는 산탄총을 들고 응구이를 엄호했다. 팝의 총잡이는 .577 총을 들고 차로 돌아갔다. 차로는 차 지붕에 올라가지 않고 창 세 자루 중에 가장 좋은 것을 들고 뒷좌석에 앉아있었다. 응구이와 나는 핏자국을 따라 걸었다.

응구이는 핏덩어리에서 뼛조각을 집어서 나에게 건넸다. 어깨뼈 조각이었고 나는 입에 물었다. 무의식적으로 그렇게 했다. 하지만 그렇게 하면서 우리는 표범과 더 가깝게 느껴졌다. 뼈를 깨물었더니 내 피와 비슷한 피 맛이 났다. 표범이 그저 균형을 잃고 떨어진 게 아니었다. 응구이와 나는 맹그로브 뿌리가 얽힌 숲까지 따라갔다. 잎사귀들은 무척 푸르고 반짝였다. 불규칙한 보폭으로 뛰어오른 표범 발자국이 숲으로 향해 있었다. 어깨에서 나는 피가 몸을 웅크리고 숲으로 들어갈 때 잎에 떨어진 듯했다.

응구이는 어깨를 으쓱하고 고개를 저었다. 이제 우리 둘 다 심각해졌고, 해박한 지식으로 조곤조곤 말하는 백인도 없고 부하들의 아둔함에 난폭하게 명령을 내리고 그런 명령을 달가워하지 않는 사냥개처럼 그들에게 악담을 퍼붓는 백인도 없었다. 상황이 불리한 다친 표범한 마리만 있을 뿐이었다. 높은 나뭇가지에서 총에 맞아 인간이 살아남을 수 없는 높이에서 떨어져서 괴로워하면서도 고양잇과의 놀라운 생명력으로 자신을 따라오는 인간을 불구로 만들거나 중상을 입힐 수 있는 곳에 숨어 있었다. 표범이 염소를 죽이지 않았다면 좋았을 텐데. 그랬다면 표범을 잡아 사진 촬영 후에 전국에 유통되는 잡지사에 보내겠다는 계약도 맺지 않았을 것이다. 나는 만족해하며 어깨뼈 조각을 물고 차를 향해 손을 흔들었다. 깨진 뼛조각의 날카로운 부분에 뺨 안쪽이 베었고, 표범 피와 내 피가 섞인 맛에 익숙해졌고, 나는 "트웬디 크와 추이Twendi kwa chui."라고 말했다. "우리 표범이 있는 곳으로 갑시다."라는 의미로 정치인들이 잘 구사하는 복수 명령법을 썼다.

표범이 있는 곳으로 가는 건 그렇게 순탄치 않았다. 응구이는 스프링필드 30-06 총을 가지고 있었고 시야도 좋았다. 팝의 총잡이는 쏘면 엉덩방아를 찧을 정도로 화력이 센 .577 총이 있었고 응구이만큼 눈이 좋았다. 내 총은 오랫동안 아꼈던 것으로, 한때 현장을 활발히 누볐지만 3번이나 수리했고 표면이 닳아서 매끄러운 낡은 윈체스터 12형 펌프식 연발총으로, 뱀보다 빨랐고, 35년간 동안 함께한 가까운 친구이자 동료로서 비밀도 성공도 남에게도 말할 수 없는 불행도 함께 공유한 평생의 벗이었다. 우리는 피가 떨어진 곳에서 뿌리가 단단히 얽힌 덤불 숲을 지나서 왼쪽으로 나와 서쪽으로 나갔지만, 모퉁이에 세워진 차만 보였지 표범은 보이지 않았다. 우리는 다시 돌아가 기어서 뿌리가 뒤얽혀 어두운 곳을 살피면서 반대쪽으로 나왔다. 이번에도 표범을 보지 못했다. 우리는 다시 짙은 녹색 잎사귀에 아직 피가 묻어 있는 곳으로 기어갔다.

팝의 총잡이는 장총을 들고 우리 뒤에 서 있었다. 이제 이제 나는 자리를 잡고 뒤엉킨 뿌리를 향해 왼쪽으로 오른쪽으로 총을 쏘기 시작했다. 5번째 발에 표범은 크게 울부짖었다. 피가 묻은 풀숲에서 약간 왼쪽에 있는 깊숙한 숲에서 울부짖는 소리가 들렸다.

나는 응구이에게 물었다. "녀석이 보여?"

"하파나."

나는 다시 탄환을 장전하고 재빨리 두 번을 더 쐈다. 표범은 다시 울부짖었고 두 번 으르렁거렸다.

"피가 투Piga tu(쫘)." 나는 응구이에게 말했고, 그는 소리가 들리는 쪽으로 쐈다.

표범은 다시 울부짖었고 "피가 투."라고 응구이가 말했다.

나는 소리가 들리는 쪽으로 두 번 더 쐈고, 팝의 총잡이가 "보인다"라고 말했다.

그래서 우리는 다시 숲속으로 들어갔는데, 이번에는 응구이가 가야 하는 방향을 알았다. 뿌리가 땅 위로 솟아서 우리는 겨우 1m 밖에 가지 못했다. 응구이는 내 다리를 번갈아 가볍게 치면서 가는 방향을 알렸다. 곧 표범의 귀가 보였고, 목과 어깨의 불룩 튀어나온 부분에 작은 반점들이 보였다. 나는 목과 어깨가 이어지는 부분에 노려서 다시 쐈고, 울부짖는 소리가 더는 들리지 않자, 우리는 되돌아갔다. 나는 총을 재장전했고, 우리 3명은 풀숲 서쪽 끝으로 돌아가서 차를 세워둔 반대편으로 갔다.

차로가 말했다. "쿠파. 음주리 쿠브와 사나Kufa, Mzuri kubwa sana(죽었다. 정말 크다)." 두 사람은 표범이 보였지만, 나는 보이지 않았다.

그들은 차에서 내려 다 같이 숲으로 들어갔고, 나는 차로에게 창을 들고 뒤에 남으라고 했다. 하지만 차로는 "괜찮아요. 녀석은 죽었어요, 브나와. 내가 죽는 거 봤어요."

응구이가 큰 칼로 마치 우리의 적인 것처럼 뿌리와 풀을 내리치면서 길을 내는 동안, 나는 산탄총으로 응구이를 엄호했다. 그런 다음 응구이와 팝의 총잡이는 표범 사체를 끌어냈고, 우리는 차 짐칸에 실었다. 건장한 표범이었고, 우리는 백인 사냥꾼이나 수렵 감독관이나 감시원 없이 형제들처럼 멋지게 잡았다. 그 표범은 불법 캄바족 샴바에서 쓸데없이 염소를 잡아 죽여서 벌을 받은 것이다. 우리 모두 캄바족이고 모두 목이 말랐다.

차로는 표범에게 두 번 공격을 당했던 적이 있어서 유일하게 혼자서 표범을 자세히 살폈고, 근거리에서 쏜 총알이 처음 어깨에 쐈던 총알구멍 바로 옆에 박혀있는 것을 나에게 보여줬다. 내가 생각했던 대로 뿌리와 흙더미 때문에 탄환이 빗나간 것이었다. 어쨌든 나는 기분이 좋았고 우리 모두와 우리가 하루종일 한 일이 자랑스러웠고, 캠프로 돌아가 그늘에서 시원한 맥주를 마실 생각에 행복했다.

우리는 차량 경적을 울리며 캠프에 들어섰고, 모두가 나와서 맞이해줬다. 케이티는 기뻐했고 자랑스러워하는 듯했다. 우리는 차에서 내렸고, 차로를 혼자 남아 표범을 살폈다. 케이티도 차로와 남았고, 가죽 벗기는 사람에게 표범을 맡았다. 우리는 표범 사지는 찍지 않았다. 케이티가 "피가 치가Piga picha(사진 찍어요.)?"라고 물었지만, 나는 "피가 시트Piga shit(안 찍어)."라고 답했다.

응구이와 팝 총잡이는 텐트로 총을 가져와서 메리 침대 위에 뒀다. 나는 카메라들을 걸어뒀다. 음셈비에게 나무 밑에 탁자와 의자를 가져다 놓고 차가운 맥주 모두 가져오고, 차로가 마실 콜라도 챙겨오라고 했다. 응구이에게는 총 청소는 나중에 하고 가서 음투카를 데리고 오라고 했다. 다 같이 모여 맥주를 마시기 위해서다.

음윈디는 목욕물을 곧 준비할 테니 나에게 목욕을 하라고 했다. 나는 세면대에서 씻을 테니, 깨끗한 셔츠를 가져다 했다.

"목욕하면 좋을 텐데요."

"나중에 할게. 너무 더워."

"어쩌다 피가 묻은 건가요? 표범 피에요?"

아이러니했지만, 조심스럽게 숨겼다. "나뭇가지에 긁혔어."

"파란 비누로 씻으세요. 빨간 약 발라드릴게요."

몇몇 아프리카인은 요오드를 바르면 아프기까 더 효과가 좋은 약으로 여겼지만, 우리는 약을 구할 수 있다면, 요오드 대신 머큐로크롬Mercurochrome을 선호했다. 나는 긁힌 부분을 씻고 깨끗하게 닦아냈고, 음윈디는 약을 조심스럽게 발랐다.

나는 깨끗한 옷으로 갈아입었다. 음투카, 응구이, 팝의 총잡이와 차로도 깨끗한 옷을 입을 것이다.

"표범이 달려들었나요?"

"아니."

"그러면 왜 모두 기뻐하는 거죠?"

"아침 사냥이 정말 재미있었으니까."

"당신은 왜 아프리카 사람이 되려는 거죠?"

"캄바족이 될 거야."

"아마 그렇게 될 수 있을 거예요."

"아마라는 말 집어치워."

"친구들이 왔어요."

"형제야."

"아마 그렇겠죠. 차로는 당신 형제가 아니에요."

"차로는 좋은 친구지."

"맞아요." 음원디는 애처롭게 말하며, 조금은 꽉 끼는 슬리퍼를 나에게 건넸고 내가 끙끙대며 슬리퍼를 신는 모습을 바라봤다. "차로는 좋은 친구지만. 불운을 가졌어요."

"어떤 불운?"

"모든 불운요. 그리고 운도 좋은 남자죠."

나는 나가서 다른 사람들과 함께했고, 녹색 옷과 초록색 스컬캡을 쓴 음세비는 맥주가 든 녹색 캔버스 자루를 들고 서 있었다. 구름은 높이 떠 있었고, 하늘은 세상에서 가장 높았다. 텐트 쪽으로 뒤돌아보니 높은 숲 위로 높고 꼭대기에 눈이 덮인 산이 보였다.

"신사 여러분들." 이렇게 입을 땐 나는 인사를 했고, 우리 모두 의자에 앉았다. 음세비는 컵 4잔에 맥주를 따르고 차로를 위해 콜라를 따라줬다. 차로는 가장 연장자였기에 그에게 먼저 음료를 따르라고 양보했고, 음윈디가 먼저 콜라를 따랐다. 차로는 약간 연한 회색 터번으로 바꿔 썼고, 금색 단추가 달린 푸른색 코트를 입었는데, 단추는 20년 전에 내가 그에게 준 핀으로 고정돼 있었다. 그리고 잘 수선된 말쑥한 반바지를 입었다.

음료를 다 따르고 나서, 나는 일어나서 "여왕을 위하여."라며 건배사를 외쳤다. 우리 모두 한 모금씩 마시고 나서 나는 이렇게 말했다. "왕실 보호 동물인 표범을 위하여." 우리는 예의범절을 갖추면서도 열정적으로 다시 음료를 들이켰다. 음셈비는 이번에는 나부터 잔을 먼저 채우고 차로를 마지막에 채워줬다. 그는 연장자를 무척 공경했지만, 터스커 맥주 빼고는 다른 탄산음료는 공경하기가 힘든 듯했다.

"아 노이A noi(우리를 위하여, 이탈리아어)." 나는 응구이에게 고개를 숙여 인사했다. 응구이는 아디스아바바 사창가의 여성과 급하게 도망가던 군인에게 버림을 받은 여성한테서 이탈리아어를 배웠다. 나는 "와캄바 로사 에 라 리베르타, 와캄바 로사 트리옴페라Wakamba rosa e la liberta, Wakamba rosa triomfera."라고 말을 덧붙였다.

우리는 잔을 깨끗하게 비웠고, 음윈디는 다시 잔을 채웠다.

다음 건배사는 대충했지만, 그 시대의 흐름이기도 했고, 우리의 새로운 종교가 숭고하고 고귀한 목표를 향해 나아갈 수 있는 실천 가능한 프로그램이 있어야 했기 때문에, 난 "투아우나Tunaua"라고 외쳤다.

우리는 이번에는 엄숙하게 마셨지만, 차로는 꺼리는 거 같았고, 우리가 자리에 앉았을 때, 나는 이슬람 신도의 표를 얻으려고 "나 지하두 투Na jehaad tu."라고 말했다. 하지만 표심을 얻기에는 힘들었고, 응구이가 형제로서 한자리에 모여 맥주를 마실 뿐이고, 새로운 종교와 정치 문제에서는 우리와 결코 함께할 수 없다는 걸 모두 알고 있었다.

음세비가 탁자로 와서 다시 맥주를 따르면서 맥주가 이제 다 떨어졌다고 말했다. 나는 이제 라이토키톡에 차를 타고 가서 맥주를 더 마실 거라고 했다. 우리는 가는 길에 먹으려고 냉육과 청어 통조림 몇 통 챙겼다. 음투카가 "크웬다 나 샴바."라고 말했다. 그래서 우리는 샴바로 가서 맥주가 있으면 몇 병 챙겨서 술을 빚는 다른 샴바나 라이토키톡에 가기로 했다. 응구이는 자신과 음투카는 3번째 마사이족 샴바에 내릴 테니 내가 약혼녀와 미망인을 데려가도 된다고 했다. 팝의 총잡이는 자신은 괜찮으니 미망인을 지키겠다고 말했다. 음셈비도 데려가고 싶었지만, 우리 4명에다 약혼녀와 미망인을 데려가면 6명이고, 도중에 다른 마사이족과 마주칠 수도 있었다. 라이토키톡에는 늘 마사이족 사람들이 많다.

난 텐트로 갔고, 음윈디는 양철 트렁크를 열어 나의 오래된 홍콩 트위드 재킷을 꺼내 안쪽 주머니에서 돈을 꺼내려고 했다.

"얼마 필요하세요?" 음윈디가 물었다.

"4백 실링."

"그렇게 많은 돈으로 뭘 하려고요? 부인이라도 사게요?"

"맥주를 살 거야. 옥수수 가루도 사고. 크리스마스 선물이랑 새 창도 사고, 기름도 채우고 경찰에게 줄 위스키에 훈제 연어 통조림도 사고."

연어 통조림이라는 소리에 음원디는 웃었다. "500실링 가져가세요. 동전도 필요하세요?"

동전은 가죽 지갑에 있었다. 그는 30실링을 세어서 나에게 주면서 물었다. "외투는 좋은 것으로 입을 건가요?"

그는 나에게 홍콩에서 산 해킹 재킷hacking jacket(승마복 상의와 비슷한 스포츠복)을 입히고 싶어 했다.

"아니, 가죽 외투 입을 거야. 지퍼 달린 것으로."

"양털 옷도 가져가세요. 산에서 찬 바람이 부니까요."

"자네가 원하는 대로 입혀줘. 근데 부츠는 아주 편한 거로 해줘."

음원디는 깨끗하게 세탁한 면양말을 가져와서 신겼고, 발을 부츠에 넣고는 옆 지퍼를 올리지 않고 그래도 됐다. 응구이가 텐트로 들어왔다. 그는 깨끗한 반바지에 처음 보는 새 스포츠 셔츠를 입고 있었다. 난 응구이에게 30-06 총만 가져갈 거라고 했고, 나는 탄약을 가지고 있다고 했다. 그는 장총을 깨끗하게 닦아 간이침대 밑에 두었다. 그 총은 오늘 쏘지 않았고, 스프링필드 총은 뇌관이 부식되지 않아서 밤에 청소해도 상관없었다.

"권총 여기 있어요." 응구이는 진지하게 말했고, 나는 오른쪽 다리를 권총집 끝에 달린 고리로 집어넣었고, 응구이는 내 허리에 커다란 벨트 버클을 채웠다.

"지니 플라스크도 챙겨요."라고 말한 음윈디는 응구이에게 스페인 제 가죽으로 된 묵직한 탄약 가방을 건넸다.

"돈은요?" 응구이가 물었다.

"하파나. 머니 크위샤Money kwisha(돈 있어)." 내가 말했다.

"넉넉히 드렸어요." 음윈디가 말했다. 그는 돈을 보관하는 트렁크를 이미 잠그고 나서 열쇠를 들고 있었다.

우리는 밖으로 나가 차 쪽으로 갔다. 케이티는 여전히 인자한 모습으로 있었고, 난 예의를 갖춰서 필요한 것이 있냐고 물었다. 카지아도에서 온 질 좋은 옥수수 가루가 있으면 한 자루 사다 달라고 했다. 우리가 캠프를 떠나자, 그의 표정은 슬퍼 보였고 희미한 미소를 지으면서도 고개를 앞으로 조금 내밀고 한쪽으로 숙였다.

나도 아쉬움을 느꼈고, 그에게 가고 싶은지 물어보지 않은 게 후회가 됐다. 우리는 샴바로 가는 도로에 접어들었다. 지금도 도로가 많이 닳았지만, 이 일이 끝나기 전에 더 닳게 되리라 생각했다.

14

음투카는 깨끗한 체크 무늬 셔츠와 색이 바래고 조각천을 덧댄 바지 말고는 번듯한 옷이 없었다. 팝의 총잡이는 무늬가 없는 노란색 스포츠 셔츠를 입었는데, 투우사의 붉은 천과 같은 빨간 셔츠를 입은 응구이와 잘 어울렸다. 나는 아쉽게도 너무 점잖게 빼입었다. 전날 비행기가 떠난 뒤 머리를 밀었다는 걸 까맣게 잊고 있었기 때문에 모자를 벗으면 이상하게 보일 거 같았다. 머리를 밀거나 바짝 짧게 깎으면, 내 머리는 공교롭게도 사라져버린 부족 모습처럼 보였다. 대지구대 만큼 장관은 아니더라도 고고학자와 인류학자 모두 관심을 보일만 한 역사적 특징을 지닌 지형이 나타났다. 데바가 어떻게 생각할지 모르지만, 나는 기다란 챙이 기울어져 있는 낡은 낚시용 모자를 썼고, 샴바에 도착해 큰 나무 그늘에 차를 세웠을 때 내 모습이 어떻게 보일지 걱정하거나 신경 쓰지 않게 됐다.

나중에 알게 됐지만, 음투카는 사냥꾼을 꿈꾸고 급사 보조로 일하던 남자아이인 응구일리를 미리 보내서 미망인과 약혼녀에게 우리가 아기 예수 생일에 입을 옷을 사러 라이토키톡에 갈 것이라고 전했다. 이 아이는 아직 캄바족 나나케nanake라서 법적으로 음주를 할 수 없지만, 달려가서 소식을 전할 수 있다는 걸 보여 주려고 아주 빠르게 다녀왔고, 기분 좋게 땀을 흘리면서 큰 나무에 기대서는 가쁜 숨을 쉬지 않으려고 애썼다.

차에서 내린 나는 응구일리에게 수고했다고 했다. "마사이족보다 빠르던데."

"저 캄바족이잖아요." 그는 가쁜 숨을 쉬지 않으려고 애쓰면서 말을 말했다. 입이 바싹바싹 마를 것이다.

"산에 올라가고 싶니?

"네. 하지만 아직 적절하지 않고, 제가 할 일이 있어요."

바로 그때 정보원이 왔다. 그는 페이즐리 무늬 옷을 입었고, 발꿈

치에 힘을 주고 위엄있게 걸었다.

"안녕하세요. 형제님." 정보원이 말했고, 응구이는 형제님이라는 말에 고개를 돌려 침을 뱉었다.

내가 말했다. "안녕, 정보원. 몸은 좀 어때?"

"괜찮아졌어요. 형제님과 산에 가도 되나요?"

"안 돼."

"통역사로 데려가 줘요."

"통역사는 산에도 있어."

미망인의 아이가 다가와 내 배에 자기 머리를 들이받았다. 나는 그 아이 머리에 키스했고, 그 아이는 내 손을 잡더니 발꿈치를 힘껏 들었다.

"정보원. 난 장인어른에게 맥주를 부탁할 수 없으니, 맥주를 가져다 줘."

"무슨 맥주가 있는지 볼게요."

샴바 맥주는, 금주법 시대에 미국 아칸소주에서 빚은 수제 맥주와 맛이 비슷하고 맛있었다. 제화공이었고 1차 세계대전에 참전했던 한 남자가 있었는데, 그가 아주 맛이 비슷한 맥주를 빚었고, 우리가 그 남자 집 응접실에서 마시곤 했다. 내 약혼녀와 미망인이 나왔고, 내 약혼녀는 차에 올라타서 음투카 옆자리에 앉았다. 그녀는 다른 마을 여자들을 잠깐 의기양양한 눈빛으로 쳐다볼 때 빼고는 눈을 내리깔고 있었고, 너무 많이 빨아서 색이 바랜 드레스를 입고 머리에는 아주 아름다운 스카프를 썼다. 미망인은 응구이와 팝의 총잡이 사이에 앉았다. 우리는 정보원에게 맥주 6병을 가져오라고 했지만, 마을에는 4병 밖에 없었다. 그 4병은 장인어른에게 드렸다. 데바는 아무도 쳐다보지 않고 자세를 똑바로 해서 가슴을 턱과 같은 각도가 되도록 앉았다.

음투카는 차를 출발시켰고, 우리는 마을을 떠났다. 부러워하고 실망하는 사람들, 많은 아이들, 염소와 가정을 보살피는 어머니들, 닭들, 개들과 장인어른을 뒤로하고.

난 데바에게 물었다. "퀘 탈, 투Que tal,tu(잘 지냈어)?"

"엔 라 푸타 글로리아En la puta gloria(영광스러운 창녀)."

이 말은 데바가 스페인어 중에 두 번째로 좋아하는 말이다. 이상한 표현이지만 뜻은 번역하는 사람마다 다르다.

"표범이 당신을 해쳤어요?"

"아니. 괜찮아."

"큰 표범이었어요?"

"그렇게 크지는 않았어."

"울부짖었어요?"

"여러 번."

"아무도 안 해쳤어요?"

"아무도 안 해쳤어. 당신도."

그녀는 조각이 새겨진 가죽 권총집을 허벅지에 세게 눌렀고, 왼쪽을 두고 싶은 곳에 뒀다.

"미미 빌리 추이Mimi bili chui." 우리 둘 다 스와힐리어에 해박하지 않았지만, 나는 영국 문장紋章에 있는 표범 두 마리가 생각났고, 누군가는 오래전에 표범을 봤을 것이다.

"브와나." 웅구이는 엄격한 목소리로 말했는데, 사랑인지 분노인지 다정함인지 알 수 없었다.

"와캄바, 투." 내 말에 그는 엄숙한 태도를 버리고 크게 웃었다.

"음세비가 우리에게 가져다준 터스커 맥주 3명이 있어요."

"고맙네. 어느 정도 가서 차를 세우고 훈제 청어 통조림을 먹자고."

"맛있는 냉육도 먹어요." 웅구이가 말했다.

"음주리." 라고 나는 답했다.

캄바족 사이에는 동성애가 없다. 옛날에 음윈디 말로는 사형 집행 전에 공식적으로 모이는 자리인 킹 올레 재판 후에 동성애자들은 유죄 선고를 받고 나서 며칠 동안 강이나 물웅덩이 속에 묶여 있었고 살이 부드러워지면 그들을 잡아먹었다고 한다. 수많은 극작가에게 이런 일은 슬픈 운명이 되리라고 생각했다. 하지만 한편 그리고 아프리카에서 운 좋게 다른 선택권이 있다면, 깨끗하고 맑은 강물에서 살이 부드러워졌다고 해도 동성애자의 살점을 먹는 것은 불운으로 여겨졌다. 나의 연장자 친구들은 동성애자 고기는 위터벅(남아프리카 대형 영양)보다 맛이 없었고, 먹으면 신체 일부분 특히 사타구니나 겨드랑이가 부어오를 수 있다고 한다. 수간(獸姦)도 사형에 처했지만, 동성애만큼 불결한 행위로 여겨지지는 않았고, 내가 그렇게 될 수 없다는 게 수학적으로 증명돼서 웅구이의 아버지가 된 음콜라 말로는 양이나 염소와 수간을 한 사람 고기는 영양과 맛이 비슷하다고 했다. 케이티와 음윈디는 영양을 먹지 않았는데, 내가 아직 알지 못했던 인류학적인 이유가 있었다. 나는 이러한 사실들과 비밀을 생각하면서, 겸손하면서 버릇이 없는 순수한 캄바족 아가씨 데바를 많이 아꼈다. 음투카는 나무 아래 차를 세웠다. 그곳에서 우리는 협곡과 산의 푸른 숲을 배경으로 빛나는 라이토키톡의 작은 양철지붕을 볼 수 있었다. 그 산의 하얀 경사면과 네모반듯한 꼭대기는 우리에게 종교와 끝없는 희망을 줬고, 그 산 너머로 펼쳐진 평원은 우리가 어떤 동요도, 압박도 돈 걱정 없이 비행기에 타고 있는 듯한 기분을 들게 됐다.

나는 데바에게 "잠보, 투Jambo, tu(정말 좋아)."라고 말했고, 데바는 "라푸타 글로리아."라고 답했다.

우리는 데바와 미망인에게 훈제 청어 통조림과 네덜란드산 연어 통조림 2캔을 따라고 했다. 미망인은 응구이와 팝의 총잡이 사이에 앉아 노랗고 빨간 셔츠와 검은 팔과 고운 다리 사이에 앉아서 무척 흡족해하는 듯했다. 그들은 통조림을 제대로 열지 못했고 열쇠 하나가 망가졌지만, 음투카로 펜치로 통조림을 뜯어서 네덜란드의 영광인 훈제 연어를 꺼냈고, 우리는 나이프를 번갈아 쓰면서 연어를 먹었고 맥주를 마셨다. 데바는 처음 맥주병에 입을 댔을 때 스카프로 병목과 입구 부분을 닦았는데, 한 사람이 병에 걸리면 다른 사람도 다 걸린다고 하니, 그 후에는 그냥 마셨다. 맥주는 미지근했지만, 해발 2400m 높이에서 평원을 내려다보니, 마치 우리가 독수리를 된 듯한 기분이었다. 맥주는 맛있었고, 냉육을 먹으면서 다 마셨다. 우리는 교환할 빈 병들을 따로 모았고, 열쇠를 떼서 깡통들을 함께 쌓아 나무줄기와 가까이에 있는 헤더heather(낮은 산·황야 지대에 나는 야생화) 덤불 밑에 뒀다.

함께 다니는 수렵 감독관이 없었다. 그 말은 캄바족 전통이라면서 형제를 팔아버리는 사람도 없고, 메리를 숭배하거나 경찰 꼭두각시도 없었기 때문에 어느 의미에서 우리는 자유였다. 우리는 메리를 포함해 백인 여성이 한 번도 가본 적이 없는 평원을 돌아봤다. 아이처럼 들떠 있는 우리가 내켜 하지 않는 메리를 그곳으로 한 번 데려갔을 때 그녀는 자신이 있을 곳이 아니며 작은 영광이 어떻게 형벌로 이어지는지 알았다.

그래서 우리는 평원을 뒤돌아보고 어느 때보다 푸르고 낯선 출루고원을 보면서 메리가 한 번도 가본 적이 없다는 사실에 모두가 만족해하면서, 다시 차에 탔다. 그리고 그 순간 나는 어리석게도 데바에게 "넌 총명한 아내가 될 거야."라고 말해버렸다. 그녀는 총명하게 내 자리에 앉아서 좋아하는 권총집을 들고서는 이렇게 말했다. "지금도 앞으로도 난 좋은 아내예요."

나는 데바의 곱슬머리에 키스했고 우리는 이상하게 구부러진 아름다운 길을 달려 산으로 올라갔다. 양철 지붕의 마을은 여전히 햇빛을 받아 반짝였고, 가까이 다가가니 유칼립투스 숲이 보였고 영국의 위력이 느껴지며 그늘이 짙게 드리워진 도로는 작은 요새와 감옥, 휴게시설로 이어졌는데, 영국 사법과 행정 업무 담당자들이 본국으로 돌아가기에는 돈이 너무 부족할 때 휴가를 보내는 곳이었다. 우리는 바위로 이뤄진 정원과 나중에 강이 되는 급류를 보지 못하더라도 그들의 휴가를 방해할 뜻이 없었다.

메리의 사자 사냥에 오랜 기간이 걸렸고, 광신도와 개종자와 메리의 신봉자들 말고는 모두가 지쳐있었다. 어디에도 속하지 않는 차로는 나에게 이렇게 말했다. "메리가 총을 쏠 때 브와나가 쏴서 잡아요." 나는 고개를 저었는데 나는 신봉자가 아니고 추종자이고 그래서 캄포스텔라Campostella로 성지순례를 하고 그럴 가치가 있기 때문이다. 그러나 차로는 진저리를 내며 고개를 흔들었다. 그는 이슬람교도였는데, 오늘 우리와 동행하는 이슬람교도는 없었다. 무언가의 목을 벨 사람이 필요 없었고, 우리의 새로운 종교 생활을 찾을 것이고, 어떤 수난을 겪든 처음에는 벤지의 잡화점 밖에서 모일 것이다. 그곳에는 주유기가 있고, 가게에서 데바와 미망인은 아기 예수 생일 때 입을 옷의 천을 고를 것이다. 다양한 옷감과 그곳에 나는 냄새를 좋아했지만 데바와 함께 들어가는 건 적절치 않았다. 우리가 아는 마사이족 여성은 열성적이었고, 길에서 한 손에 창을 다른 한 손에 골든 지프 병을 들고 마시는 바람피운 남편들을 믿지 않았다. 그들은 제대로 서 있지 못했고, 나는 그들이 어디서 있을지 알았다. 나는 나무 그늘이 진 좁은 길의 오른쪽을 걸었는데, 이 거리에 살거나 걸어본 사람은 그 길이 우리 비행기 날개보다 더 넓다는 걸 알았다. 나는 아픈 발로 그리고 건방져 보이거나 권총을 자랑하는 것처럼 보이지 않게 걸어서 마사이족이 술을 마시는 곳으로 갔다. "소파Sopa(수프)"하고 말하고 나서 손이 차가운 몇 명과 악수를 하고 술을 마시지 않고 그냥 나왔다. 오른쪽으로 여덟 걸음을 걸어서 싱 씨네 가게로 갔다. 싱 씨와 나는 포옹하며 인사했고, 싱 씨 부인과 나는 악수하고 그녀의 손에 키스했다. 그녀는 투르카나족 출신이고 나는 손 키스를 잘했기 때문에, 그녀는 손 키스를 받으면 늘 기분이 좋았다. 손 키스로 파리로 여행하는 기분이 들었는데, 그녀는 파리에 대해 들어 본 적이 없지만, 파리에 있다면 가장 화창한 날에 빛을 더할 것이다. 그리고 난 선교학교 출신 통역사를 데려오라고 사람을 보냈다.

통역사를 통해 나는 물었다. "어떻게 지내, 싱?"

"장사하면서 그럭저럭 지내요."

"아름다운 싱 부인은?"

"4개월 후에 아기가 태어나요."

"펠리시다데스Felicidades(축하해)." 나는 알바리토 카로 스타일과 우리가 한 번 갔다가 쫓겨나온 빌라마요르 후작처럼 다시 싱 부인의 손에 키스했다.

"아이들은 모두 잘 지내지?"

"셋째 아이 빼고는 모두 잘 있어요. 제재소에서 손을 베었어요."

"내가 한 번 봐 줄까?"

"선교단에서 치료해 줬어요. 설파제로요."

"아이들에게 잘 듣는 약이지. 하지만 당신이랑 나 같은 늙은이가 쓰면 신장이 망가지지만요."

싱 부인은 투르카나족답게 솔직하게 웃었다. 싱 씨가 말했다. "멤 사히브는 잘 계시죠? 선생님 자제분들도 비행기도요."

통역사가 비행기 부분에 좋은 상태라고 해서 난 그에게 학자처럼 말하지 말라고 부탁했다.

"멤사히브는 메리는 나이로비에 있어. 비행기를 타고 갔다가 비행

347

기로 돌아올 거예요. 내 자식들도 잘 있어. 비행기도."

싱 씨가 말했다. "소식 들었어요. 사자와 표범을 잡았다고요."

"누구나 사자와 표범을 잡을 수 있어."

"하지만 그 사자는 메리 양이 잡았죠."

"그렇지." 나는 아름다운 조각 같은 외모에 아담한 체구, 성급한 성미에 사랑스러운 메리가 자랑스러웠다. 이집트 동전에 있는 거 같은 머리에 루벤스 그림에 묘사된 가슴, 베미지Bemidji(미국 미네소타주 북부 도시), 워커나 시프 리버 폴즈나 겨울에 영하 40도 아래로 내려가는 도시 출신 마음을 가졌다. 기온에 따라 마음이 따뜻해지거나 차가워질 수도 있었다.

"메리면 사자는 문제도 아니지."

"하지만 까다로운 사자였죠. 많은 사람이 그 사자 때문에 힘들어했잖아요."

"위대한 싱은 한 손으로 녀석들을 목 졸라 죽였지만, 메리는 6.5 만리허 총을 썼어."

"사자를 죽이기에는 작은 총이네요."라고 싱 씨가 한 말에서, 그가 군 복무를 했다는 걸 알 수 있었다. 그래서 그가 대화를 주도하길 기다렸다.

싱 씨는 그러기에는 너무 똑똑했고, 싱 부인이 말했다. "그럼 표범은요?"

"표범은 아침도 먹기 전에 누구나 잡을 수 있죠."

"뭐 좀 드실래요?"

"부인이 괜찮다면요."

"괜찮고말고요.

"안쪽 방으로 가죠. 여태까지 아무것도 안 마신 거 같네요."

"자네도 원하면 함께 마시지."

통역사도 안쪽 방으로 들어왔고, 싱 씨는 화이트 헤더 한 병과 물 주전자를 가져왔다. 통역사는 구두를 벗고 나에게 발을 보여줬다.

"감독관 앞에서만 구두를 신어요. 아기 예수에 대해서는 경멸적으로 말하고, 아침 기도도 저녁 기도도 안 해요."

"다른 건?"

"아무것도 안 해요."

"정말 종교에 대한 마음이 변했군." 그는 미망인의 아이처럼 내 배에 자신의 머리를 들이받았다. "산과 즐거운 사냥터를 생각해봐. 우리는 아기 예수가 필요해. 그분에 대해 무례하게 말하지 마. 자네는 어느 부족 사람이지?"

"선생님과 같습니다."

"내 말은 서류에 뭐라고 적혀있냐고?"

"마사이-차가족이요. 혼혈입니다."

"혼혈 출신인 훌륭한 사람들이 많지."

"맞아요, 선생님."

"선생님이라고 부르지 마. 우리 종교나 우리 부족에서는 안 써."

"알겠습니다."

"할례를 받았을 때 어땠어?"

"최고는 아니었지만, 괜찮았어요."

"어째서 기독교인이 됐지?"

"잘 몰랐으니까요."

"더 나빠질 수도 있었어."

"전 절대로 이슬람교도가 되지 않을 것입니다."라고 말한 후 선생님이라고 덧붙이려는 하는 것을 나는 그에게 됐다고 했다.

"이제 갈 길은 길고 낯설 거야. 그 구두는 벗어 던지는 게 좋아. 내가 오래됐지만 좋은 신발 줄 테니까 발에 길들여."

"감사합니다. 비행기를 탈 수 있나요?"

"물론이지. 하지만 아이들이나 선교학교 학생들이 타는 건 아니야."

그러고 나는 미안하다고 말하려고 했지만, 스와힐리어어나 캄바어에는 그런 말이 없었다. 실수하지 말라고 경고했기 때문에 언어 구사에 있어 그런 말이 없어도 괜찮았다.

통역사가 상처에 대해 물었고, 나는 나무 가시에 긁혔다고 답했다. 싱 씨는 고개를 끄덕이며 9월에 톱에 베였던 엄지손가락을 그에게 보여줬다. 큰 상처였고, 어떤 사고였는지 기억이 났다.

통역사가 말했다. "하지만 오늘은 표범과 싸우셨잖아요."

"싸움 같은 건 없었어. 캄바 마을에서 염소 16마리를 잡아 죽인 중간 정도 크기의 표범이었는데, 제대로 맞서보기도 전에 죽어버렸어."

"사람들 말로는 당신이 맨손으로 싸우고 권총으로 쏴 죽였다고 하던데요."

"거짓말이야. 처음에는 소총rifle으로 표범을 죽이고, 나중에는 산탄총shotgun을 쐈어."

"하지만 산탄총은 새를 잡을 때 쓰잖아요."

싱 씨는 이 말을 듣고 웃었고, 나는 그에 대해서 더 궁금해졌다.

나는 통역사에게 말했다. "자제는 훌륭한 학생이야. 하지만 산탄총
으로 새만 잡는 건 아니야."

"하지만 원래는 새 사냥용이잖아요. 그래서 라이플rifle 대신 건gun
이라고 말씀하셨어요."

나는 싱 씨에게 영어로 물었다. "인도 신사babu라면 뭐라고 말하겠
어?"

"바부는 나무 속에 있죠A babu would be in a tree.(babu는 책으로만 영어를 배우
는 인도인을 뜻한다, babul은 고목나무로 babu와 babul를 이용한 말장난)." 싱 씨는 처음으
로 영어로 대답했다.

"나는 싱 씨 자제가 참 좋아. 당신의 훌륭한 조상들을 존경해."

"나도 당신의 조상님들을 존경해요. 이름을 말해준 적은 없지만요."

"대단한 집안도 아니야."

"언제가 듣고 싶어요. 술 마실까요? 투르카나족 여자에게 먹을 더
가져오라고 할게요."

통역사는 이제 지식에 대한 열망으로 가득했고, 반은 차가족의 피
가 섞인 그의 가슴은 다부졌다.

"선교학교 도서관에 위대한 칼 에이클리Carl Akeley(미국 박제사이자 생물학
자)가 맨손으로 표범을 잡았다는 책이 있어요. 그 말을 믿어도 되나요?"

"믿고 싶으면 믿는 거지."

"제대로 알고 싶어서 진심으로 묻는 것입니다."

"내가 태어나기도 전 일이야. 많은 사람이 똑같은 질문을 해봤어."

"하지만 전 사실을 알고 싶어요."

"그런 내용이 실린 책은 거의 없지만, 위대한 칼 에이클리가 훌륭한 사람인 건 맞아."

지식을 넓히려고 하는 젊은이를 말릴 수는 없었다. 나도 평생 견문을 넓히려고 했고, 취하거나 강요를 받으면서 알게 된 증언과 사실에 만족하면서 살아왔기 때문이었다. 구두를 벗고 싱 씨 가게 안쪽 방 나무 바닥에 발을 문지르고 지식 탐구에 열중인 이 젊은이는 평면적 기하학에서 알 수 없는 계산법에 따라 움직이면서 보이는 곳에서 발을 단단하게 하는 모습에 싱 씨와 내가 당황하고 있다는 걸 알지 못했다.

"유럽 남자가 아프리카 여자를 정부로 들이는 건 옳다고 생각하세요?"

"그런 우리가 판단하는게 아니야. 사법부 판단이지. 조치는 경찰이 취하는 것이고."

"제발 어물쩍 넘어가지 마세요. 죄송합니다, 선생님."

"선생님이라고 하는 게 브와나보다는 낫지. 한때 그 말의 의미는 확실했고"

"그럼 선생님, 그런 관계를 묵과할 수 있나요?"

"한 여자가 한 남자를 사랑하고, 강요된 관계가 아니라면, 나에게는 그건 죄악이 아니야. 재산 상속에서 균등 상속per capita(살아있는 후손들끼리 촌수에 상관없이 모두 균등하게 나누는 방법)이 아니라 대습 상속per stirpes(사망한

유산 상속인의 자손이 사망자가 생존해 있다면 당연히 받을 수 있었던 상속분을 받는 방법)으로
한다면 조건에서."

"신의 눈에는 죄악이에요."

"자네는 신과 함께 다녀? 신의 선명한 시각을 위해서 어떤 안약을
쓰지?"

"놀리지 마세요, 선생님. 선생님 밑에서 일하기 위해서 모든 것을
버렸다고요."

"나는 부하가 없어. 우리는 코네티컷보다 조금 더 넓은 곳에서 마
지막 남은 자유인들이지. 그리고 너무나 남용된 표어를 지금도 믿고
있어."

"그 표어가 뭔가요?"

"따분한 표어야, 젊은이. 자유, 해방, 행복 추구." 구호를 괜히 말했
나 싶은 생각이 들었고, 싱 씨는 재입대라도 하는지 엄숙한 자세를 취
했다. 나는 이렇게 말했다. "그렇게 발을 단단하게 해. 그리고 항상 신
경쓰고, 이국땅의 어딘가는 영원한 영국 땅이라는 걸 기억해."

차가족 혈통 때문이지 마사이족 혈통 때문이지 그는 물러서지 않
고 계속 물었다.

"하지만 선생님은 왕실 장교로 복무하셨잖아요?"

"엄밀히 말해서 그런 거지. 그리고 일시적이었고. 뭘 바라는 거지?
여왕의 돈이라도 원해?"

"네, 선생님."

다소 거친 모습이었지만 지식은 더 거칠고 보상을 제대로 받지 못

한다. 나는 주머니에서 동전을 꺼내서 젊은이의 손에 쥐여줬다. 동전 속 영국 여왕의 모습은 아름다웠고 은색으로 빛났다. "자넨 이제 정보원이야. 아니, 다시 말할게." 정보원이라는 불결할 말에 싱 씨가 기분이 상했기 때문이었다. "이제 자네를 수렵 관리국의 임시 통역사로 임명할 거야, 내가 수렵 감독관 임시 대행으로 있는 한, 자네의 한 달 월급은 70실링이야. 내 임기가 끝나면 자네의 임명도 끝나고 임명이 끝나는 날에 수고비로 70실링을 받을 거야. 그 수고비는 내 개인 돈으로 지급할 거니까, 자네는 수렵 관리국이나 다른 곳에 어떠한 권리를 주장할 수 없겠다는 것을 여기서 공언해. 그러면 신이 자네에게 자비를 베풀 실 거야. 그 수고비는 일괄지급될 거고. 이름이 뭐지?"

"나타니엘이요."

"수렵 관리국에서 피터로 불릴 거야."

"명예로운 이름이네요, 선생님."

"아무도 자네 의견 안 물었어. 자네의 임무는 호출을 받으면 정확하고 완벽하게 통역을 하는 거야. 아라프 메이나가 연락을 할 것이고, 그 사람 지시를 기다리면 돼. 선금 필요해?"

"괜찮습니다, 선생님."

"그럼 이제 가서 마을 뒤 언덕에서 발을 단련해."

"저한테 화나셨어요, 선생님?"

"전혀 아니야. 그러나 앞으로 살면서 소크라테스식으로 견문을 넓히는 방식이 과대평가됐다는 것을 알게 될 것이고, 사람들에게 아무질문도 하지 않는다면 사람들이 거짓말을 하지 않는다는 걸 깨닫게 될 거야."

"안녕히 계세요, 싱 선생님." 개종자인 젊은이는 선교학교 첩자가 있을 경우를 대비해서 구두를 신으면서 말했다. "안녕히 계세요, 선생님."

싱 씨는 고개를 끄덕였고, 나는 "잘 가게."라고 인사했다.

젊은이는 뒷문으로 나갔고, 싱 씨는 건성으로 배웅을 하고 돌아와서는 화이트 헤더를 한 잔 더 따르고 차가운 물병에 있는 물을 나에게 건넨 다음, 자리에 편하게 앉아 말했다. "지독한 인도 신사가 또 있었네요."

"그렇게 형편없지는 않아."

"그렇기는 하죠. 하지만 저 녀석에게 시간을 허비했잖아요."

"왜 전에는 영어로 대화를 안 했지?"

"존중의 뜻에서 그랬어요."

"당신 조상도 영어를 하실 줄 아셨나?"

"몰라요. 내가 태어나기 전이니까요."

"계급은 뭐였어?"

"군번줄도 알려드려요?"

"실례했군. 이건 자네가 쏘는 위스키야. 그런데 당신 오랫동안 방언Unknown Tongue을 듣고도 용케도 참았어."

"재밌었어요. 그 말을 열심히 공부했어요. 당신이 좋다면, 나도 무보수 자원봉사자로 당신 밑에서 기꺼이 일할게요. 현재 난 서로 정보를 공유하지도 연락하지도 않는 정부 기관 3곳에 정보를 제공하고 있어요."

"항상 보이는 게 다가 아니지. 대영제국에서는 오랫동안 그렇게 돌아갔어."

"현재 방식에 만족하세요?"

"나는 외국인이고 손님이라서 비판할 입장이 안 돼."

"당신에게 정보를 제공해 드려요?"

"다른 곳에 알려준 정보의 복사본을 줘."

"녹음기가 없으면 복사본도 없고 구두로 정한 정보도 얻을 수 없어요. 녹음기 있어요?"

"나한테는 없어."

"녹음기 4대가 있으면 라이토키톡 사람들 절반은 목매달수 있어요."

"난 그러고 싶지 않아."

"나도 그래요. 그러면 가게에서 물건 살 사람이 없잖아요."

"싱, 우리가 제대로 뭔가를 했다면 경제적 참사가 일어났을 거야. 난 이만 차로 돌아가야겠어."

"괜찮다면 배웅해 드릴게요. 조금만 걸어가면 왼쪽에 차가 있어요."

"폐 끼치고 싶지 않은데."

"괜찮다니까요."

나는 싱 부인에게 작별 인사를 하고 터스커 맥주 세 상자와 콜라 한 상자를 가지러 오겠다고 말한 후 아름답고 라이토키톡의 유일한 큰길을 걸어갔다.

큰길이 하나뿐인 마을은 작은 배, 좁은 수로, 강 상류 또는 고개 너머의 오솔길과 같은 느낌이 난다. 가끔 습지와 기복이 심한 평원, 사막과 출입이 금지된 출루 고원을 지나서 라이토키톡에 오면 중요한 수도 같았고, 어떤 날은 프랑스 파리 루아얄 거리처럼 보이기도 했다. 오늘은 라이토키톡가 옛날 와이오밍주 코디나 셰리던 같은 분위기가 났다. 싱 씨와 함께 느긋하게 산책을 했고 벤지 주유소 앞에서 즐거운 시간을 보냈다. 서부 잡화점 분위기가 나는 넓은 계단에는 마사이 족들이 사냥하고 휴식을 취하는 것처럼 서 있었다. 그곳에서 들린 나는 음웽기에게 내가 소총을 보고 있을 테니 가게를 구경하거나 술을 마시고 오라고 했다. 음웽기는 괜찮다면서 자신이 소총을 지키고 있겠다고 했다. 그래서 나는 계단을 올라가 사람들로 붐비는 가게에 들어갔다. 데바와 미망인은 아직도 옷감을 구경하고 있었고, 그들을 도와주고 있는 음투카는 여러 가지 무늬를 보여줬다. 나는 쇼핑을 하면서 이것저것 따지는 것을 싫어했기에, 긴 L자형 계산대 끝에 가서 약과 비누를 샀다. 상자에 약과 비누를 담고 나서, 통조림도 샀는데, 주로 청어 통조림, 정어리, 새우와 여러 연어 통조림이었고 장인어른에게 드릴 선물로 지역 특산 고기 통조림도 샀다. 그리고 단순하게 '생선'이라고 라벨이 붙은 남아공 수출용 생선 통조림도 종류별로 2통씩 샀다. 그리고 케이프 왕새우 통조림 6개와 슬론 연고가 다 떨어져 가는 게 기억나서 연고도 한 병 사고 라이프보이Lifebuoy(비누 브랜드) 비누도 반 통 샀다. 이때쯤 마사이족들이 와서 물건 사는 것을 구경했다. 데바는 아래쪽을 바라보며 자랑스럽다는 듯이 미소 지었다. 그녀와 미망인은 아직 결정을 내리지 못했고, 아직 보지 못한 옷감이 6개 정도 남았다.

음투카가 계산대로 와서는 자동차에 기름을 가득 넣었고 케이티가 원했던 좋은 옥수수 가루를 찾았다고 했다. 나는 그에게 100실링짜리 지폐 한 장을 주면서 여자들이 산 물건값을 내라고 했다.

"옷 두 벌을 사라고 해. 한 벌은 갈아입을 용도로, 한 벌은 아기 예수 생일 때 입을 것으로 말이야." 음투카는 여자들에게 새 옷 두 벌이 필요 없다고 했다. 헌 옷 한 벌과 새 옷 한 벌이면 됐다. 하지만 그는 여자들에게 캄바어로 내 말을 전했고, 데바와 미망인의 뻔뻔스러웠던 태도는 온데간데없고 존경심이 가득한 눈빛을 반짝이며 내 쪽을 바라봤다. 마치 내가 전기를 발명해서 아프리카 전역에 불을 밝힌 것 같았다. 난 그들의 시선을 외면한 채 계속 물건을 샀는데, 병에 든 사탕과 견과류가 든 초콜릿 바와 없는 초콜릿 바로 여러 종류를 샀다.

그때까지 나는 돈이 얼마나 나갔는지 몰랐지만, 차에 기름도 채웠고 옥수수 가루도 샀다. 나는 계산대 뒤에서 일하고 있던 가게 주인의 친척에게 내가 산 물건들을 조심스럽게 상자에 담아놓으라고 했고, 청구서를 챙겨서 나중에 물건을 가지러 오겠다고 했다. 데바와 미망인은 물건 고를 시간이 더 생길 것이고 나는 사냥용 차를 몰고 싱 씨네 가게에 가서 음료수를 실을 것이다.

응구이가 먼저 싱 씨네 가게에 갔다. 우리는 내 셔츠와 사냥용 조끼를 마사이족 색깔로 염색하고 싶어 했기 때문에 그 가게에서 염료 가루를 찾았다. 응구이와 나는 터스커 맥주 한 병을 나눠 마셨고, 한 병은 차에 있던 음웽기에게 가져다줬다. 음웽기는 보초를 서야 했지만, 다음에 교대할 것이다.

응구이가 있는 자리에서 싱 씨와 나는 다시 방언과 날지 못하는 비둘기 같은 스와힐리어로 이야기했다.

응구이는 내게 싱 부인과 관계를 맺고 싶은지 물었고, 나는 싱 씨가 아주 연기력이 뛰어난 건지 캄바어를 배울 시간이나 기회가 없었던 건지 알게 돼서 기뻤다.

"크위샤 마루Kwisha maru."라고 난 응구이에게 말했는데 애매한 말처럼 들렸다.

"부오나 노테Buona notte." 응구이는 그렇게 했고 우리는 병을 부딪치며 건배했다.

"피가 투Piga tu."

"피가 투Piga tu."

"피가 추이 투Piga chui tu." 응구이는 약간 술에 취한 채 싱 씨에게 설명했고, 싱 씨는 축하 인사를 건네며 맥주 3병은 공짜라고 했다.

"그러면 안 돼지." 나는 헝가리어로 말했다. "넴, 넴, 소하Nem, nem, soha(안 돼, 절대 그러지마)."

싱 씨는 방언으로 무슨 말을 했고, 나는 몸짓으로 계산서를 달라고 했고, 그는 계산서를 적기 시작다. 나는 응구이에게 스페인어로 "바모노스. 야 에스 타르데Vámonos. Ya es tarde(가자, 이미 늦었어)."라고 말했다.

응구이가 말했다. "아반티 사보이아. 누나우나Avanti Savoia, Nunaua."

내가 "나쁜 놈."이라고 하자, "하파나. 의형제에요."라고 응구이가 대답했다.

그렇게 우리는 싱 씨와 그의 아들을 도움을 받아 차에 물건을 실었다. 선교학교 학생이 맥주 상자를 옮기는 모습을 보이면 안 됐기 때문에 통역사가 돕지 못하는 건 당연했다. 하지만 그는 무척 아쉬워했고 '누나우나'라는 말에 분명 곤란해했기 때문에, 나는 그에게 콜라 상자를 옮기라고 했다.

"선생님이 운전할 때, 저도 타도될까요?"

"그럼."

"제가 남아서 소총을 지키고 있을 수 있었는데 말이죠."

"근무 첫 날에 소총 지키는 걸 할 수 없지."

"죄송해요. 단지 선생님 캄바 형제의 일을 덜어주고 싶어서요."

"어떻게 그가 내 형제인 걸 알았지?"

"선생님이 형제라고 부르셨잖아요."

"맞아. 내 형제야."

"배워야 할 게 많네요."

"그런 것으로 낙담하지 마." 나는 벤지 가게 앞 계단 쪽에 차를 세웠다. 차를 얻어타고 산을 내려 가려고 마사이족들이 기다리고 있었다.

"제기랄." 응구이가 말했다. 이 말은 그가 유일하게 아는 영어거나 유일하게 입 밖으로 내는 영어였는데, 한동안 영어는 일반적으로 교수형 집행인, 정부 관리들, 공무원과 브와나들이 쓰는 말로 여겨졌기 때문이었다. 아름다운 언어였지만 아프리카에서 사어死語가 되었다. 통용은 됐지만 인정받지는 못했다. 나의 의형제였던 응구이가 영어로 말했기 때문에 나도 영어로 답했다. "길고 짧고 크네."

응구이는 차를 태워달라고 조르는 마사이족을 봤는데 그가 내 나이대로 조금 더 일찍 태어났다면 그들과 식사를 함께 했을지도 모른다. 그는 캄바어로 말했다. "모두 키가 크죠."

나는 "통역사."라고 말했다가 고쳐서 말했다. "피터, 가게에 가서 나의 형제인 음투카에게 우리가 짐 실을 준비가 됐다고 전해줘."

"선생님 형제인 거 제가 어떻게 알죠?"

"그 사람도 캄바족이야."

응구이는 통역사도 통역사의 구두도 마음에 들지 않았다. 단단한 체구의 그는 이미 차에서 내려 무장하지 않은 캄바족의 거만한 태도로, 창을 들고 차에 타려고 모여든 마사이족 사이를 지나갔다. 마사이족의 창 손잡이에 달린 깃발은 바람에 날렸지만, 매독균은 날아가지 않았다.

마침내 모두 가게 밖으로 나왔고, 구매한 물건을 차에 실었다. 나는 음투카에게 운전대를 맡기고 데바와 미망인을 차에 태우고 나서 청구서를 계산하러 갔다. 계산을 다 하고 나니 10실링밖에 남지 않았고, 빈털터리로 캠프로 돌아갔을 때 음원디의 표정이 훤하게 보였다. 그는 캠프의 재무장관이자 내가 혼자 정한 나의 양심이었다.

"마사이족 몇 명 태울 수 있어?" 음투카에게 물었다.

"캄바족이 타는 자리 빼고 다른 자리에 6명이요."

"너무 많은데."

"4명만 태우죠."

그래서 응구이와 음웽기는 사람들 골라서 태웠고, 데바는 흥분을 하면서 무척 도도하게 굴었고 누구도 쳐다보지 않았다. 앞자리에는 3

명에, 뒤쪽 캄바족 자리에는 미망인과 응구이와 음웽기와 함께 자리했고, 나머지 4명은 옥수수 가루 포대와 물건들을 실은 짐칸에 앉았다. 2명 더 태워도 됐지만 가는 길에 마사이족이 늘 멀미를 하는 험한 지형이 있었다. 우리는 큰 산의 낮은 경사면을 일컫는 언덕을 내려왔고, 응구이는 캄바족 생활에서 성사聖事만큼 중요한 맥주병을 따고 있었다. 난 데바에게 기분이 어떤지 물었다. 긴 하루였고 고단한 하루였을 것이다. 쇼핑도 하고 고지대로 와서 고도도 바뀌고 구불구불한 길로 다녔기 때문에 피곤할 것이었다. 우리 앞에 펼쳐진 평원에는 지형의 모든 특징에 한눈에 보였고, 그녀는 권총집을 붙잡고는 "엔 라 푸타 글로리아."라고 말했다.

나는 "요 탐비엔Yo también(나도 그래, 스페인어)."라고 대답한 후 음투카에게 코담배를 달라고 부탁했다. 음투카에게 나에게 건넸고, 나는 데바에게 건넸지만, 피우지 않고 나에게 다시 줬다. 좋은 담배였다. 아라프 메이나가 피는 것만큼 강하지는 않았지만, 윗입술에 밑에 넣고 있으면 제법 괜찮았다. 데바는 담배를 피지 못했지만 자랑스러워하면서 담배 상자를 건넸고, 언덕을 내려올 때는 미망인에게도 줬다. 그것은 카지아도 특산품 담배로 미망인은 담배를 집어 데바에게 다시 줬고, 데바가 나에게 줘서, 나는 음투카에게 돌려줬다.

"담배 안 피워?" 나는 데바에게 물었다. 대답을 알면서도 나는 어리석게 물어봤고 그날 처음으로 불쾌한 일이 일어나 버렸다.

"난 코담배 못 펴요. 난 당신과 결혼 안 했었어요. 그리고 담배를 피울 수 없어요."

이 말에 더는 할 말이 없었기에 우리는 아무 말도 하지 않았다. 데바는 정말로 좋아하는 권총집에 다시 손을 올렸다. 그 권총집은 덴버에서 새긴 것으로 조각이나 문신도 이처럼 잘 새겨진 것은 없었다. 아름다운 꽃무늬 디자인의 하이저 앤드 컴퍼니Heiser & Company사의 제품으로 가죽용 비누로 닦을 때마다 닳아 매끄러워져 지고 땀으로 색깔이 바래고 지워졌다. 오늘도 아침부터 난 땀이 희미하게 뱄다. 데바가 말했다. "이 권총에 당신의 모든 것이 있어요."

그리고 난 아주 무례한 어떤 말을 내뱉었다. 캄바족 여자들은 사랑하지 않는 상태에게는 늘 건방지게 굴거나 지나치게 무례하게 행동한다. 사랑은 옆 사람에게는 바라지 않는 지독한 것으로, 모든 나라에서 옮겨 다니는 축제 같다. 첫 번째 결혼을 제외하고 정절은 존재하지도 수반되지 않는다. 남편의 정절은 그렇다. 이것이 첫 번째 결혼이어도 내가 가진 것만 줄 수 있었다. 작지만 중요했고, 우리 둘 다 아무런 의심 없이 살았다.

15

무척 조용한 저녁이었다. 텐트에서 데바도 미망인도 목욕하려고 하지 않았다. 둘 다 따뜻한 물을 들고 온 므윈디를 무서워했고, 다리 6개로 받쳐진 커다란 녹색 캔버스 천으로 된 욕조도 무서웠다. 이해가 됐다.

우리는 마사이족 마을에 몇 명 내려줬다. 어둠 속에서 우리는 허세를 부릴 필요가 없었고 어떤 특정한 곳에서는 조금은 자유롭게 굴면서, 어떤 것을 되돌리거나 생각하지 않아도 됐다. 미망인에게 이제 떠나라고 했지만, 그녀를 보호하고 있어서 한 말이었지, 캄바족 법에 따라 그녀가 있어도 되는지는 몰랐다. 캄바족에 따라 그녀에게 어떤 권리가 있다면, 난 그것을 인정할 것이다. 그리고 미망인은 매우 친절하고 예절도 바르게 굴며 세심했다.

뒤척이고 있을 때 정보원이 나타나서 사자 기름병을 훔쳐 가는 걸 나와 데바가 목격했다. 그것은 그랜드 맥니시Grand Macnish 위스키 빈 병에 넣어둔 것으로, 응구이와 내가 의형제가 되기로 하기 전에 그가 영양 기름과 섞어 놨다는 것을 나와 데바 모두 알고 있었다. 순도 100% 위스키가 아니라 86% 위스키와 같은 것이었다. 우리가 잠에 깨서 정보원이 그 병을 훔쳐 가는 것을 보게 됐고, 늘 기분 좋게 소리 내며 웃는 데바가 더 기분 좋게 웃으며 "추이 투."라고 말했고 나는 "노 아이 헤메디오."라고 말했다.

"라 푸타 글로리아."라고 데바가 말했다. 우리는 거창한 말을 쓰는 것도 아니고 많은 대화를 나누지 않았고 캄바법에 따라 예외적인 상황이 아니며 통역이 필요하지 않았다. 우리는 1, 2분 동안 잠을 잤고, 미망인은 지독하게 우리를 지켜봤다. 미망인도 정보원이 너무 희멀건 사자 기름이 든 찌그러진 병을 훔쳐 가는 것을 봤고, 우리의 주의를 끌기 위해 기침했다.

이때 난 음셈비를 불렀는데, 그는 행동이 거칠지만 착한 급사 아이로로 농사를 짓는 캄바족이 아니라 사냥을 하는 캄바족이었지만, 뛰어난 사냥꾼도 아니어서 전쟁 후에 하인 지위로 전락했다. 나도 수렵 관리국 일을 하면서 정부에 봉사했기 때문에, 우리 모두 하인이었다. 메리에게도 봉사하고 룩Look이라는 잡지에도 봉사했다. 메리에 대한 봉사는 그녀의 사자가 죽어서 일시적으로 중단했다. 룩 잡지에 대한 봉사도 일시적으로 중단했는데, 난 영원히 중단되기 바랐지만 그럴 수 없었다. 하지만 음세비와 나도 적어도 봉사하는 건 꺼리지 않았고, 지루하다고 생각할 정도로 신이나 국왕에게 그렇게까지 봉사하지 않았다.

여기서 유일한 법은 부족법이었고, 나는 노인이나 어르신을 뜻하는 음지이면서 전사의 신분이었다. 두 가지를 함께 하는 것은 힘들었고, 연세가 많은 음지는 불안한 지위에 불만을 표했다. 사람은 필요한 경우에 포기를 해야 하고, 모든 것을 손에 쥐려고 해서는 안 된다. 눈의 아이펠Schnee Eifel(아이펠마인츠로부터 라인강 하류의 양안에 있는 산맥의 북서쪽 지역)이라고 불리는 곳에서 이런 교훈을 얻었는데, 그곳에서 공격 진지에서 방어 진지로 바꿔야 했다. 큰 대가를 치르고 얻는 것이 동전 한 푼도 되지 않는 가치라면 단념해야 잘 방어할 수 있다. 그렇게 하는 것은 어렵고, 그렇게 함으로써 여러 번 총에 맞을 수 있지만, 타협하지 않는다면 더 빨리 총에 맞을 수도 있다.

난 음세비에게 30분 뒤에 식당 텐트에서 먹을 수 있게 데바, 미망인과 나의 저녁 식사를 준비해 놓으라고 했다. 그는 매우 즐거워하며 캄바족 특유의 에너지와 악의를 보이며 지시를 전하러 갔다. 유감스럽게도 뜻대로 되지 않았다. 데바는 용맹했고 영광스러운 창녀는 사람들의 손길이 닿지 않는 곳에 있었다. 미망인은 힘든 지시라는 걸 알았고 누구도 하룻밤 사이에 아프리카를 장악할 수 없다는 걸 알았다. 하지만 그렇게 되고 있었다.

케이티는 브나와, 부족과 이슬람교에 대한 충성심이라는 이름으로 그 지시에 맞섰다. 그는 용기가 있었고 자신이 받은 지시를 남에게 미루지 않았다. 그는 텐트 기둥을 노크하고 이야기를 나눌 수 있는지 물었다. 난 거절할 수 있었지만, 난 예의가 없는 사람이 아니었다. 팝이 훈련을 시킨 최고의 12명은 아니지만, 엄격한 훈육을 받았다. 케이티가 말했다. "브와나는 젊은 아가씨를 폭력적으로 대해서는 안 됩니다 [여기서 그는 틀렸다. 폭력 같은 건 결코 없었다]. 큰 문제를 일으킬 수 있어요."

"알았어. 모든 원로들을 대신해서 말하러 온 거야?"

"내가 제일 연장자이니까요."

"그럼 나보다 나이가 많은 자네 아들에게 사냥용 차를 가져오라고 전해줘."

"아들은 여기 없어요." 우리는 그걸 알았고, 케이티가 자식들에게 별 힘이 없다는 것도 알았다. 음투카가 이슬람교도가 되지 못한 이유도 알았지만, 내가 이해하기에는 복잡했다.

"그럼 내가 직접 운전하지. 그리 어려운 것도 아니니까."

"아가씨를 부디 가족들에게 데려다주세요. 괜찮으시다면 함께 갈게요."

"내가 아가씨랑 미망인과 정보원을 데려다줄 거야."

녹색 급사복과 모자를 쓴 음셈비는 케이티 옆에 서 있었다. 케이티에게 영어로 말하는 것은 힘들었다.

음셈비는 딱히 할 일이 없었지만, 우리만큼 데바를 아꼈다. 데바는 자는 척하고 있었다. 우리가 돈을 내고서라도 그녀를 아내로 맞이하고 싶었지만, 돈을 낸다고 해도 우리의 것이 되지 못한다는 것을 알았다.

음셈비는 한 때 군인이었는데, 원로 2명도 그걸 알았다. 그들이 이슬람교도가 됐을 때 배신이라는 것도 의식하지 않았다. 모두가 결국은 늙기 때문에 음셈비는 아프리카 소송 장면처럼 지금은 소용도 없는 직함과 캄바족 법에 대한 지식을 내세워서 그들의 자아도취적 모습에 맞섰다. "브나와는 미망인을 계속 머물게 할 수 있어요. 미망인에게 아들이 있고, 그 아들이 미망인을 공식적으로 보호하니까요."

케이티도 음원디도 고개를 끄덕이며 수긍했다.

같이 잘 수가 없었기 때문에, 밥을 먹고 밤에 함께 잘 것으로 생각하는 데바에게 미안했지만, 결정을 내려야 했다. 나이가 많아서 독보적 위치에 있는 대단한 원로들의 판단을 무시하고 여러 번 잔 적이 있었지만, 텐트에 들어가서 말했다. "노 아이 레메디오, 크웨단 나 샴바 No hay remedio. Kwenda na Shamba(어쩔 수 없어. 샴바로 가)."

이렇게 내 인생에서 가장 큰 행복을 느낄 기회가 주워졌던 하루가 끝이 나고 있었다.

16

나는 원로들의 결정을 받아들여 데바, 미망인과 정보원을 샴바로
데려다줬고, 그녀를 위해 샀던 물건들을 주고는 캠프로 돌아왔다. 내
가 사 준 물건들은 중요했는데, 두 사람에게 옷을 만들 천이 생긴 것
이다. 장인어른에게는 이야기도 별다른 설명도 하지 않았다. 우리는
쇼핑하다가 늦게 돌아온 것처럼 굴었다. 나는 정보원이 페이즐리 숄
로 사자 기름이 들어있는 그랜드 맥니시 병을 감추고 있는 걸 봤지만,
모른 척했다. 우리에게 더 좋은 사자 기름이 있었고, 원한다면 더 좋
은 기름을 얻을 수 있었다. 작가를 비롯해 여러 분야에서 남한테서 뭔
가를 훔치고도 들키지 않았다고 생각할 때 느끼는 사소한 만족감에
견줄만한 것이 없다. 작가를 상대할 때는 상대방이 알고 있다는 것을
훔친 당사자가 알게 해서는 안 된다. 그러면 상처받을 마음이 있다면
상처를 받을 것이고, 일부는 그런 마음이 있다. 경쟁 상대가 아니라면
다른 사람의 마음을 어찌 판단하겠는가? 정보원은 또 다른 문제로 전
에도 논란이 됐던 충성심의 문제가 있었다. 케이티는 정보원을 상당
히 싫어했는데, 옛날 정보원이 케이티 밑에서 트럭 기사로 일을 했을
때부터 풀리지 않은 응어리들이 있었는데, 정보원 말고 다른 사람들
도 퇴보한 사람이라고 생각하는 훌륭한 귀족에게 반역이라 할 정도로
무례하게 굴어서 케이티 기분이 상한 적이 있었다. 케이티는 팝 밑에
서 일했을 때부터 팝을 존경했고, 캄바족으로 동성애를 싫어했던 그
는 마사이족 트럭 기사가 백인 특히 명성이 있는 사람을 비난하는 것

을 용납할 수 없었다. 케냐 나이로비에서 매일 밤 불량배들이 나쁜 짓을 하지만, 그 녀석이 이 명성 있는 남자의 동상 입술을 립스틱으로 칠했을 때, 케이티는 차를 타고 지나가면서 고개를 돌려 보지를 않았다. 케이티보다 더 독실한 이슬람교도인 차로는 우리처럼 그 장면을 보고 크게 웃었다. 하지만 케이티는 여왕의 얼굴이 새겨진 동전을 받았을 때 영원히 간직했다. 그는 진정으로 빅토리아 여왕에게 충성했고, 우리는 우리 부족에 대한 충성심 내에서 에드워드 7세, 조지 5세, 아주 잠깐 에드워드 8세, 조지 6세, 그리고 현재 엘리자베스 2세 여왕에게 충성하고 있었기 때문에 케이티의 빅토리아 여왕에 대한 충성심과는 비교가 안 됐다. 오늘 밤 나는 기분이 무척 좋지 않았기 때문에 개인이나 사적인 일에 대해 생각하고 싶지 않았고, 특히 내가 공경하고 존중하는 사람에게 못되게 굴고 싶지 않았다. 하지만 나는 케이티가 캄바족 법 걱정보다는 데바와 미망인과 내가 식당 텐트에서 함께 식사하는 것에 더 충격을 받았다는 걸 알았다. 그는 이미 5명의 부인과 아름다운 젊은 부인이 있는데도, 우리의 도덕성을 따졌다.

밤에 운전하면서, 더 괴로워지지 않으려고 했고, 연장자에 상관없이 못 본 척 넘어갈 수 있었던 우리의 공식적인 행복을 인위적으로 박탈된 것과 데바를 생각하다가, 나는 왼쪽으로 운전대를 꺾어 붉은 도로를 타고 다른 샴바로 가서, 롯Lot이나 보디달Potiparh의 아내가 아닌 마사이족 아내를 찾아 비뚤어진 마음을 진정한 사랑으로 변할 수 있는지 알아보고 싶었다. 그러나 할 짓이 아니었기에 나는 캠프로 돌아와 차를 세우고는 식당 텐트에서 심농 책을 읽었다. 음셈비도 그 일에 대해 안 됐다고 생각했지만, 그도 나도 대화에 능하지 않았다.

음셈비는 무척 용감한 제안을 했는데, 자신이 우리 트럭 기사와 함께 가서 미망인을 데려오겠다고 했다. 나는 그 제안에 "하파나"라고 답하고 심농 책을 계속 읽었다.

음셈비는 내내 안 좋은 마음이 들었고 읽어야 할 심농 책이 없었기에, 나와 같이 차를 타고 가서 그 아가씨를 데려오자고 제안했다. 캄바족 관습에 따라 벌금만 내면 된다고 했다. 게다가 그 샴바는 불법이라서 누구도 우리를 재판에 세울 자격이 없었고, 내가 장인어른에게 많은 선물을 줬고 같은 날에 표범도 잡아 죽이기도 했다.

이 말을 곰곰이 생각했지만 받아들이지 않았다. 예전에 장모 침대에서 자려고 부족에게 값을 치른 적이 있었는데, 고역이었다. 케이티는 어떻게 이 일을 알았을까? 그는 모든 것을 다 안다고는 하지만, 우리는 매우 치밀하게 계획을 세웠기 때문에 그가 알기에는 어려웠다. 특히 마가디 원정 후 나는 케이티를 존경했기 때문에 이 일에 대해 확신할 수 없었다. 광대뼈와 터번 아래에 뱀 무늬 상처가 있는 그는 그럴 필요가 없는데도 내가 지치고 응구이가 힘들어할 때까지 마가디를 걸었다. 캠프 그늘에 달아놓은 온도계로 섭씨 40도 더위 속에 그는 이렇게 걸어 다녔다. 내가 지쳐 나가떨어졌을 때 쉴 수 있는 그늘이라고는 작은 나무밖에 없었다. 그 그늘에서 심호흡하면서 우리가 캠프에서 얼마나 걸어왔는지 계산을 해봤다. 캠프에는 멋진 무화나 나무 그늘이 있었고 개울이 흐르고 시원한 물주머니가 있었다.

그날 케이트는 아무런 허례허식도 부리지 않고 우리를 독려했고,

난 그를 존경할 수밖에 없었다. 하지만 오늘 밤 나는 그가 왜 끼어들려고 했는지 이해가 되지 않았다. 사람들은 늘 상대방을 위한다면서 일에 끼어든다. 하지만 한 가지는 알았다. 음세비와 나는 술에 취해서 그런 일을 해서는 안 된다.

아프리카 사람들은 어떤 일이 있어도 기분 나빠하지 않는다고 하지만, 이것은 일시적으로 나라를 점령하고 있는 백인들이 꾸며낸 말일 뿐이다. 아프리카인들은 울지 않기 때문에 괴로워하지 않는다고 한다. 아프리카인 일부는 울지 않는다. 고통스러운 일이 있어도 그 고통을 보이지 않는 것이 부족의 특성이었고 일종의 사치이기도 하다. 반면 우리 미국인들은 TV와 영화를 보고, 사치스러운 부인들은 항상 손이 부드럽고, 밤에는 얼굴에 크림을 바른다. 사육이 아니라 자연산 밍크코트를 전당표처럼 표를 들고 가면 보관시설에서 꺼내입는다. 아프리카의 훌륭한 부족들은 고통을 드러내지 않는 것이 사치였다. 응구이가 모이Moi라고 부르는 우리는 전쟁 말고는 진정한 고난을 알지 못했는데, 전쟁이라는 것도 종종 전투의 보상과 약탈의 즐거움만 얻어서, 지루하고 방랑하는 생활로 정 없는 주인이 개에게 뼈다귀를 던져주는 것과 같았다. 이 순간 모이였던 나와 음세비는 마을 약탈한다는 게 어떤 일인지 알았고, 비록 그 주제에 대해 입 밖에 내지 않고 마음속으로만 공유했지만, 남자들을 칼로 죽이고 여자들을 포로로 잡아갈 때 성경 구절이 뜻하는 바에 따라 어떤 방식으로 하는지 둘 다 알았다. 이런 일은 더이상 일어나지 않지만, 그런 일을 행한 사람들은 형제였다. 좋은 형제들을 만나기 만나기는 어렵지만 나쁜 형제들은 어디서나 마주칠 수 있다.

　정보원은 내 형제라고 계속 말하고 다녔지만, 나는 택한 게 아니었다. 현재 우리의 문제는 사파리와 관련이 없었고 브와나가 직접적인 모욕에 가까운 받는 상황에서 오늘 밤 그 일을 언급하지 않는 음세비와 나는 좋은 형제였다. 우리 둘 다 바다에서 여러 경로를 통해 들어와 사람들을 노예로 삼는 침략자들이 모든 이슬람교도라는 것을 기억했다. 그런 이유로 양쪽 뺨에 화살 모양 상흔이 있는 음투카가 아버지 케이티를 따라 유행하는 종교인 이슬람교로 개종하지 않는 것이었다. 솔직한 차로와 정직하면서도 속물인 음윈디도 개종을 했다.

　나는 캠프에 앉아 음세비와 슬픔을 나눴다. 이때 응구일리가 나냐케(미성년자)처럼 조심스럽게 텐트로 들어와서는 괜찮다면 슬픔을 나누고 싶어 했다. 나는 그러고 싶지 않았기 때문에 녹색 옷을 입은 그의 엉덩이를 찰싹 때리면서 "모르겐 이스트 아우흐 나흐 아이 탁(Morgen ist auch nach ein tag(내일도 날이 밝는다))"고 말했다. '노 아이 헤메디오'와는 반대 의미의 독일 격언으로 정말로 멋진 말이었지만 내가 패배주의자나 협력자라도 된 것 같은 죄책감이 들었다. 나는 음세비의 도움을 받아서 그 격언을 신중하게 캄바어로 번역했고, 그런 격언을 말하는 사람의 죄책감을 느끼며 나는 응구이에게 달이 뜨면 사냥하러 나갈 테니 창을 준비해 달라고 부탁했다.

　조금은 연극 같은 면이 있었지만, 햄릿도 그랬을 것이다. 우리 모두 깊이 감동했다. 아마 우리 셋 중에 입조심을 하지 않아 실수를 저질렀던 내가 가장 크게 감동했을 것이다.

이제 달이 산중턱에 떠올랐고, 나는 크고 착한 개가 있었으면 했고, 내가 케이티보다 능가하는 어떤 일을 하겠다고 말하지 않았어야 했다고 생각했다. 하지만 나는 그 말을 내뱉어버렸기에, 나는 창을 점검하고 부드러운 모카신을 신고 응구이에게 고맙다고 하고는 식당 텐트에서 나왔다. 소총과 탄환을 든 두 사람이 경비를 서고 있었고, 텐트 밖 나무에 랜턴이 걸려 있었다. 나는 이 빛을 뒤로하고 달을 오른쪽 너머에 두고 먼 길을 나섰다.

창 손잡이의 묵직한 느낌이 좋았고, 땀에 미끄러지지 않게 수술용 테이프를 감아냈다. 창을 쓰다 보면, 겨드랑이나 팔에서 땀이 많이 나와 자주 창 손잡이 부분으로 흐르기도 했다. 발밑에서 느껴지는 풀의 감촉이 좋았고 자동차 타이어 때문에 평평해진 풀을 느꼈는데, 타이어 자국은 우리가 만든 비행장과 북쪽 큰길이라고 부르는 다른 길로 이어졌다. 창을 들고 나 혼자 나선 것은 이번이 처음이었고 듬직한 오랜 친구나 큰 개가 있었으면 좋겠다는 생각이 들었다. 독일 셰퍼드와 함께라면 푸술에 뭔가가 있다면 바로 뒤에 물러나 무릎 뒤쪽에 주둥이를 비비면서 걷기 때문이다. 하지만 밤에 창 하나 들고 나섰을 때 느끼는 공포는 그만한 값을 치러야 하는 사치였고 최고의 사치품처럼 그럴 가치가 있는 시간이었다. 메리, G.C.와 나는 여러 사치를 누려왔는데 일부는 너무 비쌌지만, 지금까지 모든 사치가 그만한 값어치를 했다. 대가를 치를 만한 가치가 없는 것은 끊임없는 침식당하는 어리석은 일상이라고 생각했다. 나는 여러 풀숲과 코브라 구멍이 있는 고목을 조심하며 다녔고, 사냥하러 나온 코브라를 밟지 않기를 바랐다.

캠프에서 하이에나 2마리가 울부짖는 소리가 들렸지만, 지금은 조용했다. 옛 마냐타 근처에서 사자 소리가 들리자, 그쪽에는 가지 않기로 했다. 그쪽을 갈 용기도 없었고, 코뿔소 영역이었다. 앞쪽에 보이는 평원에서 달빛으로 뭔가가 자고 있는 모습이 보였다. 영양이었고 수놈이지 암놈인지 모르겠지만 그 녀석한테서 멀어져서 왔던 길로 되돌아갔다. 야행성 새와 물떼새와 박쥐귀여우와 뛰어다니는 토끼들이 보였지만 우리가 랜드로버가 타고 다닐 때 봤던 것처럼 눈이 빛나지 않았다. 나에게 손전등도 없었고 달빛이 반사되지 않았기 때문이다. 달은 이제 완전히 다 떠올랐고 밝은 빛을 비췄다. 난 어떤 짐승이 나타나도 상관없다는 듯이 기분 좋게 길을 걸었다. 케이티와 데바, 미망인과 우리가 놓쳐버린 연회와 침대에서 함께 자는 것도 중요하지 않았다. 뒤돌아보니 캠프 불빛은 보이지 않았고 정상이 평평한 높은 산이 달빛을 받아 하얗게 빛나고 있었다. 나는 잡아 죽여야 하는 짐승과 마주치지 않기를 바랐다. 물론 영양은 죽일 수 있었지만, 그 녀석을 다듬어야 했고 그럼 사체와 함께 있어야 하고 하이에나가 가까이 오지 못하게 하거나, 자랑거리라도 되는 듯 캠프 사람을 깨워서 트럭으로 실어가도록 해야 했다. 영양고기를 먹을 수 있는 사람은 우리 6명뿐이라서 메리가 돌아오면 먹을 수 있도록 맛좋은 고기를 준비해 주고 싶었다.

그래서 작은 동물들이 움직이는 소리와 길에서 흙먼지를 일으키며 날아오르는 새가 지저귀는 것을 들으면서 달빛 속을 걸었고, 메리 생각을 했다. 메리가 나이로비에 뭘 할지, 어떻게 머리를 잘랐을지 생각하고 메리와 데바의 몸이 거의 차이가 없다는 생각이 들었고, 메리가 내일 2시쯤에 돌아온다는 생각에 기분이 좋았다.

나는 메리가 사자를 죽였던 곳 근처까지 올라왔고 왼쪽 큰 습지대 가장자리에서 표범이 먹잇감을 잡는 소리가 들렸다. 소금 평원으로 올라갈까 했지만, 그러면 다른 동물을 잡고 싶을 거 같아서 돌아서서 산을 바라보면서 왔던 길을 걸어서 캠프로 돌아갔다.

17

아침에 음윈디가 차를 가져왔고, 나는 그에게 고맙다고 한 후 텐트 밖으로 나가 잔불이 남아있는 모닥불 옆에서 차를 마시면서 여러 가지 생각을 했다. 그리고 옷을 갈아입고서 케이티를 보러 갔다. 완전히 조용한 날도 아니었고 내가 바라던 대로 독서를 하거나 명상을 할 수 없는 날이었다. 아라프 메이나가 식당 텐트로 들어와 경례한 후 말했다. "브와나, 작은 문제들이 있어요."

"무슨 문젠데?"

"심각한 건 아니고요."

요리용 모닥불 너머에 큰 나무가 몇 그루가 있었고 응접실처럼 넓은 곳이 있었는데, 마사이족 마냐타 2곳에서 온 지도자들이 있었다. 그들은 추장은 아니었는데, 추장은 영국인한테 돈을 받거나 싸구려 훈장을 받고 매수됐기 때문이다. 그들은 단순히 마을 대표로 온 사람들로, 두 마을은 24km 이상 떨어져 있었고, 두 마을 모두 사자 때문에 골치였다. 나는 텐트 밖에서 음지 지팡이를 손에 쥐고 의자에 앉아서는 그들의 말을 알아듣든 못 알아듣든 지적이고 근엄하게 보이려고 했고, 음윈디와 아파르 메이나가 통역했다. 우리 중 누구도 마사이족 말이 유창하지 않았지만, 그 사람들은 선하고 진지한 사람들이며 문제가 심각한 건 분명했다. 한 사람은 어깨에 갈고리에 긁힌 거 것처럼 긴 다란 상처가 4줄이 나 있었고, 다른 한 명은 한쪽 눈을 잃었는데, 두피 경계선 조금 위쪽에서 시작해 잃어버린 눈 위를 지나 거의 턱 끝까지 내려오는 끔찍하고 오래된 상처가 있었다.

마사이족은 이야기하고 논의하는 걸 좋아했지만, 그 두 사람은 말수가 적었다. 나는 두 사람과 그들을 따라와서 아무 말 하지 않고 서 있는 사람들에게 우리가 문제를 해결하겠다고 했다. 이 말을 전하려고 나는 음윈디에게 말하고, 음윈디는 아라프 메이나에게, 아라프 메이나는 손님들에게 말을 하는 과정을 거쳐야 했다. 나는 은색 실링 동전을 평평하게 해서 윗부분에 붙인 음지 지팡이를 몸에 가져다 대면서 가장 순수한 마사이어로 신음했는데, 마치 배우 마를레네 디트리히Marlene Dietrich가 성적 쾌감, 이해와 애정을 표현할 때는 내는 소리와 비슷했다. 그 배우의 목소리는 다양했지만 깊고 말꼬리가 올라가는 억양은 똑같았다.

모두가 악수했고, 그때 최악의 소식을 전하는 걸 좋아하는 음윈디가 영어로 말했다. "브와나, 부부에 걸린 여자 2명이 왔어요."

부부는 모든 종류의 성병을 가리키는 말이지만 요우스(열대 피병의 하나)도 포함된다. 요우스는 매독균과 매우 유사한 스피로헤타가 발견되지만, 감염 경로는 의견이 분분하다. 같은 컵을 써서 수포음이 생기거나 공중화장실에 부주의하게 앉거나 낯선 사람과 키스를 하면 감염된다고 생각하지만, 나의 한정된 경험에서 그렇게 불운하게 감염된 사람은 본 적이 없다.

나는 내 형제를 아는 만큼 요우스에 대해 잘 알고 있었다. 즉 그 병이 어떤지도 제대로 알지도 못한 상태에서 수많은 접촉을 했다는 뜻이다.

두 마사이족 여성은 모두 꽤 아름다웠고, 아프리카에서 미인일수록 요우스에 더 많이 걸린다는 내 이론에 힘이 실렸다. 음셈비는 치료하는 것을 좋아했고, 말을 하지 않았는 데도 필요한 약을 다 준비해 놓았다. 나는 소독을 한 후 탈지면을 아직 타고 있는 모닥불에 던졌다. 그리고 환부 가장자리에 심리적 효과를 위해 젠티아나 바이올렛 gentian violet(아닐린 염료의 일종)을 발랐다. 젠티아나 바이올렛은 환자의 사기에 놀라운 영향을 미치는데 아름다운 보라색이 금색으로 변하는 것을 보고 의사나 구경하는 사람들은 고무된다. 보통 환자 남편의 이마에도 작은 점으로 발라줬다.

그 후 기회를 놓치지 않고, 숨을 참고 환부 주위에 설파다이어졸를 뿌린 다음, 오레오마이신을 바르고 나서 드레싱을 한다. 나는 늘 경구용 페니실린을 처방했고, 치료 해도 요우스가 사라지지 않으면 처방할 수 있는 한도까지 많은 양의 페니실린을 투여했다. 그런 다음 코담배를 꺼내서 반을 환자 귀 뒤쪽에 붙였다. 음세비는 치료 중 이 과정을 좋아했지만 나는 대야와 정말로 좋은 파란색 넷코 2% 비누를 가져오라고 부탁했다. 환자들과 악수하고 손을 씻기 위해서였다. 마사이 족 여성의 손을 언제나 아름답고 차가웠고, 일단 손을 잡으면, 남편이 있는데도 손을 놓지 않으려고 한다. 이것은 부족의 습관일 수도 있고 요우스를 치료하는 의사에게 개인적으로 하는 행동일 수도 있었다. 내가 응구이에게 물어볼 수 없는 일 중 하나였는데, 우리는 그 이야기를 나눌 만큼의 어휘를 알지 못했기 때문이다. 이렇게 치료를 해주면 옥수수 몇 개를 가져다주는 마사이족이 있었다. 하지만 이것은 예외적인 일이었다.

다음 환자는 아마추어 의사가 보기에도 힘들어 보였다. 치아 상태와 성기로 판단해보면 그는 나이에 비해 늙었다. 호흡이 거칠었고 체온은 40도에 달했다. 그의 혀에는 백태가 끼었고, 혀를 눌러보니 목 쪽에 하얀 종기와 구멍이 보였다. 간이 있는 위치를 가볍게 누르니, 그는 참을 수 없는 통증이 느껴진다고 했다. 머리, 배, 가슴도 너무 아프다고 했고, 오랫동안 변을 보지 못했다고 했다. 얼마나 못 봤는지 모른다고 했다. 그 환자가 동물이었다면, 총을 쏴 죽게 하는 것이 좋았을지도 모른다. 그는 아프리카 형제였기 때문에 말라리아일 경우를 대비해 클로로퀸과 변비 완화제를 주고 통증이 계속되는 경우에 먹을 아스피린을 처방했다. 우리는 주사기를 소독한 다음 그를 바닥에 눕게 하고는 탄력이 없는 검은 왼쪽 엉덩이에 페니실린 150유닛을 주사했다. 페니실린 낭비라는 것을 우리 모두 알았다. 하지만 전부를 걸기로 했으면 그렇게 해야 한다. 그리고 우리 모두 종교가 있어서 다행이라고 생각했고, 그 종교를 믿지 않는 사람들에게 친절하게 대하려고 노력했다. 그리고 환자가 스스로 행복한 사냥터Happy Hunting Grounds(천국)로 가려고 할 때 우리는 페니실린을 놔줘야 한다고 생각했다.

녹색 옷을 입고 녹색 스컬캡 쓴 음윈디는 그런 경지에 올랐으며, 우리 모두를 비–이슬람교 놈팡이일 뿐만 아니라 캄바족 놈팡이로 생각했다. "브와나, 부부에 걸린 다른 마사이족 환자가 있어요."

"이리로 데리고 와."

아직 전사였고 자긍심을 느끼는 착한 청년이었는데 자신의 병에 부끄러워했다. 전형적인 증상이었다. 그 하감(성병의 일종)은 딱딱했고 오래전에 걸렸다. 환부를 만져보고 나서 나는 우리에게 페니실린이 얼마나 남았는지 속으로 생각했고, 당황해서는 안 되며, 페니실린을 더 가져올 수 있는 비행기를 있다는 것을 떠올렸다. 나는 그 청년에게 앉으라고 하고 더 나빠지지는 않겠지만, 주사와 바늘을 다시 끓는 물에 소독했다. 음세비에게 탈지면과 알코올로 엉덩이 부분을 소독하라고 했는데, 이번에는 남자 엉덩이답게 단단하고 평평한 엉덩이였다. 나는 주사를 놓는데, 약이 조금 새어 나왔다. 내 솜씨가 부족하다는 것이고 페니실린 낭비였다. 음윈디와 아파르 메이나를 통해서 창을 들고 서 있는 그 청년에게 언제 다시 와야 하는지, 6번을 더 와야 한다고 그리고 내가 적어준 쪽지를 들고 병원에 가라고 말했다. 그 청년은 나보다 아랫사람이었기 때문에 우리는 악수를 하지 않았다. 하지만 우리는 서로에게 미소를 지었고, 그는 주사를 맞았다는 것에 뿌듯해했다.

할 일은 없지만, 치료 과정을 구경하면서 어슬렁거리던 음투카는 내가 수술을 하지 않을까 하고 기대를 했다. 응구이가 들고 있는 책을 보면서 수술을 했었는데, 그 책에는 화려한 색깔의 그림들이 있었고, 접지된 페이지를 펼치면 사람 신체의 앞뒤 모습을 동시에 볼 수 있었다. 모두가 수술을 좋아했지만, 오늘은 수술이 없었다. 키가 크고 몸이 늘어졌고 청각 장애에 오래 전 한 아가씨를 기쁘게 해주려고 뺨에 상흔을 냈던 음투카는 옆으로 다가왔다. 체크 셔츠에 토미 셰블린의 모자를 쓴 그는 "크웬다 나 샴바."라고 말했다.

"크웬다."라고 말한 나는 응구이에게도 말했다. "총 두 자루 준비하고, 자네와 나, 음투카가 갈 거야."

"하파나 할랄Hapana halal(할랄은 안 하나요)?"

"좋아. 차로도 데려가,"

"음주리."라고 응구이는 말했다. 좋은 고기를 이슬람 율법에 따라 도축하지 않는다면 이슬람교 어르신들에게 모욕이 될 것이다. 케이티는 우리가 모두 말 안 듣는 놈들이지만, 현재 우리는 종교에 대해 진지하게 생각한다는 것을 너무 잘 알았고, 나는 이 종교의 근원이 산만큼이나 오래되었다고 설명했으니 케이티도 진지하게 받아들일 것이다. 우리는 차로를 꼬드길 수 있었지만, 우리의 종교보다 훨씬 더 체계적인 자신만의 믿음으로 위안을 얻었기 때문에 그것은 잘못된 일이었다. 우리는 개종을 시키지 않았고, 차로가 우리 종교를 진지하게 받아들인 것으로 큰 진전이었다.

메리는 아는 게 거의 없는 그 종교를 너무나도 싫어했고, 나는 우리 종교 사람들이 그녀를 일원으로 받아들이고 싶어 하는지 확신할 수 없었다. 부족의 권리로서 일원이 되었다면, 괜찮았고 그녀를 따르고 존중받았을 것이다. 하지만 선택적 입회였다면, 받아들여졌을지는 확신할 수 없다. 물론 그녀 자신의 그룹, 그룹 구성원이 모두가 수렵 감독관이고 멋지고 꼿꼿하고 잘생긴 충고가 이끄는 그룹이었다면, 메리가 천국의 여왕으로 뽑혔을지도 모른다. 하지만 우리 종교에는 수렵 관리국이 없을 것이고, 적에게만 채찍질과 사형을 집행할 것이고, 우리가 포로로 잡은 사람만 노예로 부릴 것이고, 식인 풍습도 완전히 폐지할 것이지만 원하는 사람은 허락해줄 것이다. 메리는 자신의 사람한테서 받을 수 있는 표만큼 얻지 못할 것이다.

우리는 차를 몰고 샴바로 갔고, 응구이에게 데바를 데려오라고 보냈다. 데바는 옆에 앉아서는 한 손으로 권총집을 쥐고 있었다. 우리는 샴바를 떠났는데, 데바는 마치 명예 연대장이 연대로부터 경례를 받는 것처럼 아이들이나 노인들로부터 경례를 받았다. 이번에 데바는 내가 준 주간지에 실린 사진 속 동작을 따라 하고 있었는데, 가게에서 옷감을 고르는 것처럼 훌륭한 왕족의 품위 있는 행동과 기품있는 자세를 골랐다. 누구 행동을 따라 하는지 물어본 적은 없었지만, 1년 치 주간지를 주었기 때문에 선택하는 재미가 있었을 것이다. 나는 데바에서 손목을 올리고 손가락을 구부리는 인사법을 가르쳐 주려고 했다. 이탈리아 베네치아의 담배 연기가 자욱한 해리스 바에서 그리스 아스파시아 공주가 나에게 그렇게 인사할지도 모르지만, 라이토키톡에는 해리스 바가 없다.

지금은 데바가 사람들 경례를 받고 있었고, 크고 육즙이 풍부한 짐승을 잡아 모두를 행복하게 해주고 싶어서 산 경사면을 따라 구불구불한 길을 달리는 동안 나는 완고하면서도 온화한 태도를 보였다. 우리는 열심히 사냥했고 거의 어두워질 때까지 언덕 위쪽에 깐 낡은 담요 위에 엎드리고는, 짐승이 탁 트인 산허리 쪽으로 먹잇감을 찾으러 나올 때를 기다렸다. 하지만 어떤 짐승도 나타나지 않고 캠프로 돌아가야 할 때, 나는 톰슨가젤 수놈을 잡았고 그거면 우리는 충분했었다. 우리 둘 다 웅크리고 앉았고, 나는 그 녀석에게 총구를 겨누었고 방아쇠에 올린 내 손가락 위에 데바 손가락을 올리게 했다. 조준경으로 그 녀석을 쫓으면서 데바의 손가락에서 느껴지는 힘과 내 머리에 기댄 그녀의 머리 압박에서 그녀가 숨을 참고 있다는 걸 알 수 있었다. 그러고 나는 "피가."라고 말한 후 내 손가락이 그녀 손가락보다 조금 더 빨리 방아쇠를 조였고, 꼬리를 흔들면서 먹이를 먹고 있던 톰슨가젤은 기묘한 자세로 네 다리를 하늘 쪽으로 뻗은 채 죽었다. 초라한 반바지와 낡은 파란색 상의를 입고 때가 탄 터번을 쓴 차로가 사냥감에게 달려가더니 이슬람 율법을 지키며 녀석의 목을 벴다.

"피가 음주리Piga mzuri(잘 쐈어)." 응구이가 데바에게 말했고, 그에게 뒤돌아선 데바는 왕족처럼 위풍당당하게 행동하려고 했지만 잘 안 되었고, 그러자 울면서 말했다. "아산타 사나Aatan sana(고마워요)."

우리는 그 자리에 앉았고, 데바는 울다가 뚝 그쳤다. 우리는 차로가 할랄을 하는 것을 지켜봤다. 언덕 위에 있던 사냥용 차는 사냥감이 있는 곳까지 내려왔고, 음투카가 내려서 차 뒤쪽 문을 내리고 나서 그와 차로가 몸을 구부려 사체를 들어 짐칸에 실었는데, 거리가 있어서 두 사람이 작게 보였고 큰 차도 작게 보였다. 그러고 이윽고 차는 언덕을 올라와 우리 쪽으로 다가오자 점점 크게 보였다. 사거리를 재고 싶다는 마음이 순간 들었지만, 어린애 같은 행동이었고, 어른이라면 아래쪽으로 향해서 쏠 때는 어떤 거리에서도 명중 시킬 줄 알아야 했다.

데바는 처음 보는 것처럼 사냥감을 바라봤고, 어깨 부분을 관통한 총알구멍에 손가락을 넣었다. 나는 데바에게 바닥에 피가 묻지 않게 조심하라고 했다. 짐칸 바닥에는 철판 몇 장이 깔려 있는데 고기에 자동차 열기가 전해지지 않도록 하고 공기 순환이 되도록 했다. 언제나 세차를 잘하지만, 일종의 시신 안치소였다.

데바는 사냥감한테서 떨어졌고, 우리는 언덕 위로 차를 타고 갔다. 데바는 음투카와 데바 사이에 앉아있는데, 우리 둘 다 그녀가 평소와 다른 상태라는 걸 알았다. 그녀는 전혀 말이 없었고 그저 내 팔과 권총집을 꽉 붙들고 있었다. 샴바에 도착하는 그녀는 다시 씩씩해졌지만, 마음은 그러지 못했다. 응구이는 사냥감을 잘라서 개들에게 내장과 폐를 던져주고, 위를 갈라서 깨끗하게 한 다음 거기에 심장, 신장과 간을 집어넣고는 데바 집으로 가져가라고 한 아이에게 심부름을 시켰다. 장인어른이 그 자리에 있었고 나는 그에게 고개를 끄덕이며 인사했다. 그는 붉고 자주색 내용물이 든 허옇고 축축한 위를 받아 들고 집 안으로 들어갔다. 그 집은 원추형 지붕에 붉은 벽으로 된 정말 아름다운 건물이었다.

나는 차에서 내려 데바를 내려줬다.

"잠보, 투."라고 내가 말했지만, 그녀는 아무 말 없이 집으로 갔다.

이제 날은 어두워졌고, 캠프에 도착하니 모닥불이 타고 있었고 내 의자와 탁자, 그리고 음료도 준비되어 있었다. 음윈디가 목욕물을 준비해 줘서 나는 정성껏 비누칠을 하며 목욕했고, 파자마를 입고 모스키토 부츠 신고 두꺼운 천으로 된 목욕가운을 입고 나와서 모닥불 있는 곳으로 갔다. 케이티가 기다리고 있었다.

"잠보, 브와나." 케이티가 말했다.

"잠보, 케이티. 작은 톰슨가젤을 잡았어요. 차로가 이슬람 율법에 맞게 처리했다고 당신에게 말해 줄거예요."

그는 미소를 지어보였고, 우리는 다시 친구가 되었다. 그는 가장 친절하고 순수한 미소를 지었다.

"앉아요, 케이티."

"괜찮아요."

"어젯밤 당신이 해 준 일에 대해 정말 감사해요. 올바른 일을 했고 해야 할 일을 했어요. 그 아가씨의 아버지를 만나고 찾아서 필요한 선물을 했어요. 이 일은 모르겠죠. 그 아버지란 사람은 쓸모가 없어요."

"알아요. 여자들이 그 샴바를 다스리고 있죠."

"만약 그 아가씨한테서 아들이 태어난다면, 교육을 제대로 해서 군인이나 의사나 변호사가 되라고 할거예요. 이건 진심이에요. 만약 사냥꾼이 돼서 내 아들로서 나와 함께 있어도 되고요. 내 말 알겠어요?"

"잘 알았어요."

"딸이 태어나면, 지참금을 챙겨 주거나 내 딸로서 나와 같이 살아도 되고요. 이해가 되죠?"

"분명히요. 딸은 엄마와 지내면 더 좋아요."

"나는 캄바족 법과 관습에 따를 거예요. 하지만 바보 같은 법 때문에 그 아가씨와 결혼해서 그녀 고향으로 데리고 갈 수 없어요."

"당신 형제 중 한 명이 그녀와 결혼할 수 있지요."

"알아요."

이렇게 그 일은 마무리 지었고, 우리는 예전처럼 좋은 친구가 되었다.

"언젠가 밤에 창을 들고 사냥하고 싶어요."

"나도 배우는 중이에요. 난 너무 멍청하고 개가 없으니 힘드네요."

"밤에 대해 잘 아는 사람은 없어요. 나도 당신도. 누구도 몰라요."

"하지만 밤 사냥 배워보고 싶어요."

"배우게 될 거예요. 하지만 조심해요."

"그럴게요."

"나무나 안전한 곳 말고는 밤에 어떤 일이 일어날지 누구도 몰라요. 밤은 동물들의 것이니까요."

케이티는 종교 이야기를 하기에는 너무 신중한 사람이었지만, 그 사람한테서 높은 언덕에 올라가 눈 앞에 펼쳐진 세상의 유혹을 바라보는 눈빛을 느꼈다. 우리는 차로를 타락시켜서는 안 된다는 생각이 들었다. 난 우리가 이기고 있다는 것을 알았고, 데바와 미망인을 메뉴판과 좌석표가 있는 식당으로 데려가 저녁을 대접할 수 있을 것이다. 그래서 나는 조금 더 점수를 따기로 했다.

"우리 종교에서는 모든 게 가능해요."

"알아요. 차로가 당신 종교에 대해 말해줬어요."

"규모는 작지만 아주 오래됐죠."

"그렇군요."

"그럼 잘 자요. 모든 것이 제대로 되어 있다면 말이죠."

"모든 것이 제대로 되어 있어요." 케이티는 그렇게 말했고, 나는 다시 한번 잘 자라고 말했다. 그는 다시 인사를 했다. 케이티가 자기 사람인 팝이 부러웠다. 하지만 나도 내 사람이 있다고 생각했고, 여러 면에서 웅구이는 케이티와 비교가 안 되지만 다소 거칠고 더 재밌었다. 시대가 변했다.

밤에 침대에 누워 밤의 소리에 귀를 기울이면서 모든 일을 이해하려고 했다. 케이티의 말은 사실이었다. 누구도 밤에 대해서 몰랐다. 하지만 혼자 걸어갈 수 있다면 배우려고 했다. 배운다고 해도 누구와도 나누고 싶지 않았다. 돈은 나눌 수 있지만, 여자를 공유하거나 내가 알게 된 밤을 나누고 싶지 않았다. 잠을 잘 수가 없었지만, 밤의 소리를 듣고 싶어서 수면제를 먹지 않았다. 달이 뜨는 시간에 나갈지는 아직 결심이 서지 않았다. 창을 들고 혼자서 사냥하고 문제를 일으키지 않기에는 경험이 부족했고, 메리가 돌아왔을 때 캠프에 있는 것이 나의 의무이나 크나큰 기쁨이었다. 데바와 함께 있는 것이 나의 의무이고 굉장한 기쁨이었지만, 그녀는 적어도 달이 뜰 때까지는 잘 잘 것이고 달 뜬 이후에는 행복이든 슬픔이든 대가를 치러야 한다. 나는 옆에 견고하고 마음을 편안하게 해주는 오래된 산탄총을 두고 간이침대에 누웠다. 내 다리 사이에는 권총을 뒀는데, 그것은 반사적인 행동이

나 결정을 제대로 내리지 못할 때 나의 가장 친한 친구이자 가장 엄격한 비평가였다. 무늬를 새긴 권총집은 데바가 손으로 여러 번 문질러서 윤이 났다. 내가 메리를 알게 됐고 그녀가 나와 결혼해줘서 그리고 응고마의 여왕 데바와 인연을 맺어서 얼마나 행운이고 큰 영광인지 생각했다. 게다가 우리에게 종교가 생겨서 편해졌다. 응우기, 음투카와 나는 죄의 여부를 따질 수 있었다.

응구이에게 부인이 5명 있는 건 사실이었지만, 소 20마리가 있다는 건 우리 모두 의심쩍어했다. 나는 미국법 때문에 법적으로는 부인이 1명이지만, 모두가 오래전에 아프리카에 왔던 폴린을 기억하고 존중했으며, 특히 케이티와 음윈디가 공경하고 애정을 나타냈다. 그들은 폴린을 나의 검은 머리 인디언 아내였고 메리는 금발의 인디언 아내라고 믿었다. 그들은 내가 메리를 이곳으로 데려와 지내는 동안 폴린이 고향 마을을 살피고 있을 것이라고 철석같이 확신했다. 난 폴린의 사망 소식을 알리지 않았는데, 모두가 슬픔에 빠질 것이지 때문이다. 우리는 그들이 마음에 들어 하지 않았던 다른 아내(마사 겔혼)에 대해 이야기하지 않았고, 그래서 그녀와 헤어져서 더는 아내라는 지위에 속하지 않는다는 것도 이야기하지 않았다. 가장 보수적이고 회의적인 노인들도 응구이가 부인이 5명이고 재산 규모의 차이로 나는 적어도 부인이 12명 있을 것이라고 짐작했다.

그들은 내가 받은 사진과 편지를 보고 마를렌 양과 결혼했다고 생각했고, 그녀가 라스베이거스라고 불리는 내가 주인이 작은 마을에서 일하고 있다고 추측했다. 모두가 마를렌을 '릴리 마를렌'의 작가라고

알았고, 많은 사람은 그녀가 릴리 마를렌 본인이라고 생각했고, 우리
는 그녀가 처음 사파리에 왔을 때가 랩소디 인 블루*Rhapsody in Blue*라는
곡이 막 나왔을 때로, 낡은 수동 축음기로 여러 번 들었던 '조니'라는
노래를 불렀는데, 가래 주변에 얼간이에 대한 곡을 불렀다고 믿었다.
이 노래는 언제나 사람들을 깊이 감동시켰다. 그래서 종종 내가 우울
해하거나 풀이 죽어있으면 케이티가 "바보 노래?"라고 물었다. 내가
틀어달라고 하면, 그는 이동식 축음기 손잡이를 돌렸고, 존재하지 않
는 나의 아름다운 아내의 아름답고 깊고 음정이 맞지 않는 목소리를
들으면서 우리 모두 행복해졌다.

　이렇게 전설이 만들어졌고, 나의 부인들 중 한 명이 릴리 마를렌이
라는 것은 종교에 방해가 되지 않았다. 나는 데바에게 "바모노스 라
라스 베가스*Vámonos a Las Vegas*(라스 베이거스로 가자)."라는 말을 가르쳤는데,
'노 아이 헤메디오'만큼 그 말을 하면서 나는 소리를 좋아했다. 하지만
데바는 항상 마를렌을 두려워했다. 침대 위 벽에 옷은 입은 거 같지
같은 그녀 사진을 붙어놨는데도 말이다. 그 사진과 함께 데바는 세탁
기와 쓰레기 처리기 광고 사진과 5센티 두께의 스테이크와 햄, 매머드
그림과 발가락 끝이 4개인 말과 날카로운 이빨의 호랑이 사진을 라이
프지에서 오려내서 붙였다. 이 사진들은 새로운 세상을 향한 경이로
움을 보여주는 것이었지만, 유일하게 데바가 두려워하는 건 마를렌이
었다.

　현재 잠에서 깬 나는 다시 잠들 수 있을지 알 수 없었고, 그래서 데
바, 마를렌 양과 메리와 그 시절 내가 너무나 사랑했던 다른 아가씨를

생각했다. 그녀는 손발이 가늘고 길고 머리칼은 어깨까지 기른 미국인 아가씨로, 작고, 단단하고 이쁜 모양이 가슴이 더 좋다는 것을 모르는 사람들이 감탄하는 풍만한 가슴을 가졌다. 이 아가씨는 흑인과 같은 다리를 가졌고, 늘 무언가에 대해 불평했지만, 매우 사랑스러웠다. 잠 못 이루는 밤에 그녀를 생각하자 즐거웠다. 나는 밤의 소리에 귀 기울이며 그 아가씨를 조금 생각했다가 오두막, 키 웨스트, 별장과 우리가 자주 갔던 도박장, 무척 추운 아침에 어둠 속에서 몰아치는 바람을 함께 맞으면 했던 사냥, 그때 산에서 맡았던 공기와 세이지 나무 냄새를 생각했다. 그때 그녀는 돈보다는 사냥 같은 다른 것을 더 좋아했다. 누구도 정말 혼자가 될 수 없으며, 언제나 새벽 3시라는 영혼의 어두운 시간은 알코올 중독 같은 것도 아니었고, 밤과 다음 날에 일어날 일을 두려워하는 사람에게는 최고의 시간이었다. 나도 한창 시절에는 다른 사람들만큼 어쩌면 더 두려웠다. 하지만 세월이 흐르면서 두려움은 은행 대출, 성병이나 사탕을 먹는 것처럼 어리석음의 형태였다. 두려움은 어린아이의 부도덕이며 나는 두려움이 다가오는 것을 느끼는 것을 좋아했지만 다른 부도덕과 마찬가지로 어른이 상대해야 할 것이 아니었다. 유일하게 두려워해야 하는 것은 진짜 절박한 위험의 존재로, 만약 다른 사람들을 책임지고 있을 때 그 위험을 인지하지 못하거나 어리석게 굴면 안 된다는 것이다. 이것은 진짜 위험에 처했을 때 머리카락 쭈뼛 서게 하는 자연스러운 두려움이었고, 이런 반응이 없다면 다른 것을 해야 한다.

그래서 나는 메리를 생각했고, 96일 동안 사자를 쫓아다닌 그녀의 용맹함을 생각했다. 키가 작아 사자가 제대로 보이지 않는데도, 완벽하게 알지도 못했고 도구도 제대로 갖추지 못했지만 새로운 일을 해냈으며, 메리의 의지가 너무 강해서 우리 모두 동이 트기 한 시간 전에 일어났으며, 특히 마가디에서는 모두가 사자 일에 질려 했다. 메리에게 충성하고 헌신적이지만 늙고 사자가 지겨워진 차로가 나에게 이렇게 말했다. "브와나가 그 사자를 죽여서 끝내버리세요. 사자를 죽이는 여자는 없어요."

18

비행하기에 참 좋은 날이었고, 산은 매우 가깝게 보였다. 나는 나무에 기대서 새와 풀을 뜯어 먹는 동물들을 보았다. 응구이가 지시사항을 들으러 왔고, 나는 차로와 같이 총을 청소하고 기름칠하고, 창도 날을 갈고 기름칠을 하라고 했다. 케이티와 음윈디는 망가진 침대를 옮겨 브와나 마우스의 빈 텐트로 옮겼다. 난 일어나서 침대를 살폈다. 심하게 망가지지는 않았다. 가운데 십자 모양 다리 하나에 금이 기다랗게 났고, 캔버스 천을 지탱하는 기둥 하나가 부러졌다. 쉽게 고칠 수 있었다. 나는 목재를 구해서 싱 씨의 제재소에서 재단하고 마무리할 것이라고 했다.

메리가 돌아와서 무척 기분이 좋은 케이티는 브와나 마우스의 간이침대가 망가진 침대와 똑같으니까 그걸 쓰면 된다고 했다. 나는 내

의자로 돌아가 조류 도감을 보면서 차를 마셨다. 나는 높은 고원의 봄처럼 느껴지는 오늘 아침에 너무 일찍 파티용 의상을 입은 거 같은 기분이 들었고, 아침을 먹으러 식당 텐트로 가면서 무슨 일이 일어날지 궁금해졌다. 가장 먼저 정보원이 찾아왔다.

"안녕하세요, 형제님. 몸은 좀 어떠세요?"

"최고야. 무슨 소식 있어?"

"들어가도 될까요?"

"그럼. 아침은 먹었고?"

"몇 시간 전에, 산에서 먹었어요."

"왜?"

"미망인이 너무 까다롭게 굴어서 형제님이 그러는 것처럼 그녀를 두고 밤에 혼자서 좀 돌아다니셨어요."

거짓말이라는 건 안 나는 이렇게 말했다. "도로까지 걸어가서 벤지네 아들 트럭을 타고 라이토키톡에 갔다는 거지?"

"뭐 그런 거죠, 형제님."

"계속 이야기해봐."

"형제님, 끔찍한 일들이 계획 중입니다."

"뭐라고 마시면서 이야기해봐."

"크리스마스 이브와 크리스마스 날로 정해졌어요. 그러니까 학살이요."

나는 "놈들이 아니면 우리가?"라고 묻고 싶었지만 참았다.

"조금 더 이야기 해봐." 죄책감으로 주름이 짙고 잘난 체하는 정보원의 갈색 피부의 얼굴을 보면서 말했다. 그는 캐나디언 진에 비터즈를 조금 섞은 잔을 회색빛이 도는 붉은 입술에 가져다 댔다.

"고든스 진을 마시지 그래? 장수할 수 있는데."

"내가 있는 곳을 아시잖아요, 형제님."

"자네는 내 마음속에 있지." 나는 재즈 피아니스트 故 패트 월러의 가사를 인용했고, 정보원의 눈에는 눈물이 맺혔다.

"이번 성 바르톨로뮤의 학살St. Bartholomew's Day Massacre(프랑스에서 1572년 8월 24일에 시작된 구교도에 의한 신교도의 학살)은 크리스마스 이브라는 거네. 아기 예수에게 경의를 표하는 사람은 아무도 없어?"

"학살이에요."

"여자들과 아이들도?"

"그런 말은 없었어요."

"누가 뭐라고 했는데?"

"벤지네 가게에서 그런 소문이 있어요. 마사이족 가게와 찻집에서도요."

"마사이족이 죽는다는 말이야??"

"아뇨, 마사이족들은 형제님이 아기 예수를 위해 이곳에서 여는 응고마에 참석할 거예요."

"그 응고마가 인기가 있어?"

나는 화제를 바꿔 이야기하면서, 학살이 임박했다는 소식은 줄루족 전쟁을 겪었고 리틀 빅혼에서 조지 암스트롱 커스터를 죽였던 조상의 피가 흐르는 나에게는 아무 의미가 없다는 것을 보여줬다. 브라이튿이나 애틀란틱 시티에 가는 다른 사람들처럼 이슬람교도가 아니면서 메카에 가는 사람은 대학살 소문에 동요하지 않는다.

"산에서는 학살 외에는 모두 웅고마 이야기만 하죠."

"싱 씨는 뭐라고 그래?"

"그 사람은 나에게 무례했어요."

"그 사람도 학살에 가담해?"

"어쩌면 주모자 중 한 명일 겁니다."

정보원으로 숄로 감싸 온 물건을 풀었다. 화이트헤더 위스키 한 병이 상자에 담겨 있었다.

"싱 씨가 보낸 선물입니다. 형제님, 이걸 마시기 전에 잘 살펴보세요. 저는 처음 들어보는 위스키입니다. "

"너무 안 됐는데. 새로 나온 위스키인 거 맞는데 훌륭한 위스키야. 새 위스키 브랜드가 언제나 처음 나올 때는 맛이 훌륭하지."

"싱 씨에 대한 정보가 있어요. 그 남자는 분명 군 복무를 했어요."

"믿기지 않는데."

"확실해요. 영국이 통치하는 인도에서 군 복무하지 않는 사람은 싱 씨만큼 나에게 악담을 퍼부을 수 없어요."

"싱 씨와 싱 부인이 전복계획자라고 생각해?"

"조사해보겠습니다."

"오늘 정보는 확실하지 않네, 정보원."

"형제님, 힘든 밤을 보냈어요. 미망인은 차갑게 대하고 전 산을 헤맸습니다."

"한 잔 더 마셔, *폭풍의 언덕*에 나오는 이야기처럼 들려."

"그건 전쟁 이야기인가요?"

"어떻게 보면."

"언제가 이야기해주세요."

"그러지. 이제 자네는 라이토키톡에 가서 밤을 보내. 맨정신으로 말이야. 그리고 헛소리 말고 제대로 된 정보를 가져와. 브라운 호텔에 가서 자. 아냐, 현관에서 자. 어제는 어디서 잤어?"

"찻집에 있는 당구대 밑에서 잤습니다."

"술 취한 채로? 맨정신으로?"

"술에 취했었습니다, 형제님."

메리는 우편물을 찾으려고 은행 문이 열리기를 기다릴 게 분명했다. 비행하기 좋은 날씨였고, 나빠질 기미도 보이지 않아서, 윌리는 서둘러 출발하지 않을 것이다. 나는 사냥용 차에 시원한 맥주 두 병을 싣고, 응구이, 음투카와 함께 차에 탔고, 뒷좌석에는 아라프 메이나를 태우고 비행장으로 향했다. 메이나는 비행기 망을 볼 것이다. 그는 군복을 입고 어깨끈을 달린 .303 총을 들어서 무척 멋있어 보였다. 그 총은 광을 내고 기름칠을 한 상태였다. 우리는 습지 주변을 돌면서 새들을 쫓아냈고, 큰 나무 그늘로 와서 차를 세웠다. 음투카는 시동을 껐고, 우리는 편하게 앉아서 쉬었다. 차로는 시간이 다 돼서 왔는데, 메리의 총잡이였기 때문에 그녀를 마중 나오는 게 예의였다.

정오가 지났고, 나는 커스터 맥주병을 따서, 음투카와 응구이와 나눠마셨다. 아라프 메이나는 최근 음주 문제로 근신 중이었지만, 조금 있다가 내가 줄 거라는 걸 알았다.

나는 응구이와 음투카에서 지난 밤 꿈 이야기를 했고, 해가 뜰 때 그리고 해가 질 때 기도를 해야 한다고 했다.

응구이는 종교 때문에 낙타 모는 사람이나 기독교인처럼 무릎을 꿇지 않을 거라고 했다.

"무릎 안 꿇어도 돼. 해를 바라보고 기도하면 돼"

"꿈에서 우리가 무슨 기도를 했는데요?"

"용감하게 살고, 용감하게 죽고, 행복한 사냥터로 가게 해 달라고."

"우리는 용감해요. 왜 우리가 기도해야 하죠?"

"우리 모두를 위한 것으로, 자네가 기도하고 싶을 거 하면 돼."

"나는 맥주, 고기랑 손이 거친 아내를 가지게 해 달라고 기도할래요. 브와나와 아내를 공유할 수 있어요."

"좋은 기도네. 음투카, 자네는 뭘 기도할 거야?"

"이 차를 계속 운전할 수 있게 해 달라고요."

"그리고?"

"맥주요. 브와나가 살해당하지 않기를, 마차코스에 비가 충분히 내리기를 그리고 행복한 사냥터에 가게 해 달라고요."

응구이가 나에게 물었다. "브와나는 뭘 기도할 거죠?"

"아프리카인들을 위한 아프리카. 크위사 마우 마우. 모든 병이 사라지기를. 모든 곳에 비가 내리기를 그리고 행복한 사냥터로 가게 해

달라고 기도할 거야."

음투카가 제안했다. "즐거운 일도 기도해요."

"싱 부인과 잘 수 있기를."

"좋은 일을 기도하셔야죠."

"행복한 사냥터로 싱 부인을 데려갈 수 있게 해 주세요."

응구이가 말했다. "너무 많은 사람이 우리 종교에 들어오고 싶어
해요. 몇 명을 받을까요?"

"분대부터 시작하지. 그런 다음 소대, 중대를 만들고"

"행복한 사냥터에 가기에 중대는 너무 인원이 많은데요."

"나도 그렇게 생각해."

"브와나가 행복한 사냥터를 통솔하세요. 우리는 협의회를 구성하
지만, 지휘는 브와나가 하세요. 전령도 없고. 기치 마니토우도 없어
요. 왕도 없고, 여왕도, 각하도, 법원도 없고, 아기 예수도, 경찰도, 블
랙 워치Black Watch(제42 스코틀랜드 고지연대)도, 수렵 관리국도 없어요."

나는 "하파나."라고 말했다.

음투카도 "하파나."라고 말했다.

나는 아파르 메이나에게 맥주병을 건넸다.

"당신은 신앙심이 깊어요, 메니아?"

"무척이요."

"술은 마시고요?"

"맥주, 와인이랑 진 정도요. 위스키도 마시고 투명한 술이든 색깔
이 든 술도 마시죠."

"술 취한 적은 있고요?"

"잘 알 텐데요."

"자네들은 무슨 종교를 믿어?"

"지금은 이슬람교요." 차로는 좌석에 기대서는 눈을 감았다.

"그럼 예전에는 무슨 종교였는데?"

"룸바요."라고 메이나가 말했다. 음투카는 어깨를 들썩였다. 메이나는 당당하게 "전 기독교 신자였던 적이 없어요."라고 말했다.

"종교 이야기를 너무 했어. 난 아직 브와나 감독관이고, 나흘 후에 아기 예수 생일을 축하할 거야." 나는 내 손목시계를 봤다. "비행기가 도착하기 전에 새들을 쫓아내고 맥주 마시자고."

음투카는 "곧 비행기가 도착할 거예요"라고 말하며 자동차 시동을 켰다. 난 음투카에게 맥주병은 건넸고, 그는 남은 맥주의 1/3을 마셨다. 응구이가 1/3를 마셨고, 나는 남은 맥주의 절반을 마시고 나서 메이나에게 건넸다.

우리가 비행장 진입로를 전속력으로 달리자, 황새들이 급하게 뛰더니 비행기 착륙 장치를 들어 올리는 것처럼 다리를 곧게 뻗고 마지못해 날아갔다.

은색과 푸른색의 기체에 길쭉한 다리를 가진 비행기가 다가와서 캠프 위를 윙윙거렸다. 우리는 공터 옆을 따라 달렸고, 비행기는 우리를 지나쳐 큰 날개를 내리고 매끄럽게 착륙했다. 그리고 비행기 코 부분을 오만하게 높이 든 채 돌더니 무릎 높이의 하얀 꽃밭에 흙먼지를 날렸다.

메리는 이제 아주 가까이에 있었고, 비행기에서 서둘러 내렸다. 나는 그녀는 꼭 안고 키스를 했다. 그러고 나서 메리는 차로부터 해서 모두와 악수했다.

윌리가 말했다. "안녕하세요, 파파. 응구이에게 짐 좀 내려달라고 부탁하고 싶은데요. 짐이 좀 무거워요."

난 메리에게 말했다. "나이로비를 몽땅 다 쓸어왔나 보네요."

"살 수 있는 거 다 샀어요. 무타이가 클럽은 안 팔던데요."

윌리가 "뉴스탠리 호텔과 토르 호텔을 샀어요. 이제 방은 확실히 구할 수 있어요, 파파."

"또 뭘 샀어요?"

윌리가 말했다. "저한테 코멧 제트 여객기 사주고 싶다 했어요. 요즘은 꽤 괜찮은 가격으로 물건을 살 수 있어요."

우리는 함께 차를 타고 캠프로 갔다. 메리는 앞 좌석에서 나와 가까이 붙어 앉았다. 윌리는 응구이와 차로와 이야기꽃을 피웠다. 캠프에 도착한 후, 메리는 브와나 마우스의 빈 텐트로 짐을 옮기라고 했고, 나에게는 멀리 떨어져서 보지 말라고 했다. 비행기에도 짐을 자세히 보지 말라고 해서 보지 않았다. 편지, 신문과 잡지와 전보가 잔뜩 있어서, 나는 식당 텐트로 들고 갔고, 윌리와 함께 맥주를 마셨다.

"비행은 괜찮았어?"

"네. 별로 안 흔들렸어요. 요즘 밤에 추워서 지면은 그렇게 뜨겁지 않거든요. 메리 양은 살렝가이에서 코끼리를 보고, 엄청난 들개 무리도 봤어요."

메리가 텐트로 들어왔다. 모두가 찾아와서 인사를 했고, 그녀는 환하게 웃었다. 그녀는 사람들에게 사랑을 받고 환영을 받았고, 사람들은 예의를 차렸다. 그녀는 멤사히브라는 칭호를 좋아했다.

"마우스의 침대가 망가진 줄 몰랐어요."

"그래요?"

"그리고 아직 표범 이야기를 못 했네요. 키스해줄게요. G.C.가 당신이 표범에 대해서 보낸 전보를 보고 웃었어요."

"그 사람들이 자기들 표범을 잡은 거예요. 이제 걱정 안 해도 돼요. 아무도요. 표범도."

"표범 이야기 좀 해줘요."

"싫어요. 나중에 우리가 사냥하고 캠프로 돌아올 때 잡은 장소를 보여줄게요."

"당신이 다 읽은 편지 읽어도 되죠?"

"다 읽어도 괜찮아요."

"무슨 일 있어요? 내가 돌아온 게 안 기뻐요? 나이로비에서 굉장히 즐겁게 지냈어요. 매일 밤 외출했고, 전부 날 친절히 대해줬어요."

"우리도 모두 연습해서 당신한테 친절히 대해줘야겠네요. 그럼 곧 나이로비 같은 분위기가 될 거예요."

"짓궂게 굴지 말고요, 난 여기가 좋아요. 치료를 받고 크리스마스 선물을 사려고 나이로비에 갔던 것뿐이에요. 나보고 재밌게 보내고 오라고 했잖아요."

"알았어요. 이제 당신이 돌아왔어요. 날 꼭 안고 키스를 해줘요. 나이로비와 상관없이."

카키색 옷은 입은 그녀는 날씬하고 빛이 났으며, 품에 안으니 몸이
단단하게 느껴졌고, 좋은 향기가 났다. 은색 빛이 노는 금발은 짧게
잘랐다. 나는 파리가 엄청난 가치가 있다고 말한 헨리 4세의 용병이
된 것처럼 백인이나 유럽인종으로 다시 복귀했다.

윌리를 이런 모습을 즐겁게 보다가 물었다. "파파, 표범 말고 다른
소식은 없어요?"

"없어."

"골치 아픈 것도 없고요?"

"밤에 도로가 문제지."

"사막을 건너오는 사람들이 없으니까 너무 편하게 있는 거 같은데
요."

난 사람을 불러 윌리에게 줄 등심을 준비하라고 했다, 메리는 편지
때문에 우리 텐트로 간다. 우리는 차를 타고 가서 윌리를 비행기를
타고 떠나는 모습을 보았다. 그가 비행기 고도를 높이자 모두의 얼굴
이 빛났다. 비행기가 멀어져 은색 점으로 보이자, 우리는 캠프로 돌
아갔다.

메리는 다정하고 사랑스러웠고, 응구이는 내가 그를 데려가지 않
아서 섭섭해했다. 곧 저녁이 된다. 타임지와 영국 항공판 신문을 읽다
가, 날이 저물면 모닥불을 피우고 칵테일을 마실 것이다.

젠장. 내 인생이 너무 복잡해졌고, 점점 복잡해지고 있다. 이제 난
메리가 읽지 않은 타임지를 읽을 것이고, 그녀가 돌아왔으니, 나는 모

닥불을 즐길 것이고, 우리 모두 술과 저녁 식사를 즐길 것이다. 음윈 디는 메리가 목욕할 수 있도록 캔버스천 욕조를 준비했다. 나는 두 번째로 목욕할 것이다. 나는 목욕을 하면서 모든 것을 씻어버릴 것이다. 욕조 물을 비워내고 모닥불로 따뜻하게 한 물을 다시 채우면, 목욕물 속에 긴장을 풀고서는 라이프보이 비누로 비누칠을 할 것이다.

수건으로 몸을 닦은 후 파자마를 입고 중국제 모스키토 부츠를 신고 목욕가운을 걸쳤다. 메리가 떠나고 나서 뜨거운 물로 목욕하는 것은 이번이 처음이었다. 영국인들은 가능한 매일 밤 목욕한다. 하지만 나는 매일 아침 옷을 입을 때 세면대에서 씻고, 사냥에서 돌아왔을 때와 저녁에 다시 씻는 걸 선호했다.

팝은 목욕 의식이 옛날부터 전해져 내려온 사파리 의식 중 하나였기 때문에 싫어했다. 그래서 그가 우리와 함께 있을 때 나는 뜨거운 물로 목욕했다. 세면대에서 씻어도 낮에 붙은 진드기를 찾아내 깨끗하게 떼고, 손이 닿지 않는 곳은 음윈디아 응구이게 때 달라고 하면 됐다. 옛날에 음콜라와 단둘이서 사냥을 갔을 때, 발톱 밑을 파고드는 털 진드기가 발톱에 박혔는데, 매일 밤 우리는 앉아서 랜턴 불빛을 비추면서 서로 털 진드기를 뽑아줬다. 목욕으로는 털 진드기를 뽑을 수 없었고, 그때 우리는 목욕 의식도 없었다.

옛날에 우리가 얼마나 힘들게 아니 오히려 얼마나 단순하게 사냥을 했는지 떠올렸다. 그때 비행기를 부른다는 것은, 짜증 날 정도로 부자라는 것으로, 여행하기 힘든 아프리카 어떤 곳이 지루해지기 전에 다른 곳으로 옮기거나 죽어가는 사람 중 하나였다.

"여보, 목욕하니까 어때요? 즐거운 시작 보냈어요?"

"좋아요. 의사가 내가 복용하던 똑같은 약이랑 비스무트를 조금 줬어요. 사람들도 무척 친절하고요. 하지만 내내 당신이 보고 싶었어요."

"머리가 예쁘네요. 캄바족 같은 머리는 어떻게 한 거예요?"

"오늘 오후에 양쪽 옆을 조금 더 잘라 달라고 했어요. 마음에 들어요?"

"나이로비 이야기 해줘요."

"첫날밤에는 정말 근사한 남자를 만나게 됐는데, 나를 여행자 클럽에 데려가줬어요. 그렇게 나쁘지는 않았어요. 그리고 날 호텔까지 바래다줬어요."

"어떤 남자였어요?"

"잘 기억은 안 나는데, 무척 멋졌어요."

"둘째 날 밤은요?"

"알렉과 그의 여자 친구와 함께 외출했는데, 사람들이 엄청나게 붐비는 곳에 갔었어요. 옷을 차려입어야 하는 곳인데 알렉은 그렇지 입지 않았어요. 우리가 그곳에 계속 있었는지 다른 곳에 갔는지 기억이 안 나요."

"재미있었겠네요. 키마나Kimana(케냐 카지아도 남부에 있는 작은 마을)처럼요."

"당신은 뭘 했어요?"

"특별한 건 없었어요. 응구이, 차로, 케이티와 같이 여러 군데를 다녔어요. 교회 저녁 식사 자리에도 갔고요. 셋째 날 밤에는 뭐 했어요?"

"여보, 난 정말 기억이 안 나요. 아, 맞다. 알렉과 여자친구랑 G.C.와 같이 어디 갔었어요. 알렉이 까다롭게 굴었어요. 두 군데 정도

갔다가 날 호텔까지 데려다줬고요."

"여기랑 비슷했네요. 알렉 대신 케이티가 까다롭게 굴었어요."

"케이티는 왜요?"

"까먹었어요. 당신이 읽으려는 타임지가 어떤 거예요?"

"나 한 권 봤어요. 뭔 차이가 있어요?"

"아뇨."

"당신은 날 사랑한다고 말하지 않고, 내가 돌아와서 기쁘다고 했어요."

"당신을 사랑해요. 그리고 당신이 돌아와서 기쁘고요."

"그래요. 나도 집으로 돌아와서 기뻐요."

"나이로비에서 다른 일은 없었어요?"

"그 근사한 남자가 날 코린든 박물관에 데려다줬어요. 하지만 그 사람은 따분해했어요."

"그릴에서는 뭘 먹었어요?"

"큰 호수에서 잡히는 맛있는 생선을 먹었는데, 농어나 눈알이 큰 강꼬치고기 맛 같았어요. 무슨 생선인 말을 안 해주더라고요. 그냥 사마키samaki(스와힐리어, 물고기)라고 불렀어요. 다른 곳에서 가져온 훈제 연어가 정말 맛있었어요. 굴도 있었던 거 같은데 기억이 안 나요."

"쌉쌀한 그리스 와인은 마셨고요?"

"많이요. 알렉은 안 좋아하더라고요. 영국 공군에 있는 당신 친구랑 그리스 본토랑 크레타섬에 있었는데요. 알렉은 그 친구도 마음에 안 들어 해요."

"알렉이 그렇게 까다로워요?"

"몇 가지 사소한 일에서는 그렇죠."

"우리는 까다롭게 굴지 말아요."

"그래요. 한 잔 더 마실래요?"

"그럼 정말 고맙죠. 케이티가 오네요. 당신은 뭐 마실래요?"

"진 조금 넣은 캄파리로 할게요."

"당신이 캠프에 와서 같이 잘 수 있어서 좋아요. 저녁 먹고 바로 자러 가요."

"그래요."

"오늘 밤은 안 나간다고 약속해줄래요?"

"약속할게요."

그렇게 저녁을 먹고 나서, 나는 앉아서 항공판 타임지를 읽었고, 메리는 일기를 쓰고 나서 손전등을 들고 새로 만든 오솔길을 걸어 화장실 텐트로 갔다. 나는 가스등을 끄고 나무에 랜턴을 걸어놓고, 옷을 조심스럽게 벗어 침대맡 트렁크에 두고는 침대에 들어가서 매트리스 밑으로 모기장 끝을 집어넣었다.

초저녁이었지만 피곤하고 졸렸다. 메리가 침대에 들어오자, 다른 아프리카를 어딘가로 치워버리고, 우리만의 아프리카를 다시 만들어 갔다. 내가 있었던 곳과는 또 다른 아프리카였고, 처음에는 경계했지만, 나중에는 받아들였고, 다른 것을 전혀 생각하지 않고 감각에만 집중했다. 침대 안 메리는 사랑스러웠다. 우리는 사랑을 나눴고, 다시 사랑을 나눴고, 또 한 번 사랑을 나눴다. 어둠과 정적이 흘렀고, 아무 말도 하지 않고 아무 생각도 하지 않았고, 추운 밤에 유성우가 떨어지는 것처럼 잠이 들었다. 어쩌면 정말 유성우가 떨어졌을지도 모른다. 그만큼 추웠고 공기가 맑았다. 밤 중에 메리가 자기 침대로 갔고, 나는 "잘 자요."라고 말했다.

날이 밝자 나는 일어나서 파자마 위에 스웨터를 입고, 모스키토 부츠를 신고, 목욕가운을 걸치고, 그 위에 권총집 벨트를 찼다. 음세비가 모닥불을 피우고 있는 곳으로 가서는 신문을 읽고 음윈디가 가져온 차를 마셨다. 먼저 신문을 날짜순대로 놓고, 오래된 신문부터 읽기 시작했다. 오퇴유Auteil와 앙갱Enghilen 경마 시즌이 끝나고 있었지만, 영국 신문 항공판에는 프랑스 경마 결과가 실리지 않았다. 나는 메리가 일어났는지 보러 갔다. 메리는 일어나 옷을 갈아입어서 생기가 있고 빛이 났으며, 눈에는 안약을 넣고 있었다.

"안녕, 여보? 잘 잤어요?"

"푹 잤어요. 당신은요?"

"조금 전에 깼어요. 음윈디가 차를 가져다줄 때, 다시 잠들어버렸어요."

나는 이른 아침에 갓 세탁한 셔츠 냄새를 맡고 그녀의 아름다운 몸매를 느끼며 품에 안았다. 피카소는 한 때 그녀를 나의 포켓 루벤스pocket Rubens라고 불렀는데, 예전에는 그랬지만, 운동을 해서 체중은 50kg까지 줄였고, 이제는 루벤스 작품 속 여인처럼 통통하지 않았다. 지금 난 막 씻어서 깨끗하고 생기있는 그녀를 느끼면서 뭔가를 속삭였다.

"아, 그래요. 당신은요?"

"좋아요."

"우리만의 산과 아름다운 초원에서 아무런 방해도 받지 않고 우리끼리만 있는 거 정말 굉장하지 않아요?"

"최고죠. 이제 아침 먹으러 가요."

그녀는 베이컨과 함께 구운 임팔라 간과 시내에서 사온 파파야를 반으로 갈라 레몬즙을 뿌려 먹고 커피 두 잔으로 아침을 배불리 먹었다. 나는 설탕을 빼고 캔 우유를 넣은 커피를 마셨다. 한 잔 더 마실까 했지만, 이제 뭐 해야 할지 몰랐고, 무엇을 하든 위에서 커피가 출렁거리는 게 싫어서 참았다.

"나 보고 싶었어요?"

"당연하죠."

"나도 당신이 너무 보고 싶었는데, 할 일이 너무 많았어요. 정말 시간이 남지 않았어요."

"팝은 봤어요?"

"아뇨. 나이로비에 오시지 않았고, 또 내가 팝을 보러 갈 시간도 교통편도 없었어요."

"G.C.는요?"

"저녁에 한 번 만났어요. 당신한테 스스로 판단하고 계획한 것을 엄격히 지키라고 전해달라고 했어요. 나한테 그 말을 외우라고 했다니까요."

"그게 다예요?"

"그게 다예요. 내가 분명 그렇게 외웠거든요. 크리스마스 때 윌슨 블레이크를 초대했는데요. 전날 밤에 왔는데요. 당신이 자기 상사인 윌슨 브레이크를 환영해줬으면 좋겠는데요."

"그 말도 외우게 했어요?"

"아뇨. 그냥 그렇게 말했어요. 명령이라고 물으니까, 희망 사항이래요."

"그런 거라면 환영이죠. G.C.는 잘 지내던가요?"

"알렉처럼 까다롭지는 않았어요. 그런데 지쳐 보였어요. 우리가 그립다고 했어요. 다른 사람들에 대해서는 무척 거침없이 말하더라고요."

"어떻게요?"

"바보 같은 사람들이 그를 성가시게 하니까 함부로 말하는 거 같았어요."

"안 됐네요."

"두 사람이 서로 안 좋은 영향을 주는 거예요."

"그래요? 아닌 거 같은데."

"당신이 G.C.에게 나쁜 영향을 줘요."

"전에도 이런 이야기 한 두 번 하지 않았어요."

"오늘 아침에는 안 했잖아요. 최근에도 안 했어요. 내가 없는 동안 뭐라도 썼어요?"

"아주 조금요."

"편지는요?"

"안 적었어요, 아 맞아. G.C.한테는 한 번 썼네요."

"그동안 뭐 했어요?"

"여러 잡다한 일도 하고 일상적인 것도 했어요. 운이 없었던 표범을 잡고 나서 라이토키톡에 갔어요."

"그랬군요. 진짜 크리스마스 트리를 가지러 가요. 그럼 성취감이 들 거예요."

"사냥용 차에 실을 수 있는 것으로 골라야 해요. 트럭을 돌려보냈거든요."

"골라놓은 나무를 가져오면 돼요."

"알았어요. 무슨 나무인지는 알아내어요?"

"아뇨, 수목도감을 보면 알겠죠."

"좋아요. 그럼 가지러 가요."

마침내 우리는 나무를 가지러 갔다. 케이티가 함께 했다. 우리는 삽, 팡가, 나무뿌리 부분을 넣을 자루를 챙겼고, 앞 좌석 뒷 선반에는 큰 총과 작은 총을 두었다. 응구이에게 우리가 마실 맥주 4명과 이슬람교도들이 마실 콜라 2병을 챙겨 오라고 했다. 우리는 분명 성취욕이 있었고, 코끼리가 먹어도 이틀간은 취할 수 있는 그 나무 특성을 제외하면, 우리는 뭔가 멋지고 흠잡을 일이 없는 걸 성취하려고 했기 때문에 종교 출판물로 글을 써도 될 거 같았다.

우리는 얌전하게 굴었고, 동물 발자국을 봐도 아무 말 하지 않았다. 발자국에서 어떤 동물이 길을 건넜는지 알았다. 그리고 난 사막꿩들이 긴 행렬로 소금 평원 너머 물가로 날아가는 것을 보았고, 응구이도 보았다. 하지만 아무 말 하지 않았다. 우리는 사냥꾼이었고 오늘 아침에 우리는 아기 예수 삼림국을 위해서 움직이는 중이었다.

우리는 실제로 메리를 위해서 일하고 있었기에 우리의 충성심에 큰 변화를 느꼈다. 우리는 용병이었지만, 메리는 선교사가 아니었다. 그녀는 기독교 신도가 아니었기 때문에 다른 멤사히브처럼 교회에 가지 않아도 됐다. 이번 나무 일도 사자 사냥 때처럼 메리가 하겠다고 정할 것이었다.

우리는 지난번에 지나간 후 풀과 잡초가 무성해진 오래된 길을 따라서 짙은 녹색과 노란색이 어우러진 숲으로 들어가서 잎이 은색인 나무가 자라는 공터로 나왔다. 응구이와 나는 서로 다른 방향으로 한 바퀴를 돌면서 덤불 속에 코뿔소와 새끼가 있는지 확인했다. 임팔라 몇 마리만 보였고, 나는 아주 덩치가 큰 표범의 발자국을 발견했다. 표범은 습지 가장자리에서 사냥했던 거 같았다. 손으로 발자국 크기를 잰 다음에 우리는 나무를 캐고 있는 곳으로 돌아갔다. 한 번에 나무를 파낼 수 있는 인원은 정해져 있었고, 케이티와 메리 두 사람이 지시를 내리고 있었기 때문에, 우리 둘은 큰 나무들 가장자리 쪽에 앉았고, 응구이는 나에게 코담배갑을 내밀었다. 둘 다 코담배를 하면서 산림 전문가들이 일하는 모습을 구경했다. 케이티와 메리 빼고는 모두 열심히 일했다. 우리 눈에는 그 나무가 사냥용 차에 실릴 거 같지 않았지만, 마침내 다 파고 나니 확실히 실릴 듯했다. 이제 우리가 가서 나무 싣는 걸 도와줘야 했다. 나무는 잎이 뾰족뾰족해서 쉽지는 않았지만, 마침내 짐칸에 싣는 데 성공했다. 물에 적신 자루로 뿌리를 감싸고 밧줄로 묶었는데, 나무 몸통의 반은 차 뒤쪽에서 튀어나왔다.

메리가 말했다. "왔던 길로 돌아가면 안 돼요. 방향을 바꿀 때마다 부딪혀서 나무가 부러져 버릴 거예요."

"새로운 길로 가요."

"차가 지나갈 수 있는 길이 있어요?"

"그럼요."

길을 따라 숲을 지나면서, 코끼리 4마리 발자국을 보았고, 새로 싼 배설물도 있었다. 발자국은 남쪽으로 향했다. 몸집이 좋은 수놈인 듯 했다.

나는 무릎 양쪽에 총을 끼고 있었는데, 숲으로 들어오는 길에 응구이와 음투카와 함께 나는 북쪽 길을 가로질렀던 발자국들을 봤기 때문이었다. 그 코끼리들은 출루 습지로 향하는 개울을 건넜을 것이다.

"이제부터 캠프까지 가는 길은 걸리는 게 없을 거예요." 난 메리에게 말했다.

"다행이네요. 나무를 세우면 멋질 거예요."

캠프에 도착해서 응쿠이와 음투카와 나는 뒤로 물러났고, 나무를 심을 구멍을 파는 것은 자발적으로 나선 사람들에게 맡겼다. 구멍을 다 파자 음투카가 그늘에 세워뒀던 차를 몰고 왔다. 짐칸에서 나무를 내려 텐트 앞에 심었는데, 무척 이뻤고 보였다.

"멋지지 않아요?"라고 메리가 말했다, 나는 그 말에 동의했다.

"멋진 길로 와줘서 고마워요. 코끼리 걱정도 안 하게 해주고요."

"녀석들은 거기에 있지 않았어요. 몸은 숨기기에도 좋은 먹잇감도 있는 남쪽으로 갔을 거예요. 우리를 방해할 수 없었어요."

"당신이랑 응구이는 코끼리에 대해서 해박하네요."

"우리가 비행기에서 봤던 수놈 코끼리들이었어요. 그 녀석들이 똑똑한 거지, 우리가 똑똑한 게 아니에요."

"그 코끼리들은 지금쯤 어디로 갔을까요?"

"위쪽 습지 옆에 있는 숲에서 한동안 있으면서 풀을 뜯어 먹을 거예요. 그리고 밤에 길을 건너고 코끼리들이 모이는 암보셀리Amboseli 쪽으로 가겠죠."

"난 가서 사람들이 제대로 마무리하는지 볼게요."

"난 길 쪽으로 가볼게요."

"당신 약혼녀가 보호자와 함께 나무 밑에 와있어요."

"알아요. 옥수수를 들고 왔겠죠. 집에 데려다주고 올게요."

"그 아가씨가 나무를 보고 싶어 하지 않을까요?"

"봐도 이해 못 할 거 같은데."

"샴바에서 점심 먹고 와도 돼요."

"초대 못 받았어요."

"그럼 점심때 돌아와요?"

"그 전에 돌아올게요."

음투카는 차를 몰고 데바와 미망인이 기다리는 나무 쪽으로 가서 차에 타라고 했다. 미망인의 아들은 또다시 내 배에 머리를 들이받았고, 나는 머리를 쓰다듬어 줬다. 그 아들도 데바와 미망인과 함께 뒷좌석에 탔지만, 나는 차에서 내려 데바가 앞좌석에 탈 수 있게 했다.

데바는 우리가 올 때까지 옥수수를 들고 용감하게 캠프로 와서 나무 밑에서 기다렸다. 그래서 난 샴바로 돌아가는 길에 평소에 같은 자리에 앉게 하고 싶었다. 하지만 메리가 샴바에게 관대했기 때문에, 우리는 마치 가석방을 받은 것처럼 명예가 올라간 듯했다.

"나무 봤어?" 난 데바에게 물었다. 그녀는 피식거렸다. 어떤 나무인지 알았다.

"다음에 또 사냥하러 가자."

"응디오." 우리가 멀리 있는 오두막을 지나 큰 나무 아래에 차를 멈췄을 때 그녀는 아주 똑바른 자세로 앉아 있었다. 난 내려서 정보원에게 식물 표본 같은 것이 있는지 보러 갔지만, 그런 건 없었다. 식물 표본실에 뒀을 것이다. 차로 돌아왔을 때, 데바는 이미 가버렸고, 나는 차에 탔다. 음투카가 어디 갈 거냐고 물었다.

"나 캠피." 라고 말한 후 잠시 생각을 하다가 말을 덧붙였다. "큰 도로로 해서 가줘."

요즘 우리는 아프리카인들의 아프리카와 우리가 꿈꾸고 상상했던 옛 아프리카와 메리의 귀환 사이에서 마음을 졸이고 있었다. 수렵 감독관 G.C가 어떤 소식을 가져올 것이고, 위대한 윌슨 블레이크가 정책을 발표하면, 우리는 이주시키거나 쫓아내거나 징역을 봉쇄하거나 우리가 샴바에 고기를 가져다주듯이 쉽게 누군가는 징역 6개월 형을 선고받을 것이다.

우리 누구도 그렇게 즐거운 기분은 아니었지만, 느긋하게 있었고 불행하지는 않았다. 크리스마스 날에 먹을 큰 영양을 잡고, 나는 윌슨 블레이크가 즐겁게 지내도록 노력할 것이다. G.C.가 그를 좋아해 보라고 부탁도 했기에, 그렇게 할 것이다. 그를 만났을 때, 그가 마음에 들지 않았지만, 나의 부족함 때문이었을 것이다. 전에 그를 좋아하려고 노력했지만, 그 노력이 충분하지 않았던 것 같았다. 사람들을 좋아하기에는 내가 너무 늙었을지도 모른다. 팝은 전혀 사람들 호감을 사려고 하지 않았다. 그는 점잖게 있거나 적당히 예의 바르게 굴었고, 반쯤 뜬 약간 충혈된 파란 눈으로 사람들을 안 보는 척하면서 살폈고, 사람들이 실수하는지 지켜보았다.

산비탈의 높은 나무 아래 차에 앉아서 나는 윌슨 블레이크에 대한 나의 호감과 감사의 마음을 전하고자 특별한 일을 하기로 했다. 라이토키톡에서 그가 관심을 줄 만한 게 많이 없었고, 밀주를 만드는 마사이족 샴바나 싱 씨네 가게에서 파티를 열어도 진정으로 기뻐하지 않을 거 같았다. 그와 싱 씨가 그렇게 잘 지내지도 못할 거 같았다. 무엇을 해야 할지 알았다. 아주 이상적인 선물이 될 것이다. 윌리의 비행기에 블레이크 씨를 태워서 출루 고원과 그의 관리 영토를 비행하는 것이다. 이보다 멋지고 실용적인 선물은 없을 것이다. 난 블레이크 씨가 마음에 들기 시작했고, 거의 가장 최고의 지위를 부여했다. G.C.와 윌리와 메리와 함께 블레이크 씨가 평원을 거니는 동안, 나는 동행하지 않고 캠프에 얌전하게 있으면서 식물 표본 사진을 찍거나 새들을 확인할 것이다.

"크웬다 나 캄피."라고 난 음투카에서 말했고, 응구이는 다른 맥주병을 땄다. 우리는 맥주를 나눠마시면서 얕은 여울을 건넜다. 이것은 매우 운이 좋은 일로, 여울의 긴 잔물결 위 물웅덩이에서 헤엄치는 작은 물고기를 바라보면서 맥주를 마셨다. 개울 속에 헤엄치는 메기가 보였지만, 우리가 너무 게을러서 잡지는 못했다.

19

메리는 식당 텐트의 이중 덮개 그늘 밑에서 기다리고 있었다. 텐트 뒤쪽이 열렸던 있었고, 산에서 시원한 바람이 새로 불어왔다.

"음원디가 당신이 맨발로 밤에 나가서 사냥한다고 걱정하던데요."

"음원디도 참. 부츠를 딱 한 번 벗었는데, 기름칠을 제대로 안 했더니, 삐걱거리는 소리가 나서 그랬어요. 정말 귀찮게 하네요."

"사람들이 당신을 걱정해주는 건데 너무 쉽게 말하네요"

"그 이야기는 그만 해요."

"어떨 때는 그렇게 조심을 하면서 어떨 때는 왜 그렇게 무방비 상태로 굴어요?"

"가끔 나쁜 놈들이 있다는 소식이 들릴 때가 있고, 그러다가 그놈들이 다른 곳에 갔다는 이야기를 들으니까요. 조심해야 할 때는 항상 조심해요."

"그럼 밤에 혼자 나가는 건요?"

"누군가는 총을 들고 당신을 지키고 있고, 캠프에 항상 불이 켜져 있잖아요. 당신은 늘 보호받고 있어요."

"하지만 왜 나가는 거예요?"

"그러고 싶으니까요."

"왜요?"

"이제 남은 시간이 점점 없어지니까요. 우리가 언제 또 여기로 다시 돌아오겠어요? 우리가 이곳으로 다시 돌아온다고 장담 못 하잖아요."

"당신이 걱정돼서 그러죠."

"당신은 내가 나갈 때도 돌아올 때도 항상 잘 자고 있던데요."

"늘 그런 건 아니거든요. 종종 간이침대를 더듬어 보면 당신이 없던데요."

"나는 달이 뜨고 나서야 나가니까요. 요즘은 달이 늦게 떠요."

"그렇게 나가고 싶어요?"

"그래요, 여보. 그리고 누군가는 당신을 꼭 지키게 해요."

"그럼 당신은 어째서 다른 사람을 안 데려가요?"

"불편해요."

"정말 미쳤어요. 나가기 전에 술 마시는 건 아니죠?"

"안 마셔요. 깨끗하고 씻고 사자 기름을 발라요."

"침대에서 나가서 발라줘서 참 고맙네요. 밤에 물 차갑지 않아요?"

"밤에는 모든 게 차가워요."

"마실 거 만들어줄게요. 뭐 마실래요? 김렛?"

"김렛이나 캄파리나."

"김렛 2잔 만들게요. 내가 크리스마스 때 뭘 원하는지 알아요?"

"모르는데."

"당신한테 말해도 될지 모르겠어요. 너무 비싸거든요."

"여유가 있으니 괜찮아요."

"진짜 아프리카를 보고 싶어요. 곧 고국으로 돌아갈 텐데, 제대로 본 게 없어요. 벨기에령 콩고도 보고 싶어요."

"난 안 보고 싶은데."

"당신은 의욕이 참 없어요. 한 곳에만 있으려고 하고."

"당신은 더 좋은 곳에 가본 적 있어요?"

"아뇨. 하지만 우리가 보지 못한 곳은 많다고요."

"나는 새롭고 낯선 걸 보는 것보다 한곳에 머물며 실제로 살아보는 게 더 좋아요."

"그래도 벨기에령 콩고는 가보고 싶어요. 가까운 곳에 있는데 내가 평생 이야기 들어왔던 곳을 왜 못 보는 거죠?"

"그렇게 가깝지 않아요."

"비행기를 타면 되죠. 비행기 타고 여행하면 되잖아요."

"여보, 우리는 탕가니카를 종단했어요. 보호로 고원도 가고 그레이트 루아하 강도 보고요."

"재미는 있었어요."

"공부도 됐죠. 음베야에 남부고원에도 갔잖아요. 구릉 지역에 살면서 평원에서 사냥고 해봤고, 여기 산자락과 마가디 너머에 있는 리프트 밸리 밑에서 살면서 나트롱 근처까지 사냥도 나갔고요."

"그래도 벨기에령 콩고는 못 갔잖아요."

"그렇기는 하죠. 그곳에 가는 게 크리스마스 때 정말 당신이 원하는 거요?"

"네. 비용이 많이 들지 않는다면요. 크리스마스 끝나고 바로 가자
는 건 아니네요. 천천히 생각해요."

"고맙네요."

"술에는 손도 안 됐네요."

"미안해요."

"누군가에게 선물을 주면서 당신이 행복하지 않다면, 즐겁지 않
아요."

나는 달지 않은 라임 술을 한 모금 마시면서, 우리가 있는 곳을 내
가 얼마나 좋아하는지 생각했다.

"그때 산에 가도 괜찮아요?"

"그 곳에도 멋진 산이 많데요. 달의 산Mountains of the Moon(나일강이 발
원하는 동부 아프리카의 전설적인 산 또는 산맥을 가리키는 말)이 있어요."

"달의 산에 대한 글을 읽은 적 있어요. 라이프지에서 사진도 봤고."

"아프리카 특집호였어요."

"맞아요. 아프리카 특집호."

"언제 그 여행을 처음 생각했어요?"

"나이로비에 가기 전에요. 윌리와 함께 비행하면 즐거울 거예요.
당신 늘 그랬잖아요."

"윌리와 이야기 나눠봐야겠네요. 크리스마스 다음 날에 여기 올 테
니까."

"당신이 원할 때 떠나면 돼요. 여기 일이 다 마무리되면요."

나는 행운을 빈다는 의미로 나무를 두드리고_{knock on wood(행운이 왔}
을 때는 행운이 지속되기를, 불운이 왔을 때는 불운이 멈추기를 바라면서 나무를 두드린다는 의미)
나서 남은 술을 마셨다. "오늘 오후랑 저녁에 뭐 할 거예요?"

"낮잠을 자고 밀린 일기를 쓰려고요. 저녁에 우리 같이 나가요."

"알았어요."

아라프 메이나가 들어왔고, 나는 첫 마냐타에 대한 상황을 물었다.
이 시기에 드물게 암사자 한 마리와 수사자 한 마리가 나타났는데, 지
난 보름달이 떴을 때 가축 5마리를 잡아 죽였고, 지난번에는 울타리를
넘어온 암사자가 한 남자를 발톱으로 할퀴었지만, 그 사람은 살아남
았다고 했다.

그 지역에서 사냥하는 사람이 없었기 때문에, 내가 G.C.를 만날 때
그에게 보고할 게 없었다. 그래서 난 정보원에게 사자들 소식을 퍼트
리라고 할 것이다. 녀석들은 언덕을 내려갔거나 건너갔을지도 모르
지만, 암보셀리 쪽으로 가지 않는 한 그 녀석 소식을 듣게 될 것이다.
G.C에게 보고하면, 그에 관한 판단은 그가 할 것이다.

"그 녀석들이 그 마냐타로 돌아갈 거라고 생각하나요?"

"나요." 아라프 메이나가 고개를 저으면 대답했다.

"똑같은 녀석들이 다른 마냐타를 공격했다고 생각해요?"

"아뇨."

"오늘 오후에 라이토키톡에 가서 석유를 사려고 해요."

"그곳에서 무슨 소식을 들을 수 있겠네요."

"그래요."

텐트 쪽으로 가니 잠에서 깬 메리는 텐트 뒤쪽 덮개를 올려놓고 책을 읽었어요.

"여보, 라이토키톡에 가려는데, 당신도 갈래요?"

"글쎄요. 조금 졸리는데. 왜 가야 해요?"

"아라프 메이나 말로는 사자 몇 마리가 말썽을 부린데요. 가서 트럭에 넣은 기름도 사야하고요. 가솔린 말이에요."

"잠 좀 깨고 씻고 따라갈게요. 돈은 있어요?"

"음원디가 챙겨줄 거예요."

우리는 자동차를 타고 탁 틔원 평원을 지나 산으로 돌아가는 길을 달렸다. 항상 캠프 근처에서 풀을 뜯어먹는 아름다운 톰슨가젤 2마리를 봤다.

메리는 차로와 아라프 메이나와 함께 뒷좌석에 앉았다. 음웬기는 짐칸에 앉아 있었다. 나는 걱정이 되기 시작했다. 메리는 내가 여행을 가고 싶을 때 가면 된다고 했다. 나는 새해가 시작되고 3주간은 머물 것이다. 크리스마스 이후에 늘 일이 있을 것이다. 나는 지금 최적의 장소에 있었다. 재미나게 즐기면서 복잡하지만 매일 뭔가를 배웠고, 우리 지역 평원을 날고 싶을 때 날 수 있으며, 아프리카 전역을 나는 것을 별로 바라지 일이었다. 하지만 우리는 해결할 방법이 있을 것이다.

라이토키톡에 가까이 가지 말라는 소리를 들었지만, 이번에는 자동차 기름과 생활필수품을 사러 가면서 아라프 메이나가 전해준 사자 소식 때문에 자연스럽고 필요한 방문이었다. G.C.도 허락했을 것이다. 경찰은 만나지 않고, 싱 씨네 가게에 들러 술을 마시고 언제나 그랬듯 캠프에서 마실 맥주와 콜라를 살 것이다. 아라프 메이나에게 마사이족 가게에 가서 사자에 대한 소식을 전하고 다른 소식도 들어보라고 했고, 마사이족들이 잘 모이는 다른 장소에 가서도 그렇게 하라고 했다.

싱 씨네 가게에는 내가 아는 마사이족 원로 몇 명이 있어서, 그들과 인사를 나눈 후 싱 부인에도 격식을 갖춰서 인사했다. 싱 씨와 나는 스와힐리어 회화집에 나오는 말로 대화를 나눴다. 마사이족 원로인들이 맥주를 무척 마시고 싶어 해서 한 병 사 드리고 나서 나도 한 모금 마셨다.

피터가 들어와서 곧 차가 올 것이라고 해서, 그에게 아라프 메이나를 찾아보라고 했다. 드럼통을 밧줄로 묶고, 뒤쪽에는 마사이족 여성 3명을 태운 차가 왔다. 메리는 차로와 즐겁게 이야기 중이었다. 응구이와 음웽기와 함께 상자를 가지려 가게로 들어왔다. 내 맥주병을 그들에게 건넸고, 두 사람은 맥주를 나눠마셨다. 음웽기의 눈빛은 맥주를 마신다는 기쁨에 빛났다. 응구이는 피트 스탑pit stop(급유나 타이어 교체 등을 위한 정차하는 것)에서 갈증을 해소하는 자동차 경주 드라이버처럼 맥주를 마셨다. 그는 음웽기를 생각해서 절반은 남겼다. 응구이는 음투카와 내가 마실 맥주 한 병을 꺼냈고, 차로가 마실 콜라병을 땄다.

피터가 데려온 아라프 메이나는 짐칸에 마사이족 여성들과 함께 탔다. 모두 상자 위에 앉았다. 응구이는 나와 함께 앞 좌석에 탔고, 메리는 차로와 음웽기와 함께 총을 거는 선반 뒤쪽에 앉았다. 난 피터에게 작별 인사를 한 후 차를 출발시켰고, 햇살이 빛나는 서쪽으로 향했다.

"사고 싶은 거 다 샀어요, 여보?"

"살 건 없었지만, 필요한 건 몇 가지 구했어요."

나는 지난번에 쇼핑하러 왔을 때를 생각했고, 지금 그걸 생각해봤자 소용이 없었다. 그 당시 메리는 나이로비에 있었고, 라이토키톡보다 쇼핑하기 더 좋은 곳이었다. 하지만 그때 막 난 라이토키톡에서 쇼핑하는 걸 배웠고 즐거웠다. 미국 몬태나주 쿠크시에 있는 잡화점과 우체국 분위기와 비슷했기 때문이었다.

라이토키톡에서는 옛날 사람들이 늦가을에 2~4통씩 사서 겨울에 먹을 사냥감을 잡는 때 쓰는 구식 구경 탄환을 팔지 않았다. 대신 창을 팔았다. 고향처럼 편안하게 물건을 살 수 있는 곳이었으며, 선반과 큰 상자에는 근처에 사는 사람들에게는 쓸모가 있는 물건들이 선반과 큰 상자에 웬만큼 다 있었다.

하지만 오늘은 또 다른 하루의 끝이었고 내일은 새로운 하루가 시작될 것이고, 아직 이유 없이 소름 끼치는 일은 아직 없었다. 산에서 내려오면서 나는 아무도 응시하지 않는 태양과 평원을 바라봤다. 음투카가 목을 마를 거 같아서 나는 맥주병을 따고는 목와 주둥이 부분을 닦았다. 메리는 "여자들도 목이 마르지 않을까요?"라고 당연한 질문을 했다.

"미안해요, 여보. 당신이 마시고 싶으면 응구이가 한 병 따 줄 거예요."

"괜찮아요. 그냥 한 모금만 마시면 돼요."

난 메리에게 맥주병을 건넸고, 그녀는 마시고 싶은 만큼 마시고 나에게 돌려줬다.

아프리카 말에는 미안하다는 말이 없는 게 참 좋다고 생각했지만, 우리 사이가 어색해질 수 있어서, 그런 생각을 안 하기로 했다. 나는 그 생각을 정화하려고 맥주를 마셨고, 맥주병 목과 주둥이 부분을 깨끗한 손수건으로 닦은 후 음투카에게 건넸다. 차로는 이렇게 마시는 것을 안 좋아했고, 잔에 제대로 따라서 마시는 걸 좋아했다. 하지만 우리는 우리가 마시는 방식이 있었고, 차로와 나 사이에 문제가 될 만한 것도 생각하고 싶지 않았다.

"한 모금 더 마실래요."라고 메리가 말했다. 난 응구이에게 한 병 더 따달라고 했다. 나는 메리와 나눠마셨고, 음투카가 목을 축이고 나면 응구이와 음웽기에게 돌릴 것이다. 난 이런 생각을 소리 내어 말하지 않았다.

메리가 말했다. "맥주를 마시는데 왜 이렇게 복잡하게 하는지 모르겠어요."

"다음에는 컵을 가져와야겠어요."

"더 복잡하게 하지 말아요. 당신하고 나눠 마실 때는 컵 필요 없으니까."

"부족의 습관이에요. 내가 복잡하게 만드는 거 아니에요."

"내가 마시고 나서 병을 꼼꼼하게 닦고, 당신이 마시고 나서 다시 왜 또 닦는 거예요?"

"부족 습관이라니까요."

"요즘에 왜 그러냐고요?"

"달의 모양에 따라 달라지는 거예요."

"당신의 이익을 위해 부족의 습관을 너무 따르고 있네요."

"그럴지도 모르죠."

"그걸 다 믿어요?"

"아뇨, 그냥 따라 하는 거예요."

"잘 알지도 못하잖아요."

"매일 조금씩 배우고 있어요."

"피곤해, 정말."

긴 경사면을 내려오면서, 메리는 600m 떨어진 전방에 낮은 산마루에 키가 크고 털이 누런 콩고니하테비스트(동아프리카 영양)가 서 있는 것을 봤다. 아무도 보지 못한 것을 메리가 손가락으로 가리키고 나서야 녀석을 보았다. 우리는 차를 멈추고, 메리와 차로는 내려서 몰래 접근했다. 콩고니하테비스트는 너무 떨어진 곳에서 풀을 뜯고 있었고, 바람이 경사면 위쪽으로 불어서 사람 냄새를 맡지 못했다. 주변에 위험한 동물들이 없었기에, 두 사람을 방해하지 않도록 우리는 차에 남아 있었다.

우리는 차로가 몸을 숨기면서 이동하고 메리도 몸을 웅크린 채 그의 뒤를 따르는 모습을 지켜봤다. 콩고니하테비스트는 시야에서 벗어났지만, 차로가 멈추자 메리가 그 옆에 서서 총을 겨눴다. 이윽고 총쏘는 소리와 총알이 부딪치는 둔탁한 소리가 들렸다. 차로가 앞으로 뛰어나고 메리가 뒤를 따르면서 시야에서 벗어났다.

음투카는 차를 몰아 고사리와 꽃이 무성한 평원을 지났고, 우리는 메리와 차로, 콩고니하테비스트 사체가 있는 곳에 도착했다. 콩고니하테비스트는 살아서나 죽어서나 멋지게 생긴 동물은 아니었지만, 이 녀석은 늙은 수놈으로, 정말 뚱뚱하고 슬퍼 보이는 얼굴과 게슴츠레한 눈빛과 찢긴 목에도, 육식하는 사람들한테는 볼품없어 보이지 않았다. 마사이족 여성들이 매우 흥분했고, 메리에게 깊은 감명을 받고서는 믿을 수 없다는 듯이 자꾸 그녀의 몸은 만졌다.

메리가 말했다. "내가 제일 먼저 발견했어요. 내가 먼저 발견한 건 처음이에요. 당신보다 먼저 봤어요. 음투카와 당신이 앞쪽에 있었잖아요. 웅구이와 음웽기와 차로보다 내가 먼저 봤다고요."

"아라프 메이나보다도 빨리 봤어요."

"그 사람은 마사이 여자들을 보고 있었으니까 논외에요. 차로와 둘이서 사냥감을 쫓았고, 그 녀석이 우리 쪽을 바라봤을 때, 내가 조준했던 곳에 정확히 명중시켰어요."

"왼쪽 어깨 아래쪽, 심장을 명중했네요."

"내가 노리던 곳이었어요."

차로가 말했다. "피가 음주리. 음주리 음주리 사나."

"녀석을 짐칸에 실을게요. 마사이족 여자들은 앞쪽에 타고요."

"잘 생기지는 않았지만, 고기를 먹으려고 잡는 거면 못생긴 걸 잡는 게 났죠."

"멋진 놈이었고, 당신도 굉장해요."

"고기가 필요했고, 영양 다음으로 먹기 좋은 살집이 있고 몸집이 큰 사냥감을 내가 발견했고, 차로와 같이 쫓아가서는 내 힘으로 잡았어요. 이제, 날 사랑해 줄 거죠? 혼자서 딴생각도 안 하고요?"

"이제 앞 좌석에 타요. 이제 사냥을 안 할 테니까."

"맥주 마셔도 돼요? 뒤쫓는다고 목이 마르네요."

"마시고 싶은 만큼 다 마셔요."

"괜찮아요. 당신도 마셔요. 내가 사냥감을 먼저 발견한 기념으로. 그리고 우리가 화해한 기념으로."

우리는 즐겁게 저녁 식사를 한 후 일찍 잠자리에 들었다. 밤에 악몽을 꿨던 나는 잠에서 깼고, 음원디가 차를 가져다주기도 전에 옷을 갈아입었다.

그날 오후 우리는 차를 타고 평원을 돌다가 습지를 통해 숲으로 돌아온 버펄로의 발자국을 발견했다. 아침에 이동한 듯했고, 발자국은 소가 지나간 것처럼 폭이 넓고 깊었지만, 지금은 냄새가 희미해졌고, 쇠똥구리들이 배설물을 굴리면서 동그랗게 만들고 있었다. 버펄로들은 새로 빽빽하게 풀이 자라난 숲의 공터로 향했을 것이다.

난 항상 쇠똥구리가 일하는 모습을 보는 걸 좋아했는데, 이집트에서 신성시된 풍뎅이였다는 것을 알고 나서는, 우리 종교에서 어떤 지위를 만들 수 있지 않을까 하는 생각이 들었다. 지금 쇠똥구리들이 열심히 일하고 있지만, 굳은 배설물을 둥글게 만들기에는 너무 늦었다. 그 모습을 구경하면서 나는 쇠똥구리 찬가의 가사를 생각했다.

응구이와 음투카는 내가 깊은 사색 중이라는 걸 알았기에 그런 내 모습을 지켜봤다. 응구이는 메리가 쇠똥구리를 사진을 찍고 싶어 할 거 같아서 메리의 카메라를 챙겼지만, 메리는 관심이 없었고 이렇게 말했다. "쇠똥구리 보는 거 지겨워 지면, 다른 거 보러 갈래요?"

"그래요. 당신이 관심이 있다면요. 코뿔소도 볼 수 있고, 근처에 암사자 2마리랑 수사자 한 마리도 찾을수 있을 거예요."

"어떻게 알아요?"

"지난밤에 몇 사람이 사자 소리를 들었고, 코뿔소가 저기 있는 버펄로 발자국을 따라 지나갔어요."

"멋진 사진을 찍기에는 시간이 너무 늦었어요."

"괜찮아요. 보기만 해도 돼요."

"쇠똥구리보다는 더 많은 영감을 줄 거예요."

"난 영감을 찾는 게 아니에요. 견문을 넓히는 거지."

"당신에게 이렇게 넓고 탁 트인 곳이 있어서 다행이에요."

"맞아요."

난 음투카에게 코뿔소를 찾아보라고 했다. 코뿔소는 습관이 규칙적이라서 지금은 이동 중일 것이고, 어디쯤 있을지 짐작됐다.

코뿔소는 예상했던 곳에서 그리 멀지 않은 곳에 있었지만, 메리 말대로, 선명한 사진을 찍기에는 시간이 너무 늦었다. 녀석은 회백색 점토로 된 물웅덩이 쪽에 있었고, 푸른 수풀과 시커먼 용암 바위에 대비되는 모습은 유령처럼 하얗게 보였다.

우리는 코뿔소를 방해하지 않고 떠났지만, 진드기를 먹어대는 새가 날아오르자 녀석은 바보같이 겁을 먹었다. 우리는 바람이 부는 쪽으로 이동해서 습지로 이어지는 소금 평원으로 나왔다. 오늘 밤 달이 거의 뜨지 않았기 때문에 사자들이 먹잇감을 찾아 나설 것이다. 먹잇감들은 점점 밤이 다가오고 있다는 걸 알면 어떨지 궁금해졌다. 먹잇감들은 늘 위험이 도사렸고, 오늘 밤처럼 어두컴컴한 밤에는 난 커다란 비단뱀이 늪지에서 나와 소금 평원 가장자리에서 똬리를 틀고 기다리는 모습을 떠올렸다. 한번은 응구이와 내가 습지로 이어지는 비단뱀 자취를 쫓아간 적이 있었는데, 큰 트럭의 한쪽 바퀴 자국을 쫓는 기분이었다. 가끔 비단뱀 몸이 푹 가라앉아서 자국이 깊게 파이기도 했다.

우리는 암사자 2마리 발자국이 평원에서 오솔길로 이어지는 걸 발견했다. 발자국 하나가 아주 컸고, 누워있는 사자들을 볼 수 있을까 했지만 보지 못했다. 그 수사자는 우리가 방문했던 마사이족 마을을 습격했던 사자일지도 모른다. 하지만 추측일뿐 확실한 증거가 없었기에 죽일 수는 없었다. 오늘 밤 사냥하는 소리에 귀에 기울이고, 내일 녀석을 봤을 때, 같은 사자인지 확인할 수 있을 것이다. G.C.는 원래 이 지역에서 사자 4~6마리 정도를 잡아야 한다고 했다. 우리가 세 마리를 잡았고, 마사이족은 4번째 사자를 죽였고, 다른 한 마리는 상처를 입었다.

"늪에 너무 가까이 가지 말아요. 버펄로가 우리 냄새를 맡지 못하면 내일 평원으로 풀을 뜯으러 나올 거예요." 내가 이렇게 말하자, 메리도 동의했다. 그래서 우리는 걸어서 캠프로 돌아가기 시작했고, 응구이와 나는 걸으면서 소금 평원에 남아있는 자국을 살폈다.

난 메리에게 말했다. "내일 일찍 나와요. 그럼 들판에 있는 버펄로를 발견할 확률이 더 높을 거예요."

"그럼 오늘 일찍 잠자리에 들어서 사랑을 나누고 밤의 소리를 들어요."

"좋아요."

20

우리가 침대에 들어갔을 때, 날씨가 상당히 추웠고, 나는 몸을 웅크려서 간이침대의 텐트 쪽으로 누웠고, 침대 시트와 이불 속에 있으니 기분이 좋았다. 침대 크기는 상관없었다. 사랑을 나눌 때는 몸이 크든 작든 완벽하게 들어맞으니까. 우리는 함께 누워서 추위를 막아주는 이불의 촉감과 서로의 온기를 천천히 느꼈고, 낮은 소리로 속삭이다가, 밤에 확성기를 틀어놓은 것처럼 하이에나가 갑자기 플라멩코 노래를 부르는 듯한 소리에 귀를 기울였다. 그 녀석은 텐트 가까이에 있었고, 텐트촌 뒤쪽에 한 마리가 또 있었다. 말린 고기 냄새와 텐트촌 너머 버펄로 냄새를 맡고 온 것이었다. 메리는 이불을 뒤집어쓰고 녀석들 소리를 아주 작게 흉내 냈다.

나는 "녀석들이 텐트에 들어올 수 있어요."라고 말했다. 그때 북쪽에서 사자가 옛 마냐타쪽을 향해 포효하는 소리가 들렸고, 그 후에 암사자가 으르렁거렸다. 녀석들은 사냥을 하고 있었다. 암사자 두 마리인 거 같았고, 다른 수사자가 먼 곳에서 포효했다.

메리가 말했다. "아프리카에 계속 있으면 좋을 텐데."

"나도 여기를 떠나고 싶지 않아요."

"침대에서요?"

"낮에는 침대에서 일어나야죠. 여기 캠프를 떠나기 싫다고요."

"나도 그래요."

"그렇다면 우리는 왜 여행을 떠나야 하죠?"

"더 굉장한 곳들이 있으니까요. 죽기 전에 가장 멋진 곳을 보고 싶지 않아요?"

"별로."

"뭐, 지금은 우리는 여기 있잖아요. 여행 생각은 하지 말아요."

"알았어요."

하이에나는 다시 밤의 노래를 불렀고, 고음을 낼 수 있는 데까지 음을 올렸다. 그러다가 갑자기 3번 멈췄다.

메리는 녀석의 흉내를 냈고, 우리는 웃었다. 간이침대는 푹신한 큰 침대로 느껴졌고, 우리는 집에 있는 것처럼 편안했다. 그 후에 메리가 말했다. "내가 잠들면, 다리 쭉 벗고 제대로 자요. 나는 내 침대로 갈 거니까."

"이불 덮어 줄게요."

"아뇨. 당신은 그냥 자요. 내가 덮을게요."

"이제 자요."

"그래요. 하지만 나중에 나 깨워요. 비좁게 자지 말고요."

"알았어요."

"잘 자요, 여보."

"잘 자요, 여보."

잠이 들려고 할 때, 가까이 있는 사자가 깊고 낮게 으르렁거리고, 멀리 있는 사자가 포효하는 소리를 들으면서, 우리는 서로를 꼭 껴안고 잠이 들었다. 메리가 자기 침대에 갔을 때는 난 깊이 잠들었고, 사자가 캠프 근처에서 포효하는 소리에 잠에서 깼다. 텐트 밧줄이 흔들릴 만큼 그는 무척 가까운 곳에서 큰 소리로 으르렁거리고 있었다. 텐트촌 너머에 있는 게 분명했지만, 그 소리는 마치 캠프 안을 지나가는 것처럼 들렸다. 그리고 다시 포효했는데, 녀석이 어디에 있는 알 수 있었다. 비행장으로 이어지는 길 쪽에 있는 게 틀림없었다. 그 사자가 멀어지는 소리를 들으면서 나는 다시 잠이 들었다.

등장인물

화자 작가 본인으로, 평생 일기를 써본 적도 없었던 그가 여러 일을 겪고 1년 후에 1인칭 시점에서 이야기를 펼치고 있다. 자신의 세 번째 부인인 마사 겔혼Martha Gellhorn에게 "우리는 그저 시장에서 다리를 꼬고 앉아 있을 뿐이고, 사람들은 우리 이야기에 관심이 없으면 가버린다."라고 말했다.

메리 어니스트 헤밍웨이의 네 번째이자 마지막 부인

필립 (미스터 P 또는 팝 POP) 테디 루즈벨트Teddy Roosevelt(미국 제26대 대통령)와 조지 이스트먼George Eastman(이스트먼 코닥 설립자)을 안내했던 백인 사냥꾼들 중 가장 장수했고 식견이 높았던 필립 퍼시벌Philip Percival로, 단편 소설 "프랜시스 매코머의 짧지만, 행복한 생애The Short Happy Life of Francis Macomber"에서 백인 사냥꾼의 모델이 된 브로르 폰 블릭센 남작Bror von Blixen(스웨덴 귀족이자 작가이자 아프리카의 전문 사냥꾼)의 정체를 숨기기 위해 그의 외모로 표현했다.

진 크레이즈드 (G.C) 당시 영국 식민지였던 케냐 카지아도구Kajiado District의 수렵 감독관. 이곳은 나이로비 남쪽과 케냐와 국경을 접한 탕가니카(현 탄자니아) 북쪽 지역 대부분을 포함하는 매우 넓은 지역이었다. 사파리 기간에 헤밍웨이 부부가 카지아도구 밖에서 사냥한 것은 모든 일행을 데리고 탕가니카 남부에 사는 아들 부부네를 방문했을 때뿐이었다.

해리 던 카지아도구의 고위 경찰

윌리 오지 안내인. 민간인을 폭격하지 않는 모든 조종사와 마찬가지로 고귀한 인물

케이티 백인 사냥꾼 사파리 팀의 대장이자 실세. 유럽인의 올바른 행동에 대한 그의 에드워드왕 시대 의견은 배우 엠마 톰슨과 앤소니 홉킨스 주연 영화 "남아있는 나날The Remains of the Day"에 등장하는 집사와 거의 비슷했다.

음윈디 케이티 밑에서 사파리 집안 하인들 관리하는 책임자

응구일리 급사 겸 견습 요리사

음셈비 급사

음베비아 고도로 숙련되고 중요한 일인 사파리 요리사. 헤밍웨이가 벨기에령 콩고 주재 마지막 총독의 딸과 남편을 한 달간 사냥 사파리를 안내했을 때, 그녀는 들오리 구이 요리가 파리의 유명 레스토랑인 라 투르 다르장 La Tour d'Argent에서 먹었던 것보다 더 맛있었다고 그에게 말했다. 이곳 요리사들은 처음에 요리를 잘 아는 유럽 부인들에게 배웠다. 아이작 디니센Isak Dinesen(덴마크 소설가, 본명은 카렌 블릭센으로 폰 블릭센의 부인)의 "아웃 오브 아프리카Out of Africa"에서 요리사 훈련에 대한 설명이 잘 되어있다.

음투카 아프리카 흑인 운전사. 제2차 세계대전 후 사냥을 배운 백인 사냥꾼들은 사파리 용품업자가 제공하는 장비가 아닌 자신들이 직접 설계한 스테이션왜건을 몰았는데, 헤밍웨이의 사파리는 그렇지 않았다. 퍼시벌은 용품

업자에게서 스테이션왜건을 받았고 음투카가 운전했다. 퍼시벌에게 사파리 팀을 넘겨받았을 때 헤밍웨이 역시 음투카에게 운전을 맡겼다.

응구이 헤밍웨이의 총잡이gun bearer이자 사냥꾼. 사냥을 좋아하고 그런 만큼 몸이 좋은 사람들은 총잡이에게 자신의 라이플총을 맡기지 않았다. 이 말은 미국 메인 주와 캐나다에서 쓰였던 말로 실제로는 원주민 길잡이를 뜻했다. 총잡이는 베이든 파월 장군General Baden-Powell(영국 군인이자 작가, 스카우트 운동의 창립자)과 어니스트 톰프슨 시턴Ernest Thompson Seton(미국 보이 스카우트 협회 설립)가 보이 스카우트가 갖춰야 하는 모든 기술을 익혀야 했다. 동물과 그들의 습성, 야생 식물의 유용한 특성, 추적법 특히 핏자국 추적방법과 아프리카 숲에서 자신과 다른 사람들을 돌보는 방법을 알아야 했다. 한 마디로 가죽 스타킹 (제임스 페니모어 쿠퍼의 5부작 소설 가죽 스타킹 이야기 Leatehrstocking Tales)이나 크로커다일 던디Crocodile Dundee(호주 모험 코미디 영화) 같은 인물이다.

차로 메리 헤밍웨이의 총잡이. 헤밍웨이는 이 이야기에서 다른 문화에서 윤리적 행동의 공간과 시간적 측면을 지적하고자 했다. 서양 윤리는 사별이나 이혼을 한 다음에 다른 여자 혹은 다른 남자와 결혼을 허용하지만 한 번에 한 명의 배우자만 있어야 했다. 메리는 서양 윤리 체계에서 이미 두 명의 배우자와 이혼했고, 세 번째 남편이었던 폴린과는 이혼과 사별 모두 겪었다. 서양 윤리에 따라 남편이 두 번째 아내를 얻지는 못했지만, 이미 두 번 결혼한 적인 메리에게 순차적 일부다처제는 상당한 골치였다. 이것 때문에 폴린이 20년 전에 했던 방식이 아니라 새롭고 뛰어난 방식으로 사자를 죽이고 싶어졌다. 차로는 다른 사파리에서 폴린의 총잡이였다.

음웽기 필립 퍼시벌의 총잡이

아라프 메이나 수렵 정찰원. 케냐에서 수렵 정찰원은 가장 낮은 직급의 법 집행관이었다. 백인 수렵 정찰원은 없었다. 그 당시 이 사파리에는 흑인 수렵 관리인이 없었다. 베릴 마크햄Beryl Markham(영국 출생의 비행사이자 작가)가 "서부의 밤 West with the Night"에서 창으로 흑멧돼지를 사냥하러 데려갔고, 그 후 제1차 세계대전에서 숨진 젊은 킵시기스족Kipsigis 전사 이름과 같은 것은 아마 우연일 것이다.

충고 G.C 밑에서 일하는 미남이고 멋을 부리는 수렵 정찰대장. 독자들은 영화 "헛소동Much Ado About Nothing"에서 공작 역할을 연기했던 덴젤 워싱턴의 모습을 떠올릴지도 모른다.

정보원 소위 경찰 정보원이다. 헤밍웨이는 스페인 내전에서 처음 영어를 비롯한 여러 언어로 제5열 분자fifth columnist(적국 내에서 각종 모략 활동을 하는 조직적인 무력집단)라는 용어를 사용하고, 제2차 세계대전 동안 쿠바에서는 스페인으로 거쳐 쿠바 아바나로 송환돼 처형된 독일 첩자를 잡는 데 도움을 주는 등 많은 첩보 활동을 수행했다.

브와나 마우스 패트릭, 어니스트 헤밍웨이의 둘째 아들로, 일명 "마우스 mouse"로 불린다.

미망인 데바의 어머니로 정보원의 수상쩍은 보호를 받는다.

데바 젊은 아프리카 흑인 여성. 헤밍웨이는 소설에서 여성을 사실적으로 그리지 못한다는 비난을 받아왔다. 이것이 사실이라면 중견 작가에게 심각한 결함이며, 이는 유럽 대화가가 사람을 제대로 그릴 수 없다고 지적하는 것과 비슷할 것이다. 헤밍웨이는 누이 4명과 함께 자랐기에 여자에 대해 배울 기회가 분명히 있었다. 다른 종류의 비판은 오늘날 정치적 올바름이라고 불린다. 이런 비평가들은 예술을 사회 공학의 도구로 여긴다. 히틀러 시대 독일에서는 유대인을 순수한 아리아 민족의 혈통을 더럽히는 오염원으로 표현하는 것이 정치적으로 옳았다. 예술적 역량이나 목적에 대한 독자의 생각이 어떻든, 데바를 주목해야 한다.

싱 씨 식민지 시절 이후 케냐에서 '케이Kay'라고 발음하는 이름을 식민지 시절에 백인들은 '키key'와 같은 음으로 발음했고, 인구를 행정상의 목적으로 출신 대륙에 따라 유럽인, 아시아인과 아프리카인으로 구분했다. 싱 씨는 아시아인이었고 시크교도다. 그의 민족은 펀자브주 출신으로 인도 정부의 황금 사원 사태에 대응 방식에 분노해 간디 여사를 암살했다. 시크교도들은 호전적이고 기계에 재능이 있어 공작 기계 기사, 항공기 조종사, 경찰, 전기 기술자 등이 많다. 나의 시크교 경찰 친구는 보험금을 노리고 남편을 독살한 혐의로 매우 심술궂고 뚱뚱하며 입이 험악한 유럽인 노파를 체포해야 하는 언짢은 일을 했다. 노파가 대놓고 카레 냄새 방귀 뀌는 개자식이라고 욕을 했지만, 그 친구는 극도로 조심하며 직업상의 예의를 갖춰 그녀를 체포했다.

싱 부인 싱 씨의 매우 아름다운 아내

스와힐리어 용어사전

askari 아스카리 (명사) 경비병, 튀르키예어의 차용어

billi 빌리 (형용사) 2(둘)의 비문법적 형태. mbili 음빌리 여야 한다.

Boma 보마 1.(명사) 울타리를 친 보호구역 또는 봉쇄구역

　　　　　 2.(명사) 지방 정부 건물이나 부지

bunduki 분두키 (명사) 총, 아랍어 차용어

bwana 브나와 1.(명사) 다른 직함이 없는 유럽인 이름 앞에 붙이는 호칭

　　　　　 2.(명사) 주인님, 사장님 (아프리카인이 유럽인을 부를 때 쓰는 호칭)

chai 차이 (명사) 차(茶)

chakula 차쿨라 (명사) 음식

chui 추이 (명사) 표범

dudus 두두스 (명사) 벌레를 뜻하는 dudu 두두의 영어식 복수형

duka 두카 (명사) 가게

dumi 두미 (명사) 수컷 동물

hapana 하파나 (감탄사) 아니오, 없다.

Hiko huko 히코 후코 (관용구) 그것 또는 그는 저기 있다.

hodi 호디 (감탄사) 저기요, 이봐요 (사람을 부르거나 대답할 때)

jambo 잠보 1.(명사) 우려, 걱정

　　　　　 2.(감탄사) '좋아?'라는 인사말에 대한 정확한 대답은 'sijambo(시잠보)'

　　　　　 이다 (말 그대로 '걱정이 없다'는 뜻)

kanga 캉가 (명사) 뿔닭

kidogo 키도고 (형용사) 작다

Kikamba 키캄바 (명사) 캄바족 언어

kongoni 콩고니 (명사) 큰 영양의 일종

kubwa 쿠브와 (형용사) 크다

kufa 쿠파 (자동사) 죽다

kuhalal 쿠할랄 (타동사) 목을 베다

kuleta 쿨레타 (타동사) 가져오다

kupiga 쿠피가 (타동사) 쏘다, 때리다, 공격하다

kuua 쿠우아 (타동사) 죽이다

kwali 크왈리 (명사) 자고, 꿩과 비슷하게 생긴 고지대 사냥감용 새

kwenda 크웬다 (자동사) 가다

kwisha 크위샤 (자동사) 끝나다 imekwisha 이메크위샤의 단축형

mafuta 마푸타 (명사) 지방, 라드(돼지기름)

Manyatta 마냐타 (명사) Boma 뜻과 같은 마사이족 언어

mbili 음빌리 (형용사) 2 (14장에서 데바와 대화에서 일부러 제대로 쓰지 않는 점에 주목)

mchawi 음차위 (명사) 마술사.

memsahib 멤사히브 (명사) 다른 직함이 없는 유럽인에게 붙이는 호칭.
Madam Sahib 마담 사히브의 축약형

mganga 음강가 (명사) 주술사, 착한 마녀

mimi 미미 (인칭대명사) 나

mingi 밍기 (형용사) 많은

moja 모자 (명사) 1

moran 모란 (명사) askari 뜻과 같은 마사이족 언어

mtoto 음토토 (명사) 아이

mwanamuki 음와나무키 (명사) 여성

Mzee 음지 (명사) 노인, 어르신

mzuri 음주리 (명사) 좋은

ndege 응데게 (명사) 새, 비행기

ndio 응디오 (감탄사) 예, 그러하다.

Ngoma 응고마 (명사) 춤, 북의 일종

nyanyi 냐니 (명사) 개코원숭이

panga 팡가 (명사) 마체테(날이 넓고 무거운 칼), 칼, 단검

poli poli 폴리 폴리 (부사) 천천히

pombe 폼베 (명사) 수제맥주

posho 포쇼 (명사) 옥수수가루

risasi 리사시 (명사) 총알

samaki 사마키 (명사) 물고기

sana 사나 (부사) 매우

shamba 샴바 (명사) 소규모 경작지

shauri 샤우리 (명) 일

simba 심바 (명사) 사장

tembo 템보 (명사) 코끼리, 독한 술을 뜻하기도 한다.

tu 투 (형용사) 유일한

uchawi 우차위 (명사) 나쁜 뜻의 마술

Ukambani 우캄바니 (관용구) 캄바족의 땅에서

wanawaki 와나와키 (noun) mwanamuke 음와나무케의 복수형, 여성

watu 와투 (명사) 사람들

여 명 의 진 실

1판 1쇄 인쇄 2023년 12월 10일
1판 1쇄 발행 2023년 12월 20일

지은이 어니스트 헤밍웨이
옮긴이 남유정·조기준
발행인 조은희
발행처 아토북

등 록 2015년 7월 31일(제2015-000158호)
주 소 (10261) 경기도 고양시 일산동구 성현로659번길 143 103-101
전 화 070-7537-6433
팩 스 0504-190-4837
이메일 attobook@naver.com

ISBN 979-11-90194-17-4 03840

ⓒ 도서출판 아토북, 2023